한국 단편소설 시작의 시학

1920~30년대

푸른사상 현대문학연구총서 26

한국 단편소설 시작의 시학
1920~30년대

김원희

Poetics of the Beginnings

푸른사상
PRUNSASANG

"문학은 인간의 미묘함의 위대한 스승"이라는 노벨문학상 수상자 J. 브로드스키의 말이 있다. 이는 필자가 문학을 통하여 인생을 읽고 인생을 통하여 문학을 보는 관점과도 닮았다. 인간의 다양한 삶이 존재하기에 문학은 인간의 다양한 미묘함을 보여줄 수 있으며 인간의 위대한 스승으로써의 가치를 가지는 것이다. 이러한 문학을 통해서 나는 세상을 다양하게 볼 수 있었고 문학으로 읽은 다양한 타자성을 통하여 세상을 폭넓게 수용하며 삶을 풍요롭게 가꿀 수 있는 기회를 가질 수 있었다.

이 책은 논문 「1920~30년대 한국 단편소설의 冒頭 서술자 기능 연구」를 바탕으로 집필된 것이다.

1920~30년대는 한국 단편소설의 서사시학이 구축된 시기였다. 이 시기는 짧은 시간차에도 불구하고 한국 단편소설의 형성기로서 시작과

본격이라는 의의를 제공하였다. 이 책에서 다루고 있는 연구 텍스트를 1920~30년대로 규정한 것도 한국 현대문학의 서사시학이 1920년 틔워져 30년대 본격적으로 꽃피웠다는 생각에서다. 이 시기에 드러나는 서사시학의 다양한 변별성을 통해 변동하는 사회적 상황과 그를 바라보는 작가들의 입장을 다양하게 이해할 수 있다는 점은 내재적 문학사 탐구라는 의의가 있다.

단편소설의 시작으로서 모두(冒頭)는 작품의 구조에 영향을 미치고 독자의 기대와 주목을 특정 방향으로 유도하며, 동시에 결말을 시사하는 필연성을 내포한다. 그러므로 작품 전체의 방향성을 제시하는 단편소설 시작으로서 모두 서술자의 기능을 분석하는 작업은 독자로 하여금 내포독자로서 담화를 관망하게 할 뿐만 아니라 읽기의 창조성을 발휘하게끔 하는 길이 된다. 단편시학의 전망이라는 측면에서도 텍스트의 시작으로서 모두 서술자 기능을 분석하는 작업은 단편소설의 단순한 형식 내지 구조의 파악으로 그치지 않고 담화를 파생시킨 내포작가적 의도 내지는 세계관과 그것을 수용하는 내포독자 또는 독자의 반응을 탐색하는 의미를 확보한다.

단편소설의 심미적인 전망과 모두 서술자 기능의 의미는 기존 질서를 해체하고 새로운 생성의 출발로 삼는 에드워드 사이드의 '시작(Beginnings)' 정신과 상통한다. 시작을 위한 해체가 새로운 창조로 부상하기 위해서 그 근원의 의미를 되새김하고 새로운 독창성을 발휘하려는 의도가 바로 글쓰기의 시작이다. 이는 창조를 위한 작가들의 역동적인 세계관인 동시에 적극적인 창조행위의 실현이다. 그러므로 단편소설 전망과 모두 서술자의 기능의 파악은 담화의 전망을 탐구하게 할 뿐 아니라 독서과정의 해석을 천착하는 데도 도움이 된다.

이러한 입장에서 이 책은 단편소설의 전망과 모두 서술자 기능을 유형화하고 이를 1920~30년대 한국 단편소설의 연구에 적용함으로써 당대 작가들이 구현한 시작의 시학을 규명하는 방식으로 1920~30년대 단편소설 시작의 다양성과 흐름을 조명하고자 하였다. 이에 따라 심미적인 담화의 전망과 모두 서술자 기능의 유형은 서술자의 전달기능과 반영기능을 대비하고, 전달에서 반영으로 전이되는 '반영화' 기능을 체계적으로 특성화하는 방식으로 분류되었다. 유형화의 방법은 슈탄젤의 중개성이론의 삼가체계를 본 연구의 목적에 부합되도록 변용한 인칭(person)·양식(mode)·초점(focalization)을 기준으로 삼아, 한국 단편소설의 모두 서술자 기능에 부합하는 방식으로 재구성하여 사용하였다.

이 책이 지향하는 목표는 두 가지다. 그 하나는 1920~30년대 한국 단편소설 시작의 시학을 시점이론을 적용하여 정립하는 것이다. 서사시학이란 서사적 허구로서 소설의 체계 양상을 연구하는 영역이며 서사 텍스트의 시학이다. 우리 소설 연구나 비평의 차원에서 보다 풍부해질 수 있는 텍스트 내재적인 서사체계에의 연구 기반에 도움이 되었으면 하는 바람이다. 다른 하나는 1920~30년대 한국 단편소설 시작의 시학을 조명하면서 한국 현대문학사 측면에서 의미가 큰 여덟 명의 작가들의 세계관과 소통하는 길이었다. 전자가 서사 텍스트에 대한 다시 읽기와 관련된다면 후자는 서사 텍스트 깊이 읽기와 관련된다. 물론 공통점은 새롭게 읽기이다.

문학 텍스트는 본질적으로 다시 읽기와 더불어 깊이 읽기로서 해체의 가능성을 지니고 있다. 창조적인 독자는 다시 읽기를 통하여 작가적 창조성을 보여줘야 한다. 이 책은 이런 시각으로 1920~30년대 단편소설 시작을 추동한 작가의 창조성을 독자의 관점으로 해체하여 재창조하고자 하였다.

이와 같이 단편소설 시작의 서사를 조명하는 시각의 표층에서는 슈탄젤의 이론을 변용하였고 심층에서는 에드워드 사이드의 시작의 정신에 빚졌다. 이들의 이론을 한국 문학 연구에 수용하는 관점은 21세기 한국 문학의 소통을 세계적 보편성의 문학으로 확대하기 위한 미래 지향적 태도에서 출발하였다. 이런 보편성의 근거 위에서 병행 단계로 우리 문학이나 소설의 특수성의 확보가 가능할 뿐만 아니라 현실적으로 한국 문학의 새로운 해석에 탄력을 줄 수 있다는 믿음이 그 이유다.

첫 책을 펴는 심정이 부끄럽고 감개무량한 만큼 나를 여기까지 오게 한 많은 분들의 도움이 떠올라 가슴 벅찬 감사를 전하고 싶다. 먼저 모교의 교수님들께 깊은 감사를 전한다. 전남대 은사이신 김춘섭 교수님, 박양호 교수님의 변하지 않은 격려와 지도 편달이 있었기에 나는 문학박사가 되었고 첫 저서를 감히 출간하는 꿈을 이룰 수 있었다. 또 임환모 교수님, 김동근 교수님, 이미란 교수님, 장일구 교수님을 비롯한 전남대 국문과와 국어교육과 교수님들의 수고와 배려에도 깊이 감사한다. 그리고 소설 연구에서 가장 어렵다고 하는 '시점'을 연구방법론으로 하여 한국 단편소설의 시학을 밝히는 연구에 대해 심사를 맡아 배려해주신 충남대 김병욱 명예교수님과 전북대 장성수 교수님께도 고마운 마음을 전한다.

논문 종심이 끝나고 심사위원장님이었던 김병욱 교수님께서 하셨던 하룻강아지가 범을 잡는다는 말씀은 학문을 정진하는 길 끝까지 언제나 힘이 될 것이다.

아울러 학문과 교육의 길에 정진하게끔 도움을 주신 송명희 교수님을 비롯한 부경대 국문과 여러 교수님들께도 진심으로 감사의 마음을 전한다. 또한 황국명 교수님, 엄국현 교수님, 박재섭 교수님을 비롯한 인제대 국문과 교수님들과 정찬영 교수님을 비롯한 동서대 많은 교수님들께도 감사한 마음이다. 미처 언급을 다하지는 못하지만 그동안 도움을 주신 많은 교수님과 동료 선후배들에게도 감사한다.

무엇보다 이 책은 나를 존재하게 해준 하나님의 은총과 부모님의 헌신 그리고 두 딸들의 사랑이 있었기에 가능하였다. 또한 연구자의 길로 들어서게끔 인도하였던 인연의 고마움도 잊을 수 없으며, 인생의 가치를 빛내준 소중한 이들과 정을 나누었던 수많은 지인들에게도 고마운 마음 전한다. 마지막으로 책을 출판해주신 푸른사상사에 감사드린다.

2013년 5월
김원희

차례

제1부

단편소설 시작 연구 의의와 서사시학 정립

제1장

단편소설 전망과 모두(冒頭) 서술자 기능

1. 단편소설 시작으로서 전망과 모두 서술자 기능

본 연구의 목적은 단편소설 시작의 전망(展望)이 반영된 모두(冒頭) 서술자 기능을 유형화하고 이를 1920~30년대 한국 단편소설의 연구에 적용하여 서사시학의 다양한 특성과 통시적 흐름을 조명하는 데 있다. 단편소설의 과학적 연구의 핵심은 서술자의 분석에 놓여있는데, 이는 곧 시점의 파악으로 연계된다. 한편으로, 단편소설 모두에는 담화의 전망이 필연적으로 반영된다. 그러므로 단편소설 모두에 나타난 서술자 기능의 분석은 심미적인 단편시학을 체계적이며 심층적으로 탐구할 수 있는 기본조건이 된다. 이에 따라 본 연구는 시점 연구의 지평을 확대하는 차원에서 모두 서술자 기능의 유형을 내재적 연구 방식으로 활용함으로써 1920~30년대 한국 단편소설 시학의 공시적이며 통시적인 특성을 탐구하고자 한다.

소설이란 기본적으로 중개자[1]로서 서술자의 개입이 필요한 서사 양식이다. 볼프강 카이저는 "서술자의 죽음은 곧 소설의 죽음이다"라며 소설에서의 서술자의 중요성을 특별히 강조하였다. 일단 서술자가 '스토리를 말하는' '누군가'라는 개념을 잊어버리면, 소설은 죽는다는 것이다.[2] 따라서 소설의 소통체계를 결정짓는 서술자는 단편소설 시학에서 그 모습을 감추는 특별한 서술상황이라 할지라도 그 존재의 의미를 부인할 수 없다.

단편소설은 화자로서 서술자와 어떤 종류의 청자를 요구하는 언어적인 의사소통[3]이 전제될 수밖에 없는 심층적인 서사시학이다. 이야기를 중개하는 서술자가 어떤 기능을 하느냐에 따라 이야기의 시각이 전혀 이질적인 것[4]이 된다. 단편소설 시학에서 서술자 기능의 형식론적인 연구로서 '누구의 입으로 말해지는가'와 의미론적인 연구로서 '누구의 입장에서 말해지는가'를 밝히는 시도는 결국 시점의 문제로 볼 수 있다. 그러므로 서술자 기능의 차이는 시점과 긴밀한 관련을 가지면서 이야기의 구조뿐만 아니라 그 의미의 독창성을 부여하게 된다.

특히 단편소설 시작에서의 모두 서술자의 기능은 서사시학으로서 담화

---

1) 슈탄젤은 소설의 장르적 특성을 서술자를 매개로 한 '중개성'으로 규정하고 중개성 주기에 따라 각 서술상황을 결정한다. Stanzel, F. K., 김정신 역, 『소설의 이론』, 탑출판사, 1990, p.18.

2) O'Neill, Patrick, 이호 역, 『담화의 허구』, 예림기획, 2004, p.134.

3) Toolan, M. J., 김병욱·오연희 공역, 『서사론』, 형성출판사, 1993, p.24.

4) 이러한 차이는 플라톤의 미메시스(mimesis)와 디에게시스(diegesis)라는 용어에 각각 해당하는 것으로 간주될 수 있다. 그러나 미메시스든 디에게시스든 이야기를 하는 경우 서술자의 목소리는 그 사이에 끼어들게 마련이다. 최병우, 『한국 현대소설의 미적 구조』, 민지사, 1997, p.15.

의 전망을 내포하는 점에서 그 중요성이 강조된다. 이렇듯 단편소설 시학에서 중요한 비중을 차지하는 모두 서술자는 그 특성적인 태도와 위치에 따라 각기 다른 기능으로 내포작가의 입장 내지는 세계관을 반영하며 담화의 전망을 제공한다.

이러한 맥락에서 본 연구는 단편소설 시작의 심미적인 담화의 전망과 모두 서술자 기능의 유형은 서술자의 전달기능과 반영기능을 대비하고, 전달에서 반영으로 전이되는 '반영화' 기능을 체계적으로 특성화하는 방식으로 분류하려고 한다. 단편소설 모두 서술자는 자신이 말하는 사람으로서 이야기를 직접 보고하는 방식으로 진술할 경우 전달기능이 우세하지만, 단지 이야기를 알고 있는 사람으로서 작중인물에 의해 이야기를 보여주게 되는 경우 반영기능이 우세하게 된다. 전달과 반영이라는 서술자의 두 기능은 극명하게 대치되는 양상이 아니라 그 사이에는 복합적인 자질과 요소가 혼재된다. 그렇지만 전달에서 반영으로 전이되는 '반영화'의 특징적인 국면은 단편소설의 전망과 모두 서술자의 기능을 객관적으로 분류할 수 있는 근거가 될 수 있다.

단편소설 시작의 전망으로서 모두 서술자 기능을 유형화하고 이를 작품 연구에 적용하는 것은 담화[5]의 형식이 갖는 예술적 원리와 의미를 체

---

5) discourse에 대한 역어로서 '담화'와 '담론'의 차이는 텍스트로부터 콘텍스트로 방향이 잡히면 '담화', 그 역이면 '담론'으로 구분된다. 서사구조의 표현적 국면을 지칭하면 담화, 서사 텍스트를 구성하는 데 동원된 언술의 총화는 담론으로, 담화에 입각해서 담론의 요소를 해석할 단서가 확보된다. 프랑스 구조주의자들의 이론적 입장으로 담화와 스토리의 이분법적 국면의 역동적인 관련성을 밝힘으로써 허구서사물을 연구하는 입장에 다름 아니다. 김현, 『현대소설의 담화론적 연구』, 계명문화사, 1995, p.10. 한용환, 『소설학 사전』,

계적이면서도 구체적으로 밝히게 된다는 점에서 시점 연구의 확대라는 의의를 확보하게 될 것이다. 먼저 본 연구의 구체성을 확보하기 위해 단편소설에 있어 모두의 개념을 정의하면, 모두란 플롯상의 시작 내지 처음 부분을 말한다. 이는 소설의 고전적 전개법인 기승전결(起承轉結)에서의 기(起)를 축소한 형태로 볼 수 있고, 현대소설의 구성에 병치시킬 경우 발단 내지는 발단의 축소적 의미[6]로 볼 수 있다.

그러나 본 연구에서 서술자 분석의 범주로 규정한 단편소설 모두의 개념은 특별히 흩어진 플롯을 고려하여 텍스트상의 첫 문장을 필연적으로 포함한, 서술자 기능의 지향이 드러나는 함축된 시작부로 규정한다. 이는 단편소설의 발단 내에서의 서두, 처음과 첫 장, 초입 등을 포괄한 시작의 의미이기도 하다.

그런데 단편소설의 모두는 단순한 시작이 아닌 훨씬 심오하고 포괄적인 시작을 함축한다. 담화의 전망과 서술자의 기능이 단편소설의 모두와 깊은 상관성을 갖는 것은 독자의 상상력이 서술의 실제 양식에 맞춰지는 과정이 그 소설의 첫 마디에서 시작[7]되기 때문이다. 이처럼 단편소설 시학의 전망으로서 모두에는 역동적이며 총체적인 담화의 해석과 독자의 작가적 재창조의 동기 부여가 반영되기 때문에, 모두에서의 서술자 기능의 연구는 대단히 중요하다고 할 것이다.

단편소설의 시작으로서 모두는 작품의 구조에 영향을 미치고 독자의

문예출판사, 2001, pp.109~111 참조.
6) 이유식, 「한국소설의 모두 종지부론」, 『한국소설의 위상』, 이우출판사, 1982, p.48.
7) Stanzel, F. K., 앞의 책, p.231.

기대와 주목을 특정 방향으로 유도[8]하며, 동시에 결말을 시사하는 필연성을 내포한다. 시작에 뒤이은 후행서사들이 우연적이고 우발적인 것 같지만 실은 그것들에는 나중에 어떤 합치된 구조 속에서 부여받게 될 필연적인 의미가 부여된다. 단편소설 모두는 스토리 차원에서는 처음이지만 해석 차원에서는 담화의 총체적인 의미를 전망한다. 그 기능은 가깝게는 후행서사를, 멀리는 총체적인 담화를 내포할 뿐만 아니라 독자의 수용반응에까지 영향을 끼치게 된다. 이와 같이 단편소설 모두 서술자 기능은 그 내용에 어울리는 형식으로 각기 다른 심미적 담화의 필연성을 반영한다.

그러므로 작품 전체의 방향성을 제시하는 단편소설 시작으로서 모두 서술자의 기능을 분석하는 작업은 독자로 하여금 내포독자로서 담화를 관망하게 할 뿐만 아니라 읽기의 창조성을 발휘하게끔 하는 길이 된다. 단편시학의 전망이라는 측면에서도 모두 서술자 기능을 분석하는 작업은 단편소설의 단순한 형식 내지 구조의 파악으로 그치지 않고 담화를 파생시킨 내포작가적 의도 내지는 세계관과 그것을 수용하는 내포독자 또는 독자의 반응을 탐색하는 의미를 확보한다.

이러한 맥락에서 단편소설의 심미적인 전망과 모두 서술자 기능의 의미는 기존 질서를 해체하고 새로운 생성의 출발로 삼는 사이드의 '시작(Beginnings)'[9] 정신과 상통한다. 시작을 위한 해체가 새로운 창조로 부상하기 위해서 그 근원의 의미를 되새김하고 새로운 독창성을 발휘하려는

---

8) 황국명, 『채만식 소설연구』, 태학사, 1998, p.291.
9) Said, E. W., *Beginnings-Intention and Method*, Basic Books, INC., New York, 1975 참조.

의도가 바로 글쓰기의 시작이다. 근원에 대해 저항하고 회의하는 시점, 즉 절대 진리가 해체된 지점에서 다시 새로운 독창성을 창조하는 시도가 바로 글쓰기의 시작이다.

이와 같은 시작의 정신으로 단편소설 시학을 역동적으로 개진하는 전망과 모두 서술자 기능은 한 편의 담화가 식상하고 추상적인 언어가 되지 않도록 하기 위하여 독창적인 생명력을 발휘해야 한다. 절대적 진리를 해체하는 정신이 창조적인 심미성을 발현시키는 지점에서 시작의 생명력이 싹틔운다. 이는 창조를 위한 작가들의 역동적인 세계관인 동시에 적극적인 창조행위의 실현이다. 시작의 역동적 정신과 적극적 행위를 단편소설 모두에서 독창적으로 실현하는 서술자 기능은 기존의 질서를 전복하고 해체하는 경험에서 담화를 새롭게 창조하게 된다. 따라서 단편소설 전망과 모두 서술자의 기능의 파악은 담화의 전망을 탐구하게 할 뿐 아니라 독서과정의 해석을 천착하는 데도 도움이 된다.

한편으로 단편소설의 모두 서술자 기능의 중요성은 플롯선상[10]에서도 부각된다. 서사의 플롯에서 시작은 종말을 내포한다. 모두가 전제되지 않

---

10) 커모드는 시계의 '똑—딱'을 플롯이라고 부르는, 시간에 형식을 부여함으로써 시간을 인간화시킨 구성물의 한 모델이라고 여긴다. '딱—똑' 사이의 간격은 연속적이고 체계화되지 않는 시간을 대표한다. '똑—딱'이 손쉽게 만들어진 허구이므로 다수의 '딱—똑'을 포함하는 플롯이 제시된다. '똑'은 초라한 기원이며 '딱'은 미약한 최후이므로 '똑—딱'은 대단한 플롯이 못된다. 그 간격의 단순한 시간성, '딱—똑' 사이의 공허함, 그 구성에 과거와 미래가 부여된다. '크로노스'가 '카이로스'가 되는 것, 이는 소설가의 시간이다. 이를 포스터와 무질 등은 사랑의 경험으로서 만족스런 의미를 끌어내는 성애(性愛)의 느낌에 비유하기도 한다. Kermode, F., 조초희 역, 『종말의식과 인간적 시간』, 문학과지성사, 1993, pp.57~59 참조.

는 플롯과 결말은 있을 수 없다는 상대적인 위치를 보더라도 그 중요성은 결코 간과할 수 없다. 특히 모두와 결말의 형식은 '미학적 자의식'[11]의 극단에 위치하면서도 서술자 기능에 의해 서사적 욕망을 실현하게 된다. 서사적 욕망을 작품의 첫 자국내기로 실현하는 모두 서술자의 기능은 전달로서 환유의 시간성과 반영으로서 은유의 공간성을 각기 다른 방식으로 실현한다. 이러한 양가성은 서사가 근본적으로 욕망에 의해 태어남[12]을 전제할 때 작가적 세계관을 추측할 수 있는 서사적 욕망을 내포한다.

최초의 욕망으로서 은유가 공간적 상징이라면, 서사성을 추동하는 전달로서 환유는 서사적 욕망을 구체화하는 시간적 경험이다. 이러한 양가성은 서사력(narrative energy)으로 동기화[13]되지만 억압과 지연이라는 역동적 전이를 겪으며 결말을 지향하게 되고 그 과정의 굴절되고 파괴된 흔적을 통해 그 의미가 재생[14]된다. 이와 같이 단편소설 전망과 모두 서술자 기능의 분류는 반영의 공간성이 동시성과 병렬적 등가성을, 전달의 시간

---

11) Eugene, L., 김병익 역, 『마르크시즘과 모더니즘』, 문학과지성사, 1986, p.46.

12) 작가와 독자의 잉여의 욕망이 합법적으로 교류할 수 있는 것이 창작과 독서의 장으로서의 텍스트이다. 권택영, 『영화와 소설 속의 욕망이론』, 민음사, 1995, p.197.

13) 최초의 서사소로서 N1에 후행하는 서사소관계들의 연속을 N1－N2－NK(K는 1－무한)로 표시할 때, 결말은 모두에 의해 추동된 서사적 욕망을 마무리하는 과정에서 서사성이 파생된다. 그리고 Narrative Energy란 다양한 서사소 N들 사이의 산만한 관계를 질서 있게 배열하려는 동력이다. M. Maclean, *Narrative as Performance: The Baudelairean Experiment*, Routledge, London and New York, 1988, pp.2~4. 김현, 앞의 책, p.15 재인용.

14) 예술의 사회성은 기존 형식의 경직성에 대한 저항의 의미를 지니므로 새로운 문학 형식 자체도 비판의 의미를 갖게 된다. 이것은 파괴를 통한 생성으로서 데리다의 해체구성에 해당한다. 김준오, 『한국 현대장르 비평론』, 문학과지성사, 1990, p.312 참조.

성이 순차성과 계기적 인과성을 내포한다는 데 주목하여 그 특성을 체계적이며 객관적인 방식으로 파악하게 될 것이다.

본 연구에서 연구대상을 단편소설에 국한시킨 것은, 플롯에서 갖는 모두의 비중이 장편보다는 단편소설에서 크게 작용[15]하기 때문이다. 단편소설은 많은 한정된 제약 가운데에서도 최대한으로 작가의 의도를 효율적으로 실현한다. 만약 단편소설에서 최초의 문장부터가 독특하고 단일한 효과를 갖지 못한다면 최초의 단계, 그 자체에서부터 벌써 실패했다는 포우[16]의 주장에서도 그 중요성은 강조된다. 단편소설의 특성상 최대한 개성을 살려 담화의 독창성을 전망[17]하는 모두 서술자 기능의 분석은 단편소설의 진수를 연구하는 것과 흡사하다.

한편으로 1920~30년대 단편소설 모두 서술자 기능의 유형을 적용하여 분석하는 것은 비록 짧은 시간차에도 불구하고 이 시기가 한국 단편소설의 형성기로서 시작과 본격이라는 의의를 제공한다고 판단되기 때문이다. 이 시기에 드러나는 서사시학의 다양한 변별성을 통해 변동하는 사회적 상황과 그를 바라보는 작가들의 입장을 다양하게 이해할 수 있다는 점

---

15) 장편소설과 달리 단편소설의 구성은 아리스토텔레스의 『시학』에서 말하는 시작, 중심, 끝으로 구분하여 생각할 수 있는 여지는 남겨두는 편이 낫다. 송욱, 『소설미학』, 문학과 지성사, 1985, p.170.

16) Edgar Allan Poe, *Hawthornes Twice Toid Taies*. 이재선, 『한국단편소설 연구』, 한국학술정보, 2001, p.3 재인용.

17) 이 점을 감안할 때, 단편소설의 시점(始點, beginning)으로서 의미를 갖는 모두에서 서술자 기능에 따라 시점(視點, perspective)이 파악될 수 있다는 것은 동음이의어 특징 이상의 의미이다.

은 내재적 문학사 탐구라는 의의가 있다.

이상의 논의를 바탕으로 본 연구는 다음과 같은 구체적인 목표를 갖는다. 첫째, 단편소설의 모두 서술자 기능을 유형화함으로써 표면적인 구조와 심층적인 의미를 통합적으로 규명할 수 있는 구체적이며 체계적인 해석의 준거를 개발한다. 둘째, 모두 서술자 기능의 유형을 분석의 틀로 삼아 1920~30년대의 김동인 · 염상섭 · 나도향 · 현진건 · 김유정 · 최명익 · 박태원 · 이상 등의 작품 연구에 적용시켜 내용과 형식의 상관을 실현하는 전망을 규명한다. 셋째, 1920~30년대 단편소설의 모두 서술자 기능 유형원을 제시하여 작가별 입장과 시대별 특성을 살피고 해석의 패러다임을 밝힘으로써 한국 서사시학의 다양성과 변이 양상을 조명한다.

2. 시점의 창의적 적용과 모두 서술자 기능 유형화

한 편의 소설에서 서술자는 현실 세계에 존재하는 이질적인 다양한 담론을 소설의 개성적인 담화로 중개하여 문체의 기법으로 소산하는 기능을 담당한다. 현실에 존재하는 다의적인 언어를 서술자가 작품 내로 포섭해낼 때의 굴절 각도는 소설의 미학적 의미를 포지하게 된다.[18] 그러므로

---

18) 바흐친은 시인이 언어를 가지고 하는 작업과 달리, 소설 작가들은 자신의 작품의 의미론적 핵들의 배후에 여전히 존재하는 이질적 언어의 인격과 화자들을 완전히 제거하지 않는다고 밝힌다. Bakhtin, M. M., 「소설 속의 담론」, 전승희 외 역, 『장편소설과 민중언어』, 창작과비평사, 1988, pp.109~110. 이와 같은 생각은 소설 속의 서술자 즉 시점이론을 전개시킨 헨리 제임스나 퍼시 러보크, 우스펜스키 등 많은 문학이론가들의 공통된 관점으로 간주된다. 이에 따른 대표적인 시점이론은 다음과 같이 참고한다.

서술자의 기능은 한 편의 작품에서 미학적 의미로서 시점을 결정짓기 때문에 그 중요성이 더욱 부각될 수밖에 없다.

더욱이 현대 서사 연구에 있어 서술자와 시점의 연구는 기존의 전달 방식의 형식 분석에서 담화를 탐구하는 의미 분석으로 그 해석의 지평이 확대되어 왔다. 허구화된 인물로서의 서술자의 창조는 작가의 관점 그리고 독자의 선호에 따라 결정되므로 전망적 해석을 가능하게 한다. 따라서 단편소설의 모두 서술자 기능을 파악하는 것은 서사 현실을 한층 면밀하게 이해할 수 있는 첩경이자 담화의 공시적 특성을 분석하는 근거일 뿐 아니라 내재적 문학사로서 사회 변동에 대한 작가적 입장의 통시적 흐름을 밝힐 수 있는 의미를 확보한다. 이와 같은 중요성에도 불구하고 현재까지 서술자 기능을 단편소설의 모두와 연계하여 분석한 연구는 전무하다.

그러므로 선행 연구는 비교적 본 연구의 목적과 관련되는 측면을 고려

Booth, W. C., 최상규 역, 『소설의 수사학』, 새문사, 1985.

Uspensky, B., 김경수 역, 『소설구성의 시학』, 현대소설사, 1992.

Gerald, Prince., 최상규 역, 『서사학-서사물의 형식과 기능』, 문학지성사, 1988.

Genette, G., 권택영 역, 『서사담론』, 교보문고, 1992.

Rimmon-Kenan, S., 최상규 역, 『소설의 시학』, 문학과지성사, 1985.

Bal, M., 한용환 · 강덕화 역, 『서사란 무엇인가』, 문예출판사, 1999.

Toolan, M. J., 앞의 책.

Chatman, S., 한용환 역, 『이야기와 담론』, 푸른사상사, 2003.

Lanser, S., 김형민 역, 『시점의 시학』, 좋은날, 1998.

Stanzel, F. K., 『소설의 이론』, 앞의 책.

O' Neill, Patrick., 앞의 책.

하여 검토하겠다. 한국 단편소설의 모두의 연구는 문제제기 차원에서만 언급되었다.[19] 졸고에 의해 비록 본격화를 시도하였지만 1920년대 전반에 한정된 연구[20]라는 점에서 한국 단편소설의 보편적 특성과 흐름을 조명하는 데는 한계를 드러낸다.

단편소설의 모두는 소설구성의 측면에서 끝 부분인 결말과 일정한 상관관계를 가진다는 측면을 고려하여 본 연구는 결말에 대한 담화론적 연구에 주목하였다. 김현은 기존의 규범적이고, 유형적인 선행 결말 연구와 논의를 달리하여 담화론적 입장에서 현대소설의 결말 연구[21]를 진척시켰다.

한편으로 1920~30년대의 단편소설에 대한 연구는 방대하게 이루어졌지만, 당대 작품들에 드러난 서사 시점의 다양성과 변이 양상을 규명하지 못한 상태이다. 그러므로 선행 연구를 총체적인 시점 논의로 확대하는 차원에서 살펴보면 다음과 같다. 우리 학계에서 시점 논의의 출발은 서구의 대표적 기존 시점이론[22]을 수용하는 1960년대 후반부터 제기되었지만 주

---

19) 이유식, 앞의 책 참조.

20) 이 책은 졸고인 1920년대 전반기를 중심으로 한국 단편소설 모두를 연구하였던 석사논문의 한계를 직시하고 반성하는 데 출발점을 두고 있다. 김원희, 「한국 단편소설 冒頭 연구－1920년대 전반기를 중심으로」, 인제대 석사학위 논문, 2001.

21) 김현은 기존의 결말 연구가 스토리(story)와 담화 (discourse)의 차이를 인식하지 못한 데에서부터 좀 더 포괄적으로는 서사 내적 세계와 현실 세계 사이의 변별성을 무시한 데서 기인한 것으로 본다. 그의 입장은 결말 논의의 전제를 '소설을 일련의 소통을 위한 발화행위'로 보는 담화론적 안목으로 담화론적 결말의 두 양식과 세계관을 시간성과 공간성으로 나누어 논의를 전개한다. 김현, 앞의 책, pp.5~22 참조.

22) Brooks & Warren(1인칭 서술, 1인칭 관찰자 서술, 작가 관찰자, 전지적 작가), Perrine(1인

로 서술자의 인칭과 인식의 양에 중점을 두었기 때문에 소설 전체 담론과 맺는 구체적인 관계에 대한 언급이 되지 않았다. 따라서 이 시기의 시점 논의는 주로 형식적이며 개론적인 수준[23]에 머물렀다.

이재선[24]이 액자소설 연구를 심화시키는 것으로 우리 학계에서 시점이 론은 본격화되었다. 1970년대 중반 이후 최상규[25], 김천혜[26], 이경범[27],

_____

칭 시점, 객관적 시점, 제한된 전지, 전지적 시점), Stanton(1인칭 주인공, 1인칭 주변인 물, 제한된 3인칭, 전지의 3인칭), Friedmand(주인공으로서의 나, 증인으로서의 나, 드라 마적 양식, 카메라, 선택적 전지, 다선적 전지, 중립적 전지, 편집자적 전지) 등의 서구 시점이론을 원론적인 입장에서 소개한다. 송기숙, 「소설에 있어서의 관점(Point of view) 의 문제」, 『용봉논총』 제6집, 전남대 문리과대학, 1976, p.65.

23) 구인환·구창환, 『문학의 원리』, 법문사, 1969.
최인훈, 「시점에 대하여」, 『월간문학』, 1969. 3.
김동리, 『소설작법』, 문명사, 1971.
구인환, 「한국소설의 구성적 연구」, 『국어국문학』 53호, 국어국문학회, 1971.
정한숙, 『소설기술론』, 고려대 출판부, 1975.

24) 이재선은 시점에 따라 소설을 서술자 주관적 3인칭 소설, 1인칭 소설, 퇴행적 소설 등으 로 나누고 시점을 소설사와 연계시켜 서술자 주관적 3인칭 소설에서 1인칭 소설과 서술 자 퇴행적 3인칭 소설로 발전해온 과정으로 지적한 것은 고무적이나 개별 작품에 관한 구체적인 서술 분석이 이루어지지 않고 있어 추상적인 유형론이라는 인상을 갖게 한다. 이재선, 『한국단편소설연구』, 일조각, 1975.

25) 최상규는 1인칭과 3인칭의 혼합형태인 액자소설을 독자적인 유형으로 설정하고 3인칭 시점을 선택적 전지 시점과 전지적 시점, 객관적 시점으로 나눈다. 최상규, 「시점에 관 한 연구」, 『공주교육대학 논문집』 13호, 1976.

26) 김천혜는 1인칭과 3인칭 서술을 서술자의 태도에 따라 중립적 시점, 논평적 시점으로 분 류하고 서술의 재현 방식에 따라 극적 시점과 사진적 시점으로 분류하지만 실제 작품들 의 검증과 적용을 거치지 않은 한계를 보인다. 김천혜, 「시점에 관한 연구」, 『사대 논문 집』 제3집, 부산대 사범대학, 1976.

27) 이경범은 1인칭과 3인칭, 주인물 시점과 부인물 시점, 고백적·전지적·관찰적 시점을 기준 삼아 10가지 유형으로 분류하지만 그 구분이 모호하고 용어상의 혼란을 드러낸다. 이경범, 「소설시점연구」, 경희대 석사학위 논문, 1980.

조남현[28], 신동욱[29] 등에 의한 시점의 유형론은 작품의 미적 분석에 대해 보다 정치한 방향으로 연구를 진행시켰다. 그렇지만 이들의 연구는 서술자와 독자의 관계를 배제한 작가 위주의 기술적 시점에 치우치는 경향이다.

서구 시점이론의 소개와 확산에 따라 1980년대 후반부터 시점의 논의는 더욱 활성화된다. 김유하[30]는 독자를 고려하는 담화론적 측면에서 시점 유형론의 연구를 진행하였고 구인환[31], 조정래[32] 등의 논의는 담론의 해석적 차원으로 다각화될 수 있는 가능성은 제시되었으나, 이들의 논의에는 구체적인 시점의 적용에 대한 노력의 성과가 아쉽다. 또한 박재섭[33]

---

28) 조남현은 서술과 시점을 나누어 각각의 유형을 세분화하여 분류하고 이들 사이의 상관성을 지적하지만 서술 시점을 전체적인 이론의 문맥으로 살피지 못하고 있다. 조남현, 『소설원론』, 고려원, 1982.

29) 신동욱은 시점의 유형을 1인칭 주관적 화자, 1인칭 부속적 화자, 3인칭 화자, 전지적 화자, 의식의 흐름 화자, 편집자적 화자 등으로 분류한다. 신동욱, 「시점과 소설미학」, 이선영 편, 『문학비평론』, 고려원, 1984.

30) 서술 유형을 함축적 화자의 청자 지향 유형, 함축적 화자의 화제 지향 유형, 현상적 화자의 화자 지향 유형, 현상적 화자의 청자 지향 유형, 현상적 화자의 화제 지향 유형으로 분류한다. 김유하, 「소설의 서술 유형연구」, 부산대 박사학위 논문, 1989.

31) 기존 이론의 한계를 초점화이론으로 극복하려고 노력하지만 결국 시점을 요소로 간주한 채 기존의 네 가지 유형론으로 회귀하는 양상을 드러낸다. 구인환, 『소설론』, 삼지원, 1996.

32) 우스펜스키의 포괄적인 시점이론을 수용하면서도 시점을 지각의 주체와 지각의 방향 개념으로 국한하여 사용하면서 서술을 상위 개념으로 하고 그의 하위 개념인 시점에 시점화와 초점화를 포함시킨다. 조정래, 『소설과 서술』, 개문사, 1995.

33) 고백체소설의 성립배경과 발생과정을 면밀히 파악한 후, 근대 한국 고백체소설을 자아의 동일성과 관련하여 호소형, 자기 폭로형, 자기 실현형으로 유형화하였다. 또한 이러한 유형을 서술과 시점문제로 검토함으로써 단순한 고백 형식의 연구에 고백의 내용, 작가의식, 서술적 책략 등을 밝힌다. 박재섭, 「한국 근대 고백체소설 연구」, 서강대 박사학위 논문, 1993.

은 한국 근대 고백체 서술에 대한 연구를 서술체의 특성에 주목하여 천착함으로써 고백체소설의 연구에 대한 기존의 인식을 재검토하지만, 연구 목적상 고백체소설에 제한된 시점 연구를 보여준다.

특히 최병우는 개별 연구자로서는 최초로 시점의 연구와 적용을 적극적으로 모색하였다는 점에서 주목된다. 그는 먼저 1인칭 소설의 시점 유형을 분류[34]하여 내재적인 근대소설의 연구를 진척시키려는 노력을 보인다. 서술자 전달 방식에 따른 최병우 서술자의 유형[35] 분류는 소설담론을 연구하는 초석으로서 시점 연구가 이념과 심리 등의 문제로 발전할 수 있는 가능성을 시사하는 차원에서는 고무적이나 역시 기존의 전달 방식의 시점 유형을 답습하는 한계가 없지 않다. 그리고 나병철[36]은 시점과 서술로서의 의사소통구조를 체계적인 이론으로 면밀하게 분석하고 있으나 한

---

34) 최병우, 「소설에 있어 시점의 유형」, 『국어교육』 61 · 62 합병호, 한국국어교육연구회, 1987; 「한국 근대 1인칭 소설연구」, 서울대 박사학위 논문, 1993; 『한국 현대 소설의 미적 구조』, 앞의 책.

35) 작품 내 · 외적 서술자를 이분한 후, 쥬네트 이론에 따라 외적 · 내적 서술자를 구분한다. 시점 유형을 먼저 외적 서술자로서 편집자적 서술자, 중립적 서술자, 복합적 서술자, 가변적 서술자, 고정적 서술자, 제한적 서술자, 관찰자적 서술자로 분류하고 내적 서술자를 자기 분석적 서술자, 신변잡기적 서술자, 보고적 서술자, 회상적 서술자, 해설자적 서술자, 단순 서술자, 관찰적 서술자, 회고적 서술자로 분류한다. 이러한 분류는 서술자의 중개성 주기를 고려하지 않아 다소 산만하고 반복되는 한계를 보인다. 최병우, 「소설에 있어서의 시점 유형」, 『한국 현대 소설의 미적 구조』, 위의 책.

36) 플롯과 전망으로서 이야기의 구조를 분석하는 한편 시점과 서술의 상관성에 주목하여 '누가 보느냐'를 시점으로, '누가 말하느냐'를 서술로 본다. 이야기 내용을 지각 인식하는 측면이 '시점'이며, 이 시점을 통해 지각(인식)된 내용을 독자에게 전달하는 측면이 '서술'이라 규정하여 의사소통의 구조로서 한국 소설을 분석한다. 나병철, 『소설의 이해』, 문예출판사, 1998.

국 소설에 부합되는 이론의 재정립과 본격적인 적용에는 창의성을 보여주지 못하고 있다.

시점 유형론과 소설사 및 시점이론에 관한 연구는 조진기[37], 김용재[38], 구수경[39], 박재섭[40], 장수익[41] 등에 의해 진척되었다. 이들의 논의는 문학의 내재적 구성원리를 존중하는 입장에서 역사적, 사회적 환경에 대하는 작가의 가치관과 태도를 밝히려는 통시적인 시점 연구의 가능성을 제시한다는 차원에서 의의를 갖지만 본격적이며 창의적인 적용에는 유보적인 입장이다.

---

37) 슈탄젤의 시점 유형론을 활용하여 20년대 1인칭 서술 양식을 유형화하고 그 변모과정과 성립배경을 살피고 있다. 조진기, 『한국 근대 리얼리즘 소설연구』, 새문사, 1989.

38) 김용재는 서술자의 작품 내적 기능을 살피고 이를 유형학적으로 분류한다. 특히 1인칭 서술 형식이라는 서술론적 관점에서 근대 단편소설 형성과정을 살핌으로써 문학사로서 서술 시점 연구의 가능성을 시사한다. 김용재, 「한국 근대 단편 소설의 서술 형식 연구」, 전북대 박사학위 논문, 1991; 『한국 소설의 서사론적 탐구』, 평민사, 1993.

39) 작가의 주제 구현 방식 중 특히 서술의 시점이 통시적으로 어떤 특성을 갖는가를 파악한다. S. 랜서의 서술행위이론은 수용 시점을 텍스트 내 이야기를 독자에게 전달함에 있어서 작가에 의해 설정된 양식 또는 관점으로서 그 의미를 강조한다. 시점을 확장된 개념으로 수용하지만 결국 서술기법 차원의 분석에 머무는 한계를 극복하지는 못한다. 구수경, 『한국소설과 시점』, 아세아문화사, 1996.

40) 시점은 문학 작품의 내재적 연구와 기능적 연구가 상호 보완적이라는 점에서 이 두 가지 연구방법을 묶는 중요한 고리 역할로서 그 중요성과 전망을 피력한다. 박재섭, 「소설 시점에 관한 일고찰」, 『인문사회과학논총』 제2권 1호, 인제대 인문사회과학연구소, 1995.

41) 김동인, 염상섭, 현진건의 초기 소설을 대상으로 시점이 작가의 관념과 세계관을 드러내는 궁극적 원리라는 것을 구체적으로 밝힌다. 장수익, 『1920년대 초기 소설의 시점 연구』, 서울대 박사학위 논문, 1998; 「시점이론의 반성과 새로운 모색」, 『한국 근대 소설사의 탐색』, 월인, 1999.

시점 연구를 통한 작가론을 본격화하려는 논의는 김종구[42], 노광복[43], 최시한[44], 김형민[45], 이수정[46], 오경복[47], 한혜경[48], 최남진[49], 천정환[50], 김석봉[51], 정미숙[52] 등에 의해 한국 소설에 시점이론을 적용시켜 작품의 미

---

42) 김유정과 이상의 소설을 시점과 작중인물 서술태도, 이념, 시간 등을 연계시켜 분석한다. 김종구, 「한국 근대 소설의 시점연구」, 서강대 석사학위 논문, 1975.

43) 슈탄젤의 소설의 세 가지 서술상황을 원용하여 채만식 소설을 유형화하고 그 변모과정을 살핀다. 노광복, 「채만식 소설의 서술상황연구」, 서강대 석사학위 논문, 1986.

44) 염상섭 소설이 1인칭에서 3인칭으로 변모된 양상에 주목하고 그 의의를 당대 현실에 대한 모색과정임을 밝힌다. 최시한, 「염상섭소설의 전개」, 서종택·정덕준 편, 『한국 현대 소설의 연구』, 새문사, 1990.

45) 김유정 단편에서 신빙성 없는 화자와 함축적 작가의 미적인 거리 조정의 방식에 대해 살핀다. 김형민, 「김유정 소설의 서술주체와 서술객체」, 『어문교육논집』 11집, 부산대 국어교육과, 1991.

46) 1920년대와 1930년대 1인칭 단편소설에 등장하는 신빙성 없는 1인칭 화자의 유형과 서술적 특성에 대해 살피고 있다. 이수정, 「1인칭 소설의 신빙성 없는 화자에 대한 연구」, 서강대 석사학위 논문, 1992.

47) 박태원 소설의 서사행위를 초점화의 방식, 서술 유형, 시간과 공간의 특성, 언술 방식, 독자와의 관계 등으로 분석한 뒤 미학적 특징을 밝힌다. 오경복, 「박태원 소설의 기법연구」, 이화여대 박사학위 논문, 1992.

48) 채만식의 소설에 등장하는 서술자의 유형을 분류하고 언술의 특징을 분석한다. 한혜경, 「채만식 소설의 언술구조연구」, 이화여대 박사학위 논문, 1993.

49) 쥬네트와 리먼케넌의 초점화이론을 절충한 초점화이론으로 김유정 소설을 분석한다. 최남진, 「김유정 소설의 초점화 연구」, 부산대 석사학위 논문, 1995.

50) 바흐친의 이론을 기저로 박태원 소설에서 미시, 거시적인 서사 단위들이 시간과 서술자의 범주와 어떤 연관성을 맺는지를 고찰한다. 천정환, 「박태원 소설의 서사기법에 관한 연구」, 서울대 석사학위 논문, 1997.

51) 채트먼과 리먼 캐넌, 슈탄젤의 이론을 기저로 1920년 초기 한국 단편소설의 서술자의 준거기능을 파악하는 것으로 서사론적 의의를 조명한다. 김석봉, 「1920년대 초기 단편소설의 서사론적 연구」, 서울대 석사학위 논문, 1997.

52) 랜서의 이론으로 젠더공간으로서 시점을 적용시켜 여성소설의 특성을 밝히는 데 있어 담론의 심층구조를 강조한다. 정미숙, 「한국 근대 여성소설의 서술시점 연구」, 부산대

적 구조를 밝히고 작가의식을 추적하려는 노력을 보여준다. 이러한 논의의 구심점에는 바흐친, 웨인부스, 우스펜스키, 랜서, 쥬네트, 슈탄젤 등의 이론이 큰 영향력을 발휘하고 있다. 그렇지만 이들의 연구는 구조적 분석과 그 적용에 있어 유연성을 발휘하지 못하거나, 체계적인 구조나 기능의 질서를 도외시한 한계가 살펴진다. 한편으로 한국소설학회의 연구[53]는 시점 연구의 종합적 연구를 집성시켜 여러 논자들의 다각적인 시점 연구에 관한 유연한 연구의 가능성들을 종합적으로 제시하고 있다는 점에서 시점이론의 적용과 그 방향에 대하여 자료적 근거를 풍부하게 제공한다.

위와 같이 서사시학에 괄목할 만한 기여를 한 시점 연구가 방대하게 이루어졌음에도 불구하고 지금까지 우리 학계의 서술자와 시점의 연구는 한국 단편소설의 형식과 의미를 유연하게 접목시킬 수 있는 담화의 해석으로 진척되지 못하였다. 특히 1920~30년대의 단편소설에 대한 연구가 다각적인 방향에서 폭넓게 이루어졌지만 전망으로서 모두 서술자 기능을 구체적으로 적용시켜 작품을 분석하려는 시도가 이뤄지지 않았기 때문에 문학사적 탐구의 성과가 수확되지 못하였다.

선행 연구의 한계는 다음과 같이 지적된다. 첫째, 한국 소설에 적합하게 적용되는 서술자와 시점 연구의 반성과 창의적인 시도가 부족하다. 둘

박사학위 논문, 2000.

53) 다양한 견해의 필자들이 연구사와 이론의 검토를 통한 새로운 방향 모색을 제시하고 개별 작가의 작품 분석으로 구체적 시점이론의 적용을 제시한다. 한국소설학회 편, 『현대소설시점의 시학』, 새문사, 1996.

째, 서술자와 시점의 적용과 해석이 총체적인 전망으로 조망되지 못하고 지엽적인 분석에 그치는 경향이 드러난다. 셋째, 서술자의 시점이론의 적용이 지나치게 원론적이며 추상적으로 이루어지거나 구조적 분석의 경직성만을 드러내는 연구의 편향성이다. 넷째, 담론 해석에 서술자와 시점이론을 적극적으로 활용하려는 노력이 부족하므로 공시적이며 통시적 소설 연구에 기여하지 못한다.

이러한 선행 연구의 한계를 극복하려는 노력의 일환으로 본 연구는 과학적인 작품 분석의 근거로서 담화의 전망과 단편소설의 모두 서술자 기능을 구체적으로 유형화하고 이를 유기적이며 체계적인 준거로 삼아 작품 연구에 탄력적으로 적용하려고 한다. 특히 본 연구는 단편소설 시작으로서 전망과 모두 서술자 기능의 유형화에 있어 표층적 전달과 심층적 의미의 해석적 특성을 규명하고 이에 부합되는 명칭들을 상정함으로써 본격적인 시점 연구의 확장으로서 창의성을 발휘하려고 한다. 그리고 이를 1920~30년대 단편소설에 구체적으로 적용시킴으로써 한국 서사시학의 다양한 특성을 밝히고 통시적인 접근으로서의 해석의 패러다임을 조명하게 될 것이다.

3. 1920~30년대 단편시학과 모두 서술자 기능 분석

형식은 내용을 상관적으로 외면화시킨 것이다.[54] 이는 단편소설 시작으

---

54) Helmut Winter, *Literaturtheorie und Literaturkritik*, Duüsseldorf: Bagel [etc.]; Bern; München:

로서 전망과 모두 서술자 기능이 담화의 내용과 어울리는 심미적인 형식을 어떤 방식으로 실현하는가를 밝힐 수 있는 근원으로서 의미를 부여한다. 전망과 모두 서술자의 표면적 전달체계라는 형식은 담화의 심층적 의미 분석이라는 내용을 파악할 수 있는 근거를 제공하기 때문이다.

주지하다시피 서술자와 시점의 연구에는 기교와 이데올로기가 교차한다. 담화의 전망으로서 모두 서술자 기능을 파악하는 것은 형식적인 구조 분석과 심층적인 의미 분석이 병행되어야 한다. 구조 분석으로서의 요소와 유형을 배제한 채 기능 위주의 분석을 추구한다면 작품 분석의 체계성과 과학성이 떨어질 것이다. 반면 구조 분석만을 지나치게 강조하고 담화 기능의 의미를 배제한다면 너무 기계적이며 고답적인 연구가 될 것이다. 이러한 편향성을 극복하기 위하여 본 연구는 시점 영역의 확장으로서 전망과 모두 서술자 기능을 형식적 구조와 내용적 의미의 분석을 아우르는 차원에서 진척시키려고 한다.

시점 연구는 단순한 전달 방식을 뛰어넘어 세상을 보는 시각이며 세상에 대응하는 인식론적 방식으로 확대된다. 이러한 맥락에서 한국 단편소설의 모두 서술자 기능의 분석은 작품의 과학적 분석의 타당성을 제공하고 이를 근거로 담화의 의미를 해석하는 준거로 활용되어야 한다. 서술자는 작가의 허구적 창조의 한 방식이지만, 담화구조에서 독자가 항상 듣는 유일한 목소리는 서술자의 목소리밖에 없다. 그렇기 때문에 담화의 해석적 의미나 내포작가적 전략은 서술자의 목소리에 의해 추론된다. 내포작

Francke, 1975, p.14. Stanzel, F. K., 『소설의 이론』, 앞의 책, p.43에서 재인용.

가는 서술자가 전달하는 담화와 관련시켜서 서술자의 위치를 정한다.[55] 그러므로 모두 서술자의 다양한 위치와 기능을 파악하는 작업은 단순한 기법의 형식적 구성요소를 분석하는 차원이 아닌 서사시학이 형성되는 사회구조적 원리를 밝히는 토대가 된다.

프드리만과 슈탄젤의 서술자 개념[56]은 기존의 시점이론으로 대표되는 러보크의 '지각'과 '관찰'로 한정되었던 서술자 개념을 '평가'적인 측면 까지 확대한다. 웨인 부스가 숨은 저자를 표층으로 끌어내어 텍스트 안 의 서술자로 지위를 바꾸고 그의 전략을 논의한 것처럼 서술자란 객관 진리로서 저자가 아닌 내포저자와 흡사한 서술의 주체로서 전략자 혹은 조정자로서 기능한다.[57] 서술자가 인물을 조종하며 독자를 움직이는 방 식에 대한 탄력적인 연구가 진행되면서 단순한 형식적인 이야기 전달이 라는 기존의 시점 개념으로는 텍스트의 의미 해석에 기여할 수 없게 된 것이다. 작가가 독자에게 전달하는 이야기 방식은 서술자를 매개로 하 므로 스토리는 반드시 서술자의 것은 아니지만 서술자의 '프리즘', '관 점(perspective)', '시각(angle of vision)'의 중재를 통하여 텍스트 속에 제

---

55) 실제작가－내포작가－서술자－인물들－피서술자－내포독자－실제독자
　　　A　－　A'　－　N　－　C　－　N'　－　R'　－　R
　　O'Neill, 앞의 책, pp.190~191 참조.
56) "서술자는 민감하게 지각하는 사람이고 관찰하는 사람이며 평가하는 사람이다. 서술자 는 칸트 이래 세계를 그 자체로 이해하는 것이 아니라 한 관찰하는 정신이라는 매개를 통해 인식하는 것이라는 인식론적 관점을 상징한다." Stanzel, F. K., 『소설의 이론』, 앞의 책, p.26에서 재인용.
57) 권택영, 『소설을 어떻게 볼 것인가』, 문예출판사, 1995, pp.8~10, pp.175~193 참조.

시[58]된다. 따라서 단편소설 모두 서술자의 기능은 '전망(vision)'과 '양상(aspect)'을 포괄[59]하게 된다.

전망에 따른 모두 서술자의 각기 다른 기능은 담화의 불확정성을 심미적 효과와 다양한 의미[60] 방식으로 파생시키게 된다. 모두 서술자가 담화의 전망을 작가 자신의 목소리로 직접 전달할 때보다 작중인물의 시점을 통해 반영할 때, 이야기는 한층 간접화되고 때로는 변형되고 왜곡되는 양상을 드러낸다. 따라서 심미적 담화체계의 주역으로서 모두 서술자의 기능의 전이로서 시점의 다양성은 독서과정에서 독자의 욕망과 환상을 다양한 경로로 끌어들여 독서 체험이 일방적 수용이 아닌 재창조[61]로서 작

---

58) Rimmon-Kenan, S., 『소설의 시학』, 앞의 책, p.109.

59) 토도로프에게 있어 문학적 비전은 있는 그대로의 사건들을 접하는 게 아니라, 어떤 태도로 제시된 사건들을 접하는 것이다. 작품에 대한 독자의 실제적인 지각에 관한 게 아니라 작품 안에 나타나는 지각에 관한 것이다. '전망'이나 '양상'은 뿌이용과 토도로프의 용어이며 '여과'는 채트먼의 용어이다. Todorov, T., 곽광수 역, 『구조시학』, 문학과지성사, 1987, p.69 참조.

60) 수용미학에 있어 문학 작품 내의 불확정성에 대한 규정은 문학 작품에 대한 현상학적 이해와 역사적 이해의 차이로 구분된다. 권희돈, 「수용미학이란 무엇인가」, 『새국어교육』 46호, 한국국어교육학회, 1990, p.3 참조.

61) 독자의 역할은 단순히 작가에 의해 그의 욕망이 작품에 반영되는 것이 아니라 작품의 의미를 재창조할 수도 있다는 점에서 주목된다. 후기 구조주의의 텍스트로서 작품 개념은 기표와 기의가 고정되어 하나의 완결된 상태를 의미가 아닌 기표와 기의 사이가 개방되어 있으며 그 사이에서 능동적인 의미 생산이 계속해서 이루어진다는 것을 전제한다. 롤랑 바르트는 문학 텍스트를 '읽을 수 읽는(readably) 텍스트'와 '쓸 수 있는(writerly) 텍스트'의 두 가지 유형으로 분류하였다. 전자는 작품 속의 고정된 의미를 수동적으로 받아들이도록 만든 '닫혀진 텍스트'임에 반해, 후자는 독자가 주관적으로 다양한 의미를 능동적으로 생산할 수 있는 '열린 텍스트'에 해당한다. 전자의 경우, 독자는 단순히 작품의 의미를 만들어 내는 '소비자'로서 역할을 하지만 후자의 경우, 독자는 작품의 의미를

가적 창조성을 유발하는 역동적인 경험이 되게 한다.

이와 같은 맥락에서 단편소설의 모두 서술자 기능의 연구는 총체적인 담화의 전망을 탐구하기 위한 전제조건이다. 이를 위한 방법론적 접근으로서 구체적인 시점이론은 다음과 같이 적용될 것이다. 우선 헬무트 본하임의 단편소설의 연구[62]는 서사 양식을 논평·묘사·보고·발화 등의 네 가지로 크게 구분하여 단편소설의 모두의 기법을 분석하므로 본 연구의 이론과 적용에 유용한 분석적 요소와 근거를 제공한다.

그런데 서술자와 기능과 시점의 연구는 단편소설의 기교적인 측면에 국한되는 형식적 연구로 그치는 것이 아니라 한 작품의 주제와 플롯을 보다 면밀하게 분석할 수 있는 과학적인 방법으로 활용되어야 한다. 이를 위하여 본 연구는 우선 모두 서술자가 어떤 위치와 거리에서 작중인물을 조종하고, 어떤 관점으로 독자를 움직이는가에 따라 단편소설의 전망과 모두 서술자 기능을 유형화하려고 한다. 이러한 유형화는 단편소설을 객관적으로 분석하는 데 있어 질서와 원리[63]를 부여할 뿐만 아니라 심층적인 담화 의미를 해석하기 위한 구체적이고 체계적인 규준(規準)을 제공하게 될 것이다.

만들어 내는 '생산자'로서 역할을 한다. Selden, Raman, 현대문학이론연구회 역, 『현대문학이론』, 문학과지성사, 1996, p.118 참조.

62) 이 책에서 연구자의 관심은 단편소설의 법칙, 즉 작가들이 서사장치들을 사용하는 방식에 있으며, 크게 세 부분으로 나누어질 수 있다. 세 번째 부분에서는 단편소설의 시작과 끝에 관해 살피고 있다. Bonheim, H., 오연희 역, 『서사양식』, 예림기획, 1998 참조.

63) Stanzel, F. K., 안삼환 역, 『소설 형식의 기본 유형』, 탐구당, 1996, p.18 참조.

이러한 맥락에서 살필 때, 중개성을 핵심 개념으로 한 슈탄젤의 이론[64]은 서술자 기능의 객관적인 유형화를 위한 적용과 실천에 있어 구체적이며 체계적인 서술자 특성의 범주들을 다양하고 정치(精緻)하게 분석한다. 중개성의 주기를 체계적으로 분석한 그의 이론은 인칭(person)·양식(mode)·시점(perspective)의 삼가체계를 1인칭과 3인칭, 화자-인물과 반성자-인물, 내부 시점과 외부 시점이라는 이원대립항으로 도구화하고 있다. 특히 슈탄젤은 소설의 시작을 구분 짓는 서술자를 화자-인물과 반영-인물이라는 양식의 대립에 의해 구분한다.[65] 화자-인물로서 서술자는 전달기능이 강조되고 반성자-인물로서 서술자는 반영기능이 부각된다. 이러한 서술자 기능의 특성은 본 연구의 유형화에 있어 구체적인 기준이 된다. 모두 서술자의 전달기능과 반영기능의 대립에 따라 독자반응이 달라지기 때문에 본 연구의 유형화는 '전달'과 '반영'[66]을 양극으로 대

---

64) '반성'과 '반성자'로 번역된 'reflection'과 'reflector'는 반영과 반영자로 대신한다. Stanzel, K., 『소설의 이론』, 앞의 책, 1982.

65) 슈탄젤은 화자-인물에서 반영자-인물로의 전이과정인 화자의 특징적인 서술지점과 반영자의 특징적인 전달지점이라는 두 특징적인 국면으로서 구체적인 근거를 제공한다. 화자-인물은 서술하고, 기록하고, 정보를 주고, 편지를 쓰고, 자료를 포함시키고 믿을 만한 정보제공자를 인용하고, 자기 자신의 서술을 가리키고 독자에게 연설하고 서술되어 온 것들을 논평한다. 이에 비해 반영자-인물은 반성하고 즉 자신의 의식 속에서 외부 세계의 사건을 반영하고, 지각하고, 느끼고, 기록하는데 항상 말없이 진행한다. 독자는 반영자-인물의 의식 속에 투영된 사건과 반응들을 그의 의식 속에서 직접 통찰에 의해 찾아내게 된다. 위의 책, pp.211~269 참조.

66) 그 특성을 미키 발의 용어인 '화자-초점화자(narrator-focalizor)'와 '작중인물-초점화자'로 규명할 수 있는데 전자에서는 서술자가 초점화자로서 기능하지만 후자에서는 서술자가 작중인물을 초점화자로 기능하게 하므로 초점화와 서술이 불일치한다. Rimmon-Kenan, S., 앞의 책, pp.123~124 참조.

비하고 그 사이의 '반영화'과정을 특징적인 범주로 객관화하여 분류하는 방식으로 진행될 것이다.

전달기능의 서술자는 초점주체로서의 역할까지 동시에 담당하기 때문에 보는 행위와 서술하는 행위를 동시에 수행한다면 반영기능의 서술자는 초점주체와 분리되기 때문에 보는 행위와 서술하는 행위에 분명한 차이를 보여주며[67] 작중인물의 관점을 부각시키게 된다. 이러한 변별성에 의해 단편소설 모두 서술자 기능의 특성은 구조적 시작과 자료적 시작[68]으로 연관된다. 단편소설에 있어 구조적 시작은 전달기능의 모두 서술자로 특성화된다면, 자료적 시작은 반영기능의 모두 서술자로 특성화된다. 이와 같은 모두 서술자의 기능의 분석에 있어 양식 대립의 적용은 양식축만을 부각한 것으로 보일 수 있다. 그러나 슈탄젤의 유형원에서 중개성의 규정을 위하여 적용된 삼가체계는 서로 상호 관련될 수밖에 없는 하나의 유동적인

---

67) 초점주체와 서술자의 일치 여부는 초점화와 연결된다. 전달기능의 서술자는 외적 초점화와 연관된다면 반영기능의 서술자는 내적 초점화와 연관된다. 이처럼 초점화의 국면과 관계되는 서술자의 전달과 반영의 기능은 단편소설 전체에서 어느 하나의 특징이 부각되기도 하지만 한 문장 안에서조차 혼재되는 양상을 드러내기도 한다. 그러므로 이를 명확하게 구분하는 데는 어려움이 있지만 서술자 기능에서 작가적 전달이 강조된 것인지, 허구적 인물의 반영이 강조된 것인지에 관심을 두려고 한다.

68) 텍스트 언어학이 제공한 '테마(theme)/레마(rheme)'의 배열에서 '구조적 시작 (emic openings)'이 내면적, 구조적으로 결정된다면 '자료적 시작(etic openings)'은 단순히 언어 외적으로 결정되는 것으로, 구조적으로 결정되지 않는다. 이 용어는 케네드 파이크가 'phonetic(음성의)', 'phonemic(음소의)'라는 두 단어를 따서 만들었다. 'etic'은 자료가 구상화, 개념화되지 않는 비구조적, 비구상적, 비규범적이라면 'emic'은 'etic'보다 유분화, 구조화, 개별언어로 의미 부여가 된 상태인 구조적, 구상적, 규범적이다. Stanzel, F. K., 『소설의 이론』, 앞의 책, pp.242~250 참조.

틀[69]이므로 양식축의 부각은 인칭과 시점의 축과도 상관되게 된다.

그런데 보다 근본적인 연구목표의 차이에서 슈탄젤의 이론은 이 글에서 변용될 수밖에 없다. 슈탄젤의 서술자이론이 서구 장편소설에 적용되었다면 이 글은 한국 단편소설의 모두 서술자 기능을 분석한다는 점에서 연구목표를 달리한다. 그리고 그의 이론이 서술자 분석의 표층적인 전달 체계의 모범적 성과를 거두었으나 심층적인 담화 분석의 구체적 적용을 본격화하지는 못한 데 비해 본 연구는 심층적인 담화 의미를 해석하기 위하여 기능적이며 유연한 접근으로서 모두 서술자 기능을 유형화하려고 한다는 점에서도 연구 목적의 차이가 분명하게 드러난다.

이러한 연구 목적의 차이로 인하여 본 연구는 슈탄젤의 삼가체계의 입각점을 달리하는 방식으로 재구성하여 변용할 수밖에 없다. 슈탄젤이 언급한 바와 같이 한 편의 소설에는 서술적인 측면과 리듬이라는 서술상황의 역동작용[70]으로 인한 중개성의 주기가 드러난다. 단편소설보다는 장편소설에서 중개성의 주기가 한층 복합적인 양상을 드러내는 것이 당연하다. 그런데 슈탄젤은 장편소설에 있어 중개성의 주기를 규정하지 않은 채 중층적이며 유동적일 수밖에 없는 장편소설의 서술자의 복합적 주기를 유형원의 어느 한 지점에 고정시키고 있다는 점에서 해석의 시각에 따라 혼선을 초래할 뿐만 아니라 총체적인 담화를 전망하는 데에는 한계를 드러낸다. 이를 의식한 듯 슈탄젤은 개별 작품의 서술상황은 정태적 상황

---

69) 위의 책, pp.270~271 참조.
70) 위의 책, pp.80~122 참조.

이 아니고 끊임없는 조정 속에 있는 역동적 과정 또는 유형원의 어떤 특정한 영역 내에서의 동요라는 점을 강조한다. 그렇다면 이러한 동요를 최소화하기 위해서도 서술자 기능은 장편소설보다는 단편소설에서 파악하는 것이 적합하고 중개성의 주기를 제한하지 않는 것보다는 제한하는 쪽이 전망의 혼선을 줄일 수 있다. 이러한 연구대상과 범위의 규정은 슈탄젤의 중개성이론에서 초래할 수 있는 혼선을 극소화시키겠다는 취지로서 본 연구의 입장이다.

이와 같은 맥락에서 본 연구는 슈탄젤의 삼가 이원론적 대립체계를 해체하여 한국 단편소설의 전망과 모두 서술자 기능의 분석에 알맞은 체계로 입각을 달리하는 방식으로 재구성하여 새로운 유형원을 제시하려고 한다. 이는 슈탄젤 이론의 단순한 변용이라기보다는 연구 목적의 차이에 따라 새로운 적용을 모색한다는 점에서 기존 이론의 해체에서 새로운 창조를 생성하려는 시작 정신의 실행이다.

본 연구는 1920~30년대의 전망과 모두 서술자 기능을 유형원으로 제시하기 위한 전제조건으로서 유형화를 다음과 같이 시도한다. 우선 360도 원을 가정한 다음 인칭 축으로서 3인칭 서술상황의 단편소설과 1인칭 서술상황의 단편소설의 모두 서술자를 구분한다. '서술자와 허구적 인물의 존재 영역의 동일성과 비동일성'[71]에 따라 서술자의 정체가 서사적 사건내의 한 인물로 존재하는 인격적 서술자와 허구적 세계 내의 한 실체로

---

71) 1인칭 서술상황과 3인칭 서술상황의 본질적인 차이는 서술자가 이야기의 사건들을 조망하는 방식과 어떤 것을 서술할 것인가 선별하는 동기의 종류에 있다. 위의 책, pp.125~169 참조.

존재하지 않는 비인격적 서술자로 구분된다. 3인칭과 1인칭의 서술상황에 동등하게 적용되는 서술자의 기능은 성립하기 어렵기 때문에 인칭축에 의한 구분이 전제되어야 마땅하다.

다음으로 중개성의 특성이 고려된 양식의 축을 인칭축에 교차시킨다. 양식의 대립에 따라 서술자의 기능이 전달과 반영의 양극으로 분류된다는 점에서 서술자 기능의 분석이란 다름 아닌 서술자가 작중인물에게로 다가서는 '반영화'의 과정을 구분하는 것과 같은 의미이다. 모두 서술자의 전달기능과 반영기능의 대비로서 양식축의 구분은 독자가 서사 현실을 작중인물의 밖에서 보는지 안에서 보는지에 따른 구별이다. 즉 양식축은 독자 수용반응과도 연계된다.

이와 같은 인칭축과 양식축의 교차로 인하여 단편소설의 전망은 네 가지 유형으로 분류된다. 모두 서술자 기능의 네 가지 상위 유형이라 할 수 있는 전망의 명명에 있어 '보다'라는 의미의 '觀'[72]을 차용하려고 한다. '觀'을 차용한 것은 그 의미가 관찰과 사고와 행동에 두루 걸친다는 점에서 서술자의 기능이 기존의 시점과도 연계되면서도 단순한 지각이 아닌 '전망'으로 확대된다는 것을 내포한다. 따라서 심층적인 담화 해석에 부합되는 전망의 네 가지 명칭에는 시점 연구의 확장이라는 의의가 함축된

---

72) 담화 측면에서 보는 행위 이면에는 서술자의 관점이 거시적으로 작용한 점을 고려하여 서술자의 기능의 명칭에 '보다'의 '觀'을 차용함으로써 기존 시점의 전달 방식을 담화 의미의 분석에 연계한다. 보는 만큼 인지하고 깨닫는 점을 감안하면 '보다'라는 행위에는 관찰과 사유 그리고 실천적 행동까지 포괄하는 감각 이상의 기능이 작용한다. 이러한 맥락에서 전망의 명칭에는 시점 연구의 지평을 확대하고자 하는 의도를 반영한다.

다. 전망의 명칭은 다음과 같이 상정한다.

3인칭 서술상황에서 서술자의 전달기능이 강조되면 부관전망(附觀展望), 반응기능이 강조되면 공관전망(共觀展望)으로 명명한다. 그리고 1인칭 서술상황에서의 서술-자아가 강조되면 외관전망(外觀展望), 경험-자아가 강조되면 내관전망(內觀展望)으로 명명한다. 네 가지 전망의 유형은 〈그림 1〉로 명시한다.

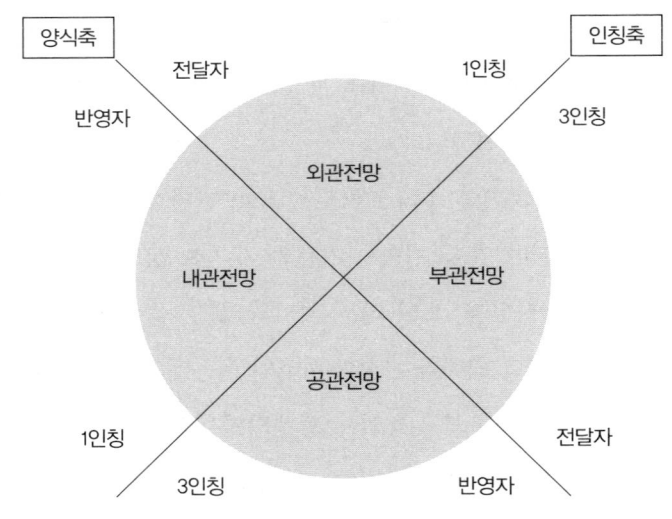

〈그림1〉 단편소설의 네 가지 전망 유형

이와 같은 단편소설의 전망 유형에 있어 그 분류의 특성은 다음과 같이 구체화하여 적용하였다. 3인칭 서술상황에서의 전망은 서술자와 작중 인물들과의 다양한 관계를 맺는 것을 통해 드러나므로 서술자의 서사 세계에 대한 고지 방식과 권위 및 지각 방식, 미래 서사 내지 결말과의 상관 방식에 따라 부관전망과 공관전망으로 구분된다.

이에 비해 1인칭 서술상황에서의 전망의 분류는 서사가 진행되면서 나름대로의 서사 세계라는 틀을 만든다는 점[73]을 고려하여 서사 세계의 경험에 대한 서술자아 '나'의 입지조건과 지각 방식, 미래 서사 내지 결말과의 상관 정도, 그리고 경험자아와 서술자아 간의 시간적인 긴장관계에 따라 외관전망과 내관전망으로 구분된다.

마지막으로 네 가지 조망의 유형을 구체적인 시점축인 초점축을 적용하여 모두 서술자 기능을 세분한다. 외적 초점화와 내적 초점화의 대립은 서술자의 위치와 관련되므로 시공간성의 특성을 구분하는 근거를 제공한다. 외적 초점화에서는 시간성 혹은 역사성이 강조되어 서술자의 주체적 관점이 부각된다면, 내적 초점화에서는 공간성 혹은 경험성이 부각되므로 작중인물의 관점과 이에 부응하는 독자의 역할이 증대하게 된다.

이러한 초점축에 의한 모두 서술자 기능의 구분은 특히 유연한 접근이 고려되므로 그 경계는 실선이 아닌 점선으로 처리한다. 그리고 초점축은 인칭축과 양식축에 등가로 적용하기 위하여 두 개의 점선의 축을 인칭축과 양식축에 각각의 기둥으로 교차시킨다. 이에 따라 단편소설의 네 가지 전망에 따른 모두 서술자 기능의 유형은 다음과 같이 구분된다. 부관전망은

---

73) 서사는 진행되면서 나름대로의 틀을 만들며, 독자는 그 틀의 지배를 받아 서사를 수용 해석한다. 그 틀은 하나의 완결된 세계를 전제한다. 이는 독자를 역설적 상황에 빠뜨린다. 독자는 서사가 제시한 틀 속의 세계를 자신과 분리시키지만, 그의 비유적 관심에 의해 그것을 자신이 속한 세계와 동일시하기도 한다. 송효섭, 「문, 서사, 문화」, 김춘섭 외, 『문학이론의 경계와 지평』, 한국문화사, 2004, pp.220~221 참조.

권위기능과 조응기능, 공관전망은 동화기능과 반영기능, 외관전망은 전달기능과 고백기능, 내관전망은 메타기능과 해체기능으로 세분된 것이다.[74] 단편소설 전망과 모두 서술자 기능의 유형은 다음 〈그림2〉로 명시한다.

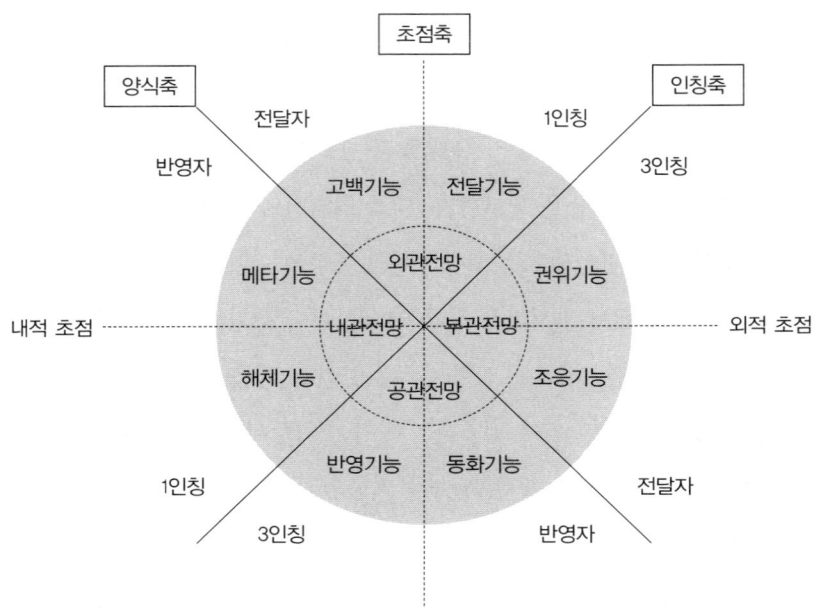

〈그림2〉 단편소설의 전망과 모두 서술자 기능의 유형

한편으로 연구 범주를 1920~30년대 한국 단편소설로 국한시킨 것은 이 시기에 한국 단편소설의 서술자 시점의 다양성이 모색되었다는 점에 주

---

74) 이러한 전망과 모두 서술자 기능의 분류는 복합적이며 유동적인 서술특성으로 인하여 혼합적 양상의 스펙트럼을 형성하기 때문에 그 유형을 명확하게 경계 짓기에는 어려움이 따르지만 본 연구는 최대한 객관화할 수 있는 변별적 특징에 관심을 두어 유형화를 시도한 것이다.

목하였기 때문이다. 또한 1920~30년대는 짧은 시간차에도 불구하고 서사 시점이 초역사적이고 보편적인 형식이 아니고, 특정한 역사적 시기에 출현한 형식[75]이라는 한국 단편소설사의 시학적 특성을 보여주는 시기이기도 하다.

이러한 통시적 문학 탐구의 접근에 있어서도 모두 서술자 기능의 변이를 파악하는 것은 효율적인 근거를 제공한다. 기존의 보편적인 문학이론의 수립을 지향한 시점이론은 통시적인 문학사 조명에 그 한계를 드러내며 연구자의 직관 내지 통찰에 의존하는 차원에 머물렀던 반면 슈탄젤은 내재적 기능을 근거로 통시적인 문학사 연구[76]에 기여한다.

물론 한국 소설에서의 서사시학의 역사적 지평은 자율적인 요인이라기보다는 서구 문학이론을 수용하는 입장에서 확대되었다. 이러한 수용적 입장을 감안하더라도 한국 단편소설의 모두 서술자 기능의 변화에는 당대 작가의 가치관과 태도가 반영되어 있다. 이 점에서 전망과 서술자 기능의 변이 양상은 문학구조상의 자율적 변동에 의한 것으로만 치부되기보다는 변모하는 역사적, 사회적 환경에 따른 작가들의 인식의 전환으로

75) 기존의 시점이론은 러시아 형식주의 영미비평·구조주의 비평에 이르기까지 소설 연구의 정수를 제시하였으나 소설 분석이나 해석에는 적극적 기여를 하지 못하였다. 뿐만 아니라 문학사적 변화를 조명하는 데에도 큰 도움이 되지 못한 공시적 연구에 머물렀다. 장수익, 「시점이론의 반성과 새로운 모색」, 앞의 책, pp.11~36 참조.

76) 슈탄젤은 유형원을 제시하여 소설의 서술상황을 설명할 뿐만 아니라 서구 소설의 흐름을 설명한다. 작가적 서술상황에서 인물적 서술상황, 작가적 서술상황에서 1인칭 서술상황, 1인칭 서술상황에서 인물적 상황으로의 서술변이가 반영된 것은 본고의 연구에도 문학사적 연구의 단초를 제공한 셈이다. Stanzel, F. K., 『소설의 이론』, 앞의 책, pp.270~339 참조.

파악될 필요가 있다. 서술자가 자신의 목소리로 이야기를 말하는 전달자 기능에서 자신의 목소리를 감추어 허구적인 인물의 시각으로 전이시켜 이야기를 보여주는 반영자 기능으로 전이하는 데서 시점의 소설적 육화로서 체현(體現)이 시작된다. 이처럼 서술자 기능과 시점의 다양성은 당대 사회를 바라보는 작가들의 심미적 입장을 탐구할 수 있는 근거가 된다.

따라서 1920~30년대 단편소설의 전망과 서술자 기능을 작품 연구에 적용시켜 다양한 특성을 탐구하는 작업은 내포작가가 작품 내적 세계를 형상화하고 구성하는 의도와 방식에 관한 연구이다. 이는 작가가 심미성의 추구로서 사물을 인식하고 재현하는 세계관과 그 본질[77]로서 내재적 문학사를 살피는 것이다. 전망과 모두 서술자의 기능 분석은 시점의 내포적 의미로서 사회적 현상을 추적할 수 있는 담론의 문맥적 근거로 이어질 수 있기 때문이다.

작가의 사회적 소통으로서의 입장을 파악하기 위하여 본 연구는 작품의 모두를 스토리상의 단순한 시작으로만 분석하는 것을 지양한다. 대신 시행착오의 과정을 겪으며 결말까지의 플롯을 완전히 서사적 욕망으로 경험한 후 그 경험의 해체에서 다시 해석을 시도하는 역동적 의미로서 시작을 분석하려고 한다. 이는 경직된 선입견을 해체한 흔적에서 의미를 생성하기 위한 새로운 담화의 전망으로서 작가의 세계관을 탐구하려는 작업이다.

근대소설의 출현은 문자사회가 구성원들에게 과거와 현재의 차이 속에

---

77) 최시한, 「현대소설의 형성과 시점」, 한국소설학회 편, 앞의 책, pp.96~97 참조.

서 반성과 새로운 것에 대한 모색을 전유하게 한다는 점에서 인간의식의 구조의 변화와 무관하지 않다.[78] 이러한 반성과 모색의 차원에서 1920년대의 단편소설이 하나의 예술품으로 간주되기 시작했다면 1930년대의 그것은 파격적인 기법으로 본격적인 서사시학으로서의 심미성을 추구한다. 이러한 시대별 단편소설의 기법의 차별화는 전통에 대한 반성과 새로운 것에 대한 모색으로써 작가의 가치관과 미학적 태도가 반영된다. 그러므로 단편소설의 전망과 모두 서술자 기능의 다양한 특성은 문학 환경과 작가정신의 지향으로서의 심미적 입장을 탐구할 수 있는 구체적이며 풍성한 근거자료를 제공하게 된다.

　　연구대상 작품은 기법의 실험이 탁월하고 서사시학의 실현에 기여도가 높다고 판단되는 1920년대의 김동인 · 나도향 · 염상섭 · 현진건, 1930년대의 김유정 · 최명익 · 박태원 · 이상 등의 작품으로 선택하였다. 대상 작가와 작품은 다음과 같다.[79]

　　김동인[80] : 「감자」 · 「배따라기」 · 「목숨」 · 「태형」 · 「마음이옅은자여」 · 「광염소나
　　　　　　　타」

---

78)　황국명, 「현단계 서사론의 요소와 시각」, 『현대소설연구』 제8호, 한국현대소설학회, 1998, p.390.

79)　텍스트의 본문 인용 페이지는 괄호 안 숫자로 표기한다.

80)　이광수의 계몽주의 문학에 반발한 최초의 순문학운동가인 김동인은 『창조』를 창간하였고 우리나라 최초의 단편소설 작가로서 근대소설 초기 시점이론을 연구하고 작품에 실현한다. 텍스트는 『韓國南北文學百選 10 – 감자 외』(일신출판사, 1998)를 기본으로 하지만 「광염소나타」의 텍스트는 『한국소설문학대계 4 – 배따라기 외』(동아출판사, 1995)로 한다.

나도향[81]: 「전차 차장의 일기 몇 절」·「벙어리 삼룡(三龍)이」·「十七圓五十
　　　　　　 전」·「별을 안거든 우지나 말걸」·「물레방아」·「행랑자식」·「뽕」

염상섭[82]: 「제야」·「표본실의 청개구리」·「윤전기」·「금반지」·「전화」

현진건[83]: 「운수 좋은 날」·「B사감과 러브레터」·「피아노」·「불」·「희생화」·
　　　　　　 「고향」·「사립정신병원장」·「그립은 흘긴 눈」·「빈처」·「술 권하는
　　　　　　 사회」·「할머니의 죽음」

김유정[84]: 「소낙비」·「만무방」·「금 따는 콩밭」·「금」·「봄봄」·「따라지」·「봄
　　　　　　 과 따라지」

최명익[85]: 「무성격자」·「비오는 길」·「역설」·「심문」

박태원[86]: 「수염」·「피로」·「길은 어둡고」·「사흘 굶은 봄달」·「소설가 구보씨

81) 『백조』 동인으로 활동하였으며 1920년대 초 5년이라는 기간 동안 개성적인 작품을 창작
　　한 나도향은 낭만주의와 사실주의를 겸비한 작가로서 인간의 근원적 탐구의 시점을 보
　　여준다. 텍스트는 『韓國南北文學百選 15 - 물레방아 외』(일신출판사, 1998)로 한다.

82) 『폐허』 동인으로 활동하였던 염상섭은 그의 초기작들인 1920년대 단편에서 당대 창작공
　　간을 특징 짓는 추상적인 근대성과 식민지로 전락하는 사회 현실의 폐색을 시점으로 포
　　착한다. 텍스트는 『韓國南北文學百選 5 - 표본실의 청개구리 외』(일신출판사, 1998)로
　　하되 「전화」와 「제야」는 『염상섭전집 9』(민음사, 1987)로 한다.

83) 사실주의를 도입하여 발전시켰으며 단편소설의 선구적 개척자로 평가받는 현진건은 작
　　품 전체의 구성을 배려하며 서사미학을 실현함으로써 서사기법의 조화로서 시점을 보여
　　준다. 텍스트는 『韓國南北文學百選 13 - 고향, 운수 좋은 날 외』(일신출판사, 1998)로 한다.

84) 짧은 창작기간 동안 구인회 활동으로 30여 편의 유수의 단편소설을 남긴 김유정은 1930
　　년대의 궁핍상을 탁월하게 묘파하여 암울했던 현실 인식과 그에 대한 대응의 시점을 보
　　여준다. 텍스트는 『한국문학대표작선집 6 - 동백꽃 외』(문학사상사, 2002)로 하되 「봄봄」
　　의 텍스트는 『사고·논술 텍스트 100선 1 - 봄봄』(한국뉴턴, 1999)으로 한다.

85) 단층파 활동으로 1930년대 짧은 기간 동안 7편의 소설을 발표한 최명익은 월북 이전의 모
　　더니즘계 심리소설에서 관념적 지식인으로서 당대의 현실감각을 인상적이며 주관적인 시
　　점으로 포착한다. 텍스트는 『한국소설문학대계 24 - 심문 외』(동아출판사, 1995)로 하되
　　「역설」의 텍스트는 『북으로 간 작가 전집 8 - 최명익 張三李四』(을유문화사, 1988)로 한다.

86) 구인회 활동으로 모더니즘을 지향하며 파격적인 서사기법을 실현한 박태원은 탁월한 스
　　타일리스트로서 의미맥락의 타당성과 문장의 적절성을 조정하면서 다양한 시점들을 실

의 일일」·「딱한 사람들」

이 상[87]: 「休業과事情」·「지주회시」·「실화(失花)」·「童骸」·「날개」

이상의 작가들의 작품을 선정한 이유는 이들 작가들이 서사시학의 실
현에 지속적인 관심을 기울이며 단편소설 시학에 대한 다각적인 실험으
로 1920~30년대 순수문학을 견인하였다는 점에 주목하였기 때문이다.
당대 문학성이 탁월하다는 평을 받아온 이들 작가들의 작품에는 단편소
설 전망과 모두 서술자 기능의 다양성이 개성적인 방식으로 실현되는 양
상이 드러난다. 작품 선정에 있어서는 무엇보다 각 작가들의 개성적인 시
각이 최대한 부각되며 당대 실험적인 서사시학을 보여줄 수 있는 측면을
고려하였다. 또한 특별히 단편소설의 전망과 모두 서술자 기능에 드러난
형식과 내용의 상관성에 특별히 주목하였다.

결과적으로 본 연구는 단편소설의 전망과 모두 서술자 기능의 분석을
통해 담화의 형식과 의미를 총체적으로 파악할 뿐만 아니라 내포작가의
서술적 입장과 독자의 해석적 반응을 통한 문학사적 흐름을 조명할 수 있
다는 관점으로 논의를 전개하려고 한다. 구체적인 논의 전개는 다음과 같
다. 본론으로서 2~5장에서는 단편소설 모두의 전망과 서술자 기능의 유
형을 1920~30년대의 단편소설의 연구에 적용시켜 특성화한다. 이에 따

험한다. 텍스트는 『박태원 단편집-소설가 구보씨의 일일』(깊은샘, 1994)의 「소설가 구보
씨의 일일」로 한다.

87) 구인회 활동으로 서술기법의 파괴를 실현한 이상은 정상적이고 보편적인 것의 질서를
끊임없는 새로움으로 해체시키는 낯설기 방식의 존재 인식으로 역설적 시점을 보여준
다. 텍스트는 『이상문학전집 2-소설』(김윤식 엮음, 문학사상사, 2002)로 한다.

라 2장에서는 부관전망에 따른 권위기능 · 조응기능, 3장에서는 공관전망에 따른 동화기능 · 반영기능, 4장에서는 외관전망에 따른 전달기능 · 고백기능, 5장에서는 내관전망에 따른 메타기능 · 해체기능 등이 특성화되며 작품 분석에 활용될 것이다. 6장에서는 1920~30년대 한국 단편소설의 전망과 모두 서술자 기능 유형원을 제시하려고 한다. 그리고 유형원의 특징과 의의를 탄력적인 방식으로 밝히는 것으로 당대 작가들의 심미적 입장과 시대별 한국 서사시학의 변이 양상을 파악하며 해석의 패러다임을 탐구하려고 한다. 마지막으로 결론에서는 위의 본론에서 밝혀진 1920~30년대 단편소설의 전망과 서술자 기능의 다양한 특성과 변이 양상을 요약함으로써 한국 서사시학의 의의를 조명할 것이다. 본격적인 논의 전개에 앞서 명확한 논지 파악을 위하여 단편소설의 전망과 모두 서술자 기능의 유형은 〈그림3〉으로 명시한다.

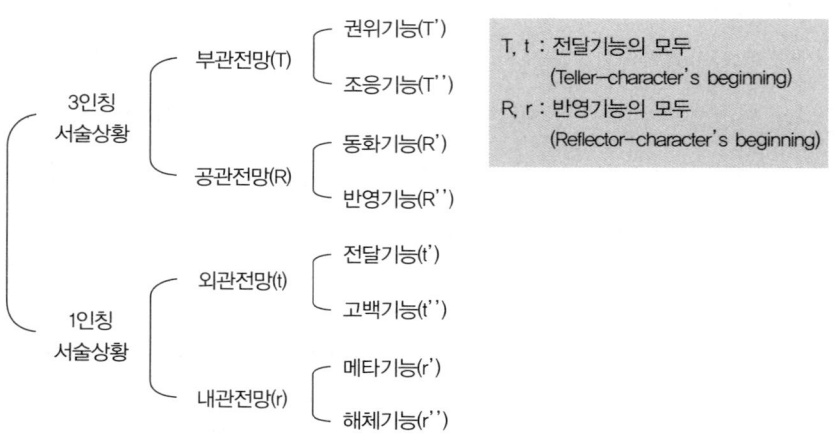

〈그림3〉 단편소설의 전망과 모두 서술자 기능의 유형

제2부

단편소설 전망과 모두 서술자 기능 적용

제 2 장

부관전망(俯觀展望)의 권위와 조응

부관전망은 화자−인물로서 서술자의 전달기능이 강조된다. 서술자의 전지적 권위가 강조되므로 서술자와 작중인물과의 거리가 가장 넓다. 부관전망은 서술자의 관점의 지향에 따라 세분된다. 시간성을 지향하는 논평이나 보고 방식이 드러나면 권위기능, 공간성을 지향하는 묘사가 드러나면 조응기능으로 구분된다. 분류의 특성은 〈그림4〉로 명시한다.

부관전망은 서술자가 소설 이해에 필요한 예비 정보를 제공하므로 가장 전통적이며 친숙한 작가적 특성을 보여준다. 인칭의 측면에서 서술자는 작중인물들과 영역을 달리하는 비인격화된 존재로 전달자의 입장에서 서술적 권위를 드러낸다. 서술자의 인식은 정보량에 따라 다소 달라지긴 하지만 주로 전지적 특권을 행사하여 미래 서사와 결말을 예시한다.

양식의 측면에서 서술자는 전달자로서의 특성이 부각되므로 어법적 전달에 있어 서술자 자신의 입장에서 일방적인 설명이나 요약으로 서사 세

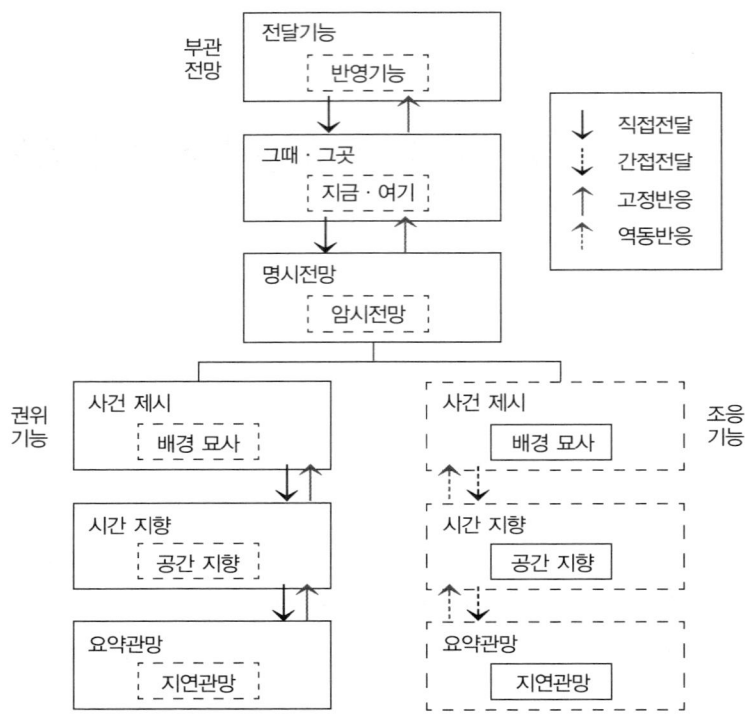

<그림4> 부관전망의 권위기능과 조응기능

계에 대한 정보를 직접적으로 고지[1]하며 확신적인 태도의 평가로 자신의
태도를 명확히 밝힌다. 진술의 어법은 '그때 · 그곳'의 열린 개관을 함축
하며 시간의 지향에 따라 과거시제가 부각되며 인과관계를 드러내는 접
속사가 빈번히 활용된다.

---

1) 서술자의 고지(告知) 경로는 작가의 말, 사고와 지각내용, 감정, 또는 작중인물의 사고 내
   용, 지각내용, 감정 등으로 나타난다. 김병욱 편, 최상규 역, 『현대소설의 이론』, 예림기
   획, 1997, p.488.

초점의 측면에서 외적 초점화가 형성되므로 서술자는 서사 세계의 외부에서 작중 현실의 정보나 인물과 사건의 경험을 진술한다. 장면보다는 요약과 그에 따른 사전 시간성을 제시하기 때문에 하나의 장면을 설정할 때에도 서술자 자신의 눈으로 본다.[2] 작중인물과 사건의 전달은 외부 시점을 드러내지만 때로는 내부 시점이나 반시점주의가 드러난다. 이데올로기는 서술자가 작가적 특권으로 독자와 수화자에게 직접 요약하여 전망하므로 명시적이고 축어적인 성격을 띠며 고립적이고 지배적이다. 독자는 서사 세계를 서술자의 전망에 따라 종속적으로 파악하게 된다.

1. 전지적 보고와 시간성 추동의 권위기능

권위기능은 서술자가 서술적 권위를 명시적인 내포작가적 전지성으로 발휘한다. 서술자의 관점은 자신의 목소리에 의해 강조되며 시간성에 의해 변화되는 양상을 드러낸다. 이 점에서 권위기능은 부관전망의 전형으로 간주된다. 환유의 질서에 따르는 사건의 제시가 시간 지향의 특성을 드러낸다.

서술자의 권위는 서사의 주축과 미래 서사의 결과를 복선으로 장치하거나 주제전달에 관여되는 아이러니를 실현하기도 한다. 과거시제와 순접, 역접, 인과 방식의 시간적인 접속사가 부각되어 중개성이 명시화되며 미래 서사는 닫힌 결말과 연결된다. 작중인물과 사건을 주로 논평, 보고의 방

---

2) 위의 책, p.497.

식으로 전달하므로 주체적이고 종속적인 서술자의 관점이 강조된다.

이데올로기는 작가적 입장에서 요약 제시되므로 서사의 전개는 작가적 지침에 따라 향방이 결정된다. 따라서 독자의 상상력은 화석화되고 수용 반응은 고정화된다.

1) 해설적 논평의 권위 ― 김동인 「감자」

> 싸움, 간통, 살인, 도적, 구걸, 징역 이 세상의 모든 비극과 활극의 근원지인, 칠성문 밖 빈민굴로 오기 전까지는, 복녀의 부처는(사농공상의 제2위에 드는) 농민이었다.
>
> 복녀는 원래 가난은 하나마 정직한 농가에서 규칙있게 자라난 처녀였다. 이던 선비의 엄한 규율은 농민으로 떨어지자부터 없어졌다하나, 그러나 어딘지는 모르지만 딴 농민보다는 좀 똑똑하고 엄한 가율이 그의 집에 남아있었다. …그러나, 그의 마음속에는 막연하게나마 도덕이라는 것에 대한 저픔을 가지고 있었다.
>
> 그는 열다섯 살 해에 동리 홀아비에게 팔십 원에 팔려서 시집이라는 것을 갔다. 그의 새서방(영감이라는 편이 적당할까)이라는 사람은 그보다 이십 년이나 위로서…마지막에 복녀를 산 팔십 원이 그의 마지막 재산이었다. 그는 극도로 게으른 사람이었다.
>
> ……
>
> 이제 어디로 가나? 그들은 하릴없이 칠성문 밖 빈민굴로 밀리어오게 되었다. (83~84)

김동인의 「감자」(1925)의 모두 서술자는 부관하는 위치에서 서술적 권위를 발휘하는 전달자로서 작중인물의 타락과 비극적 운명을 평가와 해석의 방식으로 전망한다. 1920년대 단편으로서는 보기 드물게 이 작품은 복녀라는 한 여성의 삶과 죽음에 초점을 맞춰 서사적 욕망으로서 현실을 제시한다.

그렇지만 초점주체이자 서술주체로서 서술자는 남성의 관점으로 복녀라는 한 여성을 초점대상으로 삼고 있을 뿐 여성의 관점을 주체적으로 반영하지 않은 태도로 내포작가의 입장을 제시한다. 단지 서술자는 남성 권위적 시점에 의해 여성을 도구화한다. 이를 위해 서사 전개에서도 서술자는 자기 확신적 태도를 드러낸다. 작품의 모두에서부터 서술자는 권위적 서술의 타당성을 입증하기 위해 복녀의 타락을 "칠성문 밖 빈민굴"이라는 공간과 밀접하게 관련시키면서 시간에 따라 변모되는 타락의 양상에 동기를 부여한다.

총 9개의 장으로 구분되는 작품의 구성을 살펴볼 때, 각 장의 서두에서 시간적 경과를 나타내는 요약적 서술이 자주 등장하는 것도 모두 서술자가 제시한 시간성의 원리가 반복 변형된 것이다. "칠성문 밖"으로 오기 전까지 복녀는 도덕적인 품위를 잃지 않은 생활을 하였으나 가난으로 인해 칠성문 밖으로 나온 뒤로는 단지 생존을 위한 열악한 삶을 살게 되며 도덕적 타락을 보여준다. 복녀의 타락은 시간성에 의해 지배를 받게 된다.

그런데 이 작품의 모두 서술자 기능이 칠성문 밖이라는 현장에 그 초점을 밀착시킨 것은 전대의 비초점화 소설에서 드러난 부감적인 서술자의 태도와는 다른 차별화다.[3] 즉 전대 서사에서 서술자는 그 목소리를 시종

---

3) 전대의 부감적 모두 서술자와 근대의 부관전망의 모두 서술자는 다음과 같이 정리 비교할

일관 드러내어 세계관을 적극 표방하는 부감의 위치에서 전지적 권위를 발휘하였다면, 이 작품의 서술자는 일정한 서사과정에서 그 목소리를 제한적으로 드러내며 부관전망으로 서사의 객관화를 도구화하면서 그 권위를 부분적으로 행사한 것이다. 모두 서술자에 의해 제시된 작중인물 복녀의 경제적인 몰락과 도덕적인 타락이라는 전망은 서사 중간 부분에서 기자묘 솔밭에서 있었던 감독과의 사건, 수입이 많은 거지에 대한 아양, 그리고 채마밭 주인인 왕서방과의 공개적인 관계라는 세 개의 이야기와 등가를 이룬다.

전체적인 서사의 흐름은 다음과 같이 연결된다. 무능한 남편과의 결혼으로 인해 궁핍에 직면한 복녀는 생활고를 극복하기 위해 경제 일선에 나서게 된다. 이후 막연하게나마 지녔던 그녀의 도덕이 무용하게 되어버리고 송충이잡이 감독에게 몸을 허락한 후 매음을 생계수단으로 삼는다. 이러한 도덕관의 포기로 인해 복녀는 중국인 채마밭에 들어갔다가 왕서방

수 있다. "화자시점서술은 소설의 태동기부터 있어 왔던 서술 방식이다. 실제로 고소설에는 근대소설보다 훨씬 뚜렷한 화자 시점이 나타난다. 화자가 자신의 관점을 드러내기 위해 장황한 사설과 주석을 늘어놓는 것은 잘 알려진 고소설의 서술 방식이다. 여기에서 이야기 전개는 그대로 전달되기보다는 화자의 관념에 의해 현란하게 채색된다. 이에 반해, 현실주의적 세계관은 끊임없이 현실과 상호 관계를 맺는 가운데 현실을 보는 인간의 관점을 드러낸다. 따라서 현실주의적 세계관을 갖는 근대소설의 화자는, 현실의 반영인 이야기 세계의 움직임을 부단히 추적하면서 자신의 관점을 구현한다. 고소설에서처럼 미리 만들어진 수식어로 이야기 내용을 덮어씌우는 것이 아니라, 이야기 진행과정 자체를 통해 세계관을 제시하는 것이다. 이 경우, 화자의 세계관적 개입은 이야기 전체를 총괄적으로 다루는 그의 태도에 다름 아니다." 조정래·나병철, 『소설이란 무엇인가』, 평민사, 1991, pp.156~163 참조.

에게 걸리게 되고 왕서방에게 몸을 허락하고 돈을 받아 나온 뒤로 왕서방과 더욱 빈번한 관계를 갖는다.

이 세 가지 이야기는 모두 서술자 기능에 의해 시간적 변화를 드러내는 복녀의 배금주의 성향과 이에 따른 도덕적 타락이라는 해석을 공통적으로 추출할 수 있는 근거가 된다. 이러한 이야기는 재현으로서의 단순한 반복이 아닌 시간성에 의해 작중인물의 인식의 차이를 드러낸다. 그렇지만 이러한 변화에서도 모두 서술자가 질서를 동기화하는 수준에서 서사성은 실현된다.

순차적인 인과성을 드러내는 작중인물의 인식의 차이는 다음과 같이 발전된 면모를 드러내게 된다. 복녀는 기자묘 솔밭의 감독에게 몸을 허락한 후 일 안 하고 품삯 많이 받는 인부가 되면서 도덕관이 타락하기 시작한다. 그것이 원인이 되어 수입이 많은 거지를 꾀어서 돈을 뜯어낼 만큼 복녀의 배금주의적 성향은 좀 더 대담해진다. 급기야 복녀는 왕서방에게 몸을 팔며 성적 관계를 빈번하게 가진 후 자신의 매음을 당연하게 인식한다. 이러한 과정에서 복녀의 성적 타락과 동시에 배금주의 성향이 강조된다.

이러한 세 단계의 도덕적 타락은 그로 인해 복녀의 경제사정이 나아졌다는 서사적 인식의 전망을 동기화한 것이다. 이와 같이 플롯선상의 경험적 의미를 응축할 수 있는 몇 개의 핵심적 장면은 서술자 기능의 서술적 권위에 의한 통찰로 이루어진 것이다. 객관적 장면화의 묘사는 내포작가적 서술의 권위를 행사하는 서술자 기능에 의해 자신이 창조한 서사 세계의 사건이나 인물을 지배하고 자유자재로 조종하게 하는 실제작가 김동인의 입장[4]으로 간주된다.

인칭의 측면에서 이 작품의 모두 서술자는 작중인물들과 존재 영역의 비동일성을 드러내는 3인칭 서술상황에서의 작가적 권위를 전지성으로 행사한다. 비인격적 전달자로서 서술자는 작중인물과의 거리를 수직선상의 권위적 관계로 드러낸다. 서술자의 확신과 위압적인 태도는 작중인물인 복녀에 대한 인물 정보 제공의 방식에도 "정직한 농가에서 규칙있게 자라난 처녀였었다.", "엄한 가율이 남아 있었다.", "도덕이라는 것에 대한 저품을 가지고 있었다." 등과 같이 다분히 해설적[5]이고 과도하게 단정적인 입장을 드러낸다.

모두에서부터 드러난 역접 접속어와 과거형 시제의 반복적 의미는 시간축에 의한 서사의 진행 방향을 함축하여 서술자의 시간 지향의 기능을 구체화한다. 역접 접속어의 잦은 사용[6]은 서술자가 작중인물의 경험을

---

4) 이 작품을 기점으로 이른바 '일원묘사체'에서 '순객관적 묘사체'로 변모되고 있다고 지적하기도 한다. 김상태, 「김동인의 단편소설고」, 권영민 편, 『김동인 전집 17 - 김동인 문학 연구』, 조선일보사, 1988, p.131.

5) 논평으로 시작하기는 현대까지 드물긴 하여도 이어져 온다. 그 효과는 서술자가 '메타서사'라는 특수한 논평인 자신의 이야기행위에 대한 언급을 함으로써 배가된다. 많은 작품들이 그 이야기가 무엇에 대한 것인지를 독자에게 말해주는 다소 긴 제시부로 시작된다. 해설적인 어조는 설명적인 언급이 이야기의 고유한 영역을 넘어서는 것임을 분명히 한다. 논평으로 시작하는 보다 순수한 형식은 '에세이'이다. 물론 해설이 현대 단편소설의 금지조항이라는 법은 없고 오늘날에도 몇 마디의 순수한 논평과 해설로 시작되는 이야기가 있긴 하지만, 그것은 더 이상 유행에 맞지 않는다. Bonheim, H., 앞의 책, pp.161~162 참조.

6) 정한모, 「김동인 문학의 문체론적 해명」, 김열규 · 신동욱 편, 『김동인 연구』, 새문사, 1982, p.73.

묘사적으로 진술하는 반영자가 아닌 상황을 판단하고 파악하는 서술의 주체로서 전달자임을 강력히 드러낸다는 점에서 권위적 진술의 단면을 보여준다. 즉 '그러나', '하지만' 등의 역접 접속사의 활용은 과거의 진술이 '지금과는' 다르다는 의미를 드러내게 된다. 이와 같이 서술자는 내포작가의 관념을 시간성으로 지향하여 발현시킨다.

인용문에서 드러나듯이 '있었다'와 같은 과거시제의 잦은 반복 역시, '그때·그곳'의 시공간을 부관하는 서술자의 권위를 드러낸다. 따라서 서사의 진행은 시간의 흐름에 따라 인과적으로 변할 수 있는 가능성을 보여준다.

전달기능의 모두 서술자는 서사 세계와 인물에 대한 평가를 서사 전개의 순차성과 인과성을 고려하여 작품의 모두에 서사 주축으로 제시하면서 작가적 권위를 행사한다. 평가적으로 축약된 이야기와 객관화된 장면은 권위적 서술자가 작중 현실 내지는 인물과의 거리를 냉정하게 유지하며 서사적 권위를 통찰하기 위한 망원경과 같은 시각으로 조망된 것이다. 부관전망의 망원경적 객관화는 서술자의 권위를 전달하기 위한 도구로서 내포작가의 관념을 시간적 원리에 의해 지향하면서 복녀의 타락에 대한 개연성을 제공한다. 인과성을 추구하는 시간의 선조성은 서술적 권위로 행사되다가 결국 복녀의 죽음을 흥정하는 결말을 위한 동기 부여로 활용된다.

양식의 측면에서 모두 서술자의 기능은 권위적 서술을 진술하는 전달기능이 압도적으로 우세하다. 어법의 전달 방식은 독자에게 작중인물을 모방하는 어법이 아닌 직접적으로 서술자가 고지하는 진술의 어법을 구사하며 자신의 관점을 명확하게 밝힌다. 작중인물을 조종하고 독자의 독서 방향을 지정하는 권위적 서술주체로서 내포작가는 자신의 주관적인 평가에 의해 서사의 주축과 서사의 결과를 예기하는 복선을 모두 서술자 어법에 장치한 것이다.

작중인물이나 사건의 평가에 있어서도 서술자는 간접 묘사를 사용하기보다는 성격이나 사건을 단도직입적으로 설명하여 독자들의 상상적 개입을 제한한다. 서술자가 행사하는 권위의 정도에 비례하여 서술자와 독자 그리고 서술자와 작중인물, 작중인물과 독자의 거리는 간격이 넓혀진다. 서술자가 부관전망으로 서사적 권위를 행사하는 만큼 독자의 환상과 서사의 자율성은 반감된다. 따라서 독자는 작중인물의 입장에서 서사 세계를 경험하기보다는 서술자가 진술하는 거리에서 서사 세계를 바라보게 된다.

초점의 측면에서 모두 서술자는 서사 현실을 수직적으로 부관전망하기 때문에 외적 초점화가 형성된다. 서술주체이자 초점주체로서 서술자는 작중인물에 대한 심리적 정보 제공에 있어 전지성을 행사함으로써 작중인물들의 갈등이 자율적으로 파생되기보다는 내포작가적 입장인 인형조정술에 따라 통제된다.

"그러나 그의 마음속에는 막연하게나마 도덕이라는 것에 대한 저품을 가지고 있었다."와 같이 서술자는 작중인물보다 훨씬 많은 서사 현실에 대한 내·외적 정보를 독자에게 제공한다. '그때·그곳'의 열린 개관에 의해 서술자가 설명과 요약의 방식으로 서사적 정보를 제공하므로 초점 대상인 복녀의 대화나 행동은 자율성을 드러내기보다 내포작가의 권위적 의도에 의해 억압된다.

이처럼 이 작품의 시작에서는 복녀와의 심리적 거리를 충분히 확보하여 복녀가 인지할 수 있는 정보보다 월등한 서사 정보가 제공된다. 이 정보는 서사 현실과 작중인물의 외적 차원뿐 아니라, 내적 차원에까지 드러내게 된다. 외부 혹은 내부 초점을 전지성으로 활용하는 서술자의 권위는 서사적 결과를 예기할 뿐만 아니라, 서사 전개과정에서 주관적이거나 객관적인 정보 전달 방식을 취사하며 이데올로기적 표현을 명시적이며 축어적으로 드러낸다.

특히 초점대상으로서 복녀라는 인물과 칠성문 밖 빈민굴이라는 공간에 대한 서술자의 경멸적인 태도는 내포작가적 관점을 명시한 것이다. "칠성문 밖 빈민굴"을 규정하는 데 있어 서술자는 "이 세상의 모든 무섭고 더러운 죄악"이 있는 공간이라는 부정적 인식을 보여준다. 독자와의 접촉을 설명이나 평가의 방식이라는 직접적 경로를 통해 시도하며 분명한 자기 확신의 태도를 명시한 서술자의 진술은 과거 시간과 열린 공간으로서 '그때 · 그곳'의 서사 현실을 외적 초점화로 제시함으로써 서술의 주체인 서술자와 작중인물과의 입장의 구별을 명료하게 한다. 뿐만 아니라 서술자와 인물 그리고 독자 간의 거리는 내포작가의 권위적 입장에 의해 그 간격이 넓혀진다.

복녀의 타락이 "칠성문 밖 빈민굴"이라는 공간과 밀접한 관계를 가지며 시간에 따라 변모되는 양상을 추적하게 하는 동기가 내포작가적 서술자의 기능으로 수행된다. 내포작가적 담화를 효율적으로 전달하기 위한 전략으로 서술자는 서사 세계에 대한 적극적인 서술적 권위를 작품의 모두에서부터 시간적 원리에 의해 드러낸다. 작품의 모두에는 중간과 결말의 사건 전개를 동기화하는 복선이 장치된다. 서술자의 권위적 기능은 복녀의 과거와 현실을 시간적 원리에 의해 대비하고 서술자의 진술기능은 서사가 완결된 후 현재에서 과거를 회상하는 형식을 취한다.

그러므로 결말에서 복녀의 죽음으로 완결된 환경지배적인 운명적 세계관은 작품 모두에 복선으로 장치된 칠성문에 대한 서술자 진술에 의해 이미 내포된 것이다. 내포작가적 권위는 마침내 환경과 시간의 속성에 의해 타락할 수밖에 없었던 복녀를 죽음으로 처리한다. 왕서방이 새색시를 들인 것은 복녀에게 경제적 위기와 성적 독점욕에 대한 극한 불안을 야기하였다. 복녀가 분노와 질투로 왕서방에게 낫을 휘두르지만 오히려 복녀가 왕서방의 손에 죽임을 당하고 만다. 복녀가 죽은 후, 왕서방은 복녀의 남편과 의사를 매수해 복녀의 사인을 뇌일혈로 조작하고 시신을 공동묘지로 보낸다.

> 복녀의 송장은 사흘이 지나도록 무덤으로 못갔다. 왕서방은 몇 번을 복녀의 남편을 찾아갔다. 둘의 사이에는 무슨 교섭하는 일이 있었다.
> 사흘이 지나갔다.
> 밤중 복녀의 시체는 왕서방의 집에서 남편의 집으로 옮겼다. 그리고 시체에는 세 사람이 둘러앉았다. 한 사람은 복녀의 남편, 한 사람은 왕서방, 또 한 사람은 어떤 한방 의사―왕서방은 말없이 돈주머니를 꺼내어, 십원짜리 지폐 석장을 복녀의 남편에게 주었다. 한방 의사 손에도 십원짜리 두 장이 갔다. 이튿날, 복녀는 뇌일혈로 죽었다는 한방의의 진단으로 공동묘지로 가져갔다. (91)

복녀의 죽음을 흥정하며 끝을 맺는 결말의 장면은 복녀의 죽음을 둘러싼 서사 현실의 배금주의 성향을 부각시키는 내포작가의 입장을 시사한다. 이러한 결말 처리는 모두에서 서술자가 제시한 칠성문 밖 빈민굴이라는 환경적 요인과 연계된다. 이러한 결말을 유추할 수 있는 근거로서 모두 서술자 기능은 독자에게 이야기의 수수께끼를 푸는 실마리를 제공하여 담화 탐구의 지적인 즐거움을 준다. "칠성문 밖 빈민굴"이라는 도시 빈민의 열악한 환경에 떨어지기 전에는 복녀가 막연하게나마 도덕이라는 것에 대해 경외심을 지닌 농민의 딸로서 성장했음을 보여주고, 결말에서는 이러한 복녀가 그 주검조차 돈으로 흥정되는 장면을 극명하게 보여줌으로써 전락의 원인을 비인간적 삶의 양상에서 찾고자 하는 작가의식[7]이 살펴지기 때문이다.

담화의 심층적 의미에 따라 서술자의 정체성을 파악하면 남성 편향적 권위가 확연하게 드러난다. 중심인물로 초점화된 여성의 목소리는 서사 전개에서 주체적으로 드러나는 기회를 갖지 못한 채 끝내 죽음으로 침묵하게 된다. 서술자의 권위가 남성적 관점에서 행사됨으로써 복녀라는 한 여성의 죽음의 의미마저도 세 명의 남자의 뒷거래로 간단하게 처리된 셈이다.

작중인물들인 남성들의 경제적 뒷거래에 의해 물건처럼 처리된 한 여성의 비인간적 죽음에 대해서 서술자는 논평이나 평가를 자제한다. 서술자가 복녀의 죽음과 죽음의 처리가 당연하다는 듯이 주관적 해설과 논평을 극도로 자제하면서 단지 냉철한 시점으로 거래된 죽음을 서사 현실로 제시한 의도는 무엇일까. 물론 여기에는 객관적 태도로 냉혹한 작중 현실을 드러내려는 서술 의도성이 강조되긴 하지만 여성을 도구화하는 작중

---

7) 이미란, 『소설창작 12강』, 예림기획, 2003, p.162.

현실에 대해 어느 정도 묵인하는 남성 권위적 내포작가의 입장을 배제할 수는 없다.

이 작품에서 복녀의 죽음은 1920년대 남성 위주의 권력과 경제가 주도되는 열악한 사회 환경에서 어쩔 수 없이 매음을 선택하여 경제적 안정과 성적 독점욕을 지속시키고자 하는[8] 여성적 욕망의 좌초이다. 복녀의 죽음으로 마무리된 결말은 모두 서술자 기능에 의해 제시된 서사적 시간성의 완결이다. 내포작가적 서술의 권위에 의해 경제적 안정과 성적 독점욕을 추구하던 한 여성의 욕망은 좌절과 죽음으로 귀결된다. 이는 당대 남성의 경제적 횡포로 여성이란 존재 자체를 성적인 욕망으로 도구화시키는 데에서 일어난 필연적인 사건이라는 의미로 살펴진다.

사회적 환경에 의해 종속되는 인간의 운명은 작품의 모두에서부터 내포작가적 서술자 관점으로 제시된다. 인간성의 타락과 마멸로 인한 배금사상의 위력이라는 당대의 황폐화한 사회와 인간의 삶을 전망하는 작가적 의도가 권위적 서술자 권위적 기능으로 대변된 것이다. 서술자의 권위는 작중 주인공으로서 한 여성을 주체가 아닌 대상으로 당연시하게 도구화하는 것으로 그 정체성을 드러낸다. 서사의 표면적인 객관화로 위장하기도 한 서술자의 관점은 결말에서 작중 여성이 처한 비극에 대해 최소한의 평가도 비판도 취하지 않는 것으로 명시된다.

결과적으로 이 작품의 모두 서술자 기능은 서사 세계를 부관전망의 내포작가적 세계관으로 제시한다. 그에 따라 독자의 해석은 고정화된다. 서

---

8) 김현, 앞의 책, p.38.

술자의 전달기능은 서사의 결말 제시에서도 전략적으로 부각됨으로써 1920년대의 왜곡된 배금주의적 삶과 여성의 도구화라는 작가적 입장을 드러낸다. 작중 주인공으로의 여성인 복녀가 초점화되지만 서술자는 여성의 시점을 주체화하지 않고 시종일관 소외된 대상으로 도구화한다. 이는 곧 서술자가 권위적이며 작위적인 고지(固持) 방식으로 남성적 권력을 드러낸 것이다. 따라서 복녀의 삶과 죽음에 대한 독자의 자율적 상상력은 서술자가 명시한 내포작가의 이데올로기에 의해 잠식되고 만다.

2) 보고적 아이러니의 권위 — 현진건 「운수 좋은 날」

　새침하게 흐린 품이 눈이 올 듯하더니 눈은 아니 오고 얼다가 만 비가 추적추적 내리는 날이었다.
　이날이야말로 인력거꾼 김첨지에게는 오래간만에 닥친 운수 좋은 날이었다… 첫 번에 30전, 둘째 번에 50전―아침 댓바람에 그리 흔치 않은 일이었다. 그야말로 재수가 옴붙어서 근 열흘 동안 돈 구경도 못한 김첨지는 10전짜리 백통화 서 푼, 또는 다섯 푼이 찰깍하고 손바닥에 떨어질 제 거의 눈물을 흘릴 만큼 기뻐했었다. 더구나 이날 이때에 이 80전이라는 돈이 그에게 얼마나 유용한지 몰랐다. 컬컬한 목에 모주 한 잔도 적실 수 있거니와 그보다는 앓는 아내에게 설렁탕 한 그릇도 사다줄 수 있음이다. (181)

현진건의 「운수 좋은 날」(1924)의 모두 서술자 기능은 작가적 전달기능으로 날씨의 묘사를 보고하는 방식을 통해 후행서사와 결말을 예시하며 작중 현실과 비극적인 인간의 운명을 아이러니의 실현으로 전망한다.

이 작품의 표면적 서사는 작중인물인 인력거꾼 김첨지가 금전 수입상의 입장으로는 운수 좋은 날을 맞이했지만 아내의 죽음이라는 비극을 맞게 되는 이야기 전개를 보여준다. 서술자의 전달기능은 금전적인 수입 증가에 따른 행운의 상승과 아내의 죽음이라는 비극의 하강을 극적으로 대비시킨 인력거꾼 김첨지의 하루를 통해 1920년대 가난과 죽음의 문제를 형상화한다. 김첨지는 뜻밖에 손님이 많아 운수가 좋은 날이라고 생각하지만, 그가 아내를 위해 설렁탕을 사들고 돌아왔을 때 아내는 그만 죽어있다. "운수 좋은 날"이 '운수 나쁜 날'로 전환된 것이다. 이러한 반전의 효과는 극적 긴장감을 조성한 아이러니[9]로 서사 전반과 후반의 상황적인 반어성의 대립과 반전에 의해 그 구조적 특성을 드러낸다.

인칭의 측면에서 이 작품의 모두 서술자의 기능은 작중인물들과 존재 영역의 비동일성의 입장에서 작가의 권위를 전지적으로 행사한다. 서술자가 이종서술의 진술로서 서사 세계에 대한 복선을 일기(日氣)의 보고 형식으로 장치한다. 복선을 장치한 내포작가적 서술자 기능은 서사 세계를 총괄하는 확고하고 단일한 목소리에 의해 김첨지의 하루라는 작품의 전반적인 흐름을 통제하게 된다. 효과적인 서사 통제를 위해 서술자가 직접

---

9) 아이러니는 말과 생각의 차이에서 빚어지는 '언어의 아이러니'와 그러리라는 생각과 실제상황과의 괴리에서 빚어지는 '상황적 아이러니'로 나눈다. 곧, 제목과는 상반되고 모순되는 언술의 동시 표현 또는 서로 다른 상황의 상호 병치에 의해 언술과 상황이 그 이전 상태와 상충관계를 이루는 상태를 일컫는 말로 「운수 좋은 날」은 전자에, 「B사감과 러브 레터」는 후자에 속한다. 어원은 고대 희랍극에 두 유형의 붙박이 인물 에이런(erion)과 알라존(alazon)에 뿌리를 둔다. 나약한 에이런의 우직한 질문이 영웅적인 알라존을 반성하게 하기에 에이런은 알라존보다 강하고 현명하다는 것이다. 에이런적 요소를 작품에 원용하였을 때 아이러니가 되고 이것은 작가의 개성에 따라 다른 문체로 표현된다. 한국현대소설연구회, 『현대소설론』, 평민사, 1994, pp.91~92 참조.

서사 내부요소에 대한 자신의 의견을 개진하기도 한다.

양식의 측면에서 전지적 특권을 부여받은 모두 서술자 기능은 내포작가적 입장의 전달자 역할이다. 내포작가적 전달기능은 결말의 불행이라는 계기적 결과로서의 의도된 서사성을 독자에게 끊임없이 환기시킨다. 이로 인해 후행 제시라는 회고 형식에 의한 서사 사건은 다름과 닮음의 긴장관계로 반복되며 서사의 전향성을 추구한다. 내포작가적 서술자는 독자의 정체성을 수동적 피화자로 설정하고 직접적 보고의 방식의 경로를 통해 날씨라는 자연현상의 명암을 간접적인 묘사와 보고로 독자의 상상력을 자극하면서 이데올로기를 명시한다.

모두 서술자의 태도는 내포작가적 서술적 권위를 전지적으로 행사하며 서사대상 및 독자와의 거리를 넓게 한다. 서술 권위는 수직적 거리에서 서사적 기대와 결과의 괴리를 상황적 아이러니로 장치한다. 행운의 시간이 가장 불행한 시간으로 극적 반전된다. "눈 올 듯하더니"가 기대상황이라면 "비가 추적추적 내리었다"는 현실적인 결과상황이다.

시간적 전망에 따른 계기적 결과로서 서술자의 관점이 작품의 모두에 예기됨에 따라 독자는 독서행위의 플롯과정에서 서술자의 진술의 권위를 지속적으로 상기시킬 수밖에 없다. 기대상황에서 결과상황의 괴리로서의 전조적 예시는 행운의 시간이 가장 불행한 시간으로 극적 반전된다는 내포작가적 의도를 서술자의 보고기능으로 함축한 것이다. 이에 따라 서사현실에 대한 지각의 방식은 '그때 · 그곳'으로 함축되며 시간축에 의해 이데올로기가 명시된다.

초점의 측면에서 모두 서술자는 초점주체로서 서사 세계를 제시하므로 외적 초점화가 형상화된다. 서술자는 그 인식능력이 작중인물보다 월등하므로 서사 세계와 사건에 대한 정보량을 거시적 입장과 고압적 태도로 제공한다. 작중 현실에 적극적으로 관여하기도 하는 서술자의 권위는 초점대상 인물인 김첨지의 심리와 정보를 자유자재로 드러낸다.

모두에서 서술자가 제시한 일기 보고는 김첨지가 하루 동안 겪게 되는 횡재와 비극으로 서사의 주축을 예기하는 복선으로 기능한다. 내포작가적 서술자가 예기한 복선에 의해 서사는 전개된다. 스토리 차원, 즉 일차 서사적 흐름에서 아내의 죽음은 결말에 이르러서야 확인되는 반전으로 해석된다. 그렇지만 담화의 차원에서 살피면, "새침하게 흐린 품이 눈이 올 듯하더니 눈은 아니 오고 얼다가 만 비가 추적추적 내리는 날이었다"라고 제시한 일기 보고의 서술자 예기 기능에 따라 아내의 죽음이라는 불행이 복선으로 장치된 것이다.

운수 좋은 날에 맞게 된 불행은 반전이라기보다는 계기적 결과로 해석된다. 스토리와 담화를 이중적으로 구성하는 서술자의 기능은 작가의 직접적인 대변인이기보다는 허구적인 대변인이라는 점에서 전대소설의 비초점화와는 변별된 방식의 부관전망으로 서사 세계를 제시한다. 서술자의 보고에 의해 전달되는 날씨의 묘사는 '그때 · 그곳'으로 함축되는 부관전망의 시공간적 인지작용으로 열린 개관을 보인다. 장면보다는 서술자의 진술에 의한 요약과 사전 시간성으로 제시된 것이다. 따라서 모두의 첫 문장은 작품의 전개와 결말상황에 대한 명확한 예기로서 서술자의 권위적 의도가 확인된다. 이데올로기적 표현은 명시적, 축어적인 성격이 드러난다.

이와 같이 이 작품의 모두에서 서술자 기능은 서사구조의 이중성과 전조성을 예시하는 것으로 서술의 권위를 행사한 것이다. 작품 표제는 돈이 많이 벌리는 전반상황의 미래 예시를 하지만 결말의 비극적 상황까지 예시할 수 없다. 그러나 모두의 첫 문장은 작품의 전개와 결말상황에 대해 명확히 예기한다. 기대로서 눈이 좌절의 비로 전환되는 기상상태는 김첨지의 불안한 의식상태와 역전적인 불행의 조짐을 보여준 것이다. 정보전달의 차원에서 예기된 기상 보고는 행운의 반복과 불행의 한 절정이 상호 교차하는 반어적 구조를 통해 삶에 내재된 반어를 드러낸다.

작품의 모두에서 복선으로 드러낸 일기의 서술은 김첨지의 불안한 의식과 역전적인 사건을 통해 기쁨이 불행으로 바뀌게 되는 긴장된 조짐을 보여준다. 서사 전반에서는 경제적으로 김첨지의 수입이 증가하는 운수 좋은 하루가 제시된다. 서사 중반에서 김첨지는 나가지 말라고 당부하던 병든 아내에 대한 불안한 생각과 육체적 피로가 겹친 상태에서 친구 치삼을 만나 술을 마신다. 이러한 과정까지 네 번에 걸쳐 삼원 십전을 벌게 되는 김첨지의 행운 뒤에는 아내의 죽음을 환기시키는 복선이 그림자처럼 웅숭그린다. 특히 아내의 죽음은 술집에서 농담을 하던 김첨지가 갑자기 치삼이에게 아내가 죽었다고 진지하게 토로하는 부분에서 그 의미가 가시화된다.

김첨지가 느닷없이 자신의 아내가 죽었다며 울어버린 장면에서는 아내의 죽음이 결정적으로 암시된다. 김첨지의 급작스런 토로는 아내의 죽음이 확인되지 않은 상태에서 하게 된 신세한탄이었다는 것이 후행서사에서 밝혀진다. 그러나 친구 치삼에게 밝힌 김첨지의 표면적인 진술과는 달리 서술자의 진술은 독자로 하여금 아내의 죽음이 개연성 있는 사실로 인지되게끔 한다. 서사 전개에서 서술자는 선행 사건들이 결말로서 김첨지 아내의 비극적 죽음을 반복적으로 확인시키도록 전달의 기능을 권위적으로 행사한 것이다. 이러한 맥락에서 모두 서술자의 기능은 미래 서사에 계기적 변형을 초래할 수 있는 힘을 예기하면서 결말에서 아내의 비극적인 죽음이라는 아이러니를 실현한다.

> "이 눈깔! 이 눈깔! 왜 나를 바라보지 못하고 천장만 보느냐, 응."
> 하는 말 끝엔 목이 메었다. 그러자 산 사람의 눈에서 떨어진 닭의 똥 같은 눈물이 죽은 이외 뻣뻣한 얼굴을 어룽어룽 적시었다. 문득 김첨지는 미칠 듯이 제 얼굴을 죽은 이의 얼굴에 한데 비비대며 중얼거렸다.
> "설렁탕을 사다놓았는데 왜 먹지를 못하니, 왜 먹지를 못하니…… 괴상하게도 오늘은! 운수가 좋더니만……." (193~194)

마침내 설렁탕을 사가지고 집으로 돌아온 김첨지는 아내가 죽음을 확인하고 오열한다. 아내의 죽음은 결국 스토리 차원의 사건에서는 결과이지만 담화 해석의 차원에서는 원인으로 기능한다. 그것은 담화의 차원에서 이미 작품 모두의 복선에 예기되었기 때문이다. 김첨지의 입장에서 서술되는 "운수 좋은 날"이라는 진술은 반어적 표현으로서 내포작가적 담화를 권위적으로 전망한 것이다.

결과적으로 이 작품의 모두 서술자는 첫 문장의 일기 보고에서부터 담화에 예기된 아이러니와 반전을 전조(前兆)적으로 제시한다. 이러한 서술자의 권위기능에 따라 독자의 독서 체험은 고정화된다. 결말에 드러난 아이러니의 실현은 김첨지의 비극이 개인의 능력으로 어쩔 수 없고 극복의 의지와는 무관한 종속적 운명이라는 강력하고 절대적인 힘에 의해 결정된다는 내포작가적 입장을 내포한다. 따라서 독자의 심미적 반응은 자율성보다는 내포작가적 의도와 복선에 의하여 고정된다.

3) 평가적 아이러니의 권위 — 현진건 「B사감과 러브레터」

> C여학교에서 교원 겸 기숙사 사감 노릇을 하는 B여사라면 딱장대요 독신주의자요 찰진 야소꾼으로 유명하다. 40에 가까운 노처녀인 그는 주근깨 투성이 얼굴이 처녀다운 맛이란 약에 쓰려도 찾을 수 없을 뿐인가, 시들고 거칠고 마르고 누렇게 뜬 품인 곰팡슬은 굴비를 생각하게 한다.
> 여러겹 주름이 잡힌 훨렁 벗겨진 이마라든지… 그는 엄격하고 매서웠다. 이 B여사가 질겁을 하다시피 싫어하고 미워하는 것은 소위 '러브레터'였다… 달작지근한 사연을 보는 족족 그는 더할 수 없이 흥분되어서 얼굴이 붉으락푸르락, 편지 든 손이 발발 떨리도록 성을 낸다. (195)

「B사감과 러브레터」(1925)의 모두에서 서술자는 작중인물의 외양과 성격까지를 직접 진술하는 전달기능의 권위를 행사하여 서사 현실을 부관하는 위치에서 전망한다. 서술주체이자 초점주체로서 서술자 기능에 의하여 초점대상 인물로서 작중인물 B사감의 외양과 성격이 부관전망된 것이다. 이러한 모두 서술자 권위적 기능은 독자와의 거리를 조정하는 방식의 객관화로 서술의 입체화를 추구한다.

작품의 모두 전개에서 서술자는 초점대상인 B사감의 외적 요건을 전달하는 데 있어 인물의 내면보다는 외양에 대한 초점화로 그 특성을 부각시킨다. 첫 단락의 "40에 가까운 노처녀인 그는 주근깨 투성이 얼굴이 처녀다운 맛이란 약에 쓰려도 찾을 수 없을 뿐인가, 시들고 거칠고 마르고 누렇게 뜬 품인 곰팡슬은 굴비를 생각나게 한다."에서처럼 서술자의 진술은 B사감의 얼굴 묘사로 초점의 거리를 좁힌다. 두 번째 단락부터는 인물을 묘사하는 각도의 변화를 넓히는 외적 요건으로서 초점화의 경로를 구체적으로 드러낸다.

B사감의 외모를 초점화하는 방식에 있어서는 원근법의 반대를 실현하는 목적으로 시각의 각도를 조정한다. 얼굴의 묘사에서 시작한 외적 요건의 초점화는 "여러 겹 주름이 잡힌 훨렁 벗겨진 이마", "엉성하게 그냥 빗겨넘긴 머리꼬리가 뒤통수에 염소똥만 하게 붙은 것", "뾰족한 입을 앙다물고 돋보기 너머로 쌀쌀한 눈" 등의 묘사는 외모 전체의 인상으로 확대되어 "기숙생들이 오싹하고 몸서리를 치리만큼" "엄격하고 매서"운 캐릭터를 강조하게 된다. 이처럼 초점화된 B사감의 외양과 성격은 '쌀쌀함'과 '거침없는' 등의 완고한 이미지로 부각된다. 이러한 이미지가 서사 후반부에서 '달빛'과 '안개'의 부드러운 이미지로 대체되면서는 서사 현실의 아이러니를 드러내게 된다. 작중 현실의 배경과 인물의 내면의식의 묘한 대조는 B사감의 이중적인 성격이 구체적으로 형상화되어 인간의 이율배반적인 속성을 보여주게 된다.

인칭의 측면에서 모두 서술자 기능은 등장인물과 존재 영역을 달리하는 서사 세계 외부에 위치하는 작가적 권위의 전지성으로 작중인물의 외적 요건을 통한 성격을 부각하여 전달한다. 서술자의 인식능력은 서사적 사건의 층위에 대한 작중인물의 심리와 정보를 언제든지 제공할 수 있지만 모두에서는 작중인물보다 월등한 인지 수준의 권위를 B사감의 외양을 드러내는 데에 집중한다. 서술자의 전지적 권위에 의해 제공되는 서사적 정보는 작중인물인 B사감의 감정 추이와 성격을 총체적으로 전망한다.

부관전망의 서술자 기능은 초점대상인 B사감을 "C여학교에서 교원 겸 기숙사 사감 노릇을 하는 B여사라면 딱장대요 독신주의자요 찰진 야소꾼으로 유명하다"라고 단언하는 일방적인 고지 방식으로 작중인물과 수직적인 거리를 드러낸다. 세 번째 단락에서는 그토록 엄격한 인간으로 평가된 B사감이 러브레터를 "손이 발발 떨리도록 성을 내는" 상태로 읽는 행동이 생생하게 묘사된다. B사감의 지나치게 엄격한 행동은 서사 후반에서 드러나는 변조된 독백과 변태적인 연출로 반전하는 아이러니를 결과하게 된다.

이 작품의 아이러니는 서술자가 내포작가적 관점을 체현한 방식이다. 내포작가의 권위로서 서술자 기능은 서사 사건 진행의 순차성과 인과성으로 서사의 주축과 미래 서사의 결과를 추동할 수 있는 복선을 모두에 장치한다. 그러므로 독신여성의 삶이 작중인물인 B사감의 여성적 관점으로 드러나지 못하고 내포작가의 남성적 권위에 의한 편파적인 서술적 입장으로 제시된다.

양식의 측면에서 모두 서술자는 내포작가적 전달자로 기능하며 독자에게 자신의 직접적인 진술로 서사 현실을 제시한다. 시간축을 중심으로 서사의 전개를 순차적인 질서와 인과관계에 의해 진술하는 서술자가 B사감의 외양을 평가하며 보고하는 방식으로 전달의 권위를 행사한다. 이는 작중인물의 감정적 추이를 아이러니로 표출하기 위한 전략이다. 내포작가적 서술의 권위는 인간의 이중성을 드러내기 위해 작중인물의 희극적이고도 희화적인 외모와 성격을 풍자로 끌어낸다.

풍자적 의미로서 B사감의 그로테스크하게 생긴 외모와 엄격한 성격은 러브레터의 달짝지근한 사연을 손이 발발 떨리도록 성을 내는 태도로 읽으며 과도하게 드러나는 분노를 유발하는 동력으로 작용한다. 시간성을 지향하는 서술자는 서사 전반에서 엄격하였던 B사감의 행동이 서사 후반에서 러브레터를 읽으면서 변조된 독백과 연출의 변태로 반전되는 데 있어 부관전망으로 개연성을 부여한다. 서술자는 '그때 · 그곳'의 열린 개관에 의해 B사감에 대한 정보를 제공하며 그 특성을 묘사한다. 노처녀로서 독신 여성인 B사감의 이중적 행동을 묘사한 서술의 의도는 인간의 양면성에 대한 풍자효과를 낳는다.

초점의 주체로서 모두 서술자 기능은 엄격한 B사감의 그로테스크한 외모와 엄격한 행동을 복선으로 장치하여 외적 초점화를 형성한다. 서술자의 정보전달의 차원에서 예기된 인물 외양과 성격 제시는 미래 서사와 결말의 계기적 변형을 초래한다. 결말의 아이러니를 끌어내기 위한 인과론적 입장에서 서술자는 전지적 태도로 초점대상인 B사감의 외양을 "죽은 깨가 많은 얼굴", "벗겨진 이마", "앙다문 입", "돋보기 너머의 쌀쌀한 눈" 등으로 묘사한다. 객관적 묘사들은 작품의 첫 문장에 제시된 "B여사라면 딱장대요 독신주의자요 찰진 야소꾼으로 유명하다"라는 내포작가의 관점을 구체화한다. 객관적 정보로서 내포작가적 단도직입적인 평가는 서사 현실의 아이러니에 대한 개연성을 부여한다.

이와 같이 객관성을 추구하는 초점화는 엄격하고 매서운 인간의 이면에 자리한 속물적인 근성을 밝히기 위한 근거를 마련한다. 내포작가적 이데올로기 전달 차원에서 서술자는 결말에서 초점주체로서의 권위를 잠깐 작중인물인 세 처녀에게 넘겨준다. 작품의 전반부에 완고하고 엄격하기만 하였던 원칙주의자로서 그려진 B사감의 성격은 결말 부분에서 연약한 여성의 감성을 보여주는 것으로 대비된다. 결말에서는 반영의 기능을 활용하여 이율배반적인 B사감의 행동을 세 처녀의 시점에 의해 보여줌으로써 서술의 객관화를 추구한 것이다.

> "난 싫어요. 당신 같은 사내는 난 싫어요."
> 하다가 제 물에 자지러지게 웃는다. 그러더니 문득 편지 한 장을 (물론 기숙생에게 온러브레터의 하나) 집어들어 얼굴에 문지르며,
> "정 말씀이야요? 나를 그렇게 사랑하셔요? 당신의 목숨같이 나를 사랑하셔요? 나를, 이 나를." 하고 몸을 추스르는데 그 음성은 분명 울음의 가락을 띠었다.
> "에그머니, 제게 웬일이야!" 첫째 처녀가 소곤거렸다.
> "아마 미쳤나보아, 밤중에 혼자 일어나서 왜 저러고 있을꾸." 둘째 처녀가 맞방망이를 친다……
> "에그 불쌍해!"
> 하고 셋째 처녀는 손으로 괸 때 모르는 눈물을 씻었다. (201)

인용문은 작품의 결말 부분이다. 서술자는 자신의 목소리를 잠깐 감추고 세 처녀의 목소리를 부각시킨다. 등장인물의 인지와 지각을 활용한 객관화의 방식으로 초점대상인 B사감의 기이한 행동을 입체적으로 조명한 것이다. 초점대상인 B사감의 변조된 독백과 행동을 작품의 모두에서처럼 서술자 자신의 직접 진술로 드러내기보다는 세 처녀들의 목격적인 진술로 간접화하여 보여준다.

이에 따라 독자는 B사감의 변조된 독백과 행동을 비난하고 냉소하면서도 한편으로는 세 처녀들이 보여주는 연민으로 바라본다. 독자가 연민과 냉소라는 이중적인 해석을 하게 되는 것은 서술자가 서술의 각도를 입체적으로 조정한 연유이다. 서술자의 권위는 인물들의 시점을 빌려 아이러니를 하강의 방식으로 실현시킨 것이다.

그런데 서술자가 나이 어린 처녀들의 관점을 빌린 점에 관심을 기울일 필요가 있다. 여기에서는 나이 든 독신 여성을 그 주체로서 이해하려는 서술자의 관점보다는 일방적인 연민이나 환멸을 조장하기 위하여 타자의 시선으로 처리하는 서술자의 관점이 강조되기 때문이다. 서술자의 권위적 기능에는 작중 여성을 남성적 편견으로 치부하는 내포작가의 입장이 간접적으로 드러난다.

물론 서술자의 전략적 의도는 엄격하고 고상한 체 하는 인물의 이면을 조명함으로써 인간의 속물적 특성을 하강화의 방법으로 드러내기 위한 방편으로 노처녀의 삶을 도구화한 것이다. 그렇지만 중심인물로서 B사감의 관점을 주체화하지 않은 채 단지 서술자의 주체적 관점으로서의 나이 든 독신여성의 삶을 타자의 대상으로 재단한 것은 내포작가의 남성 편파적인 관점 때문이다.

해학적이고 그로테스크한 묘사, 희극적인 장면의 연출 등의 기법을 동원한 모두 서술자 기능은 인간의 양면성을 복선으로 장치하는 효과를 낳는다. 서술자는 시간성에 의한 계기적 플롯과정을 전개하는 방식으로 서사 세계와 인물들에 대한 권위적 태도를 드러낸다. 그렇지만 독자와 작중인물에 대해 시종일관 고압적이며 직접적인 평가를 하는 권위를 지양하는 우회적인 방식으로 객관성을 추구한다. 여기에서 냉소와 연민이라는 이중적 거리의 의미가 파생된다. 서술자가 작중인물의 내면을 직접 설명하지 않고서도 외적 초점화의 거리 조정으로 그 성격과 서사 현실에서의 역할을 효과적으로 수행한 셈이다.

결과적으로 인간의 이중성을 해부하는 서술자 전망기능은 작품의 결말에서 아이러니를 구축한다. 따라서 독자는 부관전망의 이중적 거리에서 작중인물을 입체적으로 조망하게 된다.

4) 비판적 풍자로서 권위 ― 현진건 「피아노」

> 궐(厥)은 가정의 단란에 흠씬 심신을 잠그게 되었다. 보기만 하여도 지긋지긋한 형식상의 아내가 궐이 일본×××대학을 졸업하자마자 불의에 죽고 말았다.
>
> 궐은 중등교육을 마친 어여쁜 처녀와 신식결혼을 하였다. 새 아내는 비스듬히 가른 머리와 가벼이 움직이는 구두 신은 발만으로도 궐에게 만족을 주고 말았다. 게다가 그 날씬날씬한 허리와 언제든지 생글생글 웃는 듯한 눈매를 바라볼 때에 궐은 더할 수 없는 행복을 느끼었다. 살아서 산 보람이 있었다. (133)

「피아노」(1922)의 모두 서술자는 내포작가의 관점과 상응하는 부관전망으로 작중인물인 궐이 처한 서사 현실과 상황을 전달하면서 속물적 인간 근성을 전망한다. 작품의 모두에서부터 서술자의 전달기능에 의해 서사 주축을 추동하는 사건이 제시된다. 중심인물인 궐이 아내가 죽고 어여쁜 처녀와 신식 결혼을 하여 행복한 신살림을 차린다는 서사 주축을 추동하는 사건이 서술자의 권위적 진술에 의해 보고된 것이다.

인칭의 측면에서 서술자 기능은 작중인물과 영역을 달리한 비인격화된 존재로서 내포작가적 권위를 전지적으로 행사한다. 그런데 서술자는 "보기만 하여도 지긋지긋한 형식상의 아내" 내지는 "어여쁜 처녀와 신식결혼을 하였다"는 식의 진술로 "살아서 산 보람이 있었다"는 작중인물인 남성의 행복을 전지적 시점으로 드러낸다.

서사 현실에 대한 인식의 전달 방식에 있어 내포작가적 권위를 드러내는 서술자는 작중인물보다 월등한 양의 서사적 정보를 전달한다. 이러한 서술의 권위는 작중인물 귈이 재혼하여 신 살림의 하나로 매입하게 된 피아노를 통해 인간의 허위의식에 대한 내포작가의 의도로서 풍자를 실현하게 된다. 행복을 꿈꾸는 속물주의의 부부가 이상적 가정의 필수품인 피아노를 사고도 둘 다 그것을 전혀 칠 줄 모른다는 아이러니는 내포작가가 인간의 허위의식을 폭로하는 현실 풍자적 입장이다.

양식의 측면에서 서술자는 서술주체인 전달자로서 기능하며 서사 현실에서의 인물의 상황을 대화나 행위의 묘사가 아닌 직접적 보고의 방식에 의해 제시한다. 시간축을 중심으로 서사의 전개를 순차적인 질서와 인과관계에 의해 진술하는 서술자의 지각은 '그때·그곳'으로 부관하는 시공간적 인지작용으로 열린 개관을 제시한다.

초점의 측면에서 서술자는 초점주체로서 서사 현실을 부관전망하기 때문에 외부초점화가 형성된다. 서술자가 외부초점화로 서사 현실을 제시하므로 서술자와 작중인물, 서술자와 독자와의 거리의 간격이 넓혀진다. 서술자의 지각적 표현 방식은 '지긋지긋한'처럼 초점주체로서 서술자가 전지적 권위를 이용하여 초점인물의 내면을 초점화하는 부관전망의 특성을 강화한다. 따라서 내포작가의 이데올로기는 시간성에 의해 명시되는 방식으로 전달된다.

결과적으로 이 작품의 모두 서술자 기능은 궐이라는 작중인물이 처한 서사 현실과 그의 행동을 내포작가적 진술의 절대적 권위에 의해 설명하고 전달한다. 피아노의 매입을 통하여 인간의 속물스런 허위의식을 아이러니로 드러내는 서술의 권위적 기능은 작품의 모두에서부터 인과적인 시간성으로 내포작가적 이데올로기를 명시하므로 독자의 상상력은 이에 고정화된다.

2. 복선적 묘사와 공간성 등가의 조응기능

조응기능은 서술자가 작가적 관념을 직설적인 시간의 요약으로 전달하기보다는 은유적인 공간의 묘사로 전달한다. 서술자의 권위가 시간성으로 추동되지 않고 공간성을 부분적으로 차용하여 활용한다는 점에서 조응기능은 부관전망의 변이형태로 간주된다.

전달기능의 서술자는 서술의 권위를 직접 드러내기보다는 작중 현실과의 조화적 대응에 비중을 둔다. 병치와 병렬이라는 등가에 의한 공간성을 적용하는 복선은 배경이나 작중 경험을 묘사하는 우회적인 방식으로 상징된다. 서술자가 자신의 전지성을 활용하여 담화의 상징적 의미를 담화와 조화를 추구하는 공간성의 등가로 장치한 것이다. 서술자의 주체적인 시각에 의한 배경이나 경험의 묘사는 공간성을 지향하므로 후행서사에 대한 관망은 지연된다. 이데올로기는 작가적 입장이지만 상징적으로 제시되기 때문에 권위기능보다는 독자가 담화를 관망하는 여유가 확보된다.

1) 상징적 공간의 조응 — 나도향 「물레방아」

덜컹덜컹 홈통에 들었다가 다시 쏟아져 흐르는 물이 육중한 물레방아를 번쩍 쳐들었다가 쿵 하고 확 속으로 내던질 제 머슴들의 콧소리는 허연 겨가루가 켜켜이 앉은 방앗간 속에서 청승스럽게 들려 나온다.

쌀 쌀 쌀, 구슬이 되었다가 은가루가 되고 댓줄기같이 뻗치었다가 다시 쾅쾅 쏟아져 청룡이 되고 백룡이 되어 용솟음쳐 흐르는 물이 저쪽 산모퉁이를 십리를 두고 돌고, 다시 이쪽 들 복판을 오 리쯤 꿰뚫은 뒤에 이방원이가 사는 동네 앞 기슭을 스쳐지나가는 데 그 위에 물레방아 하나가 놓여 있다.

물레방아에서 들여다보면 동북간으로 큼직한 마을이 있으니 이 마을에서 가장 부자요, 가장 세력이 있는 사람으로 이름을 신치규(申治圭)라고 부른다. 이방원이라는 사람은 그 집의 막실(幕室) 살이를 하여 가며 그의 땅을 경작하여 자기 아내와 두 사람이 그날그날을 지내간다.(7)

「물레방아」(1925)의 모두 서술자는 내포작가적 권위로서 관습적 은유로 상정된 물레방아와 마을의 정경을 공간성의 등가로 활용하는 방식으로 묘사[10]하여 작중 현실과 작중인물들의 애욕을 상징적으로 전망한다.

---

10) 우리 시대엔 이야기의 서두에 나오는 묘사가 그 이야기의 주요 배경일 거라는 생각이 지배적이다. 하지만 묘사는 그 다음에 이어지는 이야기의 플롯과 사실상 거의 아무런 직접적인 관련을 가지지 않을 수도 있다. 설명적 제시부에 나오는 묘사는 '에틱(etic)'적이거나 맥락적(contextual)인 경향이 있는 반면, 중간과 끝에 오는 묘사는 '에믹(emic)'적이거나 상호 텍스트(cotextual)적, 즉 그 바깥의 비허구적 세계에서 타당하기보다는 소설 내적

서사적 조응을 배려하는 차원에서 모두 서술자는 삶의 반복적 운명과 더불어 성적인 리듬을 환기시키는 물레방아와 그 수레바퀴를 반복하며 흐르는 물을 묘사한다. 이는 아내를 주인에게 빼앗긴 머슴의 비극적인 삶과 인간적 애욕을 환기시키기 위한 내포작가의 의도가 부관전망의 권위로 행사된 것이다.

이 작품의 스토리는 방원이라는 머슴이 자신의 아내를 주인 영감인 신치규에게 빼앗기자 아내를 죽이고 자결하게 되기까지의 과정으로 요약된다. 서사구조의 기본적 패턴은 발단−전개−위기−절정−결말의 과정으로 도식성을 띠고 있다. 그렇지만 아내를 둘러싼 주인과의 갈등, 성적으로 방종한 아내의 인물 묘사, 비정한 결말 처리 등에 배치된 은유는 현실 세계의 갈등을 구체화하는 서사 조응을 보여준다. 이 점에서 이 작품은 객관적 서사미학을 확보하며 플롯선상에서 목숨까지 건 인간의 본질적 속성으로서 사랑을 전달하며 그 사랑을 왜곡하는 서사 현실에 대한 내포작가의 비판을 부관전망으로 제시한다.

특히 모두에서는 '물레방아', "머슴들의 청승스런 콧소리", "마을 정경" 등의 묘사로 작중 현실과 분위기를 환기시키는 공간의 은유로 서정적 분위기를 환기하는 동시에 머슴으로서 이방원의 애환을 복선으로 제시한다. 물레방아의 상징은 목가적인 정서가 아닌 삶의 운명성 혹은 숙명성의 반복[11]을 의미하며 아울러 성적인 분위기를 전달한다. 덜컹덜컹 쏟

인 관련성을 갖는 경향이 있다. Bonheim, H., 앞의 책, pp.163~170 참조.

11) 윤홍노, 『한국근대소설연구』, 일조각, 1980, p.188.

아지는 '물'은 파괴, 혼돈, 전율적 힘[12]으로서 운명적 전환, 또는 죽음과 재생의 끊임없는 반복을 상기시킨다. 이에 비하여 동네 앞 기슭을 스쳐가며 물레방아의 수레바퀴를 흐르는 물은 여성성의 은유로 작중 현실을 환기시킨다. 이는 서사의 주축을 움직이는 동력이라기보다는 서사 현실의 분위기와 배경의 형상화를 위한 상징 내지 은유이다.

인칭의 측면에서 모두 서술자는 작중인물과 영역을 달리한 서사 외부에 위치하고 그의 전지적 권위를 작중 현실과의 조화를 배려하는 차원에서 행사한다. 따라서 모두에 물레방아라는 관습적 상징과 마을의 정경의 묘사는 서술자가 서사 현실을 상징하는 차원에서 원근법[13]을 시현한 것이다.

서술자의 인식능력은 서사적 사건에 대해 작중인물이 알고 있는 것보다 많이 알고 있다. 그러나 그 인식과 지각을 시간적 인과나 계기가 아닌 공간적 병치와 병렬이라는 등가성의 원리로 적용하여 공간성을 차용한다. 서술자의 전지성은 작품 모두에 담화의 독특한 서정을 환기시키는 상징으로서의 정경과 풍물을 묘사함으로써 서술의 공간성을 배치한다. 이러한 상징적 묘사는 서사의 향방에 영향력을 끼치지 않을 뿐만 아니라 서사의 주축인 주제 형성에도 크게 관여하지 않는다. 단지 작중 현실의 분위기와 조화를 추구하는 서술자 기능은 서사적 현실의 정서를 환기시킨다.

---

12) Wheelwright P., *The Archetypal Symbal, Metaphor and Reality*, Indiana Univ. Press, 1963. 서종택, 『한국근대소설의 구조』, 시문학사, 1994, p.142에서 재인용.

13) 이유식은 이 소설과 「벙어리 삼룡이」의 모두를 카메라의 렌즈를 멀리 잡았다가 차츰 가깝게 잡아 들어가는 방식이라는 연유로 원근법적 모두로 분류하고 있다. 이유식, 앞의 책, p.52.

양식의 측면에서 모두 서술자는 전달기능으로 작중 현실의 조응을 배려한다. 모두에 제시된 묘사는 작중 현실의 조화를 추구하는 상징적 접근이자 은유로서 중의적 해석이 가능하다. 여기에서 드러난 공간성은 미래 서사의 향방을 크게 결정하지 않을 뿐만 아니라 주제전달에도 미미하게 영향을 끼치며 서사적 현실의 점입적 특징을 보여준다. 이러한 조응기능으로 인해 독자는 담화를 관망하게 된다.

초점의 측면에서는 외적 초점화가 형성된다. 부관전망의 서술자는 공간성을 차연하는 방식으로 물레방아와 마을의 정경을 제시한다. 이에 따라 모두의 묘사는 서사의 중심축에서 분리 가능하며 작중 현실의 분위기 내지는 배경 형성에 있어 조화적 기능을 담당하는 공간성을 드러낸다.

이 소설의 기존 논의는 나도향의 초기 소설들이 보여준 감상 일변도에서 벗어나 계층 갈등과 모순 및 육체적 욕망을 부각시키며 관심사를 현실로 전환시킨 작품이라는 것이 주를 이룬다.[14] 이에 입각하면 모두에서 "머슴들의 콧소리는 청승스럽게 들려 나온다"는 부분은 계층 갈등과 비극적 현실을 부각시킨다고 볼 수 있지만 그 자체로는 서사 주축의 형성에 결정적 영향력을 발휘하거나 결말의 적극적 동력이 되지 못한다. 그러므로 모두의 상징적 묘사를 주제로 결부시키는 것은 다소 무리가 따른다. 오히려 작중 현실과의 조화를 추구하는 공간성으로서 작중인물의 비애를 환기하는 측면에서 독자의 환상이 개입할 여지를 마련해준다는 데에 그

---

14) 이재선, 「세속적인 죽음과 미화된 죽음」, 『한국현대소설사』, 홍성사, 1979.

　　송하춘, 『1920년대 한국소설연구』, 고려대 민족문화연구소, 1985.

　　김재홍, 「빈궁문학 또는 비극적 세계인식」, 『한국대표명작 나도향』, 지학사, 1985.

의미가 있다.

서사의 중심축은 신치규와 행랑살이를 하는 이방원 부부 사이에 벌어지는 비극이다. 텍스트에 나타난 현실의 갈등은 1920년대 식민지 사회의 신분관계에 근거를 둔다. 이방원이 신치규에게 아내를 빼앗기고 신분적 지배와 복종의 질서에서 벗어나려는 저항의식을 극적으로 보여준다. 그러나 결국 이방원이 살해한 것은 신치규가 아닌 아내였다. 이 점에서 이 작품은 "경향소설과 같은 범주에 두거나 일치시키려는 그릇됨에서 연유되는 것"이고 "인간 본성의 현실에 초점을 맞추고 상호적인 인간관계의 균열"을 그리는 것[15]으로 파악된다.

이와 같은 맥락에서 살펴보면 이 작품의 모두에서는 계층적 갈등을 본격적으로 상징하기보다 인간 본성의 애증이라는 균열에 부합하는 갈등을 끌어내는 전초로서 물레방아와 마을의 정경이 묘사된 셈이다. 본격적인 갈등의 발단은 신치규와 방원의 아내로부터 야기된다. 자식을 얻기 위한 명목으로 지주 신치규는 방원의 아내를 꾀어 관계를 맺는다. 이들의 관계는 신치규의 성적 욕망과 방원의 아내의 신분 상승의 욕망이 사건의 동기로 작용함으로써 방원의 애정과 신분의 갈등이 증폭된다. 마침내 아내의 배신을 받아들이지 못한 머슴 이방원의 갈등과 파멸이 내포작가의 현실 비판적 시각으로 제시된 것이다.

---

15) 이재선, 위의 책, p.259.

방원의 마음을 이상하게 동요되었다. 예쁜 계집의 목소리가 오래간만에 귀에 들릴 때 마치 자기가 감옥에서 꿈을 꿀 적 모양으로 요염하고도 황홀하게 그의 마음을 꾀는 것 같았다. 그는 꿈속에서 다시 만난 것 같고 오래간만에 그를 만나보매 모든 결심을 얼음같이 녹는 듯하였다. 그래도 계집이 설마 나를 영영 잊어버리랴 하고 옛날 정리를 생각할 때 거짓말이 아니고 무엇이냐는 생각이 났다. (21~22)

이 장면에서는 손에 칼을 들고 복수를 다짐한 방원의 마음이 애틋하게 전달된다. 아내를 살해하기로 작정하며 머뭇거리는 방원에 대한 내포작가의 연민이 작용한 것이다. 서술자의 진술은 아내를 빼앗기고 옥살이까지 해가며 아내와 예전의 생활로 돌아가고자 하는 방원의 욕망의 좌절에 대한 인간적 이해를 보여준다. 그러나 방원의 아내는 구차한 가난이 싫어 방원의 애원에도 불구하고 방원에게 돌아가지 않으려고 한다. 방원은 아내의 변심을 확인한 후 좌절감과 분노로 급기야 아내를 죽이고 자결한다.

이러한 스토리 과정에서 서술자는 아내에 대한 방원의 좌절을 초래하는 사회적 요인을 내포작가적 관점으로 제시한다. 하나는 경제적인 측면에서의 가난으로 인한 사랑의 상실이고, 다른 하나는 계층적인 측면에서의 권력으로 인한 사랑의 상실이다. 신치규의 돈과 권력이 방원에게서 아내의 사랑을 빼앗은 것이다. 계급사회의 현실을 비판하기 위하여 내포작가는 방원의 비극적 사랑과 좌절을 상정한 것이다.

결과적으로 담화의 해석 차원에서 작중인물 이방원의 비극은 1920년대 식민지 사회상황에서 신분과 권력에 의해 좌절되고 왜곡될 수밖에 없었던 부부의 애증을 보여준다. 서사 전개와 담론의 해석에 비추어 볼 때, 모두 서술자는 서사 현실과 작중인물들의 욕망을 상징적인 공간성으로 환기하는 차원에서 공간적 등가로서 부관전망의 상징적인 조응기능을 실현한다. 따라서 독자는 다소나마 후행서사를 관망할 수 있는 여유를 확보하게 된다.

2) 현실적 욕망의 조응 — 김유정 「소낙비」

> 음산한 검은 구름이 하늘에 뭉게뭉게 모여드는 것이 금시라도 비 한줄기 할듯하면서도 여전히 짓궂은 햇발은 겹겹 산 속에 묻힌 외진 마을을 통째로 자실듯이 달구고 있었다. 이따금 생각나는 듯 살매 들린 바람은 논밭 간의 나무들을 뒤흔들며 미쳐 날뛰었다.
> 뫼 밖으로 농군들은 멀리 품앗이로 내보낸 안말의 공기는 쓸쓸하였다. 다만 맷맷한 미루나무 숲에서 거칠어가는 농촌을 읊는 듯 매미의 애끊는 노래…….
> 매움! 매움!
> 춘호는 자기 집—올 봄에 5원을 주고 사서 든 묵새긴 오막살이 집—방 문턱에 걸터앉아서 바른 주먹으로 턱을 괴고는 봉당에서 저녁으로 때울 감자를 씻고 아내를 묵묵히 노려보고 있었다. (7)

「소낙비」(1933)에서 모두 서술자는 부관 위치에서 농촌의 풍경을 작중 현실과 욕망의 은유로서 전망한다. 담화의 전망으로서 배경 묘사는 당대 황폐한 농촌이라는 작중 현실을 담화의 조응을 고려하는 차원에서 형상화한 것이다.

단편소설의 모두에 제시된 배경 묘사는 스토리가 진행되는 장소에 대한 단순한 정보만을 제공하는 경우와 그 묘사가 상징적인 의미를 내포하는 경우로 나눌 수 있다. 모두의 배경 묘사는 후자적인 특성의 '기능적 묘사기법'[16]으로 사용된다. 모두 서술자는 부관전망의 보고적인 정보를 직접 전달하기보다는 담화 차원에서 작중 현실을 상징화한다. 배경 묘사에 상징된 작중인물의 욕망은 서사 현실과 조응하게 된다. 작중인물 춘호의 욕망은 아내의 매음을 통해서, 아내의 매음은 이주사의 돈을 통해서, 이주사의 성적 욕망은 매음을 통해서 충족되는 욕망의 전이가 작품의 모두와 결말의 배경 묘사를 통해 파악된다. 매음의 거래가 이뤄진 결말에서 욕망의 해소를 상징하는 풍경은 작품 모두에 묘사된 풍경의 배경과 같지만, 의미의 변이를 함축한다.

이 작품의 스토리는 다음과 같다. 가난한 농군인 춘호는 열아홉 살 된 아내와 궁핍한 산골 생활을 하며 노름빚으로 힘들어한다. 2원이 필요한 춘호는 아내를 습관처럼 두들겨 패고 견디다 못한 춘호 처는 돈을 구하기 위해 뛰쳐나간다. 그녀는 부자이며 호색한인 이주사와 정을 통한 대가로 남부럽지 않게 살아가는 쇠돌 엄마를 찾아가는데 갑자기 소나기가 퍼붓고 이주사가 아무도 없는 쇠돌네 집으로 들어가는 것을 확인한다. 이주사와 한 시간 쯤 정을 통한 그녀는 다음날 이주사에게 2원을 받기로 하고 헤어진다. 이튿날 춘호는 2원을 받을 것을 기대하면서 아내를 곱게 단장시켜 이주사에게 보낸다. 이러한 서사 전개과정에서 서술자의 부관시점은 춘호와 춘호 처 그리고 이주사라는 작중인물들의 욕망을 부각시키는 동

---

16) 김정자, 『한국근대소설의 문체론적 연구』, 삼지원, 1985, p.256.

시에 필요에 따라 초점대상으로 선택한 인물 시점을 부각시킨다.

인칭의 측면에서 모두 서술자는 서사 외부에 위치하며 비인격화된 모습으로 내포작가적 권위를 행사한다. 인식의 수준에서 작중인물보다 월등한 서술자 정보는 서사 세계의 정서를 당대 현실의 공간으로 환기한다. 이에 따라 "음산한 검은 구름", "짓궂은 햇발", "살매들린 바람" 등은 경제적으로 궁핍한 당대의 "거칠어가는 농촌"을 암시하며 특히 절대적 빈곤에 처한 춘호의 상황을 표현한다. 아내의 매음에 의지하여 가난을 탈출해보고자 하는 춘호의 의도가 아내에게 잘 받아들여지지 않기 때문에 발생한 춘호의 내적인 갈등은 "금시라도 비 한줄기 할듯하면서도 여전히 짓궂은 햇발"로 제시된다. 그리고 앞으로 춘호가 아내에게 가할 매질 "살매 들린 바람은 논밭 간의 나무들을 뒤흔들며 미쳐 날뛰었다"로 암시된다.

양상의 측면에서는 인물의 관점을 반영하기보다는 내포작가의 관념을 전달하기 위한 목적으로 풍경이 제시된다. 서술자는 모두의 묘사를 통해 독자에게 작중인물의 심리적 국면들을 간접적으로 환기하여 독서과정의 심미성을 확보하게끔 한다. 작중 현실의 분위기는 소설의 제목에서부터 환기된다. '소낙비'는 달구어진 마을을 차게 적시게 하는 측면에서 매음으로 인한 욕망의 해결을 상징적으로 드러낸다.

초점의 측면에서는 초점주체로서 모두 서술자가 서사 세계를 제시하므로 외적 초점화가 형성된다. 서술자는 작중인물의 인식보다 월등한 서사 정보를 제공하지만 서사 전개에 있어 필요에 따라 춘호, 춘호 처, 이주사를 초점주체로 선택하여 그 권위를 양보하기도 한다.

담화 차원에서는 '그때 · 그곳'으로 함축되는 부관전망이 드러나지만 서술자 관점이 공간성을 지향하기 때문에 이데올로기는 암시적으로 상징된다. 특히 서사 전개에서 춘호와 춘호 처가 외적 초점대상이 될 때는 이들 부부가 가난을 탈출하는 방법으로 아내의 매음을 택할 수밖에 없었던 모순된 현실, 소작지조차 얻기 힘든 현재의 절대적 빈곤 등이 내포작가의 입장에서 부관전망된다. 그러나 가난의 탈출방법으로 선택한 매음행위에 대한 작중인물의 내면을 다룰 때는 인물들의 관점이 드러난다. 이러한 서술 방식은 내포작가가 작중인물들의 부도덕한 행위에 대한 책임에서 자유로울 수 있는 거리감을 확보하는 효과를 갖는다.

초점의 측면에 있어 서술자는 부관전망의 초점주체로서 담화의 해석과 작중 현실의 조응의 배려 차원에서 외적 초점화를 형상화한다. 서술 전개 방식에 따라 춘호, 춘호 처, 이주사 등의 작중인물을 시점대상으로 선택하는 내적 초점화의 전이가 드러나기도 한다. 서술자는 외적 초점화를 취하다가 관념적 국면에서만은 내적 초점화를 취한다. 그 이유는 도덕관 부재의 인물들을 내놓고 비판하기보다는 그런 방법을 선택할 수밖에 없었던 당대의 궁핍한 현실을 강조하기 위한 내포작가의 담화 전략으로 파악된다. 작중인물 시점으로의 전이는 한 문장 내에서 서술자와 인물이 혼효(混淆)되는 양상으로 나타나기도 한다. 서술자가 한 인물의 위치에서 마치 그 인물이 서술하고 있는 것처럼 대리 서술하는 경우이다.[17] 이런 경우 서술

---

17) 인물시각적 서술은 몇몇 논자에 의해 자유간접화법으로 처리되기도 한다. 그러나 서구 언어에서의 자유간접화법과 우리말의 문법구조는 다르기 때문에 채트먼의 화법 분석틀에 맞추어 볼 때 우리말에는 부가절(tag)이 없다는 점에서만 부가간접화법과는 구분되는 자유간접화법이지 반드시 3인칭 주어와 과거시제를 사용한다는 규정은 적용되지 않는

자는 아래의 예문과 같이 춘호 처의 생각을 마치 자신의 생각처럼 서술하면서 그에 대한 판단이나 주관적 해석, 정보 등의 언급도 제공하지 않는다.

"안에는 확실히 이주사뿐일 게다. 고대까지 걸렸던 싸리문이라든지 또는 울타리에 널은 빨래를 여태 안 걷어들인 것을 보면 어떤 맹세를 두고라도 분명히 이주사 외의 다른 사람은 없을 것이다." 여기에서는 작중인물인 춘호 처의 시점이 부각된다. 이와 같이 서술자는 이주사가 춘호 처를 성적으로 욕망하는 부분에서는 이주사를 내적 초점화의 주체로, 춘호 처가 이주사를 유혹할 생각을 하는 부분에서는 춘호 처를 각기 초점주체로 내적 초점화하여 인물들의 갈등을 다각적으로 보여준다. 작중인물을 내적 초점화한 경우는 다음과 같다.

춘호 처가 간다는 바람에 이주사는 체면도 모르고 기가 올랐다. 허둥거리며 재간껏 만유하였으나 암만해도 안 될 듯싶다. 춘호 처가 여기엘 찾아온 것도 큰 기적이려니와 뇌성벽력에 구석진 곳이것다, 이렇게 솔깃한 기회는 두 번 다시 못 볼 것이다. 그는 눈이 뒤집히어 입에 물었던 장죽을 쭉 뽑아 방안으로 치뜨리고는 계집의 허리를 다짜고짜 끌어안아서 본당 위로 끌어올렸다. (14)

위의 예문에서는 이주사의 심리가 내포작가의 부관전망으로 전달된다. '춘호 처'라는 호칭은 이주사의 관점이 아닌 내포작가의 관점이다. 그렇

다. 이는 "우리말의 주어가 자주 생략되고 시제에 대한 관념이 철저하지 못한 특성에서 연유한다." 김상태, 「한국현대소설의 문체변화」, 『말과 삶의 자유』, 문학과지성사, 1985 참조.

지만 "계집의 허리를 다짜고짜 끌어안아서" 하는 부분의 '계집'이라는 호칭에서는 작중인물인 이주사의 언어가 감지된다. 한편 서술자가 반영 기능으로 이주사를 초점주체로 설정하여 인물의 관점을 내적 초점화로 보여준 예문은 다음과 같다.

> 이만하면 길이 들었으려니 안심하고 이주사는 날숨을 후우 하고 돌린다. 실없이 고마운 비 때문에 발악도 못치고 앙살도 못피고 무릎앞에 고분고분 늘어져있는 계집을 대견히 바라보며 빙끗이 얼러보았다. 계집은 온몸에 진땀 이 쭉 흐르는 것이 꽤 더운 모양이다. (14)

이 인용문은 이주사의 관점으로 춘호 처를 바라보는 장면이다. 여기에 서는 전적으로 이주사의 어법을 빌려 춘호 처가 '계집'으로 호칭되므로 인물 시점으로서의 내부 초점화가 형성된다.

작품의 결말에서 작중인물의 갈등이 해소된 후 드러난 배경 묘사는 모 두의 배경 묘사와 대비를 이루면서 구성적 조응을 보여준다. 다음은 작중 인물의 욕망이 해결된 후의 결말의 배경 묘사의 장면이다.

> 밤새도록 줄기차게 내리던 빗소리가 아침에 이르러서야 겨우 그치고 점심 때에는 생기로운 볕까지 들었다.
> 쿨렁쿨렁 논물 나는 소리는 요란히 들린다. 시내에서 고기 잡는 아이들의 고함이며, 농부들의 희희낙락한 메나리도 기운차게 들린다. 비는 춘호의 근 심도 씻어 간 듯 오늘은 그에게도 즐거운 빛이 보였다. (20)

아내의 매음으로 춘호의 갈등이 해결된 결말 부분에서는 작품 모두와 대비되는 배경 묘사가 배치된다. 모두에서 "금시라도 비 한줄기 할듯하면서도 여전히 짓궂은 햇발"이나 "살매 들린 바람은 논밭 간의 나무들을 뒤흔들며 미쳐 날뛰었다."의 풍경은 작중인물의 갈등적 욕망을 암시한다. 이러한 풍경 묘사는 결말에서의 "생기로운 별, 희희낙락한 미나리"로 대체되면서 작중인물의 갈등적 욕망이 해소된 후의 변이로서의 심경이 투영된다. 같은 배경을 두고 상이한 묘사가 조응됨으로써 작중인물들의 심리 내지는 욕망과 이에 따른 스토리의 변이가 담화 차원에서 형상된 것이다.

결과적으로 이 작품의 모두 서술자는 공간적인 담화를 조응하는 기능을 실현한다. 담화의 전개과정에서도 작중 현실과 인물의 갈등을 조응한 서술자는 그 전이에 따라 서술자 관점과 인물의 관점을 적절하게 선택하여 서사 현실의 욕망과 그 충족과정의 변화에 초점을 맞춘다. 따라서 독자는 작품 모두와 결말에서 공간 묘사의 상징적 해석으로 서사 현실을 관망하게 된다.

3) 행위적 지각의 조응 — 김유정 「금따는 콩밭」

땅속 저 밑은 늘 음침하다.

고달픈 간드렛불. 맥없이 푸르끼하다. 밤과 달라서 낮엔 되우 흐릿하였다.

겉으로 황토장벽으로 앞뒤 좌우가 꼭막힌 좁직한 구뎅이. 흡사히 무덤 속 같이 귀중중하다. 싸늘한 침묵, 쿠데브레한 흙내와 징그러운 냉기만이 그 속에 자욱하다.

곡괭이는 뻔질 흙을 이르집는다. 암팡스러이 내려쪼며,

퍽 퍽 퍼억—

이렇게 메떨어진 소리뿐. 그러나 간간 우수수 하고 벽이 헐린다.

영식이는 일손을 놓고 소맷자락을 끌어당기어 얼굴의 땀을 훑는다. 이놈의 줄이 언제나 잡힐는지 기가 찬다. 흙 한줌을 집어 코 밑에 바싹 들여대고 손가락으로 샅샅이 뒤져본다. 완연히 버력이라야 금이 나온다는데 왜 이리 안 나오는지. (33)

「금따는 콩밭」(1935)의 모두는 작중 현실의 은유로서 금을 캐는 경험의 음산함과 어려움을 전망한다. 금을 캐는 일의 험난함과 지리멸렬함을 담화의 상징으로 제시한 것이다. 금을 캐려는 무모한 행위의 묘사에는 식민지의 어둡고 고통스러운 삶을 전망하는 내포작가의 의도가 함축되어 있다.

텍스트 심층에서는 1930년대의 열악한 경제적 조건을 배경으로 하여 농민들의 가난과 고통이 구조적으로 전달된다. 착실한 소작농민인 영식이가 친구 수재의 꾀임에 빠져 그의 콩밭을 파서 금을 캐내려고 안간힘을 쓰는 데서 이야기가 시작된다. 농사꾼이 광부가 될 수밖에 없는 이유는 궁핍한 식민지, 열악한 민초들의 경제적 궁핍이라는 사회구조적 모순에서 기인한다. 영식은 지주와 마금의 위협과 협박에도 불구하고 가난과 고통에서 벗어나겠다는 희망으로 금을 캐겠다며 친구 수재와 힘을 다 쏟아 땅을 판다. 처음에는 반대하였지만 마침내 동조한 그의 아내는 금을 캐게 해달라며 산제를 몇 차례나 지냈다. 그렇지만 모든 것은 헛수고가 되어버리고 어두운 절망이 엄습하는 것으로 작품은 끝난다.

작품의 모두에서 금을 파내기 위한 구덩이 속의 묘사는 "늘 음침하다", "흡사 무덤 속같이 귀중중하다", "싸늘한 침묵", "징그러운 냉기"로 장면화된다. 영식은 "죽을 둥 살 둥 눈이 뒤집힌 상태"가 되고 금이 안 나와도 별 손해가 없는 수재는 능청스럽고 천연덕스럽다. 금을 찾기 위해 판 구덩이 속은 허황한 욕망의 끝을 알리는 절망 때문에 죽음 같은 공간이다. 이러한 구덩이 속의 묘사는 식민지 시대를 암시하고 작품의 결말을 예기한다.

인칭의 측면에서 모두 서술자는 작중인물과 존재 영역을 달리한 비인격체의 전달자로 기능한다. 인식의 전달 방식에서는 인물보다 월등한 입장에서 서사 정보가 제공된다. 이에 따라 이 작품의 모두에서는 무덤 같은 냉혹한 절망이 죽음으로 발전하여 금에 관계된 모든 것을 절망과 죽음으로 오염시킬 전조의 묘사로서 결말이 복선으로 장치된다.

양식의 측면에서 모두 서술자는 담화의 주제를 전달하기 위하여 서술적 권위의 전달기능을 행사한다. 어법의 전달 방식은 서술자가 직접적 보고로 내포작가적 관점의 진술을 드러낸다. 모두 전개에서 살펴지듯이 서술자는 금을 캐는 행위에 있어서의 어둡고 음산한 어려움을 예리하게 묘파하여 내포작가적 입장에서 담화의 의미를 상징적으로 제시한다.

초점의 측면에서 서술자는 외적 초점화로 담론을 전망한다. 이에 따라 이데올로기는 공간성의 상징으로 제시되지만 명시적으로 해석된다. 흐린 간드렛불 아래서 '앞뒤 좌우'가 꽉 막힌 구덩이는 "무덤 속 같이 귀중중하다"는 비인간적인 냉혹함과 절망감을 보여준다. 이는 서사 전개에서 금에 대한 유혹으로 인해 결국 어두운 인생의 파산을 맞는 작중인물들의 좌절과 실패로 구체화된다.

모두 서술자는 금을 따려는 작중인물의 온갖 시도가 결국 실패로 돌아가는 절망적인 파탄의 분위기를 내포작가의 입장으로 전망한다. 소작 농민이지만 비교적 성실하게 생활하였던 작중 주인공인 영식이는 궁핍한 삶으로 인해 빚에 시달리게 되면서 콩밭에서 금을 캐겠다는 허황된 꿈을 꾸게 된다. 영식이의 허황된 꿈은 당대 어려운 경제적 조건을 추적할 수 있는 근거다. 금광에 대한 유혹에 빠지게 된 영식이는 콩밭을 뒤집어엎고 금을 캐기 위하여 갖은 노력을 한다. 금을 캐기 위해 온갖 노력을 하지만 땅속을 팔수록 절망 같은 어둠뿐이다.

결과적으로 이 작품의 모두 서술자는 땅 파는 어둠에 집중하여 금 파는 행위의 한 단면을 상징적으로 제시하여 담화에 대한 조응을 추구한다. 금이 나오는 콩밭은 존재하지 않음에도 불구하고 금을 캐기 위하여 모든 것을 바쳐야 했던 절망적인 식민지 현실이 전망된다. 절망의 공간성을 차연하는 내포작가의 관점으로 인하여 독서과정에서의 독자의 심미성은 다소 관망하는 여유가 모색된다.

4) 조감적 통찰의 조응 — 김유정 「금」

금점이란 헐없이 똑 난장판이다.
감독의 눈은 일상 올빼미 눈같이 둥글린다. 혹하면 금도둑을 맞는 까닭이다. 하긴 그래도 곧잘 도둑을 맞기 하련만—
대거리를 겪으러 광부들은 하루에 세 때로 몰려든다. 그들은 늘 하는 버릇으로 굿문 앞가지 와서 발을 멈춘다. 잠자코 옷을 훌훌 벗는다.
그러면 굿문을 지키는 감독은 그 앞에서 이윽이 노려보다가 이 광산 전용의 굿복을 한 벌 던져준다.

이렇게 엄중히 잡도리를 하건만 그래도 용케는 먹어들 가는 것이다. 어떤 놈은 상투 속에다 금을 끼고 나온다. 혹은 다비 속에다 껴신고 나오기도 한다. (78)

「금」(1938)의 모두 서술자는 부관전망의 내포작가적 통찰로서 금판에서 금을 훔치기 위한 작중인물들의 경험들을 지형도로 묘사하여 담화의 조응을 실현한다. 서술자는 자신의 시점에 의해 금점에 대한 일상적 이야기를 독자에게 직접 들려주는 데 있어 시간성을 드러내기보다는 현상의 단면을 조감하는 공간성을 차용하는 방식으로 서술의 묘사를 활용한다. 일본인의 엄중한 감독 밑에서도 금을 훔쳐내기 위해 동원하였던 온갖 방법과 행동들은 '난장판'으로 초점화되어 제시된다.

서사 전개에서 작중인물 덕순이는 가난을 벗어나기 위해 자신의 발을 자해까지 하면서 어렵사리 금을 훔쳐내지만 이야기의 끝 부분에서 닥칠 덕순이의 불행이 예고된다. 덕순이와 함께 금을 훔친 친구가 노다지를 팔아버린 배반행위를 하였다는 것이다. 그러므로 덕순이가 금을 훔친 행위는 성공담이 아닌 더 혹독한 곤경과 좌절에 직면하게 된다는 것을 강조하게 된다.

이러한 내용을 담고 있는 담화구조에서 시점의 전이가 살펴진다. 서술자는 작품의 모두와 결말에서 작가 권위적 서술로 전지성을 활용하지만 이야기의 전개과정에서는 인물들에게 점차 시점을 양보하기 때문에 반영기능이 부각된다.

이 작품의 모두 서술자는 인칭의 측면에서 작중인물과 존재 영역을 달리한 비인격적 존재로서 3인칭 서술상황에서의 비인격체로서 내포작가의 관점을 전달한다. 따라서 인식의 수준에서 서술자는 작중인물보다 월등한 위치에서 그 권위를 행사하지만 담화의 조응을 내려 하는 차원에서 공간성을 묘사의 방식으로 차용한다.

모두에서 서술자는 부관전망의 전지성을 발휘하여 금을 도둑맞지 않으려는 감독과 여러 가지 방법을 동원하여 금을 빼돌리려는 광부들의 행동을 '난장판'과 "우스운 이야기"로 전달한다. 작중인물들이 상투 속에 금을 숨겨 나오는 장면, 다비 속에 껴신고 나오는 장면, 뱃속 또는 항문 같은 데 금을 숨겨 나오는 장면에서는 가난을 벗어나고자 했던 민중들의 목숨을 건 경험이 희화적으로 부각된다. 이는 당대 경제적 모순을 풍자하는 내포작가적 의도가 부관시점으로 강조된 것이다.

양식의 측면에서 서술자는 내포작가적 전달기능을 행사한다. 서사 현실의 상황을 조감하는 그 위치에 따라 인물과 독자와의 거리를 넓힌다. 그리고 인물들의 행위에 대해서는 자신의 직접적 진술로 냉소적인 태도를 드러낸다. 작품 모두에서 공간성의 차연으로 묘사된 "올배미 눈같이 둥글린다"나 "먹어들 가는 것이다"는 표현과 "어떤 놈"이라는 지칭 등은 결국 서술자가 자신의 어법으로 인물들의 고통을 희극화하여 표현한 것이다.

초점의 측면에서 모두 서술자는 작중 현실의 외부에서 서사 세계를 제시하므로 외적 초점화가 형성된다. 서사 세계에 대한 내포작가적 이데올로기는 공간성 차연의 상징으로 드러나며 서술자의 지각 방식은 작중인물의 지각이 아닌 서술자 자신의 지각으로서 직접적 전달 경로를 드러낸다. 모두에서 서술자가 조감하는 가난한 광부들과 감독의 '훔치기'와 '감기'의 이야기는 어느 금점에서나 일어나는 "우습고 난장판"의 이야기다. 이를 통하여 독자들은 그 이야기를 재미있게 받아들이게 된다.

그렇지만 서사 전개에 있어 서술자 기능의 전이에 따른 인물 시점의 부각은 감독, 덕순, 덕순 처, 친구로 이동하면서 당대 궁핍한 현실에서의 경험적 삶을 구체적 고통으로 강조한다. 특히 최서방이 추운 겨울 벌거벗고 몸수색을 받는 장면이나, 일본인 감독이 방한화에 오줌을 찔끔거리며 싸는 장면이나, 덕희가 항문에 금을 끼워 오다가 들켜버린 장면 등에서는 인물의 구체적 경험이 희화된다. 그렇지만 서술자의 전달기능이 반영기능으로 대체되면서 서술자 시점이 인물 시점으로 전이된다. 덕순이가 중상을 입고 동료 노동자에게 업혀 나오는 장면과 죽은 듯이 늘어졌던 덕순이가 산 모퉁이를 돌아서자 "누가 따라 오지 않나" 하는 장면 등의 위기 상황에서는 불안감이 조성된다. 마침내 금덩이를 훔쳐내기 위한 덕순이의 시점이 부각되어 스스로 돌로 발을 찍어 중상을 입고 금덩이를 그 상처에 싸맨 장면에서는 생생한 인물 시점의 지각이 고조된다.

이러한 서사 전개는 결말에 이르러 서술자가 목숨까지 바치겠다는 최후의 방법까지 동원하여 노다지를 훔친 덕순과 거기에 가담했지만 적극적인 방법을 모색하지 못한 것을 후회하며 배반을 결심하게 되는 친구의 입장을 대립적으로 반영함으로써 현실 인식의 하강화로서 좌절구조를 드러낸다. 이는 일제치하의 하층 농민이나 노동자들이 스스로 육체를 손상시키며 살아갈 수밖에 없었던 참혹한 경험을 통해 식민지 역사를 비판하는 효과를 낳는다.

결과적으로 이 작품의 모두 서술자는 통찰적인 내포작가의 시점으로 금광 세계를 '난장판'의 지도로 조감하는 방식으로 상징적인 공간을 차용한다. 참혹한 생존 경쟁으로서의 작중인물의 극한 경험은 당대 궁핍한 작중 현실을 전망하게 하는 근거를 제공한다. 모두 서술자의 조응기능에 의해 담화의 조감도가 상징적으로 제시됨으로써 독자는 담화의 지형도를 관망하면서 서사 현실을 경험한다.

3. 전달자 주축의 고립적이며 운명적인 서사

부관전망에서 서술자는 자신의 담화 전략에 따라 서술대상을 선택하고 목적에 따라 그 대상에 대한 정보를 시간성을 주축으로 하거나 공간성을 차연하는 방식으로 제공한다. 전대 주석적 서술자가 서사 내부에서 직접 이념적 측면을 표명한 데 비해 1920년대 이후 부관전망의 서술자는 서사의 진행과 관련된 부분에서만 자신의 목소리를 표출한다. 부관전망에서 서술자는 전지적 권위에도 불구하고 작가의 대변자로서의 입장보다는 서술의 진행자로서의 입장이 강화된다. 부관전망의 서술자는 작가에 의해 창조된 허구적 존재로서 그 전지성을 제한적으로 행사한다.

부관전망에서의 작가별 특성은 다음과 같이 살펴진다. 부관전망으로 권위적 기능을 행사하는 작가는 김동인과 현진건이 대표적이다. 김동인은 「감자」에서 해설적 논평을 드러내는 권위적 관점을 실현하여 현실적 욕망에 의해 파멸할 수밖에 없는 인물의 운명과 비극적 세계관을 전망한다. 현진건은 「운수 좋은 날」에서 날씨의 보고로 운명에 종속되는 서민의 애환을, 「B사감과 러브레터」에서는 인물의 평가로 이중적 인간성을, 「피아노」

에서는 위선적 허영으로 아이러니를 실현하며 고립적 세계관을 전망한다.

한편 부관전망으로 조응기능을 행사하는 작가는 나도향과 김유정이 대표적이다. 나도향은 「물레방아」에서 1920년대 낭만적 상징의 조응으로 인간적 애욕과 비극적 숙명을 전망한다. 이에 비해 김유정은 「소낙비」에서 왜곡된 욕망, 「금따는 콩밭」에서 행위적 지각, 「금」에서 통찰적 조감 등의 조응기능으로 식민지 궁핍한 현실과 절망을 전망한다.

부관전망의 서사는 서술자의 주체적 관점에 의해 명시되므로 작중인물은 대부분 선험적인 운명에 종속되는 양상으로 제시된다. 서사 현실은 독자의 수용을 고려하여 인물의 경험으로 천착하기보다는 서술자의 목소리로 주체적 세계관이 표방된다. 이러한 부관전망의 특성에 따라 독자는 서사 현실의 갈등을 숙명적이고 개인적인 것으로 축소시키는 서술자의 고립주의적 세계관을 관망하게 된다.

제 3 장
공관전망(共觀展望)의 동화와 반영

 공관전망의 서술자는 전달자에서 반영자로서의 그 기능의 전이를 보여준다. 반영화의 과정이 부각되면서 서술자와 작중인물 간의 거리가 좁혀진다. 서술자의 기능이 전달에서 반영으로 전이되는 정도에 따라 서술자가 전달자로서 권위를 견지한 채 작중인물과의 동화과정을 드러내면 동화기능, 그의 권위를 작중인물에게 전이하여 인물의 의식을 반영하는 데 집중하면 반영기능이다. 분류의 특성은 〈그림5〉로 명시한다.

 공관전망은 서술자가 반영자로서 작중인물의 시각과 경험에 동화되는 방식으로 반영화가 실현된다. 인칭의 측면에서는 서술자는 작중인물들과 존재 영역을 달리하지만 서사 세계를 인물들의 지각과 인식을 빌려 제시한다. 서사 현실을 서술자 자신의 눈이 아닌 작중인물의 눈으로 보여주기 때문에 서술자는 서술주체이지만 초점주체의 역할은 인물에게 전이한다. 작중인물의 인지와 지각에 의해 정보가 제시되므로 후행서사나 결론

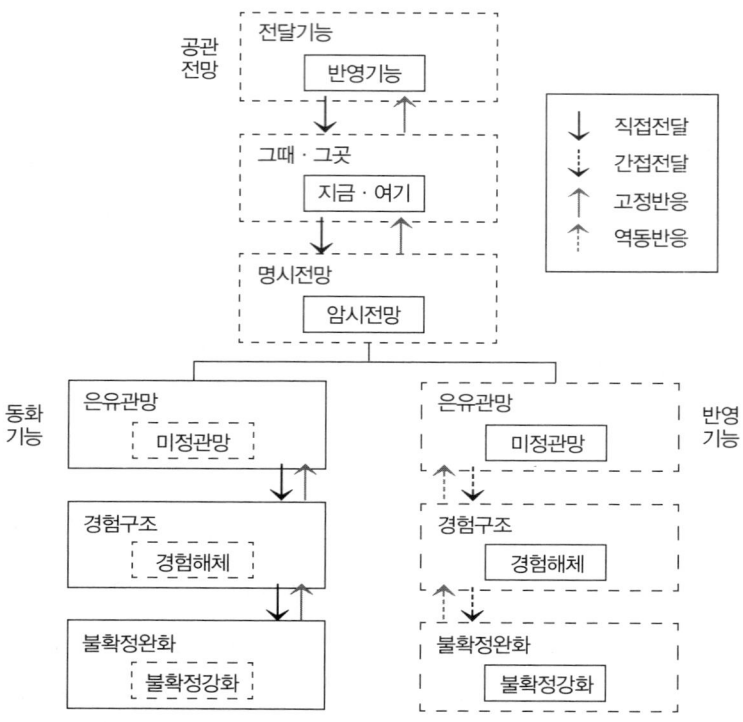

〈그림5〉 공관전망의 권위기능과 반영기능

에 대한 전망은 유보적일 수밖에 없다.

양식의 측면에서 서술자는 초점주체와 구분되지만 텍스트 차원에서 초점주체의 시점을 반영하는 기능을 한다. 서술자의 기능은 반영자로서의 특성이 부각되어 작중인물을 모방하는 어법이 부각된다. 자유간접화법은 전달자로서의 서술자의 외부 시점과 작중인물의 내부 시점을 결부시키므로 공관전망의 징후로 드러난다. 자유간접화법이 내적 독백이나 유사 직접화법의 맥락에서 일어나는 경우 인물 시점이 부각[1]되면서 공관전망은 강화된다.

초점의 측면에서 서술자는 작중인물의 인식과 지각을 반영함으로 내적 초점화가 형성된다. 내적 초점으로 인한 작중인물의 시점이 아무리 부각된다고 하더라도 그 인식과 지각을 반영하는 서술자의 존재를 부정할 수는 없다. 서술자의 시공간적 인지작용이 '지금·여기'로 고정됨에 따라 서사적 표현은 암시적이며 비유적으로 상징된다. 여기에서는 작중인물의 시점에 의해 유기적이고 자생적인 서사가 구조화된다. 따라서 이데올로기에 대한 해석은 독자 수용의 반성의 침투에 따라 자율적인 수용반응으로 역동하게 된다.

1. 제한적 지각과 객관성 추구의 동화기능

동화기능은 서술자가 서사 세계에 대한 은유관망으로서 경험구조를 작중인물의 언어와 지각을 제한적으로 빌려 구축하므로 서사 세계에 대한 객관화가 실현된다. 서술자의 기능이 전달에서 반영으로 전이되는 국면으로서 부관전망과 공관전망의 특성이 혼재되기도 한다. 서술자가 작중인물의 인식과 지각으로 서사 현실과 경험을 허구 현실에 감염된 방식으로 드러내므로 인물 시점으로의 전이가 드러난다. 서술자의 보고는 작중인물의 경험을 구조화한 극적 장면을 제시하기 위한 허구적 어법 즉 작중인물의 언어에 전염된 경로를 드러내거나 객관적 거리에서 작중인물의

---

1) Stanzel, F. K., 『소설의 이론』, 앞의 책, p.198 참조.

대화나 행동을 보여준다. 지정형은 '그때 · 그곳'에서 '지금 · 여기'로의 변경이 드러나며 작중인물을 아무 설명 없는 인칭대명사로 나타내는 방식처럼 생략된 가정이 부각되기도 한다. 동화기능의 어법상 특징은 자유간접화법으로 표현된다. 자유간접화법은 본질적으로 전달에서 반영으로 전이되는 서술자 시점의 이중성을 내포하기 때문이다.

모두 서술자의 서술적 권위가 작중인물의 지각과 인지의 전달 방식에 의해 제한되므로 이데올로기는 암시적이며 상징적이지만 작중인물의 경험구조가 독자의 기대나 추측의 지향의 객관화로 실현된다는 점에서 불확정성은 완화된다. 이에 따라 독서과정의 상상력은 활성화된다.

1) 장면적 지각의 동화 ─ 현진건 「불」

시집온 지 한 달 남짓한 금년에 15살 밖에 안 된 순이는 잠이 어릿어릿한 가운데도 숨길이 갑갑해짐을 느꼈다. 큰 바위로 내리누른 듯이 가슴이 답답하다. 바위나 같으면 싸늘한 맛이나 있으련마는 순이의 비둘기 같이 눅눅하고 축축하고 무더운데다가 천근의 무게를 더한 것 같다. 그는 복날 개와 같이 헐떡이었다. 그러자 허리와 엉치가 뻐개는 듯 갈기갈기 찢는 것 같이, 산산이 바수은 것 같이 욱신거리고 쓰라리고 쑤시고 아파서 견딜 수 없었다. 쇠막대 같은 것이 오장육부를 한편으로 치우치며 가슴까지 치받쳐올라 꽉꽉 뻗지를 때엔 순이는 입을 딱딱 벌리며 몸을 추스린다.…

'이러다간 내가 죽겠구먼! 죽겠구먼! 어서 잠을 깨야지, 깨야지.'
하면서도 풀칠이나 한 듯이 죄어 붙는 눈을 뜰 수가 없었다.

…윗목에 놓인 허술한 경대위에 번들번들 하는 석경이라든지 머리맡 벽에 걸려 있는 누룩장이든지 '원수의 방'이 분명하다. (202~ 203)

「불」(1925)에서 모두 서술자는 서사 세계를 공관전망하며 작중인물 순이의 시점으로 서사 현실에 대한 객관성을 추구하는 동화기능을 실현한다. 서술자가 작중인물인 순이의 언어와 지각에 동화되는 경로가 노정되면서 독자는 작중인물 순이의 입장에서 서사 현실을 바라보게 된다.

서술자 기능이 전달에서 반영으로 전이되는 특징적 국면이 드러나는 이 작품의 줄거리는 다음과 같다. 열다섯 살밖에 안 된 작중인물 순이는 민며느리로 들어가 남편에게는 강요된 성행위로, 시어머니에게는 학대로, 낮에는 온갖 힘겨운 노동으로 시달림을 받는다. 밤에 성적 폭력을 당해야 하는 순이에게 방은 늘 성의 고통으로 자각된다. 그녀에게 방은 곧 원수이자 보복적 감정을 갖게 한다. 그리하여 순이는 낮의 노동과 밤의 성적 고통을 견딜 수 없어 결국 방에 불을 지르게 된다. 이러한 순이의 각성은 작중 현실의 세계를 보는 관점이 미숙한 입장이라는 점에서 타당성이 확보된다.

인칭의 측면에서 모두 서술자는 작중인물과 존재 영역을 달리하지만 부분적으로 작중인물의 지각과 인식을 빌림으로써 서사 현실을 공관하는 위치로 전이된다. 그리고 서술적 전지성은 서사 현실을 객관화하는 목적으로 제한된다. 작품의 첫 문장 "시집온 지 한 달 남짓한 금년에 15살 밖에 안 된 순이는 잠이 어릿어릿한 가운데도 숨길이 갑갑해짐을 느꼈다."에서는 화자인물로서 서술자가 작중인물인 순이의 입장을 전달한다. 그렇지만 두 번째 문장부터는 순이를 초점주체로 삼아 그 지각과 인식을 "큰 바위로 내리누른 듯이 가슴이 답답하다", "천근의 무게를 더한 것 같다"는 방식으로 반영한다. 이러한 공관전망에서 서술자의 언어는 작중인물의 서사 경험과 지각에 동화됨으로써 순이의 인식과 지각의 수준에서 서사 현실을 제시하게 된다.

양식의 측면에서 모두 서술자는 자신의 입장을 직접 표방하는 전달자보다는 인물의 입장을 객관화하는 반영자로서 기능한다. 서술자는 서술 주체이지만 부분적으로 초점주체의 역할을 인물에게 전이한다. 어법의 전달 방식에서도 서술자는 직접적 자기 진술보다 인물의 언어를 통한 간접적이며 모방적 방식으로 서사 현실을 보여준다. 부분적으로 순이를 '나'로 바꾸면 1인칭 소설이 될 만큼 내적 경험이 압도적으로 드러나기도 하면서 인물의 관점이 부각된다.

인물 관점이 부각될 때 작중인물 순이는 초점주체로서 역할하게 되므로 이중 시점이 드러나게 된다. 강요된 성행위 후 남편을 바라보는 서술에서 "함지박만한 큰 상판", "번쩍이는 눈갈" 등의 폭압적인 모습의 묘사에는 순이의 시각이 반영된 것이다. 여기에서 서술자는 그 목소리를 숨기고 단지 초점주체로서 순이의 시각을 반영한다. 그리고 폭압적인 성행위를 경험하였던 공간으로서 방을 순이의 자각에 의해 "원수의 방"이라고 규정한다.

이처럼 공관전망의 서술자는 순이가 지각하는 강요된 성적 분위기라는 서사 현실의 폭압에 대해 서술자 자신의 목소리가 아닌 순이의 경험적 언어 방식의 동화된 관점을 드러낸다. "솥뚜껑으로 덮은", "함지박만한 큰 상판", "번쩍이는 눈갈", "침이 꽤흐르는 입술", "암갈색의 어깨판" 등은 어린 순이의 관점이 투영된 것이다. 이처럼 모두 서술자는 공관전망으로 작중인물의 반영화를 시도하면서 전달기능을 약화시킨 만큼 인물 반영기능을 강화한다. 물론 여기서 서술자는 그 정체를 완전히 소거한 것이 아니다. 단지 전달기능으로서 자신의 관점을 제한하며 반영기능으로서 인물의 관점을 부각시킨 것이다.

초점의 측면에서 서술자는 초점주체의 역할을 작중인물 순이에게 전이하면서 서사 현실을 작중인물의 지각으로 내부 조망하기 때문에 내적 초점화가 형성된다. 서술자는 서사 현실에 대한 지각적 전달 방식을 작중인물인 순이의 '지금 · 여기'로 고정한다. 이에 따라 순이가 성행위를 경험한 후의 시간으로서 지금과 성행위를 하였던 방으로서의 여기가 강조된다. 즉 순이가 강압적인 성행위를 당하고 바라본 방을 '원수의 방'이라고 독백한 것에서 서술자의 지각은 순이의 '지금 · 여기'로 집중된 것이다.

"가슴이 답답하다", "죽겠구먼! 어서 잠을 깨야지", "원수의 방이 분명하다" 등의 독백에서 경험하는 작중인물의 시각과 이를 반영하는 서술자의 기능이 공유된다는 점에서 이중 시점이 형성된다. 서술자가 순이의 인식과 지각을 반영한다는 점에서 순이는 서술대상이지만 부분적으로 초점주체로서 서사 현실에 대한 인식과 지각을 보여준다. 작중인물의 내적 독백에 의한 인물 시점의 부각으로 인해 서술자는 초점주체의 역할에서 분리되어 작중인물의 시점을 반영하면서 전달기능을 반영화 기능으로 대체한다.

이러한 작중인물의 반영화라는 동화기능을 통해 서술자는 서사 현실에 대한 객관화를 추구한다. 작중인물의 시각으로 내적 초점화된 "원수의 방"에서는 서술자가 공관전망으로 동화기능을 실현한 공간적 장면화가 부각된다. "원수의 방"이라는 순이의 관점을 빌린 서술자의 공관전망은 강요된 성과 노동만이 지배하는 세상에 대한 순이의 적극적 반항이 방화행위를 야기하게 된다는 해방에 대한 열망을 내포한 것이다. 이러한 근거에서 "원수의 방"은 구시대의 성의 폭력과 인습적 부조리를 상징한다. 어린 육체로 성과 노동의 임무라는 성인의 역할을 수행할 수 없는 순이는 자신에게 가해진 폭력의 원인을 "원수의 방" 때문이라고 단정하는 굴절된 자각을 갖게 된다. 그 미숙한 입장의 자각으로 인하여 급기야 순이는 "원수의 방"을 없애기 위해서 불을 지르게 된 것이다. 이 점에서 불은 순이가 보여준 반항과 해방의 표징이다.

　"원수의 방"이라는 순이의 자각은 해방이나 반항의 동력으로서 방화를 실행한 것이다. 순이는 "새빨간 입술이 날름날름 집어주는 솔가비를 삼키는" 불의 모습에서 관습적 구속을 파괴하기 위한 반항과 해방에 대한 본능적 충동을 자극 받은 것이다. 순이의 방화는 이상한 것에 대한 호기심 내지 금기 파괴의 기쁨 또는 새로운 질서의 탄생[2]을 염원하는 것 이상의 의미이다. 구태의 관습에 대한 전복과 해체를 시도하는 반항으로서 자유와 해방을 표방한 것이다. 이와 같은 담화의 이데올로기는 서술자가 서사 현실에 대한 정보와 지각의 전달 방식을 순이가 인지하는 수준으로 한정하므로 암시적, 비유적으로 상징화되며 서사 내부의 경험적 수준에 한정된다. 즉 내포작가적 이데올로기가 서술자의 직접 진술로 표방되지 않고 작중인물의 관점으로 투영된 것이다.

　그러므로 순이의 입장에서 폭력적으로 느껴지는 "원수의 방"을 없애는

---

2) 윤홍노, 「불의 상징적 의미」, 『현진건의 소설과 시대인식』, 새문사, 1981, pp.1~40 참조.

것으로 자유와 해방을 추구하려는 시도는 담화의 해석 차원에서 내포작가의 관점을 간접적으로 표방한 것이다. 이는 1920년대의 구습적인 환경에서의 자각적 해방의 의미를 형상화하기 위해 서술자가 순이의 눈과 지각을 빌려 서사 현실에 대한 반영기능을 실현한 것이라고도 살필 수 있다.

이와 같은 맥락에서 순이의 "원수의 방"은 내적 독백과 개인적 지각이라는 표현상의 차원을 넘어 사회적 의미로 확대되어 해석될 수 있는 은유로 간주된다. 즉 사회적 약호 차원인 담론을 "원수의 방"이라는 순이의 독백으로 상징화한 것이다. 그러므로 작중인물인 순이의 인식과 지각을 빌려 드러낸 성행위의 폭력이라는 담론은 1920년대의 시대적 상황의 구습적 전통의 폭력성이나 식민지 치하에서 드러난 권력의 광폭함이 상징적으로 폭로된 것이라고 해석할 수 있다.

결과적으로 이 작품은 서술자가 작중 현실의 객관화를 작중인물의 시점을 부각하는 동화기능으로 실현하여 소수자로서 여성의 권익과 해방에 관심을 두었다는 점에서 주목할 만하다. 당대로서는 비교적 유연한 남성 작가의 의식의 전환을 드러내기 때문이다. 그리고 이러한 내포작가의 관점을 서술자가 직접 웅변하거나 진술하지 않고 작중인물의 시점으로 서사 현실을 공관전망으로 제시한 것도 시점이 단순히 표현 기교의 새로운 실험의 차원을 넘어 인간의식과 사회변동을 적절하게 형상화할 수 있다는 것을 보여준 점에서 당대로서는 대단히 실험적이다. 독서과정에서 독자의 체험은 인물의 시점에서 서사 현실을 경험함으로 역동성을 발휘하게 된다.

2) 장면적 행위의 동화 — 나도향 「뽕」· 「행랑자식」

(1) 대화의 장면 — 나도향 「뽕」

> 안현집이 부엌으로 불을 길어 가지고 들어오매 쇠죽을 쑤던 삼돌이란 머슴
> 이 부지깽이로 불을 헤치면서, "어젯밤에는 어디 갔었습던교?"하며, 안협집
> 을 훑어본다. "남 어디 가고 안 가고 남자가 알아 무엇 할 게요?" 안현집은 톡
> 쏴버린다. … 노총각 삼돌이는, "그리 성낼 게야 무엇 있나? 어젯밤 안된
> 심바람으로 넘자 집을 갔었으니깐 두루 말이지." 하고 수염을 숯검정 묻은 손
> 가락으로 두어 번 쓰다듬었다.
> "어젯밤에도 김참봉 아들네 사랑방에서 자고 왔습네그려."
> 삼돌이는 싱긋 웃는 가운데에도 남의 약점을 쥔 비겁한 즐거움이 나타났다.
> '무엇이 어쩌고 어째, 이 망나니 같은 놈…….' (25~26)

나도향의 「뽕」(1925)의 모두 서술자는 작중인물의 대화와 행위를 통해
서사 현실을 객관적으로 제시하는 동화기능으로 인물 간의 극적 갈등을
전망한다. 이 작품의 모두에서는 안협집에게 성적 관심을 갖는 노총각 삼
돌이와 암상스러운 성정인 안현집의 대화의 장면이 제시된다. 이들의 대
화를 자유간접화법으로 옮기는 서술자의 언어가 서사 현실에 대한 작중
인물의 어법에 전염된 동화기능을 실현하는 것으로 당대 하층민들의 생
활 풍속도를 보여주게 된다.

이 작품은 6개의 장으로 구분되어 있는데 작품의 모두는 첫 장에 해당
한다. 당대 하층민의 욕망을 구체화하며 갈등을 사실적으로 드러내어 현
실 세계의 풍속화로 제시하는 이 작품의 스토리는 다음과 같다. 안협집에
게 성적 관심을 가지고 치근거리는 머슴 삼돌이는, 안협집과 뽕을 훔치러

간다. 그러나 뽕지기에게 들켜 삼돌이는 도망치지만 안협집은 뽕지기에게 붙잡혀 풀려나는 대가로 정조를 바친다. 삼돌이는 안협집과 관계하고 싶은 욕망을 드러내지만 안협집이 계속 거절하자 그에 대한 앙갚음으로 뽕지기와 안협집의 사건을 안협집의 남편 삼보에게 고자질한다. 그 일로 안협집은 남편에게 죽도록 맞지만 기가 죽기보다는 오히려 기세등등하다. 이러한 스토리가 전개되는 과정에서 서술자는 인간의 원초적인 행위로서 자연스러운 성적 본능의 발산을 작중인물의 대화와 행동으로 생동감 있게 극화하여 보여준다.

작중인물 간의 대화는 주로 자유간접화법으로 제시되면서 서술자와 작중인물의 시점이 교차되는 양상이다. 작중인물의 성격을 살피면 중심인물로서 안협집이 생활의 안이함을 위해 매음을 일삼는 자유분방한 성욕의 소유자로 그려질 뿐 아니라 그 주변인물들도 본능적 욕구를 집요하게 드러낸다. 이 점에서 이 작품은 사랑에 의한 자기 구현이 긍정적인 차원에서 펼쳐지지 않고 인물들이 파멸로 나아가는 현상[3]을 드러낸 것이다. 그렇지만 이 작품에서 생동하는 인간의 본성으로서 성적 본능을 자연스럽게 드러낸 것은 인간 생명력을 부각하는 차원에서 장점이 될 수 있다. 이러한 효과는 서사시학적 입장에서 살필 때 작중인물의 욕망을 역동적으로 구체화하기 때문이다.

인칭의 측면에서 모두 서술자는 작중인물들과 존재 영역을 달리하는

---

3) 곽순애, 「1920년대 전반기 소설의 현실 인식 방법 연구」, 명지대 박사학위 논문, 2001, p.75.

비인격적인 존재이지만 서사 현실로의 동화기능을 드러내면서 공관전망의 입장을 드러낸다. 이에 따라 서술자는 권위적 전달기능을 작중인물들의 행위와 대화를 객관적으로 드러내는 것으로 제한한다. 그러므로 서술자의 서사 현실에 대한 정보의 양은 작중인물인 안협집과 삼보가 인지하는 수준으로 한정된다.

안협집과 삼돌이의 대화 장면으로 시작되는 모두에서 서술자는 작중인물의 지각과 대화를 객관화하는 것으로 공관전망을 드러낸다. 서술자의 시점과 작중인물의 시점이라는 이중적 중개성의 자유간접화법으로 인해 서술자는 안협집과 삼돌이의 시각에 의해 서사 현실과 사건을 객관화한다. 이와 같이 서술자의 목소리가 작중인물의 대화를 반영하는 수준으로 전달의 권위는 축소된다.

양식의 측면에서 서술자는 전달기능을 작중인물의 대화와 행동을 드러내는 수준으로 축소하는 대신 반영기능으로 작중인물의 인식과 지각을 보여준다. 모두 서술자가 시공간의 지각을 안협집과 삼돌이가 이야기를 나누는 '지금·여기'로 고정한 것이다. 인물의 대화와 행위를 통한 간접적 방식으로 서사 현실에 대한 서술자의 정보가 제공된 것이다. 특히 공관전망을 특징 짓는 자유간접화법은 전달기능과 반영기능이 교차하는 점에서 외부와 내부 시점을 결부시키지만 경험의 현장성이라는 측면에서 동화기능이 강조된다.

작중인물의 '지금·여기'의 현장성을 강조하는 모두 서술자는 그들의 성격과 행동을 부각시키기 위해 "수염을 숯검정 묻은 손가락으로 두어 번 쓰다듬었다"는 방식으로 서사 현실을 객관적인 입장에서 제시한다. 그리고 서술자 자신의 진술이 아닌 작중인물의 개성적인 어법을 반영함에 따라 독자는 작중인물의 관점이라는 간접적인 경로를 거쳐 서사 현실을 경험하게 된다. 즉 서술자가 인물과 사건을 직접 전달하기보다는 객관적으로 반영하기 때문에 독자는 서사 현실에 보다 참여적인 수용반응을 보이게 된다.

초점의 측면에서 모두 서술자는 서술주체이지만 항상 초점주체는 아니다. 초점주체로서의 역할을 인물에게 전이하는 방식으로 외적 초점화에서 내적 초점화의 전이를 드러내는 이중 시점이 드러난다. 작중인물의 언어에 감염되는 방식으로 서사 현실을 공관전망한 것이다. 서술자는 서사현실에 대해 자신의 입장보다는 안협집과 삼보의 입장에서 "어젯밤에는 어디 갔었습던교.", "남 어디 가고 안 가고 남자가 알아 무엇 할 게요.", "그리 성낼 게야 무엇 있습나." 등의 인물적 어법에 의한 극적 긴장감을 조성한다. 서술자에 의해 작중인물의 대화가 삽입되는 공관전망에 따라 담화의 이데올로기는 암시적, 비유적으로 상징화된다.

> "뽕밭에는 한 번밖에 안 갔다. 어쩔 테냐?"
> 삼보는 더욱 머리채를 잡아챘다.
> "이년! 한번?"
> 이번에는 더 때렸다. 안협집은 말한 것이 후회가 났다. 삼보는 그래도 거짓말을 한다고 그대로 엎어 놓고 짓밟았다. …그리고 밤새도록 서로 말이 없었다.
> 이튿날 벙어리들 모양으로 말이 없어 서로 앉아 밥을 먹고, 서로 앉아 치어다보고, 서로 말만 없이 옷도 주고받아 갈아입고 하루를 더 묵어 삼보는 또 가버렸다. 안협집은 여전히 동리 집 공청 사랑에서 잠을 잤다. 누에는 따서 삼십 원씩 나눠 먹었다. (45)

이와 같이 서술자는 작중인물의 자유간접화법으로 전달하면서 서사 현실을 객관적 반영으로 극화한다. 이러한 객관적 장면을 실현하는 서술자 기능으로 인해 이 작품은 나도향의 초기 작품에서 살펴지는 주관적 낭만주의에서 탈피하여 객관적 사실주의로 옮겨가는 변화를 보여주게 된다.

결과적으로 이 작품의 모두 서술자는 공관전망으로 작중인물의 대화와 행동을 객관화하여 당대 하층민의 애환의 풍속을 역동적으로 보여준다. 이는 서술자가 작중인물의 지각과 인식을 공관전망으로 제시하는 동화기능으로 독자의 흥미를 서사 현실로 절묘하게 유인하는 흡인력을 발휘하기 때문이다. 서사 현실에서 극적 긴장과 흥미를 전망하는 서술자의 객관성의 실현은 플롯 전 과정에서 지속되면서 작중인물들의 개성적 성격을 한층 부각시키는 효과를 갖는다. 이로 인해 작중인물들의 캐릭터는 더욱 역동적으로 극화되어 독서과정에서 가독성[4]은 향상된다. 이에 따라 독자는 당대 하층민의 생활 풍속과 더불어 역동적인 여성의 생명력을 생생하게 관망하게 된다.

(2) 사건의 장면 — 「행랑자식」

어떠한 날, 춥고 바람 많이 불던 겨울밤이었다. 박 교장(朴 校長)의 집 행랑에서 글 읽는 소리가 나더니 차츰차츰 소리가 가늘어 간다. 그러다가는 다시 옆에서 어린애 입에 젖꼭지를 물리고서 졸음 섞여 꽥 지르는 소리로,
"어서 읽어!"

---

4) '가독성(readability)'은 해독과 의미 파악이 쉽다는 것뿐 아니라 그것이 흥미 있고 재미있다는 것도 의미한다. Gerald, Prince., 앞의 책, p.214 참조.

하는 어머니 소리에 다시 글 읽는 소리는 굵어진다.

　나이는 열두 살. 보통학교 4년급에 다니는 진태(鎭泰)라는 아이니 그 박 교장의 행랑아범의 아들이다. 왱왱 외우던 글 소리는 단 2분이 못되어 다시 사라졌다. 그리고는 동리집 시계가 열한시를 치는 소리가 들리더니 사면은 고요였다. (160~161)

「행랑자식」(1923)의 서술자는 작중인물들의 행동과 대화를 객관적으로 제시하는 동화기능으로 서사 세계와 작중 현실의 갈등을 공관하는 위치에서 전망한다. 서사 외부에 위치한 서술자는 행랑자식인 진태라는 작중인물이 겪게 되는 일상적 수모를 서술자의 일방적인 설명과 요약 방식이 아닌 작중인물의 객관적인 경험과 사건으로 보여준다.

이 작품은 4장으로 구성되어 있다. 작품의 모두를 1장으로 살필 때 모두 서술자는 전달기능에서 반영기능으로의 객관화를 추구하는 양상이 드러난다. 서술자가 전달기능으로 "박 교장"이라는 호칭을 제시하다가 반영기능으로 진태의 입장에서 "교장어른"이라는 호칭으로 대체된다. 이러한 호칭의 반영화와 더불어 현재형 동사의 빈번한 사용은 '지금 · 여기'이라는 공관전망의 현장성을 부각시킨다.

인칭의 측면에서 모두 서술자는 서사 외부에 위치한 3인칭 서술상황의 비인격체이지만 자유간접화법과 현재형 동사 그리고 인물 반영의 명칭 등의 공관전망으로 작중 현실에 동화되는 기능을 드러낸다. 이러한 서술자의 동화기능은 행랑자식이라는 신분조건 때문에 주인에게 받아야 하는 작중인물의 억울한 수모를 서술자의 직접적 진술이 아닌 객관적인 묘사로 구체화된다.

이와 같이 모두 서술자가 서사 현실에 대해 객관성을 추구하는 현장성은 "소리가 가늘어 간다.", "글 읽는 소리는 굵어진다.", "자기를 내려다 보고 계신다." 등에서 부각된다. 그러므로 서술의 현재형은 서술자가 독자에게 관찰하는 현장으로서 '지금·여기'이라는 공간의 객관성을 실감나게 표현하기 위한 전략으로 파악된다.

양식의 측면에서 모두 서술자는 전달의 기능을 인물의 행동과 사건의 반영에 집중한다. 이에 따라 서술자의 어법의 전달 방식은 나도향의 초기 작품에서 보여지는 감탄적 영탄조의 문체를 탈피한 사실적인 묘사와 객관적 보고의 문장을 사용하여 작중인물인 진태의 시점에서 경험하고 파악한 사건과 대상을 반영한다. 이러한 객관적 서술 방식을 통해 독자는 실제작가 나도향이 서사시학의 미학은 주관적이며 직설적으로 표출되는 것이 아니라, 시점과 묘사라는 기법의 매개를 통해 실현된다는 소설 양식의 특수성을 자각하였음을 살필 수 있다.

초점의 측면에서 모두 서술자는 작중인물 진태가 지각하고 인지하는 서사 현실인 '지금·여기'에 시점을 고정하므로 내부초점화가 형성되면서 작중인물의 인식과 지각에 동화된 경로가 드러난다. 이러한 동화기능은 이 작품의 서술자가 서사 현실을 나도향의 초기 소설에서 보여지는 현실적 좌절을 해소하는 감상적 도피처로 형상화하는 것이 아닌 현실감각의 연속적인 선상에서 객관적인 반영을 시도하였다는 내포작가의 변화된 인식을 보여준다.

이러한 맥락에서 나도향의 후기 작품에 속하는 이 작품은 나도향의 초기 소설들의 공통적인 한계였던 신변적인 소재에서 벗어나 하층민의 생활에서 우러나오는 애환을 작중인물의 시점으로 보여주면서 내포작가의 개인적 감정을 사회 인식으로 전환시켰다는 점에서도 의의를 확보한다.

결과적으로 이 작품의 모두 서술자 기능은 작중인물들의 행동과 대화를 객관적으로 묘파하여 서사 현실을 공관적으로 전망하며 극적 동화기능을 실현한다. 이에 따라 독자는 작중인물들의 행동과 대화를 역동적으로 관망하게 된다.

3) 장면적 대화의 동화 — 염상섭 「전화」·「윤전기」·「금반지」

(1) 통화의 현장 — 「전화」

"네, 네, 어디세요? …네! 거긴 누구시냔 말예요. …종로예요? 지금 안계슈."
때르릉 소리가 유난히 쨍쨍히 나더니 주인아씨의 겁을 집어 먹은 듯한 허청 나오는 목소리가 들리다가 저편이 누구인지 말씨가 곱지 않아지며 탁 끊는다.
—흥, 그렇게 기다리던 전화가 그예 왔군! 하지만 안 계시다니? 뉘게서 왔길래 따버리누? (65)

「전화」(1925)의 모두 서술자는 서사 세계를 공관하는 입장에서 발화로 시작되는 전화 대화를 객관적 장면으로 제시하여 작중 현실과 인물의 갈등을 동화기능으로 전망한다. 이 작품의 첫 문장에서부터 전화의 통화를 엿듣는 허구화된 반영자로서 서사 현실이 장면화[5]된 것이다. 이는 디에

---

5) 대화의 장면의 등장은 '말하기(telling)'로서의 요약보다는 '보여주기(showing)'의 장면성이나 현실 효과를 중시하는 리얼리즘의 서사기법의 성과이다. 이재선, 『현대소설의 서사시

게시스적 이야기 방식에서 미메시스적 보여주기 방식[6]의 전이이다.

이 작품의 서사 전개는 작중인물인 이주사가 집에 전화를 가설했다가 잦은 부부간의 갈등 끝에 다시 전화를 팔게 된다는 내용으로 이루어진다. 전화로 인해 파생된 이주사와 아내의 갈등이 주축이 되어 서사는 다음과 같이 전개된다. 전화로 인한 갈등은 아내의 패물까지 전당포에 맡기면서 남편 이주사가 설치한 전화에 걸려온 첫 전화가 기생의 채홍의 전화였다는 데서 시작된다. 이 사건을 계기로 아내는 전화에 대한 거부감을 갖게 되고 남편 이주사에 대해서도 불신감이 고조됨으로써 마침내 전화를 매매 처분할 수밖에 없게 된다. 그리고 작품의 결말에서 전화의 매매과정에서 차액의 이익을 남기게 되자 다시 전화를 가지고 싶어 하는 아내의 변덕스런 마음에 이주사는 당혹스러워한다. 이와 같이 이 작품은 전화의 매입과 매도라는 사건 사이에서의 일상이 병치되면서 인물 갈등의 전복되는 복합적 플롯과정이 드러난다.

인칭의 측면에서 모두 서술자는 표면적으로는 존재 영역의 비동일성을

학』, 학연사, 2002, p.142.

6) 이는 플라톤의 『국가론』 3권에서 서사장르에 존재하는 목소리를 디에게시스(diegesis)와 미메시스(mimesis)로 구분하는 데서 시작한다. 디에게시스는 시인이 직접 말하는 서술인 반면, 미메시스는 시인이 환상을 만들기 위해 다른 사람의 말씨를 모방하는 양식이다. 이에 대해 플라톤은 위의 두 양식에 대해 편견을 갖지 않고 그것을 구조적이고 기술적으로 설명한 반면, 아리스토텔레스는 『시학』에서 두 담화 양식 중 미메시스를 디에게시스보다 상위에 두는 태도를 취한다. 이러한 시각은 19세기 중반 루드비히를 거쳐 헨리 제임스, 러보크에 이르는 1930년대까지 불가해한 매력을 부가한 점에서 우세하였다. 본고는 이와 같이 미메시스가 우세하게 된 영향은 1920~30년대 한국 단편소설의 모두 서술자 기능의 다양화와 밀접한 관련이 있다고 본다. 박재섭, 앞의 논문, pp.6~8 참조.

보이는 3인칭 서술상황을 보이지만 실제적으로는 허구화된 전달자로서 서사 현실을 반영하는 존재로서 존재 영역의 동일성을 추구한다. 따라서 서사 현실에서의 전화하는 대화와 대면의 대화가 현장적인 구성형태로 제시된다. 특히 전화 대화의 장면을 옮기는 서술자는 '주인'이나 '아씨'라는 호칭에서 드러나듯이 그들과는 신분적으로 아래의 자격으로서 반영자임을 살필 수 있다.

인식의 수준에 있어 모두 서술자는 전화 대화의 서술공간적 특성상 수신자와 발신자 중 어느 한쪽의 대화만을 보여주는 지각의 제한성을 드러낸다. 이에 따라 독자는 서술자가 가시화된 쪽의 반응과 대화를 보고 가시화되지 않은 상대방의 대화와 상황을 추측하게 된다. 그러므로 상대방의 대화 내용과 시간은 주로 "네?"나 "……"의 부호로서 암시하는 것과 물음표(?)·느낌표(!) 같은 어조의 반영으로서 독자의 가정을 서술상의 낯설게 하기로 유도한다.

양식의 측면에서 모두 서술자는 자신의 진술을 직접 보고하는 전달자보다는 작중인물의 시점을 부각하는 반영자로 기능한다. 이 작품에 제시된 다양한 대화의 양상은 작중인물의 말과 서술자의 말이 연계하고 교호하는지의 상태에 근거하여 전화 대화, 대면 대화, 독백(혼잣말)의 간접적 대화 등과 더불어 문답형 대화, 말하는 인물의 말에 수반되는 서술이 잇대어진 복합적 대화, 독백의 대화 등으로 분화되어 드러난다.[7] 이와 같이 다양한 대화 양상의 특성으로 전개되는 서사 현실은 서술자의 말하기 방식이 아

---

7) 이재선, 『현대소설의 서사시학』, 앞의 책, p.142.

닌 인물의 대화와 행동의 간접적 보여주기 방식으로 제시된 것이다.

한편 이 작품에서 어법의 전달 방식은 다음과 같이 특성화된다. 우선 전화 통화의 형식적 특성상 시작 어법은 "녜, 녜, 어디세요?"라는 작중인물인 주인아씨의 공손 어법으로 드러난다. 그러나 곧바로 "거긴 누구시냔 말예요… 종로예요? 지금 안계슈" 하는 주인아씨의 말투에서는 퉁명스러움과 짜증스러움이 묻어난다. 전화 통화를 재현하는 서술자는 작중인물의 어법을 반영화하는 것으로 서사 현실의 동화기능을 실현한 것이다.

초점의 측면에서 모두 서술자는 반영의 기능으로 서사 현실의 시공간을 현장으로 장면화하기 때문에 내적 초점화가 형성된다. 이에 따라 서술자의 지각적 전달 방식은 인물의 '지금 · 여기'에 초점이 맞춰진다. "뉘게서 왔길래 따버리누?", "또 시작이로구나!"라는 등의 독백 내지 혼잣말의 반응형태가 혼용되고 '이런', '인제야', "탁 끊는다." 등의 현재형으로 '지금 · 여기'의 일상성이 부각된다. 이러한 일상적 대화의 현장성은 이 작품의 결말의 장면에까지 지속되어 드러난다.

> 「흥 자식이 떼먹은 것이니까 창피한 생각도 들어서 내 놓은 것이겠지만 그 영감 결국 채홍이에게 다들의 해웃값 무리꾸럭 해준 셈이군.」
> 하며 슬며시 아내더러 들어보라고 이런 소리를 하였다.
> 「그럼 채홍이 집 김장은 김주사가 해줬구려? 흥, 그래?」
> 인제야 안심이 되었다는 듯이 아내는 쌜쭉 웃다가,
> 「여보, 우리 어떻게 또 전화 하나 맬 수 없소?」
> 하고 옷도 채 못 벗고, 턱 밑에 다가 앉아서 조르듯이 의논을 한다.
> 남편을 하 어이가 없어서 웃기만 하며 아내의 얼굴을 빤히 들여다본다. (78)

이주사와 아내 사이의 갈등이 해소된 결말 부분이다. 다시 전화를 갖고 싶다는 아내의 발화를 통해 이 작품의 모든 층위의 갈등은 역설적으로 해소된다. 여기에서도 서술자는 동화기능으로 대화를 반영하는 공간성과 현재시제를 드러내는 현장성을 동시에 보여준다. 전화로 동기화된 객관성의 추구과정은 서술자에 의해 공관전망으로 현시됨으로써 독자의 상상적 공간은 확장된다.

결과적으로 이 작품의 모두 서술자 기능은 전화 대화의 특성인 서술시제의 현재성과 더불어 객관적 일상 대화를 통해 작중인물의 의식을 장면화한다. 이와 같은 서술자의 동화기능으로 인해 이 작품은 1920년대의 중산층의 일상적인 언어와 삶의 단면을 역동적으로 보여주게 된다. 서사 현실에 대한 서술자의 공관전망은 '말'과 '돈'이라는 교환의 매개로서 전화 기능의 양면성을 드러낸다. 그 심층에서는 근대적 속물성에 대한 반성으로서의 이데올로기를 전화라는 상징으로 구현한 것이다. 작품 모두에서 보여주기로 제시된 서사 현실의 심미성을 관망하는 과정은 불확정 영역의 이데올로기를 점차 완화하게 된다.

(2) 갈등의 현장 — 「윤전기」

A의 머리 위에서 똑딱똑딱하던 시계가 스르를 뗑 하고 한 점을 친다. 앞에 웅기웅기 쭈그리고, 모여 앉았는 사람들의 시선을 일제히 시계로 갔다. 보나 마나 아홉 시 삼십 분. 열시를 치는 것이 아닌 것이 A에게는 안심이 되면서도, 또 삼십 분을 기다려야 할 것이 갑갑해서, 책상위에 놓인 담뱃갑에서 한 개를 꺼내물고 신경질적으로 성냥을 힘껏 확 그어 대었다. 그는 자기 입에서 뿜어 나오는 뽀얀 연기가 전등불 밑으로 멍울멍울 올라가는 양을 멀거니 바라보고

앉았다가

"어떻게 오기는 하겠지! 하지만 한두 시간 후면 올 사람이, 엎드러지면 코 닿을 데서 전보를 친 것을 보면 마치 올지?" (233)

「윤전기」(1926)의 모두 서술자는 작중인물을 서술적인 예비지식이 생략된 'A'라는 불확정성의 대명사를 급진적으로 제시하고 작중인물의 행위와 대화를 통한 객관적 시점으로 작중 현실을 전망한다. 서술자의 진술이 단축된 요약이 아닌 보여주기 방식으로 실현되면서 서사 시간이 지연된다.

장면의 객관적 동화를 드러내는 서술자 기능은 임금을 받기 위해 노동자들이 모여 있는 방 안의 풍경을 공관전망으로 초점화한다. 작중인물 'A'의 시점을 통해 서술자는 애타고 절박한 서사 현실의 상황을 드러낸 것이다. 이데올로기는 인물 시점을 통해 작품의 모두에서 불확정성으로 제시되지만 서사 전개과정에 따라 완화된다. 독자는 이 작품의 이데올로기가 'A'라는 관리자의 눈을 통해 밀린 임금을 받기 위해 대립하는 노동자들의 갈등의 근원을 그린 것이라는 것을 서사 전개의 과정을 따라 유추하게 된다.

인칭의 측면에서 모두 서술자는 작중인물들과 존재 영역의 비동일성을 보여주는 전달자이지만 작중인물의 지각과 인식을 객관적으로 반영하는 것으로 서술적 권위를 한정한다. 인식의 수준에서는 작중인물들과 비슷한 수준을 견지하여 서사 현실의 객관화를 추구한다.

모두의 전개에서 드러난 것처럼 서술자는 작중인물 'A'의 대화와 의식이라는 시점을 통해 서사 세계를 반영한다. 장면 중심의 묘사는 서술자가 작중인물의 객관적 행동과 대화를 모방적인 보여주기로 제시하므로 시간의 공간화가 실현된다. 이데올로기는 서술자 자신의 언술에 의해 직접 전달하기보다는 장면 묘사와 독백 내지는 대화로 형상화한다. 서술자의 동화기능에 따라 독자는 작중인물들의 모든 갈등의 해결이 노동자들이 주장하는 이념이 아니라 돈에 의해 이루어진다는 것을 인물의 의식과 행동을 추정하는 과정에서 점진적으로 파악할 수 있다.

양상의 측면에서 서술자는 전달기능을 제한하고 반영기능을 부각한다. 이러한 서술자의 동화기능은 과거시제와 현재시제의 전이 국면에서 살펴질 뿐만 아니라, 불확정성으로 제시된 'A'라는 대명사에서도 부각된다. 예를 들면 서사적 과거시제는 "두 눈이 화끈거리는 것을 깨달았다."처럼 서술자가 '그'에 한정된 서술기능의 행위를 서술한다. 그렇지만 현재시제는 "시계가 스르를 뗑 하고 한 점을 친다."처럼 서술자가 반영기능으로 현장성과 장면성을 조성한다.

또한 모두의 첫마디에 아무런 한정된 표시 없는 인칭대명사인 'A'가 불확정성으로 제시됨에 따라 순간적 또는 급진적으로 생략된 가정이 나타난다. 독자는 이 가정을 추리하게 된다. 이처럼 서술자가 객관적 거리로서 극적 체험을 제공한 것은 디에게시스적 이야기 방식에서 미메시스적 보여주기 방식의 실현이다.

어법의 전달 방식에서 서술자는 서사 현실을 자신의 어법이 아닌 작중인물 'A'의 언어로 보여준다. 보여주기 방식의 공관전망에서 서술자는 독자와의 접촉을 작중인물의 행위와 대화를 통한 간접 방식으로 시도한 것이다. 초점화된 작중인물의 자의식이 그대로 드러나기도 한다. 이와 같이 모두에서 부각되는 장면화는 서술자가 그의 목소리를 작중인물과 사건으로 객관화하는 것을 제한한 데 비해 작중인물의 독백과 자유간접문체를 통한 심리적 국면을 현재형의 시제로 잇는다. 따라서 독자는 미래 서사에 대한 판단을 'A'의 관점에 따라 추정하게 된다.

초점의 측면에서 서술자는 외적 초점으로 작중인물을 객관화하지만 그 인식과 지각은 작중인물의 관점으로 한정하므로 내적 초점화가 형성된다. "A의 머리 위에서 똑딱똑딱하던 시계가 스르를 뗑 하고 한 점을 친다."의 인용문에서는 서사 현실의 객관화의 반영을 외적 초점화로 제시된다. 그렇지만 그 다음의 인용문인 "'어떻게 오기는 하겠지! 하지만 한두 시간 후면 올 사람이, 엎드러지면 코 닿을 데서 전보를 친 것을 보면 마치 올지?'"에서는 작중인물의 의식이 부각되므로 내적 초점화가 형성된다.

지각의 전달 방식에서 모두 서술자는 인물의 관점을 부각시키며 미래 서사를 유보한다. 이에 따라 서술자의 공관전망에 따른 '지금·여기'라는 고정 초점화의 경로가 드러나게 된다. 서술자가 전달자로서 서사 현실에 대해 객관적 동화를 추구하는 과정에서는 외적 초점화가 부각되지만 그 지각을 'A'라는 반성인물의 '지금·여기'로 고정화하여 보여준 데에서는 내적 초점화가 부각된 것이다.

이와 같이 서술자가 그 서술의 권위를 반성인물 'A'의 현실공간과 지각에 한정시킴으로써 담화의 이데올로기는 인물의 관점으로 간접화된다. 서술자의 동화기능으로 부각시킨 'A'라는 관리자의 관점은 결말에 이르러서야 노동자들의 갈등이 이념보다는 돈에 의해 좌우된다는 의도로 파악된다.

결과적으로 이 작품의 모두 서술자는 주관의 배제를 통한 서사 현실의 객관성을 작중인물의 관점으로 추구한다. 이에 따라 염상섭의 초기 소설에서 살펴졌던 내면심리의 혼란과 주관성은 서술자가 전달기능을 객관화의 추구에만 한정하는 대신 반영기능으로 인물의 관점을 부각시키면서 극복된다. 객관적 서사 현실의 공관전망으로서 서술자의 반영기능은 미메시스의 모방이론을 실현한 것이다. 이에 따라 독자는 작중인물의 시점으로 서사 현실의 극적 환상을 체험하게 된다.

(3) 반추의 현장 ― 「금반지」

> 그가 오후 열시가 넘은 뒤에 C병원 환자실로 통한 동편 복도를 지나 동(東) 5호로 돌쳐서려니까 뒤에서 누구가―누구라는 것보다는 간호부 견습생 E자가 「O씨」 하고 겨우 들릴까말까한 떠는 목소리로 쫓아온다. … 모든 것이 음침하고 졸음이 오는 눈같이 피로할 대로 피로한 것 같다.
> 「그저 그 모양이지요.」 하며 여자는 고개를 떨어뜨린다. 백설 같은 간호복을 입은 여자의 어깨에는 눈에 뜨일 만한 잔 파동이 점점 일어난다. 이 여자는 지금 우는 것일까? (102~103)

「금반지」(1924)의 모두 서술자는 작중인물에 대한 아무런 예비 정보도 없는 '그' 또는 'O씨'라는 불확정성의 대명사를 제시한 공관전망으로 서사 현실에 대한 객관적 동화를 추구한다.

이 작품은 서술자가 현실적이면서도 순수한 감정의 소유자로서 '그' 또는 'O씨'로 명명되는 청년의 이루지 못한 미묘한 사랑에 대한 반추의 단상을 보여준다. 서사 줄거리를 살펴보면 'O씨'라는 청년은 우연히 여동생을 간병하던 병원에서 간호부 견습생 'E'를 만나 서로 관심을 갖게 되고 연애의 감정을 갖게 된다. 그러나 'O씨'의 우유부단함으로 인해 사랑은 이루어지지 못한다. 그들이 헤어진 후 6개월이 지난 어느 날, 'O씨'는

지하철에서 금반지를 낀 'E'를 우연히 만나게 된다. 'O씨'는 그녀의 손에 끼워진 금반지와 그녀의 결혼을 확인하고는 못 이룬 사랑의 추억을 아쉬워한다.

구조적 측면에서 살필 때, 이 작품의 모두에서 그와 'E'가 나누었던 연애감정의 한순간이라는 에피소드가 장면화된다. 에피소드가 장면화된 공간성은 서사의 주축을 형성하기보다 서사 현실의 분위기를 환기시키는 현장성의 공간으로 병치된다. 여기에서 이데올로기 해석의 불확정성이 제시되지만 서사 전개과정을 통하여 그 불확정성은 완화되어간다.

인칭의 측면에서 모두 서술자는 작품 외부에 위치하는 비인격자로서 존재 영역의 비동일성을 드러내지만 부분적으로 작중인물의 시점과 동일성을 보인다. 서술자는 전지적 권위를 단지 작중인물의 객관적 묘사에만 제한한다. 따라서 서술자의 서사 현실에 대한 인식의 수준은 작중인물과 비슷한 정보량을 제공하게 된다. 따라서 후행서사나 결말에 대한 추측은 작중인물의 관점으로 유보된다. 서술자는 전달기능을 객관화의 도구로 활용하면서 청년이 미묘한 연애 감정을 가졌던 시간을 공간의 장면화로 반영한다.

양식의 측면에서 서술자는 전달기능을 제한하는 대신 반영기능을 활용한다. 어떠한 사전 설명도 생략된 대명사를 반영함으로써 독자는 순간적 또는 급전적으로 생략된 가정에 동화된다. 서술자는 자신의 설명이나 논평이 아닌 "누구라는 것보다는 간호부 견습생 E자가 "O씨" 하고 겨우 들릴까말까한 떠는 목소리로 쫓아온다."처럼 작중인물의 발화를 포괄하는 자유간접화법으로 서사 현실의 현장을 보여준다.

초점의 측면에서 서술자는 서사 현실을 객관적 거리로 드러내는 데에만 외적 초점을 제한하고 작중인물의 관점을 부각시키는 것으로 내적 초점화를 형성한다. 서술자의 지각의 전달 방식은 작중인물의 '지금 · 여기'로 고정된다. 따라서 독자는 미래 서사에 대해 어떠한 판단도 하지 못한 채 단지 추정하게 될 뿐이다. 예를 들면 "외로이 매달린 흐릿한 전등은 놀란 듯 비웃는 듯이 내려다보고 있다"는 묘사는 작중인물의 입장을 반영함으로써 내적 초점화를 강화하게 된다. 객관적 반영화의 동화기능으로 인해 독자는 서사 전개과정 혹은 결말에서 비로소 작중인물이 망설이다가 끝내 놓쳐버리고만 사랑에 대한 애틋한 심정과 자신의 우유부단함이 상징적으로 반영되었다는 것을 유추하게 된다.

결과적으로 담화의 해석적인 측면에서 이 작품의 모두 서술자는 이루지 못한 사랑으로 반추되는 한순간을 공간성으로 반영한다. 작중인물의 시점을 드러내는 서술자의 동화기능은 독자의 환상을 작중인물의 '지금 · 여기'의 경험 속으로 유인한다. 스토리 전개과정상 이 작품의 모두에서 독자는 작중의 미래를 정확하게 예기할 수 없을 뿐만 아니라 가치판단도 유보하게 된다. 모두 서술자의 동화기능에 의해 청년의 과거 한순간이라는 불확정성이 제시되지만, 이는 서사 전개과정에 따라 점차 완화된다.

4) 장면적 체험의 동화 ― 김유정 「만무방」

산골에 가을은 무르녹았다. 아름드리 노송은 삐삑히 늘어박혔다. 새새이 끼
인 도토리, 벗, 돌배, 갈잎들은 울긋불긋. 잔디를 적시며 맑은 샘이 쫄쫄거린

다. …흙내와 함께 향긋한 땅김이 코를 지른다. 요놈은 싸리버섯, 요놈은 잎 썩은 내, 또 요놈은 송이— 아니, 아니, 가시넝쿨 속에 숨은 박하풀 냄새로군.

응칠이는 뒷짐을 지고 어정어정 노닌다. 유유히 다리를 옮겨 놓으며 이 나무 저 나무 사이로 호아든다. 코는 공중에서 벌렸다. 오무렸다 연실 이러며 훅훅. 구붓한 한 송목 밑에 이르자 그는 발을 멈춘다. 이번에는 지면에 코를 얕이 갖다 대이고 한 바퀴 비잉, 나믈 끼고 돌았다.

「야하, 요놈이로군!」(50)

「만무방」(1937)의 모두 서술자는 작중인물 응칠이의 지각을 드러내는 것으로 서사 세계를 보여주며 객관적 동화기능을 실현한다. 이에 따라 서사 현실의 탐색적 인물로서 활약하게 되는 응칠이의 지각적 체험과 관점이 부각된다. 가을 산속의 풍경과 작중인물의 행동을 묘사하는 데 있어 서술자의 전지성은 이데올로기를 추동하는 시간성의 제시로 행사되기보다는 작중인물의 관점과 지각의 경로에 제한된다. 이러한 공간성의 부각에 따라 독자는 응칠이의 지각과 경험에 동화되어 서사 현실을 관망하게 된다.

이 작품의 모두는 작중인물인 응칠이가 고향을 버리고 부랑생활을 하다가 고향에 돌아와 어정거리는 장면으로 제시된다. 여기에서 서술자의 기능은 전달자와 반영자의 시점을 적절하게 교차시킨다. 서사 전개과정에서 서술자는 전달기능을 견지하면서도 작품의 모두에 반영하였던 응칠이의 관점과 지각을 응오로 이동시키면서 초점화 교체[8]의 서술적 기법

---

8) 이는 결국 객관적으로 조직된 관찰과 묘사라는 서술자의 욕구를 위장한 방법으로 위장된 서술자에 의해 매개된 것으로 '다중(multi) 초점화'와 같은 뜻이다. 서술자는 그 모습을 은

을 통해 현실 풍자적 의미를 추동한다. 이 작품은 1930년대 식민지 치하의 소작인의 곤궁한 삶을 응칠이와 응오라는 형제의 경험으로 형상화하여 보여준다. 궁극적으로 이 작품의 서술자는 3인칭 소설의 담화체계에서 볼 수 있는 미시적인 작중인물의 관점을 거시적인 서술자의 관점으로 아우르는 담화의 조화를 실현한다.

인칭의 측면에서 모두 서술자는 작중인물들과 존재 영역의 비동일성을 추구하는 전달자이지만 서술의 권위를 작중인물의 인식과 지각의 수준으로 제한한다. 이에 따라 모두 전개는 후행서사를 위시한 전체 담화를 공관하는 전망으로 제시된다. 서술자의 인식은 작중인물과 비슷한 수준을 보여주며 지각은 작중인물의 경험을 빌리게 된다.

구체적인 예를 들면, 첫 문장인 "산골에 가을은 무르녹았다"는 서술자가 전달기능으로 가을의 한가로운 산의 정경을 묘사하지만 시각에 따라서는 작중인물의 관점이 반영된 서술자의 서술로 살펴진다. "흙내와 함께 향긋한 땅김이 코를 지른다."의 인용문은 작중인물 응칠이의 지각에 서술자가 초점을 맞춘 것이다. 그리고 응칠이가 한가롭게 산을 돌아다니는 장면에서 인물 시점이 부각된다. 특히 "요놈은 싸리버섯, 요놈은 잎 썩은 내, 또 요놈은 송이"라는 독백에서는 공관전망으로서 서술자의 반영기능이 극대화된다. 응칠이의 현장적 경험으로서 '요'가 반복되어 강조되었기 때문이다. 작중인물의 지각을 드러낸 '요'라는 지정형이 부각된 것

폐하거나 때로는 현현하는 방식으로 절을 달리하며 초점인물을 계속 바꾸거나, 하나의 서술 단위에서도 다중 초점화된 양상을 띠게 하는 병치기법을 활용하여 작품의 부분들을 지배한다.

은 서술자의 인물 시점으로의 동화기능을 보여준 것이다.

그리고 뒤이어 드러나는 응칠이의 내적 독백 "아니, 아니, 가시넝쿨 속에 숨은 박하풀 냄새로군."은 자유간접화법[9]으로서 서술자의 전달기 능이 소거된 듯한 공간에서 완전한 인물 시점을 보여주게 된다. 이는 서술어만 추가한다면 작중인물의 대화를 그대로 옮긴 것과 같은 효과를 보여준다.

또한 "응칠이는 뒷짐을 지고 어정어정 노닌다. 유유히 다리를 옮겨 놓으며 이 나무 저 나무 사이로 호아든다. 코는 공중에서 벌렸다. 오무렸다 연실 이러며 훅훅" 하는 부분에서 서술자는 작중인물의 행동과 지각의 경로를 카메라의 눈과 같은 객관적 기능으로 반영한다. 작중인물 시점의 객관적 반영이 극에 이르는 부분에서 독자는 서술자를 인물과 동화된 그림자로 의식하게 된다. 그리고 독자 자신 또한 작중인물의 관점에 동화된다.

양식의 측면에서 모두 서술자는 전달기능과 반영기능이 혼효된 양상을 드러내지만 담화전망의 모두 공간에서 독자가 서사 현실을 인물의 인지와 지각으로 경험한다는 점에서 공관전망으로서 반영기능이 우세하다. 모두 서술자의 동화기능은 작중인물의 인식과 지각을 통해 작품의 이데올로기를 불확정 영역으로 반영한다.

서술자의 동화기능은 이후 서사 전개에서도 그 영향력이 행사된다. 예를 들면 "몇 푼 바람에 그까진 걸 누가 하느냐, 보다는 송이가 좋았다"는

---

9) 자유간접화법은 작가적 서술 양식에 끼어들면 항상 외부와 내부 시점을 결부시키지만, 내적 독백이나 유사 직접 화법의 맥락에서 일어나는 경우 인물적 서술 시점을 강화시킨다. Stanzel, F. K., 『소설의 이론』, 앞의 책, p.198.

부분에서 서술자가 인물의 인식을 반영하기 때문에 서술자와 인물의 관점이 중첩되는 이중 시점이 형성된다. 그리고 "애 이놈 크구나"라는 부분은 사실상 지각하는 시점이 인물이라는 점에서 인물의 독백을 그대로 반영한 것이다.

이와 같은 작중인물의 발화는 내포작가의 의도를 반영함으로써 서사전개에서 담론의 심미성을 거시적으로 추동한다. 작중인물의 말과 분위기를 맞추어 반영하는 주체는 서술자다.[10] 즉 작중인물의 발화를 해석하고 평가하는 위치에서 여과하는 주체는 궁극적으로 내포작가의 인식이라는 점에서 이 작품에서 담론의 의도가 추정될 수 있다.

초점의 측면에서 모두 서술자는 외적 초점과 내적 초점을 담화의 상황에 어울리게 선택하지만 지각과 인식의 경로를 작중인물의 '지금ㆍ여기'에 고정한다. 그러므로 내적 초점화가 형성된다. 작중인물의 경험을 생생하게 드러내는 서술자의 반영기능은 독자로 하여금 서사 현실을 작중인물의 '지금ㆍ여기'의 지각과 인식으로 체험하게 한다. 서사 전개에서 초점의 혼효된 양상은 다음과 같이 구분된다.

담화 차원에서 내포작가의 전략을 전달기능으로 드러낼 때는 외적 초점화가 부각되지만 반영기능으로 작중인물의 시점을 보여줄 때는 내부 초점화가 부각된다. 서술자가 시의 적절하게 초점을 선택함으로써 담화는 한층 입체적으로 전개된다. 담화체계에서 서술자는 인물보다 우위에 있다. 따라서 서술자의 시각은 작중인물을 내적 혹은 외적으로 조망하게

---

10) 위의 책, pp.252~254 참조.

된다.

　서사 전개에서 드러난 담화의 의도는 다음과 같이 살펴진다. 서술자는 작품의 모두에서 응칠이의 만무방적인 모습을 반영한 후 이에 대비되는 응칠이의 아우 응오의 성실한 모습을 후행서사에서 반영하여 작중인물의 시점을 전이한다. 전이된 시점의 반영은 서술자가 인간의 이중적 속성을 응칠이와 응오를 대비하여 드러내려는 의도의 실현이다. 이는 성실한 응오가 자기 논의 벼를 훔쳐야만 했던 궁핍한 당대 현실을 강조하기 위한 전략으로 파악된다.

　독자는 플롯의 끝에 이르러서야 담화 차원에서 응칠이가 범인을 추적하는 내용을 식민지 사회 역사적 관점으로 파악하게 된다. 응오의 잃어버린 벼를 둘러싸고 응칠이가 수사관의 역할을 맡아 범인을 찾는 사건을 중심으로 서사가 전개된 것은 결국 작품 모두에서 응칠이가 토끼를 쫓는 모습으로 상징화된 것으로 해석될 수 있다. 모두 서술자에 의해 반영된 응칠이가 어정어정 노닐다가 산토끼를 추적하는 모습에서는 만무방적인 특징뿐만 아니라 범인 탐색적 인물로서의 역할이 추정된다. 이러한 담론 해석에서 서술자의 시각은 궁극적으로 작중인물의 지각과 인식에 한정되어 독자의 간접 체험의 효과를 고양시킨다.

　이 작품의 모두 서술자의 복합적 기능은 플롯 전개과정에서 의미는 같지만 표현은 다르게 하는 낯설게 하기를 반복하는 원동력이다. 담화의 차원에서 서술자는 독자의 서사 수용 방식을 배려하여 외적 혹은 내적 초점화를 혼효하는 방식으로 서사 현실에 동화되는 과정을 보여준다. 따라서 독자에게는 서술자의 전달과 반영의 기능에 따라 해석을 달리 해석할 수 있는 유연성이 제공된다.

　이러한 맥락에서 살필 때 이 소설의 담론은 응칠이가 아우 응오의 벼이삭을 훔쳐간 도둑이 누구인가를 추적하는 탐색의 담론이다. 형 응칠은 부채 때문에 파산을 선언하고 도박과 절도로 전전하다가 아우 응오의 동네로 와서 무위도식하는 만무방적 생활을 하는 인물이다. 응오는 순박하고 성실하지만 악랄한 지주의 착취에 맞서 추수를 거부한다. 이런 상황에서 응오 논의 벼가 도둑질을 당하게 된다. 범인으로 몰린 응칠은 논 가까이에 은신하여 밤을 새우는데 깊은 밤중 격투 끝에 잡은 범인은 바로 그 논의 농사를 지은 동생 응오이다. 지주의 착취에 대항하여 동생 응오가 자기 논의 벼를 훔친 것이다.

　서사 전개에 따라 서술자의 시각은 인물의 시각과 교차된다. 서술자는 응오의 진실한 모습과 응칠이의 만무방적인 모습을 이야기함으로써 범인이 응칠이가 될 가능성이 높다는 것을 암시한다. 스토리 구성상 결말에서 독자의 기대가 전복된다.

　담화 차원에서 내포작가는 응칠이 도둑을 찾으리라는 복선을 작품 모두에서 응칠이가 토끼를 쫓는 지각의 경로를 통하여 보여준다. 이는 이미 벼를 훔친 자가 응칠이 아니라는 사실을 알고 있는 내포작가의 관점을 파악할 수 있는 근거이다. 내포작가는 벼를 훔친 자가 응칠이 아니라는 정보를 작중인물의 의식과 화자인물의 평가를 통해 우회적이고 암시적인 방식으로 제공하는 것이다. 따라서 시점은 작중인물의 것인데 발화자는 서술자인 이중 시점의 긴장이 조성된다.

　작품의 결말에서 서술자는 아우를 바라보며 "언제나 철이 날른지 딱한 일이었다."라고 하는 응칠이의 입장으로 내포작가의 관점을 드러낸다. 이러한 입장은 몰래 도둑질을 하여야 했던 응오의 행동이 결국은 가난을 극복할 수 없는 무모한 짓이라는 내포작가의 전망을 함축한다. 이러한 공관전망으로서 서술자의 동화기능은 응칠이를 도둑으로 끌고 가는 스토리 전개에 대한 역전된 인식의 정보를 제공한다. 스토리의 전개에서 진실한 농부가 자기 논의 벼를 훔친 범인이라는 사실은 응칠이 범인일 거라 생각했던 독자의 추정을 전복시킨다. 이를 수용반응의 측면에서 해석하면 독자는 착한 인물이라고 생각했던 사람과 악한 사람이라고 생각했던 사람의 이분법적 인식에 대한 인식의 전복을 경험하게 된다. 그리고 성실한 농민이었던 응오가 자기 논의 벼를 훔쳐야만 살 수 있었던 절박한 당대 현실을 내포작가적 입장으로 고발한다.

결과적으로 이 작품의 모두 서술자는 불확정한 은유로서 담화를 작중 인물의 지각과 인지에 초점을 맞춘 동화기능으로 전망한다. 이에 따라 이데올로기의 불확정성은 담화의 역진적인 해석을 추구하는 독서과정을 통하여 역동적으로 파악된다.

5) 장면적 입장의 동화 — 최명익 「비오는 길」

성(城) 밖 한 끝에 사는 병일(丙一)이가 봉직하고 있는 공장은 역시 맞은 편 성 밖 한 끝에 있었다. 맞은 편이지만 사변형의 대각은 채 아니므로 30분쯤 걷는 그 길은 중로에서 성 안 시가지의 한 모퉁이를 약간 스칠 뿐이다.

집을 나서면 부행정 구역도에 있는 좁은 비탈길을 10여 분간 걸어야 한다. 그 길은 여름날 새벽에 바자개 뜨는 햇빛도 서편 집 추녀 밑에 간신히 한 뼘

넓이나 비칠까 말까 하게 좁은 길을 사이에 두고 작은 집들이, 서로 등을 부빌 듯이 총총히 들어박힌 골목이다. (11~12)

「비오는 길」(1936)의 모두 서술자는 전달자로서 내포작가적 권위를 제한하여 작중인물인 병일에게 그 시점을 양보하거나 대등한 태도를 취하는 방식으로 우울한 삶의 내면이라는 담화의 의도를 전망한다. 작중 현실을 공관하는 입장에서 모두 서술자는 그 지각과 인식의 수준을 작중인물인 병일과 대등하거나 동일한 위치에서 골목길을 초점화한다.

서사 전개에서 작중인물의 대비는 병일과 이칠성으로 공간의 대비는 성 안과 성 밖의 공간으로 초점이 맞춰진다. 독서 외에는 즐거움이 없는 작중인물 병일이 전형적인 세속적 삶을 살아가는 사진사 이칠성을 만나면서 갈등과 회의를 겪는 과정으로 서사가 추동된다. 인물 간의 갈등은 병일이가 근대 도시적인 속물적 삶을 살아가는 이칠성과 같은 현실을 거부하고, 그런 현실과는 동떨어진 독서의 영역으로 침잠하는 것으로 상징화된다. 병일로 하여금 독서의 영역으로 침잠하게 만드는 구체적 근거는 근대적인 일상에서 소외될 수밖에 없는 당대 지식인으로서 추상적인 한계를 드러내는 자의식의 반영인 셈이다.

인칭의 측면에서 모두 서술자는 존재 영역의 비동일성으로 병일을 소개하는 전달자의 권위를 견지하지만 그 인식과 지각을 병일에게 양보하거나 대등한 입장을 취하면서 존재 영역의 동일성을 지향하기도 한다. "이 골목은 언제나 그렇듯 한산한 탓인지"에서 '이'라는 관형사의 부각은 병일의 지각을 빌린 서술자의 동화기능의 한 방식이다. 모두 서술자는 출근길의 불결한 일상에 대해 느끼는 염증을 오로지 병일의 인식과 지각에만 의존하여 반영하므로 공관전망의 동화기능이 특성화된다.

양식의 측면에서 서술자는 전달자로서의 기능과 반영자로서의 기능을 서사 현실에 적절하게 선택하여 담화를 구조화한다. 어법의 전달 방식으로는 인물 모방적 어법을 구사함에 따라 서술자는 단정적인 어투로 자신의 진술을 전달하기보다는 서사 현실의 상황을 객관적으로 전달한다. "병일이는… 것이다."처럼 서술자는 동화기능으로 병일에 대한 단정적 어투를 지양하고 병일의 상황만을 객관적으로 전하고 있다. 여기에서 이중 시점이 형성된다.

초점의 측면에서 서술자는 서술주체이지만 초점주체로서의 역할은 작중인물에게 전이함으로써 그 기능을 병일이의 인식과 지각의 수준에 한정하는 내적 초점화가 형성된다. 이렇듯 서술자의 동화기능에 의한 외적 초점화는 내적 초점화로 대체되면서 서술자는 스토리 세계의 외부에 위치하지만 작중인물과의 거리를 좁히게 된다.

이러한 구체적 예로 "성(城) 밖 한 끝에 사는 병일(丙一)이가 봉직하고 있는 공장은 역시 맞은 편 성 밖 한 끝에 있었다."의 인용문에서 서술자는 서술주체이면서 초점주체이기 때문에 외적 초점화가 형성된다. 그러나 "그 길은 여름날 새벽에 바자개 뜨는 햇빛도…비칠까 말까 하게 좁은 길을 사이에 두고 작은 집들이, 서로 등을 부빌 듯이 총총히 들어박힌 골목이다"는 인용문에서 서술자는 지각하고 인식하는 주체로서 병일이의 관점을 빌리기 때문에 내적 초점화가 강화된다. 내적 초점화로 골목길이 부각되면서 병일이의 시점이 강조된다.

서술 초점의 내적 혹은 외적 선택 방식은 근대적 서사기법의 입체화의 관련이 깊다. 특히 "비오는 길"의 심층 의미가 작중인물의 우울한 내면의 공간과 병치되는 것은 사물을 시지각적으로 표상하는 것이 아니라 빛의 반사에 의해 사물을 인식하는 서술자 동화기능의 실현 방식이다.

이러한 경향은 다음 예문에서 구체화된다. "병일이는 지금 보고 있는 이 얼굴이나 아까 보던 사진의 그것은 모두 조화되지 않은 광선의 장난이라고 생각하였다. 그리고 암흑한 적막 속에 잠겨들고, 마른 옛 성문 누각의 한편 추녀끝만을 적시는 듯이 보이는 빗발이…"와 같이 담화 차원에서 서술자가 작중인물의 지각을 단순한 시선으로 처리하지 않고 빛의 반사에 의해 사물을 인식하는 것을 살필 수 있다. 이는 외부 세계에 대한 인간의식은 불완전하며, 또한 우리가 경험하는 세계 이면의 현실, 곧 물(物) 자체는 알 수 없는 것[11]이라는 인식을 반영한다.

또한 "이렇게 서서 의식의 문 밖에 쏟아지는 낙숫물 소리에 귀를 기우리며 있는 병일이는, 광선이 희화화(戲畵化)한 '쇼오윈도' 안의 초상이 한 겹 유리 창을 격하여 흘금흘금 자기를 바라보고 있는 충혈된 눈을 마주보았다."에서 서술자 시각은 외부 대상을 표상하기보다는 외부 대상 없이 상상력에 의해 인간의 순수 주관의식을 표현하고자 하는 것이 추상에의 경향이다.[12] 이러한 추상의 관점은 병일이가 근대적인 삶에 순응하면서 일상의 속물적인 행복을 추구하는 이칠성에 대해 "청개구리 뱃가죽 같은 놈"이라고 하는 입장으로 반영된다.

---

11) G. Gibian 외, 문석우 역, 『러시아 모더니즘』, 열린책들, 1988, pp.135~136. 문흥술, 『한국 모더니즘 소설』, 청동거울, 2003, pp.273~274에서 재인용.

12) 위의 책, pp.273~274.

그리고 병일에게 한정된 '지금·여기'의 시공간적 인지작용에 따라 출근길의 골목이라는 병일이의 지각적 공간으로서 현장적인 장면화가 부각된다. 이에 따라 담화의 이데올로기적 표현은 암시적, 비유적으로 상징화되며 그 의미는 서사 내부에 한정되어 파악된다.

표제로서 "비오는 길"은 서사 현실을 내포한다. 장마로 날이 궂을 때 병일이는 사진사인 이칠성을 만났고 그를 혐오하면서도 그가 주는 안락한 삶의 비전에 충동적으로 이끌리며 줄곧 갈등하고 침잠하였지만 병일이가 이칠성과 헤어지고 이전의 생활로 돌아가는 때는 장마가 그친다. "비오는 길"이 내포하는 의미는 일상의 구질구질한 골목길과 같은 속물스런 근대성과 쉽게 조화할 수 없는 현실과 괴리된 성향의 지식인으로서 병일이가 겪게 되는 우울한 침잠으로서의 내면이다.

이러한 맥락에서 모두 서술자는 병일의 시각으로 골목길을 보여준다. 보는 자는 작중인물로서 병일이지만 그의 지각과 인식에 동화된 서술자는 출근길의 병일이가 불결한 일상에 대해 느끼는 염증을 서술하는 데서 이중 시점이 형성된다.

결과적으로 이 작품의 모두 서술자는 서사 현실을 공관전망하는 데 있어 작중인물인 병일의 시점과 동화되는 경로를 보여준다. 이러한 서술자 기능은 서사 세계를 때로는 내포작가적 관점으로 전달하고 때로는 병일의 지각적 경험에 한정하여 전달한다. 즉 모두 서술자는 병일에게 자신의 권위를 양보하며 서사 현실에 대한 직접적인 전달보다는 작중인물과 대등한 공관의 입장에서 서사 현실을 전망한 것이다. 따라서 독자는 서술자의 동화기능에 의해 작중인물과 서사 현실이 내포하는 의미를 해석하게 된다.

6) 장면적 연상의 동화 — 최명익 「무성격자」

　　십여 일 전부터 아버지가 종시 자리에 눕게 되었다는 편지를 받은 지 이틀
되던 날 아침에 또 속히 내려오라는 전보를 받은 정일(丁一)이는 문주(紋珠)와
작별하기 위하여 병원으로 찾아갔다. 전보가 없더라도 속히 가려고 작정하였
고 문주도 그런 줄 알고 있지만 입원실에 외로이 누워있는 문주를 볼 때 정일
이는 지금 곧 떠난다는 말을 하기가 주저되었다. 흰 병실에 흰 침대에 흰 요
에 싸여 있는 탓인지 흰 베개 위에 놓인 문주의 얼굴은 어제 아침 입원할 때
보다 더 여위고 창백하게 병상이 난 듯이 보였다. (41)

「무성격자」(1937)의 모두 서술자는 서사 세계를 공관하는 입장에서 작
중인물 정일이의 심리를 연상기법으로 제시하여 독자가 그의 심리에 동
화되도록 작중인물의 의식과 서사 현실을 전망한다. 서술자는 자기 존재
를 직접 드러내기보다는 작중인물의 인지와 지각의 경로를 드러내는 수
준에서 서사 경험을 반영하므로 독자에게 작중인물의 심리를 연상하게끔
한다.

　　모두 서술자는 인물의 행동과 의식의 추적으로 정일이의 매사 주저하
는 성격을 드러낸다. 그리고 정일이의 서사 현실에 대한 지각의 경로를
통해서는 문주와 아버지의 죽음을 은연중에 연상하게 하는 정일의 심리
적 불안과 공허감을 묘파하여 보여준다. 이와 같이 서술자는 생활에 아
무런 활력도 기쁨도 찾지 못하는 무성격자로서 정일의 성격을 형상화한
다. 서술자 자신의 직접적 진술로 정일의 성격을 평가하거나 설명하는

것이 아니라 서사 현실에 대한 정일이의 지각이나 인식 그리고 성격을 간접적으로 보여주는 것이다.

인칭의 측면에서 모두 서술자는 작중인물들과 존재 영역을 달리하는 비인격체이지만 그 지각과 인식은 서사 현실과 작중인물에 동화된 공관 전망을 드러낸다. 서사 세계에 대한 서술자의 인식과 지각은 병일이라는 작중인물의 시점으로 제한함으로 독자는 작중인물과 존재 영역이 같다는 느낌을 갖게 된다. 예를 들면 "십여 일 전", "이틀 되던 날 아침", "지금 곧 떠난다는 말" 등과 같이 시간의 인식 측면에서 서술자는 작중인물 정일이가 지각하는 구체적 시간을 제시한다. 서술자의 동화기능으로 인해 인물의 허구적 어법이 부각된다. 이러한 구체적 시간의 제시는 서술자가 인물의 경험적 상황과 구체적으로 연결되었음을 환기시킨다.

양식의 측면에서 모두 서술자는 전달기능을 제한하는 대신 반영기능을 부각시킨다. 서술자의 시공간적 지정형의 변경이 작중인물이 지각하는 '지금 · 여기'로 함축된다. 서술자의 인식의 수준은 정일이가 인지하는 범위에서 반영되고 서술자는 정일의 언어를 자신의 어법으로 변형시킨다. 그렇지만 여기에서 서술자의 언어가 완전히 소거된 것이 아니라 작중인물의 공간 및 시간적 방향과 태도 그리고 언어의 유사성을 드러내도록 반영된다. 서사 세계에 대한 서술자의 기능은 서사 현실에 대한 최대한의 객관화를 반영하는 작중인물의 어법으로 독자와의 접촉을 시도한 것이다.

특히 "문주를 볼 때 정일이는 지금 곧 떠난다는 말을 하기가 주저되었다"는 부분에서는 무성격자로서의 정일의 성격이 머뭇거리는 행동을 통하여 제시된다. 이 문장은 정일이를 '나'로 바꾸어도 아무런 문제가 없을 정도로 서술자 기능이 정일이의 심리와 행동에 동화된 양상을 보여준다.

이러한 서술자의 동화기능에 의해 "흰 병실에 흰 침대에 흰 요에 싸여 있는 탓인지 흰 베개"로 온통 흰색인 병실 분위기에 집착하는 정일의 의식이 부각된다. 죽음을 예기할 수 있는 복선장치는 설명이나 요약이 아닌 병일이가 흰색에 반응하는 심리적 공간으로 병치된 것이다. 독자는 병일이가 병실의 흰색 분위기에서 느끼는 심리적 반응에서 아버지와 문주의 죽음을 연상하게 된다. 흰색에 집착하는 작중인물의 심리 묘사는 의식의 흐름을 반영하는 방식으로 인물의 자의식을 보여준다.

초점의 측면에서 서술자는 담화의 필요에 따라 외적 초점과 내적 초점을 적절하게 선택한다. 외적 초점화에서 서술자의 전달기능은 작중인물의 대화나 행동을 객관화하는 수준으로 제한된다. 이에 비해 작중인물의 내면적 심리나 의식을 드러낸 때는 내적 초점화가 형성된다. 따라서 정일의 경험이 '지금·여기'의 병실로 고정화되기 때문에 3인칭인 '정일'을 '나'로 바꾸어 써도 무방할 만큼 인물의 내적 초점이 부각된다.

이와 같이 연상적 기법에 따라 작중인물의 의식의 흐름이 전개되기 때문에 독자는 작중인물의 의식의 흐름을 자유롭게 경험하게 된다. 의식의 흐름을 반영하는 소설은 주로 작중인물의 의식의 모습을 그려내기 위하여 언어 표현 이전 단계의 의식을 규명하는 데 중점을 둔 형태이다.[13] 이 작품

---

13) 제재를 통제하고 작중인물을 묘사하는 기법은 소설마다 명백하게 다른 내적 의식성을 가진다. 내적 의식성이 있다고 의식의 흐름 소설의 범주에 포함되는 것이 아니다. 또한 의식의 흐름을 나타나기 위해 사용된 기본적인 기법을 거의 작가의 개입도 없고 예상된 청자도 없는 형태인 직접 내적 독백, 전지적 작가 시점의 작가가 말로 표현되지 않은 소

에서도 인물의 심리는 서술자의 요약적 서술에서 묘사적 서술의 전환[14]으로 대체된다. 다음의 인용문은 현실에서 충족되지 않은 작중인물 정일의 욕망을 묘사하는 방식으로 정일이의 의식의 흐름을 구체화한다.

> 그러나 한 걸음 물러서서 다시 바라보는 서가는 땀과 피의 입체인 피라미드나 만리장성의 위관을 보는 듯한 숭엄감과 기쁨을 느끼기도 하였다. 그리고 자기도 이 문화탑에 한 돌을 쌓아보겠다는 야심을 가졌던 것이 먼 옛날 일같이 회상되었다. 그러한 전날의 야심은 한순간 찬란한 빛으로 밤하늘에 금 그었던 별불 같이 사라지고 만 듯 하였다. 밤하늘에 금빛으로 그려졌던 별의 흐른 자최가 사라지면 우리의 눈은 그 자리에 검은 선을 보게 되고 그 검은 선마저 사라지면 부지중 한숨을 쉬게 되는 것이다. 이러한 생활면에 나타난 문주! 문주는 자기가 같이 죽어 달라고 조르면 언제든지 들어줄 것 같아서 좋다고 하였다. (49)

위의 예문에서는 서가를 바라보면서 "땀과 피의 입체인 피라미드나 만리장성의 위관을 보는 듯한 숭엄함과 기쁨"을 느꼈던 정일이가 술에 젖

재를 마치 작중인물의 의식으로부터 직접 나온 것처럼 묘사하고 설명과 서술에 의해 독자를 이끌어가는 간접 내적 독백, 전지적 작가의 초점에 의해 표현되며 재래의 양식이라는 작가 전지적 서술, 작가의 개입 없이 암암리에 청중을 가정하고 직접 작중인물로부터 독자에게 인물의 의식의 내용과 과정을 묘사해주는 솔리러퀴 등 네 가지로 분류한다. 로버트 험프리, 이우건·유기룡 역,『현대소설과 의식의 흐름』, 형설출판사, 1984, p.15, pp.48~64.

14) 일대기 형식의 고전소설이 신소설로 변화하는 것을 '장면화'라는 말로 간추릴 때, 그것은 서술이 관념 중심에서 삶의 구체적 양상 중심으로, 서술하는 자 중심에서 서술대상 중심으로, 그리고 요약적 서술에서 묘사적 서술로의 변화를 의미한다. 최시한,「현대소설의 형성과 시점」, 한국소설학회 편, 앞의 책, pp.104~105.

어 문주와 타락한 생활을 하면서 보여준 의식이 반영된다. 정일은 적극적인 삶의 의욕을 상실한 채 독서에 대해서도 게으른 생활을 한다. 과거에 독서로부터 얻은 정일의 배움의 욕망은 "금빛으로 그려졌던 별"로 묘사되면서 일상의 현실에서는 실현 불가능한 추상적인 빛의 상징으로 묘사된다. 서술자는 죽음을 예감하는 작중인물의 의식을 "흰 병실"로 반영한 것과 같은 맥락에서 정일의 추상적인 욕망은 '금빛', 절망적인 좌절은 "검은 선"으로 형상화하는 방식으로 정일의 의식의 흐름을 반영한다.

그리고 자신같이 무용한 존재는 죽어도 좋으리란 생각을 하는 정일은 결핵환자인 문주와 죽음을 즐기는 듯한 쾌락에 빠져든다. 문주가 같이 죽자고 해도 거부하지 않는 반응을 보이기도 하는 무성격자로서의 면모를 보여준다. 무성격자로서의 정일의 행동을 통해 서술자는 1930년대 식민지 망국적 상황을 묵묵히 견뎌야 하는 지식인의 자기 부정으로서 내포작가의 현실 인식을 전망한 것이다.

결과적으로 이 작품의 서술자는 정일과 심리적으로 거의 동일한 입장에서 의식의 흐름을 공관전망한다. 작중인물의 의식의 연상으로서 구체적 반응은 색채의 대비로 형상화된다. 서술자가 정일의 의식의 흐름을 반영하기 위해 작품 모두에서 죽음을 연상하게 하는 흰색을 초점화한다면 스토리 전개과정에서 정일의 내면의 추상성은 금색으로, 절망은 검정색으로 초점화된다. 매사 주저하는 정일의 우유부단한 행동과 성격을 의식의 흐름의 기법으로 밀도 깊게 반영한 것이다. 이에 따라 독자는 색채에 반영된 정일의 피폐화된 내면의 분열로서 서사 현실을 관망한다.

7) 장면적 대칭의 동화 ─ 이상「休業과 事情」

> 삼년전이보산과SS와 두사람사이에 끼어들어앉아있었다. 보산에게 다른 갈
> 길이쪽을 가르쳐주었으며 SS에게다른 갈길저쪽을가르쳐주었다. 이제담하나
> 를막아놓고이편과저편에서 인사도없이그날그날을살아가는보산과 SS두사람
> 의 삶이어떻다하나 가는가까워졌다. 어떻게하다가는 멀어졌다이러는것이 퍽
> 재미있었다. …빛깔은 거의 SS의소화작용의 일부분을담당하는 타액선의분비
> 물이라고는 볼수없을만큼주제가남루하며 거의춤이라는 체면을유지하지못하
> 고있는꼴이보산의마음을비록잠시동안이나마 몹시센티멘탈하게한다. SS는
> 그의귀중한침으로하여 나의앞에이다지사나운주제를노출시켜스스로의 명예
> 의몇부분을훼손시키는 딱한일이무엇이 SS에게 기쁨이되는것일까 보산은 때
> 마침탄식하였다. (149~150)

이상의「휴업(休業)과 사정(事情)」(1932)의 모두 서술자는 서사 현실을 공
관하는 입장에서 '보산'과 'SS'의 대칭상황으로서 작중인물의 지각과 의
식을 보여주는 동화기능으로 서사 현실과 작중인물의 타자적인 삶을 전
망한다. 서사 전개는 까닭 없이 'SS'로부터 날마다 침 세례를 받아야 하
는 상황에 대해 실질적으로 아무 대응력을 갖지 못한 '보산'의 무력감을
제시하는 것으로 구성된다.

인칭의 측면에서 서술자는 작중인물들과 존재 영역을 달리하는 비인격체
로서 존재 영역을 작중인물과 달리하지만 그 전지성을 작중인물과 서사 현
실을 객관화하는 수준에 한정하기 때문에 작중인물과의 거리가 소거된다.
서술자는 권위적 전달기능을 제한하는 것으로 인상주의적 감정을 이입하
여 서사 세계의 대칭구도를 드러낸다. 작중인물의 명칭과 경험의 대립구조
는 서술자의 반영기능으로 인해 인물 간의 갈등과 긴장을 극적으로 드러내

게 된다.

인식의 전달 방식에서 서술자 기능은 서술적 권위의 전지성을 행사하기보다는 작중인물의 인식과 심리적인 수준으로 제한된다. 심리적 정보의 양은 작중인물의 대립과 갈등을 객관화하는 수준이다. '보산'과 이에 대응되는 'SS'라는 반성인물들의 이름 자체에서 드러나는 대칭구조[15]에는 빈번한 명칭의 반복적 활용과 더불어 의식의 대립을 나타내는 자유간접문체의 이중 시점이 반영된다. 실질적인 주어가 되어야 할 '보산', 'SS' 등에 소유격 조사 '-의'를 붙임으로써 문자의 수는 줄어들지만 계속적인 '-의'의 연결로 인해 작중인물의 행위가 억제되는 삶이 읽혀진다. 억제되고 무력화된 피동적인 서사 현실을 부각시킨 것은 주체의 피동화와 객체의 주체화라는 서사적 갈등의 대립을 보여주기 위해서이다. 행위의 주체인 '보산'이 각각 "보산의 마음", "보산이 몸뚱아리"로 대체됨으로써 그 총체로서의 '보산'은 주체적인 삶이 아닌 오히려 자신의 몸에 대한 통제력을 상실한 타자적인 삶을 보여준다.

양식의 측면에서 모두 서술자는 전달기능이 축소하는 대신 반영기능을 강화하는 방식의 일환으로 작중인물들은 아무 설명도 없이 '보산'과 'SS'라는 급진적인 인칭대명사로 제시되면서 순간적으로 생략된 가정이 나타

---

15) 이상 소설을 작품 속에 숨겨진 대칭구조를 파악하여 분석하면, 시와 초기 소설에서 실험되었던 수학적이며 도식적인 대칭성들은 서사성을 전제로 하는 후기 소설로 넘어와서는 남/녀 대칭을 기본으로 한 갈등구조를 갖게 된다. 따라서 초기 소설에서 보이는 주인공의 반복 혹은 순환되는 공간 이동이 기본 플롯에 해당된다고 한다면 후기 소설에서는 두 인물 사이의 팽팽한 긴장관계가 그 시각적 공간 대칭이나 이동에 앞서는 기본 플롯이 된다고 할 수 있다. 최혜실, 『한국 모더니즘소설 연구』, 민지사, 1992, p.190 참조.

나게 된다. 인물의 이름이나 인칭대명사 등이 한 문장 안에서 생략되거나 다른 어휘로 대치되지 않고 반복적으로 사용되면서 작중인물들의 의식의 혼란이 부각된다.

서술자는 요약 설명이나 대명사로의 치환 등을 의도적으로 피할 뿐 아니라, 오히려 동일한 어휘나 구절 등을 반복한다. 인물이 아는 범위와 비슷한 수준으로 서술자의 인식이 제한됨에 따라 작중인물의 '보산'과 'SS'의 심리와 그들의 행위가 구현되는 공간적 대립이 부각된다.

인물 반영적인 어법과 의식을 구사하려는 서술자의 의도로 인해 동일한 구절의 반복은 서사로서의 공간성[16]을 병치한다. 서술자의 어법의 전달은 "보산에게 다른 갈길이쪽을 가르쳐주었으며 SS에게다른 갈길저쪽을가르쳐주었다."의 경우 "보산에게는다른갈길이쪽을, SS에게는저쪽을 가르쳐주었다."와 같이 요약된다. 동일한 구절을 반복하며 변형시킨 서술의 반복은 무의미한 일상 속에서 지향 없는 작중인물들의 의식의 대립을 대칭적 갈등으로 전망하는 것이다.

인칭대명사에 따른 대칭구조로 인해 작중인물의 관점이 '지금·여기'로 집중된다. 서술자는 미래 서사에 대해 자신의 관점으로 확신하는 태도가 아니라 작중인물의 불확정한 시점에 담화의 의미를 유보하는 태도를 보여준다. 작중인물의 시점으로 인해 부각된 불확정 영역에서 독자는 해

---

16) 서사물에 재현된 공간성을 어떤 기하학적 공간성에만 초점을 맞추어 분석할 수도 있지만 실제로 공간이 서사물로 재현되는 것은 매우 복합적이다. 하나의 소설, 나아가 서사물에는 다양한 종류의 결합과 재구의 수준이 존재한다. 김병욱, 「언어 서사물에 있어서의 공간의 의미」, 김춘섭 외, 앞의 책, pp.155~156 참조.

석의 자율성을 시도할 수 있다.

초점의 측면에서 서술자는 서술주체이지만 초점주체의 권한을 작중인물에게 양보하므로 내적 초점화가 제시된다. "보산의 마음", "보산의 몸뚱아리"로 수동화된 객체로서의 '보산'이 'SS'로부터 날마다 침세례를 받는 상황에 대해 실질적 대응력을 갖지 못한 타자화된 분열이 내적 초점화로 반영된다.

한편, 하나의 서사를 비슷하게 변형시킨 문장을 이어가는 반복과 순환에는 무의미하게 반복되는 작중인물의 일상의 과정이 내적 초점화로 반영된 것이다. 그리고 그 속에서 뚜렷한 방향이나 판단을 가지지 못한 채 방황하는 작중인물의 의식의 순환이 드러난다. 미로화된 의식은 서사 현실을 부각시키는 언어의 사슬로 변주된 것이다. 이에 따라 신체의 부위는 '보산'에게 속해 있는 것이 아니라 그 자체로서 하나의 주체가 된다. '보산'의 수동적 위치에는, 주체의 위치에서 객체의 위치로 자리를 빼앗기는 대립 양상이 드러난다. '보산'의 무력한 상황에 대한 서술자의 동화기능은 총체적이고 주체적인 존재이어야 할 '보산'을 주어의 자리에서 목적어의 자리로 이동시킨 것이다.

여기에서 이데올로기의 형상화 방식은 미로화된 의식을 언어사슬로 드러내는 대칭구조 속에 두 인물 사이의 팽팽한 긴장관계를 내포한다. 내포작가의 입장에서 작중인물의 심리에 따른 대립은 주체행위기능이 억제된 무력하고 피동적인 존재의 갈등이 부각될 수밖에 없는 상황으로 확장된다. 행동의 주체로서의 입장을 상실한 '보산'은 오직 자신의 손과 몸, 마음 등이 행하는 동작의 영향을 받는 객체로서의 입장을 드러낸다.

조사의 반복 첨가로 전도된 '보산'의 상황은 자신의 의지와는 상관없이 식민지 삶을 살아갈 수밖에 없는 운명적 압박을 상징하게 된다. 내포작가의 의도는 'SS'라는 이웃으로 은유된 일제에 의한 속박과 수모를 어쩔 수 없이 견뎌야 하는 '보산'의 입장을 부각시킨 것으로 식민지 삶을 고발한 것이다.

결과적으로 모두 서술자의 동화기능에는 'SS'와의 관계로 갈등하고 이를 변화시키기 위해 온갖 신경을 곤두세우고 있지만 실질적으로는 아무것도 변화시킬 수 없는 '보산'의 상황이 강조된다. 여기에서 작중인물의 대립은 1930년대 식민지 치하에서 겪게 되는 지식인의 무력함을 암묵적인 이데올로기로 함축한다. 현실과 이상 사이에서 분열된 작중인물의 자의식과 그로 인한 갈등은 몸과 의식의 대립적인 언어로 병치된다. 이에 따라 서사 현실에서의 고립적인 작중인물의 상황과 의식이 부각된다. 존재와 현실의 양면성, 가치전도의 비극적 세계가 서술자의 동화기능에 의해 전망되고 독자는 작중인물의 대립적 의식으로 서사 현실을 관망하게 된다.

2. 선택적 의식과 주관성 천착의 반영기능

반영기능에서 서술자의 서술의 권위는 해체된다. 초점주체로서 서술자의 역할은 작중인물의 시점으로 전이되어 서사 현실이 제시되므로 공관전망의 특성이 본격화된다. 작중인물의 시점에 의해 서사 현실이 반영되므로 독자는 작중 세계와 직접 마주하는 환상을 갖게 되며 자기 자신이 작중인물의 감정과 생각을 공유하는 것으로 믿게 된다.[17] 반영기능의 어법적 특징은 자유간접문체의 내적 독백으로 드러난다. 서술자는 반영이라는 실제적 목적을 위해 작중인물 서사 경험을 파편적으로 해체시킴으로 서사는 주관적이며 인상주의적인 느낌을 준다. 서술자가 '카메라의 눈'[18]과 같은 반영이나 인물의식의 그림자 같은 역할로 그 정체를 드러내지 않은 채 인물의 경험과 의식을 불확정 공간으로 제시하여 독자로 하여금 끊임 없이 생략된 모든 것의 고유한 의미를 파악하게 한다. 서술자의 목소리가 소거된 듯한 불확정한 공간에 작중인물의 시공간적 고정으로서 '지금·여기'가 부각됨으로 독자는 이 가정을 추리해야 하는 자유의 공간[19]에 놓이게 된다. 서사 전개의 불확정성은 강화되어 창조적인 해석이 요구되는 독자의 작가성[20]이 강조된다. 독서과정의 상상력은 역동되고 수용반응은 유연하게 활성화된다.

---

17) Stanzel, F. K., 『소설 형식의 기본 유형』, 앞의 책, p.83.

18) 이 용어를 프리데만은 작가를 배제하는 가장 마지막 수단이라고 정의한다. 여기에서의 목적은 무슨 분명한 선별 또는 조정없이 그것이 기록 매개체 앞을 지나가는 "삶의 조각"을 전달하는 것이다. N. Friedman; 'Point of View', 1178−9, Leon Edel; 'Novel and camera', John Halperin, *The Theory of the Novel*, Oxford University Press, New York, 1974, pp.177~188. Stanzel, F. K., 『소설의 이론』, 앞의 책, p.333 재인용.

19) 독자의 역할은 바인리히의 용어로 '고요함(serenity)'이라는 속성으로 작가의 관점에서 독자가 세계에 대한 부정적인 태도로 들어가는 자유의 공간을 의미하고 독자의 역할에는 서술된 이야기에 행간의 이야기를 만드는 상상력의 자유가 들어있다. 위의 책, pp.123~124.

20) 바르트는 '작가적 텍스트(writerly text)'와 '독자적 텍스트(readerly text)'를 '독자성'과 '작가성'으로 구분, 작가성은 텍스트의 기술과 생산에 독자의 기여를 요구하는 측면에서 긍정항이다.

1) 갈등적 장면의 반영 ― 김유정 「따라지」

쪽대문을 열어놓으니 사직원이 환히 내려다보인다. 인제도 봄은 늦었나부
다. 저 건너 돌담 안에는 사구라꽃이 벌겋게 벌어졌다. 가지가지 나무에는 싱
싱한 싹이 폈고 새침히 옷깃을 핥고 드는 요놈이 꽃샘이겠지. 까치들은 새끼
칠 집을 장만하느라고 가지를 입에 물고 날아들고…

이런 제기혈, 우리 집은 은제나 수리를 하는 겐가 해마다 고친다, 고친다.
벼르기는 연실 벼르면서 그렇다고 사직고 꼭대기에 올라붙은 깨끗한 초가집
이라서 싫은 것도 아닌다. …이걸 보면 고대 먹었던 밥풀이 고만 곤두스고 만
다. 에이 추해추해, 망한 녀석의 영감쟁이 그것 좀 고쳐달라고 그렇게 성화를
해도. (188)

김유정의 「따라지」(1937)에서 모두 서술자는 불확실하게 추정되는 작중
인물의 제한적 관점과 지각의 반영기능으로 작중 현실을 전망한다. 서술
자의 반영기능이 부각된 만큼 서사 현실에 대한 작중인물의 지각과 인식
은 불확정 영역으로 관망된다. 모두 서술자는 불확정한 작중인물의 관점
으로 사직원의 봄 풍경을 묘사한 것이다.

이 작품은 1930년대의 서울 소시민의 삶과 세태를 형상화한다. 서술자
의 반영기능으로 인해 작중인물들 각자에게 어울리는 별명이 붙여진다.
주인 노파는 '능구렁이'로 설정된다. 한 집에 세 들어 사는 궁핍한 따라지
의 별명은 방에 박혀 소설만 쓰는 '톨스토이'와 그 누나 '변덕쟁이', 카페
여급인 '아끼꼬'와 '영애', 버스 여차장의 아버지 '노랑퉁이' 등으로 특징
화된다. 이 집에 세 들어 사는 가난한 따라지들과 이들에게 세를 받는 일
이 관심사인 주인 노파의 갈등이 서사를 추동한다.

인칭의 측면에서 모두 서술자는 작중인물과 영역을 달리하는 비인격체지만 전달자로서 기능을 감추는 대신 작중인물의 반영자로서 기능하기 때문에 작중인물과의 거리가 소거되므로 작중인물과의 동일성을 추구하게 된다. 불확정하게 추정되는 작중인물의 시점은 사직원의 봄 풍경과 대비되는 자기 집에 대한 불만을 토로하는 것으로 서사 현실의 장면을 부각시킨다. 일차적이며 순차적인 독서과정의 해석에서 셋째 문단의 "이걸 보면 고대 먹었던 밥풀이 고만 곤두스고 만다"의 문장까지에서 발화의 주체로서 작중인물은 명확하게 파악되지 않는다. 단지 셋방살이를 하는 어느 누구라 지칭되지 않는 작중인물일 수도 있고 주인일 수도 있다고 추정된다.

그러나 인용문의 마지막 문장의 발화에서 "에이 추해추해 망한 녀석의 영감쟁이 그것 좀 고쳐달라고 그렇게 성화를 해도"라는 독백에서 이 발화의 주체는 영감쟁이를 원망하는 주인 노파일 거라고 짐작하게 된다. 이 독백에서 자신의 낡은 집을 고칠 생각을 하며 영감쟁이를 원망하는 주인 노파의 관점이 "우리 집은", "망한 녀석의 영감쟁이" 등의 발화에 의해 반영되기 때문이다. 이러한 유추를 통해 이 작품의 모두 서술자는 집을 장만하느라고 분주한 까치들을 바라보는 노파의 시점으로 간주된다.

양식의 측면에서 모두 서술자는 전달자의 기능을 소거하고 반영자의 기능을 강화하기 때문에 초점주체로 추정되는 작중인물의 시점이 강조된다. 불확정한 작중인물의 현장의 지각으로서 '지금·여기'가 부각된다. '사직원'의 봄 풍경과 그에 대비된 '우리 집'이 급진적으로 부각되지만 초점주체의 정체는 일시적으로 생략되어 있으므로 독자는 불확정 영역으로 이 가정을 유추해야 한다.

피어난 꽃과 새싹, 꽃샘바람이 지닌 봄의 활기는 누구의 지각을 반영하는 것일까, 독자는 각자 자율적으로 상상하게 된다. 셋방살이를 하는 어느 누구라 지칭되지 않는 사람의 관점이나 그 집의 주인 노파로 가정할 수 있다는 점에서는 불확정 영역에서의 독서 체험을 자율적이고 다양화한 수용 과정으로 반응하게 한다. 초점주체로서 작중인물에 대한 가정은 독자 수용의 반영에 따라 그 해석이 달라진다. 이는 서술자가 자신의 목소리를 불확정인물의 시점으로 대체하면서 독자 수용의 역동성이 강화된 것이다.

초점의 측면에서 모두 서술자는 초점주체로서 역할을 불확정한 작중인물의 '지금·여기'로 제한하므로 내적 초점화가 형성된다. '인제도', '이런' 등과 같은 지시대명사는 경험적 시공간을 '지금·여기'로 반영한다. 이 점에서 모두 서술자는 초점주체로서 작중인물이 지각하는 순간의 서사 경험의 어떤 것을 불확정한 작중인물의 관점이라는 구체적 고유성의 감정이입으로 공관전망한다.

작품 모두에서 불확정한 인물로 제시된 초점주체의 관점을 스토리과정에서 추정하기가 곤란하다. 그렇지만 이차적인 독서과정의 담화의 해석을 고려하면 "에이 추해추해, 망한 녀석의 영감쟁이 그것 좀 고쳐달라고 그렇게 성화를 해도"라는 독백의 주체는 영감쟁이를 원망하는 주인 노파라는 것이 파악된다. 담화층위에서 살필 때 세든 따라지들은 자기 방 안에 있다가 주인 노파가 세를 요구하러 직접 찾아갈 때에만 방문이 열린다는 것도 주인 노파 관점으로 해석할 수 있는 근거의 타당성을 제공한다.

이 작품의 모두 서술자는 초점주체로서 주인 노파가 봄의 활기가 느껴지는 사직원의 풍경과 자신의 집을 대비하고, 집을 장만하느라고 분주한 까치를 통해서 자신의 낡은 집을 고칠 생각을 하는 장면을 반영한다. 후행서사 전개과정의 첫 장면으로 주인 노파가 자신의 낡은 집을 고치는 데 필요한 경비를 각출하기 위하여 세든 사람들을 일일이 찾아다니며 집세를 직접 요구한다. 여기에서 초점주체인 주인 노파의 관점은 따라지들의 인상을 '우거지상', '노랑퉁이', '말괄량이', "몹쓸 것", "망할 것" 등으로 특성화한다.

주인 노파가 세를 받으러 가장 먼저 찾아간 사람은 '우거지상'인 톨스토이이다. 누이의 월급으로 무위도식하는 인물인 톨스토이에게 방세를 받지 못한 노파는 "망할 노랑퉁이"로 인식된 감마까에게 돈을 요구하지만 버스걸인 자신의 딸에게 받으라고 하므로 역시 포기하게 된다. 다음으로 노파는 "카펜가 뭔가 다니는 계집애들은 죄다 그렇게 망골들인지 모른다"는 부정적 인식으로 자신이 가장 싫어하는 아끼꼬에게 방세를 요구한다.

두 번째 장면은 초점주체가 노파에서 아끼꼬로 바뀐다. 주인 노파의 관점에서는 부정적인 인물로 묘파되었던 톨스토이가 톨스토이를 연모하는 아끼꼬의 관점에 의해서는 동정적인 인물로 표현됨으로써 관점의 전환을 통한 인물의 다른 특성이 부각된다.

세 번째 장면은 집에 돌아온 영애와 아끼꼬의 대화로 외적 초점화가 부각된다. 이러한 대화에서 아끼꼬에 대한 영애의 부러움과 톨스토이에 대한 아끼꼬의 서운함이 부각된다.

네 번째 장면에서는 톨스토이를 내쫓으려는 주인 노파와 그의 조카의 모습을 방문을 통해 바라보는 아끼꼬의 관점에서 이야기가 묘사된다. 그리고는 영애와 아끼꼬의 대화로 밖에서 일어난 사건이 제시된다.

다섯 번째 장면은 아끼꼬와 영애가 방 밖으로 나와 주인 노파와 그의 조카의 행패를 말리는데 이 부분에서 외적 초점주체인 서술자에 의해 이야기가 전달된다.

여섯 번째 장면은 주인 노파에 의해서 불려온 순사가 초점주체가 되므로 시점의 변이가 드러난다. 싸움의 현장을 바라보는 순사의 시점에서는 주인 노파가 거짓말을 한 것으로 사건을 간주한다. 여기에서 독자는 예전에도 주인 노파와 세든 사람들의 싸움은 반복되어 왔고 그때마다 순사가 왔을 뿐만 아니라 앞으로도 따라지들이 밀린 방세를 지불하지 않거나 방을 비워주지 않는다면 이러한 갈등이 계속되리라는 것을 추정할 수 있다.

일곱 번째 장면은 다시 아끼꼬가 초점주체가 된다. 피상적인 입장에서 주인 노파의 청을 들어주는 순사의 지시에 따라 아끼꼬는 순사를 따라 지서로 간다. 이것은 예전에도 되풀이되어 이미 익숙한 절차이기 때문에 아끼꼬에 의해 지각되는 주위의 풍경은 한가롭고 평화롭다.

> 한편에선 날뛰고 자빠지고 쾌활히 공을 찬다.
> 아끼꼬는 다시 올라가며 저도 남자가 됐더라면 풋볼을 차볼걸 하고 후회가 막급이다. 그리고 산을 한바퀴 돌아 내려가서는 이번엔 장독대위에 요강을 버리리라 결심을 한다. 구렁이는 장독대위에 오줌을 버리면 그것처럼 질색이 없다.
> "망할 년! 이번엔 봐라 내 장독위에 오줌까지 깔길 테니!"
> 이렇게 아끼꼬는 몇 번 몇 번 결심을 한다. (211)

인용문에서 서술자는 순사에게 인사를 하고 집으로 돌아오는 아끼꼬를 직접 서술하다가 점점 인물 반영의 기능을 강화시켜 마침내 아끼꼬의 관점을 부각시킨다. 이와 같이 이 작품의 전체 플롯은 한 인물이 서로 다른 관점에 의해 초점화되면서 작중인물들의 대립적 관계가 드러나게 된다. 그러나 그 어떤 인물의 관점도 완벽한 해결책을 제시할 수 없다는 점에서 여전히 갈등이 상충되는 서사 현실이 반영된다. 주인 노파는 앞으로도 밀린 방세를 재촉하게 될 것이고 세든 사람들은 돈을 낼 처지가 되지 않기 때문에 계속 버티게 될 것이라는 것을 추정할 수 있다.

서술자의 반영기능은 상충적인 서사 현실의 갈등을 무마하는 차원에서 작중인물들의 상반된 관점을 완화시킨다. 즉 주인 노파의 입장에서는 자신이 가장 싫어하는 아끼꼬를 순경에게 넘겨주었다는 데서 위안을 얻게 된다. 반면에 아끼꼬의 입장에서는 노파가 가장 싫어 할 일로서 장독 위에 오줌을 갈길 일을 계획하면서 위안을 얻는다. 이와 같이 서술자는 상충하는 작중인물의 갈등을 각기 다른 관점에서 반영한다.

이러한 스토리 전개과정에서의 시점의 변이를 고려할 때 이 작품의 모두에서 불확정하게 추정되는 초점주체는 자기 집에 대한 불만을 가진 노파의 시점으로 파악된다. 모두 서술자는 노파의 관점을 반영하여 자신의 낡은 집과 대조되는 사직원의 정경을 장면화한 것이다. 이러한 서술자의 반영기능은 봄의 정경으로서 꽃과 새싹, 꽃샘바람의 봄 활기를 묘사하는 데 있어 객관적 반영을 드러내는 데 한정하지 않고 주관적인 노파의 의식까지 이입하여 보여준다. 이는 단순히 기계적인 '카메라의 눈'으로 객관성을 드러내기보다는 '카메라적 반영자'[21]로서 주인 노파의 주관적 인상

---

21) 나병철, 『한국문학의 근대성과 탈근대성』, 문예출판사, 1996.

이 이입된 봄의 정경을 보여준 것으로 해석된다.

결과적으로 일차적인 스토리 전개상 작품 모두는 불확정한 초점주체의 관점으로 모두 서술자는 제한적이며 간접적인 지각과 인식을 반영한다. 외부 세계를 바라보는 작중인물의 내면의식을 부각하고자 전략적으로 서술자의 목소리가 소거된다. 이에 따라 독자는 불확정한 초점주체의 관점으로 서사 현실을 바라보게 된다. 더 이상 독자의 상상 속에 서술자가 환기되지 않게 되는 대신 불확정한 초점주체의 입장에서 서사 현실을 직접 접하는 듯한 환상을 갖게 된다. 그러므로 독자는 작중 현실에 대한 상상력을 발휘하며 적극적이며 능동적인 작가성을 발휘하게 된다.

2) 인상적 언어의 반영 ─ 「봄과 따라지」

지루한 한 겨울 동안 꼭 움츠려졌던 몸뚱이가 이제야 좀 녹고 뵈 여기가 근질근질, 저기가 근질근질. 등어리는 대구 군실거린다. 행길에 삐죽 섰는 전봇대에다 비스듬히 등을 비겨대고 쓰적쓰적 부벼도 좋고. 왼팔에 걸친 밥통을 땅에 내려놓은 다음 그 팔을 뒤로 제쳐 올리고 또 바른팔로 발꿈치를 들어올리고 그리고 긁죽긁죽 긁어도 좋다. 번히는 이래야 원격식은 격식이로되 그러나 하고 보자면 손톱 하나 놀리기가 성가신 노릇. 누가 일일이 그러고만 있는가. 장삼인지 저고린지 알 수 없는 앞자락이 척 나간 학생복 저고리. 허나 삼 년 간을 내려입은 덕택에 속껍데기가 꺼칠하도록 때에 절었다. 그대로 선 채 어깨만 한 번 으쓱 올렸다 툭 내리치면 그뿐. (176)

「봄과 따라지」(1936)의 모두 서술자는 초점주체로서 작중인물인 따라지의 주관적 감각에 의해 인상적 언어를 초점화하여 서사 현실과 경험을 전망한다. 이 작품 전체가 한 인물인 따라지에 의해 초점화됨으로써 초점주체로서의 작중인물의 주관적 반응이 압도적으로 드러날 수밖에 없다. 서술자가 자신의 목소리를 드러내기보다는 따라지의 관점으로 서사 사건을 제시함으로 작중인물들의 호칭도 일반적인 고유명사가 아닌 따라지의 지각에 의해 인상적인 보통명사로 반영된다.

이 작품은 열 살 난 어린 따라지의 밑바닥 삶을 묘사한다. 초점주체이자 주인공으로서 도회에서 방황하는 어린 따라지의 관점으로 서사가 전개되면서 그의 눈과 경험을 통해 당대 궁핍한 사회와 각박한 인정을 드러낸다. 하나의 문단으로 구성된 텍스트이지만 따라지의 구걸행위에서 파악되는 담화의 의미가 변별됨을 감안하면 세 개의 의미 단락으로 구분된다. 즉 따라지의 구차한 현재의 삶과 그 경험의 반영이 세 개의 장면으로 연속된다.

각 장면은 따라지가 구걸 대상을 물색한 후 구걸을 시도하지만 좌절하고 다시 시도하였다가 좌절하지만 마침내 극복하게 되는 경험을 반영한다. 구걸 대상은 첫 장면에서 '양복쟁이', 둘째 장면에서 '뾰족구두', 셋째 장면에서 '신여성'으로 설정되면서 초점대상이 전이되는 특성을 보여준다.

인칭의 측면에서 모두 서술자는 인물들과 존재 영역을 달리하지만 반영의 기능이 극대화되기 때문에 초점주체인 따라지와의 거리가 소거되어 존재 영역의 동일성이 드러난다. 서술자는 따라지의 주관적 감정이 이입된 그림자로서 따라지의 행위를 경험하는 지각의 순간으로 보여준다. '양복쟁이'한테 구걸을 거절당하고 뒤통수까지 얻어맞았으나 그래도 그가 버린 사과를 통해 만족하는 서사 사건이 따라지의 주관적 시점에 의해 부각된다.

　서술자의 인식은 초점주체인 따라지의 수준으로 한정된다. 구걸 경험에 있어 구걸에 실패하고 그것을 극복하는 과정이 따라지의 인식 수준에서 자기 만족이나 주관적인 왜곡으로 반영된다. 그러므로 따라지의 행동의 객관적 묘사보다는 의식의 만족과 그 극복이라는 주관적인 반응이 묘사된다.

　양식의 측면에서 모두 서술자의 반영기능이 강화된다. 어법의 전달 방식에서 서술자는 따라지의 발화나 따라지가 직관적으로 의미부여한 명칭들을 가감 없이 순간적으로 반영한다는 인상을 준다. '양복쟁이', '뾰족구두', '빠이올린', '안경쟁이', '갓쟁이' 등의 작중인물을 가리키는 보통명사는 초점주체로서 따라지가 초점대상에서 받은 직관적인 인상을 그대로 반영한 명칭이다.

　초점의 측면에서 모두 서술자는 초점주체인 따라지의 '지금·여기'에 지각을 고정시킴으로 내적 초점화가 부각된다. 서술자는 따라지의 그림자가 되어 그의 관점이나 행동을 반영한다. 초점주체에 의해 지각되는 초점대상은 외부로부터 제시되는 반면 초점주체는 그 대상을 바라본 후의 자신의 주관적인 감정을 표출하므로 내적 초점화가 강화된다. 예를 들자면 "금세 땅에 엎더질 듯이 정신이 고만 아찔했으나 그래도 사과, 사과다. 얼른 덤벼들어 집어 들고는 소맷자락에 흙을 쓱쓱 씻어서 한 입 덥석 물어 뗀다. 창자가 녹아내리는 듯 향긋하고도 보드라운 그 맛이야"에서 살펴진 바와 같이 따라지가 야시장을 구경하는 것과 처음으로 구걸을 하는 행위가 드러나는 첫 번째 장면에서 서술자의 전달기능은 오로지 초점주체인 따라지의 지각과 관점을 반영하는 데에 국한된다. 따라지가 양복쟁이한테 두 차례에 걸쳐 구걸을 거절당하고 뒤통수까지 얻어맞아 정신마저 아찔했으나 그 와중에서도 그가 버린 사과를 통해서 만족해하는 모습이 장면화로 제시된다.

"때려라, 그래도 네가 차마 죽이진 못하겠지. 주먹이 들어올 적마다 서방님의 처신으로 듣기 어려운 욕 한 마디씩 해가면 분통만 폭폭 찔러논다. … 이렇게 되면 맏아하고 깍쟁이의 승리다."에서는 따라지의 두 번째 구걸 경험에서의 좌절과 극복이 장면화된다. 따라지는 도움을 받을 수 있으리라고 확신하였던 '뾰족구두'가 자신의 남편을 시켜서 오히려 자신을 때리는 상황에 대해 임기방편으로 대응하며 난관을 극복하는 방식을 드러낸다. 초점주체인 따라지는 얻어맞았음에도 불구하고 대신 '뾰족구두'의 남편에게 심한 욕을 퍼부어 모욕하였다는 데서 오히려 만족감을 얻는다. 이러한 따라지의 위풍당당한 모습은 내적 초점화로 반영된다.

> 그러자 문득 기억나는 것이 있으니 그 언젠인가 우미관 옆골목에서 몰래 들창으로 디려다보던 아슬아슬하고 인상깊던 그 장면. 위험을 무릅쓰고 악한을 추적하되 텀부린도 잘하고 사람도 잘집어 세고 막 이러는 용감한 그 청년과 이때 청년이 하던 목잠긴 그 해설. 그리고 땅땅 따아리 땅땅 따아리 띵띵 띠이 하던 멋있는 그 반주. 봄바람은 살랑살랑 부러오는 거리. 이때 청년이 목숨을 무릅쓰고 구두를 재치는 광경이라 하고 보니 하면 할수록 무척 신이 난다. 아아 아구 아프다. 재처라 재처라 얼른 재처라 이때 청년이 땅땅 따아리 땅땅 따아리 띵띵 띠이 띵띵 띠이. (182)

마지막 장면에서는 따라지가 세 번째의 구걸대상인 '신여성'에게 거절당하고 순경인 구두에게 끌려가는 상황의 현장성이 반영된다. 좌절적인 상황에서도 따라지는 오히려 언젠가 우미관 옆 골목에서 몰래 보았던 무성영화의 장면을 상기하며 악한을 물리치던 주인공과 자신을 동일시한다. 따라지는 영화의 장면을 자신이 처한 현장으로 대체하여 자신을 영화 속 '청년'으로 투영한다. 서술자는 따라지의 의식의 흐름을 쫓아 따라지가 자신을 영화 속 주인공인 청년으로 투영하여 순경에게 끌려가면서 자기 만족을 얻는 상황을 파노라마적 시점으로 반영한다. 여기에서 서술자는 자신의 목소리를 소거하고 따라지의 의식을 따라지의 어법에 의해 반영한다.

따라지는 "아아 아구 아프다"며 순경의 발길에 아픔을 느끼면서도 자신이 무성영화 속 용감한 청년이 되어 "땅땅 따아리 땅땅 따아리 띵띵 띠이 띵띵 띠이" 승리의 총알을 날리게 된다. 어떠한 난관에도 결국 삶의 희망을 잃지 않는 따라지의 의식이 내적 초점화로 반영된 것이다. 서술자가 자신의 목소리를 소거하는 대신 따라지의 의식을 장면의 흐름으로 부각시킴으로써 따라지의 구걸이 좌절된 상황은 오히려 신나는 상황으로 역전된다.

결과적으로 이 작품의 모두 서술자는 따라지의 그림자가 되어 그의 행동과 의식을 자연스럽게 반영한다. 따라지의 시점이 내적 초점화로 부각되는 동시에 작중인물들의 호칭도 고유명사가 아닌 따라지가 감지한 특징으로서 '안경재비', '빠이올린', '갓쟁이' 등으로 반영된다. 작중인물의 고유한 감각을 형상화하는 인상적인 언어에 의해 따라지의 서사 경험이 구체화된 것이다. 이와 같이 서술자가 따라지의 제한된 경험과 지식의 한

계 내에서 반영기능을 활용하고 인물 시점을 구체화한 것은 당대의 부정
적인 현실을 따라지라는 소외된 삶의 경험으로 생생하게 포착하여 보여
주려는 내포작가의 의도로 살펴진다. 작중인물 시점은 서술자가 따라지
의 관점으로 작중인물의 인상을 구체적으로 반영하는 방식을 통해 극대
화된다. 이에 따라 독자는 초점주체인 따라지의 지각과 의식에 의해 서사
경험의 역동성을 체험한다.

3) 폐쇄적 욕망의 반영 — 이상 「지주회시」

> 그날밤에그의아내가층계에서굴러떨어지고—공연히내일일을글탄말라고
> 어느눈치빠른어른이 타일러 놓셨다. 옳고말고다. 그는 하루치씩만잔뜩산(生)
> 다. 이런복음에곱신히그는 벙어리(속지말라)처럼 말(言)이없다. 잔뜩산다. 아
> 내에게무엇을물어보리요? 그러니까아내는대답할일이생기지않고 따라서부부
> 는식물처럼조용하다. 그러나식물은아니다. 아닐뿐만아니라여간동물이아니
> 다. …거미냄새다. 이후덥지근한냄새는 아하 거미냄새다. 이방안이거미노릇
> 을하느라고풍기는흉악한냄새임에틀림없다.그래도그는아내가거미인것을잘
> 알고있다. 가만둔다. 그리고기껏게을러서아내—人거미—로하여금육체의자
> 리—(或, 틈)을주지않게한다. (297~298)

「지주회시」(1936)의 모두 서술자는 단어와 단어 또는 어절과 어절들이
무수한 줄표로 이어져 있는 특이한 문장들의 구성으로 작중인물의 폐쇄
된 욕망의 의식을 전망한다. 서술자는 '그'로 제시된 작중인물의 의식을
초점화하는 것으로 반영기능을 극대화한다. 따라서 이 작품은 3인칭 서술
상황이지만 '그'의 의식이 반영됨에 따라 1인칭 서술상황과 동일한 특징

을 드러낸다.

　의식의 흐름은 3인칭 서술상황에서의 서술자의 작중인물 '그'에 대한 통제로서 전달기능이 거의 소멸되고 반영기능이 확장되었음을 드러낸다. 만일 서술자의 최소한의 통제가 있었다면 '나'의 내면의식은 일관된 맥락으로 규제된 명료한 내적 독백이 되었을 것이다. 그러나 '그', 즉 '나'의 내면의식은 우연적 연상에 의존한 의식의 파편들로 연결된다. 문장들의 연결이 일반적인 의미론적 원칙에서 이탈된 것은 '그'의 소외된 내면의식을 보여준다. 즉 의식의 흐름으로 제시되는 '그'의 의식의 파편성은 '그'가 내면적으로 타인들과의 인간관계를 상실했음을 시사한다. 또한 그런 소외된 의식 상태를 담은 의식의 흐름은 감정이입과 의사소통을 방해하는 낯설게 하기의 효과를 나타낸다.[22] 낯설게 하기의 효과는 반복되는 줄표(―)와, 단어와 단어 혹은 구절과 구절을 이어줌으로써 작중인물의 의식의 편린을 그물망처럼 연쇄하는 서술자의 반영기능으로 인해 부각된다. '그'의 의식의 표층에 떠오르는 갖가지 상념들이 줄표의 반영기능에 간단없이 이어지면서 그 의미가 복합적으로 드러나기 때문이다.

　이와 같은 서술형태의 특징화로 인해 이 작품은 모더니즘적 실험의 독창

---

22) 의식의 흐름은 전적으로 우연적 계기에만 내맡긴 의식의 파편의 집적물은 아니다. 내면적으로 타인과 연관된 인간관계 속에 있다면 그의 내면의식은 타인을 의식해 자기 자신의 통제를 받게 된다. 그와 달리 인물 매체의 의식의 파편들이 두서없이 나타난 것은 그가 타인과 내면적으로 소외의 상태에 있음을 암시한다. 나병철, 『소설의 이해』, 앞의 책, p.448.

성이 돋보이는 이상 소설 중 분열이 가장 심한 것[23]으로 평가받는다. 특히 이 작품의 제목의 의미로서 '지주' 즉 "거미가 돼지를 만나다"라는 뜻을 상기할 때, 무수한 줄표의 사용은 작중인물의 의식을 끈끈하게 옭아매는 거미줄을 시각적으로 연상시킨다. 띄어쓰기와 구두점의 사용이 무시되었을 뿐만 아니라 접속사나 부사어 등의 탈락에 의해 보편적인 문장구조가 해체된다. 핵심 골격만 남는 문장구조, 어순의 반복과 교체로 인한 혼란 등에서 문법적 질서가 붕괴된다. 그리고 괄호 속의 진술과 어휘나 구문의 반복으로 언술체계의 분열이 드러난다.

이 작품의 스토리는 일정한 플롯 대신 주인공의 상념과 회상, 내적 독백 등으로 전개된다. '그'는 방 안에서 유폐된 생활을 하다가, "봄날 같은 크리스마스날"을 맞아 집 밖으로 나와 친구 오(吳)를 만나고 술집에서 마유미라는 여급과 노닥거리다가 집으로 돌아온다. 그런데 "말라꽹이 그"의 아내가 전무에게 양돼지라고 욕을 하여 전무의 발길에 차여 층계에서 굴러 떨어지는 사건이 터진다. '그'는 아내를 경찰서에서 데려오고 다음날 아내가 20원을 받아오자 그 돈을 들고 마유미가 있는 술집으로 간다.

이 작품의 표층구조는 회상 형식의 구조로, 오후 네 시부터 다음 날 밤까지의 이야기가 주축을 이룬다. '그'는 거리를 방황하면서도 그의 방에 칩거하고 싶은 욕망에 시달린다. 외부에서 내면으로 침잠하는 과정이 폐

---

23) 이는 분열주체된 주체가 과학적 지식의 영역인 일본어 텍스트에서 도시의 일상적 삶에 기초한 한글 소설 텍스트로 나아가기 직전의 상태에 놓여 있기 때문이다. 따라서 아직 타자와의 관계를 통한 일상성의 영역으로 나오기 직전으로, 실험실의 영역에서 좌절된 욕망을 분출하는 단계이다. 문흥술, 앞의 책, p.233.

쇄된 일상의 소외로 재현된다. 표제부터 한자의 특이한 조합으로 낯설게 하기를 실현한 이 작품의 심층적 구조는 제목에서 그 해석이 도출된다. 스토리 전개상 '거미'는 아내로 묘사되다가 곧 자신인 '그'로 다시 설정된다. 이는 정체성의 전복이다. '돼지'는 아내가 다니는 카페의 주인을 은유하는 점에서 제목은 빈부의 계층적 대비를 보여준다. 또한 나와 아내의 공간은 방이고 외부 사람들의 공간은 호화로운 장소라는 점에서 공간적 대비가 드러난다. 대비적 계층과 공간에 예속된 '그'는 아내에게 기생하는 존재로서의 추락과 분열적 갈등을 소외된 내면으로 보여준다.

텍스트의 심층적 의미망은 '그'와 '아내', '그'와 '오', '그'와 '마유미'라는 구체적인 대립체계에서 내면의 소외로 엮어진다. 이러한 대립체계는 "아내는 거미다"에서 "나는 거미다"로 전복된다. 작품의 1~2장의 첫 문장으로 반복되는 "아내가층계에서굴러떨어지고"에서 추락의 의미가 구체화됨에 따라 궁극적인 담화의 의미망은 "삶은 거미다"라는 은유로 확장된다.

인칭의 측면에서 모두 서술자는 작중인물과 존재 영역을 달리하는 비인격체이지만 작중인물 '그'와의 거리를 소거시키면서 작중인물과 존재 영역을 공유하게 된다. '그'의 시점은 '나'로 대체하여도 의미상 아무런 변화가 없으므로 1인칭 서술상황과 동일한 효과를 갖는다.

인식의 전달 방식에서 서술자는 작중인물의 인지와 지각의 수준에서 서사 현실과 경험을 반성한다. 이에 따라 '그'와 아내의 관계는 왜 부부가 되었는지 알 수 없다는 것으로 진술된다. 또한 아내의 가출에 대한 '그'의 반응은 현실의 대인관계에 대한 불확실한 의식과 태도로 드러난다. 불확실한 대인관계에서 증폭되는 '그'의 소외감은 아내를 자신과 동일성을 추구하는 욕망으로 다소나마 해결할 수 있음이 시사된다.

양식의 측면에서 서술자는 전달기능을 약화하는 대신 반영기능을 최대한 확장한다. 그러므로 서술자는 '그'라는 작중인물과 한 몸을 이루는 존재 영역의 동일성을 드러낸다.

어법의 전달 방식은 작중인물 '그'의 의식이 혼란되는 만큼 분열적인 언술체계가 드러나게 된다. 언술체계와 작중인물의 의식 세계는 부합되므로 언술의 분열은 곧 '그'의 소외를 부각시키게 된다. 아내는 바로 '그' 자신일 수 없는 타인으로 서로 가학적인 존재라는 관점을 '그'의 내면을 강조하는 은유적 언술인 '돼지'와 '거미'라는 관계로 반영된 것이다. 그 관계는 상황에 따라 언제든지 전복가능하다. 그가 '돼지'이면 아내는 '거미'이고 아내가 '돼지'이면 그는 '거미'이다.

초점의 측면에서 서술자는 전달기능을 작중인물 '그'가 지각하고 경험하는 '지금·여기'에만 한정하기 때문에 내부 초점화가 형성된다. 중심 서사축은 아내가 굴러떨어지던 그날의 경험 속에 '그'의 의식에 초점을 맞추고 있다. 계단에서 떨어지는 '그'의 아내에 대한 충격이 '그' 자신의 존재를 돌이켜보는 계기가 된 것이다. 일상 속의 '그'는 한없이 무기력하고 게으르다. "그는 하루치씩만잔뜩산(生)다"와 "벙어리(속지말라)처럼 말[言]이 없다"라는 인용처럼 '그'에게 미래란 희망이 아닌 절망으로 간주된다. 이러한 관점은 서술자가 작중인물의 폐쇄된 내면을 내적 초점화함으로써 강조된다.

이러한 폐쇄적 내면은 "오늘 다음에 오늘이 있는 것, 내일 조금 전에 오늘이 있는 것"과 "오후 네시. 다른 시간은 다 어디갔나. 대수냐. 하루가 한시간도 없는 것이라기로서니 무슨 성화가 생기나."와 같이 시간의 선조성이 무시되는 자폐적 양상으로 드러난다. 이러한 단절된 시간의 수용은 적극적 삶의 의지의 상실로서 주체의 소외가 심화되게 하는 본질이다. 이러한 시간성에 의존한 '그'의 욕망은 사물화된 자신의 방과 마찬가지로 아내와의 관계 역시 자신의 소외의식의 분출구에 불과하다는 암울한 일상으로 투영된다.

> 온갖벗에서—온갖관계에서—온갖희망에서—온갖慾에서—그리고온갖욕에서—다만방안에서만그는활발하게발광할수있었다. 미역핥듯핥을수도 있었다. 전등은그런숨결 때문에곧잘꺼졌다. 밤마다이방은고달팠고 뒤집어엎었고 방안은기어병들어가면서도빠득빠득버티고있다. 방안은쓰러진다. 밖에와있는 세상—암만기다려도그는나가지않았다. 손바닥만한유리를통하여꿋꿋이걸어가는세월을볼수있을따름이었다. 그러나밤이그유리조각마저도얼른얼른닫아주었다. 안된다고. (301~302)

인용문에서처럼 '그'가 세상에서 소외된 욕망을 아내와의 관계로 일체화하여 욕망을 분출할 수 있는 곳은 방뿐이다. 여기서 폐쇄된 욕망과 소외의 주체인 경험자아로서 '그'는 차단되고 유폐된 '방안'에서 좌절된 욕망을 쏟는다. 그것은 아내를 통해서만이 발광하듯 일상을 견딜 수밖에 없는 자폐된 욕망의 분출이다.

'그'는 "다만방안에서만그는활발하게발광할수있었다"는 방식으로 소외된 욕망을 집중하여 배출한다. 그리고 그 방으로부터 소외의 상처를 수습하게 된다. '그'의 내면에서 '방'과 '아내'는 자아를 철저히 붕괴시키는 근거이지만 또한 소외된 욕망의 유일한 소통 회로라는 점에서 양가적 의미다. 반복된 욕망의 분출로 인해 '그'는 연필처럼 야위어가고, 피가 지나가지 않는 혈관처럼 모든 감정이 메말라졌으며, 생각하지 않고 없어지는 머리처럼 사유의 근거를 잃어버린다. 그 일차적인 원인은 '거미'인 아내의 탓이지만 실상은 현실 세계와 대인관계를 부정적이며 속물적 공간으로 지각하는 '그'의 퇴행적 소외의식에서 기인한다.

> 노한촉수―마유미―뭇의자신있는계집―끄나풀―허전한것―수단은없다. 손에쥐인二十원―마유미―十원은술먹고十원은팁으로주고그래서마유미가응하지않거든 예이 양돼지라고그래버리지. 그래도그만이라면二十원은그냥날아가―헛되다―그러나어쩌면공돈이아니냐. 전무는한번더아내를층계에서굴러떨어뜨려주려무나. 또二十원이다. 十원은술값十원은팁. 그래도마유미가응하지않거든 양돼지라고그래주고 그래도그만이면二十원은그냥뜨는것이다부탁이다. 아내야 또한번전무귀에다대이고 양돼지 그래라. 걷어차거든두말말고층계에서내리굴러라. (313~314)

이 작품의 결말 부분인 인용문에서 살펴지듯이 이 작품은 식민지 일상성과 욕망의 궁극적 핵심을 '돈'으로 설정한다. '돈'에 대한 욕망이 올가미가 되어 '그'를 얽어맨다. "노한촉수"는 바로 '거미'로 둔갑한 '그'의 감각이라는 대체적 비유로서의 은유이다. 그는 아내를 넘어뜨린 전무를 돼지라고 욕하려는 의지보다 결국은 '돈' 때문에 아내를 또다시 굴러떨어지라고 한다. 현실을 통한 초월을 원하나 그렇지 못하고 오히려 바닥으로 추락한 것이다. '그'의 내면은 '돈'의 위력 앞에서 자신의 욕망을 거침없이 드러냄으로써 '거미'로서의 실상을 보여준다. '돈'을 향한 '그'의 욕망으로 인해 아내도 '그'를 거미로 인식한다는 것이 서술자의 반영기능으로 암시된다. '그'는 '돈'이 지배하는 거미줄 같은 세상에 대한 복수적 대안으로 스스로가 "노한 거미"가 된 것이다.

'그'를 중심으로 '아내', '오', '마유미', '전무' 등 작중인물들이 '돈'의 그물망에 형성됨으로써 서사 현실은 다름 아닌 거미줄이라는 것이 상징화된다. 여기서 추락의 반복적 운동성은 좌절된 주체로서 부정적 현실을 회화적으로[24] 드러낸다. 이런 의도로 내포작가는 서로를 빨아먹는 거미에 불과한 인간들의 관계를 공관하는 입장에서 은유로 반영한 것이다.

결과적으로 모두 서술자는 작중인물들의 욕망의 혼선을 통해 소외를 드러낸다. 그 소외의 망으로서 복잡한 거미줄 같은 자본 중심의 근대성의 가치는 전복되는 인간관계의 괴리를 역설적으로 보여주게 된다. 이를 위해 의식의 자폐성을 반영할 수 있는 혼돈된 어휘구조와 거미줄을 상징하는 줄표 그리고 연쇄되는 언술체계 등의 서술구조의 낯설게 하기로서의 소외가 부각된다. 심층 의미로는 서로의 피를 빨아먹는 약육강식의 근대적 속물로서의 인간적 관계망이 읽혀진다. 따라서 독자는 '거미'로 상징되는 근대 속물성의 은유와 '굴러떨어지다'로 상징되는 추락하는 행위의 환유체계를 해석하기 위해 능동적인 작가성을 발휘하게 된다.

---

24) 황도경, 「모더니즘과 공간성」, 『문학사상』, 1998. 4, p.49.

4) 경험적 의식의 반영 ― 박태원 「소설가 구보씨의 일일」·「길은 어둡고」·「사흘 굶은 봄달」·「성탄제」·「딱한 사람들」

(1) 소거된 시점의 거리 ― 「소설가 구보씨의 일일」

어머니는

아들이 제 방에서 나와, 마루 끝에 놓인 구두를 신고, 기둥 못에 걸린 단장을 떼어 들고, 그리고 문간으로 향하여 나가는 소리를 들었다. "어디, 가니?" 대답은 들리지 않았다. …어머니는 다시 바느질을 하며, 대체, 그애는, 매일, 어딜, 그렇게, 가는, 겐가,하고 그런 것을 생각하여 본다. 직업과 아내를 갖지 않은 스물여섯 살짜리 아들은, 늙은 어머니에게는 온갖 종류의, 근심, 걱정거리였다. (17~19)

아들은

그러나, 돌아와, 채, 어머니가 무어라고 말할 수 있기 전에, 입때 안 주무셨어요, 어서 주무세요, 그리고 자리옷으로 갈아입고는 책상 앞에 앉아, 원고지를 펴 논다. …어머니는 역시 글을 쓰는 것보다는 월급쟁이가 몇 곱절 낫다고 생각하고, 그리고 그렇게 재주있는 내 아들은 무엇을 하든 잘하리 하고 혼자 작정해버린다. (19~21)

구보는

집을 나와 천변 길을 광교로 향하여 걸어가며, 어머니게게 단 한마디 "네―" 하고 대답 못했던 것을 뉘우쳐 본다. …구보는 잠깐 머엉하니 그곳에 서 있었다. 그러나 자기와 더불어 그곳에 있던 온갖 사람들이 모두 저 차에 오른다 보았을 때, 그는 저 혼자 그곳에 남아 있는 것에, 외로움과 애달픔을 맛본다. (21~23)

「소설가 구보씨의 일일」(1934)의 모두 서술자는 표면적으로는 작중인물과 분리되었지만 혼합적 인물 시점에 의해 서술의 거리가 소거된 반영기능으로 작중인물 구보의 의식을 전망한다. 여기에서 실질적 서술자는 초점주체로서의 구보가 된다. 공관전망으로서 서술자의 반영기능은 작중인물의 자의식을 내적 초점으로 부각시켜 1인칭 소설과 같은 효과를 드러나게 한다.

이 작품의 스토리는 소설가 구보가 아침에 집을 나와 경성을 배회하다가 새벽 2시께쯤 귀가하는 과정의 의식과 관찰을 보여주는 것으로 전개된다. 구보가 경험한 하루 일상의 단편적 에피소드가 서사 단위로 제시되어 구보의 시각으로 관찰되는데 서술자는 그 관찰의 경험에서 떠오르는 사념들을 가감 없이 반영한다. 특히 서술의 기록과정을 드러냄으로써 이 작품은 고현학[25]적 창작방법의 특성을 보여준다.

담화의 구성은 31개의 단락으로 나눠져 있다. 첫 문장 첫 어절을 본문과 차별화한 소제목으로 설정한 서사단락의 분절화는 독자의 가독성을 높이는 효과를 거둔다. 소제목을 제시하면서 서사단락을 구분하는 서술기법은 인물의 복잡한 내면심리의 흐름을 세심히 추적해야 하는 의미가 파악될 수 있는 담화의 특성을 고려하여 내포작가의 심미적인 의도로 전략된 것이다. 이는 독자의 이해를 도울 뿐만 아니라 독자의 흥미 있는 독서행위를 유도하게 된다.

특히 이 작품의 서술자의 기능은 표면상 어머니, 어머니의 아들, 구보라는 작중인물의 시각이 혼재하는 혼합적 인물 시점[26]을 보여주는 것 같

---

25) 김윤식, 「고현학의 방법론」, 『한국현대문학사상사론』, 일지사, 1993.

26) 우한용, 「박태원 소설의 담론 구조와 기법」, 『표현』 18호, 표현문학회, 1990. 정현숙, 『박태원 문학연구』, 국학자료원, 1993. 황도경, 『박태원 문학연구』, 깊은샘, 1995.

지만 심층적으로는 서술자와 구보의 서술 거리가 거의 완전하게 소멸된 구보의 관점으로 제시된다. 이 작품은 동경에서 유학까지 하고 돌아온 아들 구보가 직장이 없는 현실을 이해하지 못하는 어머니의 관점이 구보의 관점으로 제시되고 이를 다시 거시적인 서술자의 전망에 의해 반영되는 방식으로 시작된다. 담화 형식상 1~2절은 서술자가 어머니의 시점을 반영하고 3절 이후의 서사는 구보의 시점이 반영된 것으로 서술자 기능을 분리하여 파악할 수 있다. 그러나 1~2절의 서사 역시 서술자가 어머니의 시점으로 아들 구보를 보여주는 것이 아니라 궁극적으로 구보의 시점에 포착된 어머니의 관점을 함의한다. 따라서 이 작품 전체를 관통하는 서술자 기능은 초점주체 구보의 시점을 반영하는 것이다.

인칭의 측면에서 서술자는 작중인물과 존재 영역을 달리한 비인격체이지만 실질적으로는 작중인물 구보와 관점을 같이하므로 존재 영역의 거리가 소멸된다. 따라서 3인칭 서술상황이지만 1인칭 서술상황에서와 같은 존재 영역의 동일성이 지향된다. 3인칭 서술상황에서의 서술자가 서술적 권위를 극도로 제한하여 공관전망을 극대화하는 반영기능은 시점의 관습적인 패턴을 비켜가는 새로운 기법적인 방식이다. 서술자가 자신의 정체성을 포기하거나 초점화된 자신의 위치를 인물에게 완전하게 양도하기보다는 그 관점의 간격을 소거하는 방식으로 인물과의 동일성을 추구한다. 이렇듯 구보의 관점과 동일성을 추구하는 서술자의 관점은 부분적으로 어머니의 시점을 반영하지만, 이것은 본질적으로 구보의 관점으로 아우러진다.

인식의 전달 방식에서 서술자는 작중인물 구보의 인지 정도로 그 수준을 한정한다. 이에 따라 아들을 바라보는 어머니의 주관적일 수밖에 없는 시각은 구보의 객관적인 인식을 거친 간접화의 방식으로 반영된다.

어법의 전달 방식의 특징은 서술자가 작중인물의 발화나 관점을 구보의 관점에 따라 반영하므로 인물의 행위나 언어가 구보의 시각에 수렴되어 독자의 수용을 다각적으로 반응하게 한다. 이에 따라 '구보'를 주어로 하는 많은 문장들이 "―라고 생각하다", "―하고 생각해 본다"와 같은 술어로 끝나면서 구보의 인식에 한정된 서술자 관념을 보여준다. 그리고 서술자가 정보량을 구보의 시각으로 제한하였기 때문에 '모른다', '싶었다' 등의 제한된 추측과 의문의 종지사가 반복적으로 부각된다.

또한 서술자의 반영기능에 의해 구보의 특성이나 상황이 "직업과 아내를 갖지 않은", "스물여섯 살짜리 아들", "열한점이나 오정에야 일어나는 아들", "밤중까지 쏘다니고 하는 아들", "직업을 가지지 못한 아들", "재주있는 내 아들" 등의 관형절과 인칭어의 결합 형태로 드러난다. 이처럼 문장의 구성에 있어 관형구나 절로 주체를 수식하는 방식이 반복되는 것은 서술자가 직접적으로 인물을 설명하기보다 간접적 인물 묘사로 작중인물의 특성을 객관화한 것이다.

양식의 측면에서 모두 서술자의 반영기능은 미시적으로는 어머니의 관점을 드러내지만 거시적으로는 어머니의 관점에 투영된 구보의 관점을 전망한다. 이에 따라 어머니의 어법은 초점주체인 구보의 관점에 의해 여과된다.

"직업과 아내를 갖지 않은 스물여섯 살짜리 아들은, 늙은 어머니에게는 온갖 종류의, 근심, 걱정거리였다"는 구체적인 예문에서 파악되듯이 어머니의 관점은 단순히 아들의 상황이나 나이를 설명해주는 어머니로서의 입장에 한정되지 않는다. 오히려 어머니의 입장을 근거로 삼아 구보의 성격이나 특성을 객관적 거리에서 밝히려는 서술자로서 구보 자신의 평가가 개입된 것이다.

"어머니는…그렇게 재주있는 내 아들은 무엇을 하든 잘하리 하고 혼자 작정해버린다"에서 드러나듯 자유간접문체에서 공관전망의 특성은 한층 강화된다. 이와 같이 작중인물로서 어머니의 말이 그대로 서술자의 문맥 속에 포괄되는 경우에도, 인물 앞에 붙어있는 관형구와 절에서 인물을 바라보는 서술자의 평가가 드러난다. 즉 인물의 직접대사가 간접화법형태로 바뀌지 않고 거의 그대로 서술자의 말 속에 들어와 있지만, 어머니의 직접적인 발화를 "-라고 작정해버린다"나 "-하고 생각했다"와 같은 서술자의 진술이 다시 첨가되고 있다. 이는 총체적인 서술자 시점 여과기능으로서 문장 전체가 서술자 어법으로 감싸여진 것이다. 서술자의 평가로 구보 자신을 수식하는 내용의 문장은 독자에게 그 인물의 특성을 확고하게 수용할 수 있는 신뢰를 제공한다.

혼합 시점으로 지문과 대화의 구분이 없이 뒤섞어 놓는 서술방법은 현실 세계나 주제의식 자체를 드러내기보다는 구보의 주관에 의해 채색되는 내면의식과 그것을 서술하는 방식이다.[27] 이처럼 작중인물을 수식하는 내용은 인물의 특성을 구체적으로 규정짓는다. 작중인물의 대사와 서술자의 진술이 한 문장 속에 병치되는 양상으로 드러난 1인칭과 3인칭,

---

27) 정현숙, 앞의 책, p.151.

주관과 객관이 혼재한 서술자의 반영기능으로 인해 작중인물의 관점이 독자에게 서술자의 객관화한 관점으로 여과되어 수용된다. 이는 단순히 아들의 상황이나 나이를 설명해주는 객관적인 서술이라기보다 그러한 사실로 인물의 성격이나 특성을 결정지으려는 내포작가의 판단이 개입되었기 때문에 가능한 것이다.

초점의 측면에서 모두 서술자는 서사 현실과 작중인물에 대한 전달기능을 제한하고 반영기능을 부각시키기 때문에 내적 초점화가 형성된다. 서사 현실에 대한 지각의 경로는 구보의 관점에 의해 '지금 · 여기'에 고정되기 때문에 작중인물들의 의식이 강조된다. 이에 대한 구체적인 예는 서술자가 어머니 시점으로 아들이 집을 나가는 과정을 반영하기 위해 문장에 쉼표를 붙인다. 이는 작중인물의 행위의 속도감을 연상시키듯 문장의 서술 방식을 지체시킨다. 동시에 아들이 멀어져가는 행위를 주시하는 어머니의 긴장과 머뭇거림이 반영된다. 구보가 집을 나서는 행위 자체가 아니라 그에 대한 어머니의 의식 작용이 초점화된 것이다.

또한 어머니의 짧은 대사마저도 쉼표에 의해 토막이 나 있는 것은 아들을 향해 건네는 어머니의 말이 쉽게 이어지고 있지 않고 주저되는 상황을 암시한다. 아들이 집을 나서는 것에 온 관심이 쏠려 있으면서도 아들에게 간섭하거나 충고하는 것을 조심스러워 하며 머뭇거리는 어머니의 태도가 서술자로서 구보의 관점에 의해 포착된 것이다.

한편으로 아들로서 구보는 자신의 어머니를 '늙은 어머니', '늙고 쇠약한 어머니'로 표현한다. 독자는 이러한 구보의 관점에 의해 드러나는 어머니와 구보의 관계 속에서 구보의 처지를 바라보게 된다. 서술자의 반영기능이 총체적인 평가로서 구보의 시점을 여과하기 때문에 독자는 어머니의 입장에서 구보를 바라보는 것이 아니라, 늙은 어머니에게 여전히 걱정이 되고 있는 존재로서의 구보를 바라보며 그의 현실적 무력함을 이해하게 된다.

서술자의 반영기능은 아들인 구보의 입장에서 늙은 어머니에게 애잔한 마음을 갖는 아들의 처지를 드러낼 뿐만 아니라 구보 자신의 정체성을 어머니의 시각을 거쳐 독자에게 확인시킨다. 서술자 어법은 어머니의 목소리와 겹쳐져 있는 것 같지만 궁극적으로는 독자로 하여금 구보의 관점에서 구보의 정체를 파악하게끔 한다.

결과적으로 이 작품의 모두 서술자 기능은 서사 현실에서의 작중인물들의 혼합적 시각을 구보의 관점으로 반영하고 평가하는 공관전망으로 담화의 심층적 의미를 아우른다. 그리고 특징적으로 드러나는 만연체의 문장 또한 작중인물 구보의 관조하는 느릿한 보행을 연상하게 하는 내포작가적 전략적 의도로 볼 수 있다. 또한 서술자는 작중인물의 의식의 혼효 양상을 복합적이고 입체화하기 위하여 서술의 거리를 소거한다. 작중인물의 복잡한 내면심리를 반영하기 위해 서술자의 언술은 시제의 명확한 구분 없이, 지문과 대화의 구분도 없이 뒤섞어 놓는다. 이와 같이 다양한 방식으로 실현된 서술자의 반영기능은 내포작가가 서술기법이나 언어적 형상화의 과정 자체에 작품의 미학적, 주제적 핵심이 놓여 있는 것을 인식하고 이를 형상화하였다는 점에서 독창적인 가치를 확보한다. 담론의 내용과 어울리는 용기로서 서술기법의 중요성이 작가 박태원의 서사적 실험에 의해 체현된 이유다.

(2) 의식의 반영적 회귀 ―「길은 어둡고」

이렇게 밤늦어

등불 없는 길은 어둡고, 낮부터 내린 때 아닌 비에, 골목 안은 골라 디딜 마른 구석 하나 없이 질척거린다. …금방 터져 나오려는 울음을 목구멍 너머에 눌러둔 채, 향이는 그래도 자기 앞에는 그 길밖에 없는 듯이, 또 있어도 하는 수 없는 듯이, 어둠 속을 안으로 안으로 더듬어 들어갔다. (179)

에에홍 에에홍

소리도 언짢게 스리 상여가 지나간다. 가난한 이가 돌아갔는가 싶다. 상여는 조그맣고 메는 이는 단 네 명. …탐스럽게 새빨간 불길이다. 마음이 두려움보다도 먼저 아름다움을 느낄 불길이다. 향이는 이윽이 그곳에 서서 그 아름다움에 취한다. 그러나 다음 순간, 바람은 갑자기 불어들고, 불어드는 바람에 불길은 세를 얻어, 넓으디넓은 벌판이 삽시간에 불바다로 변한다. (179~180)

「길은 어둡고」(1935)의 모두 서술자는 작중인물 향이의 관점으로 서사 현실을 어두운 길로 초점화하며 향이의 숙명을 불확정성으로 전망한다. 어둠의 길은 탈출구 없는 향이의 비극적 운명을 반영하며 결말에서는 순환 반복되는 것으로 그 숙명성이 강조된다. 순환적 길은 연결형 어미[28]의 표제에서도 해석적 전망을 내포하면서 향이의 암담한 운명을 은유적으로 보여준다.

---

28) 이 작품은 박태원의 월북 이전까지의 총 65편 가운데 64편이 명사로 된 표제를 가지고 있음에 반하여 유일하게 연결형 어미로 되어 있어 특이하다. 김홍식, 『박태원 연구』, 국학자료원, 2000, p.164.

담화 차원에서 서술자는 군더더기가 없는 정제된 형식 속에서 작중인물의 의식을 반영하는 데에 각별한 관심을 기울인다. "칼로 끊은 것 같은 정돈"[29]이 이루어진 작품이라는 안회남의 극찬이 무색하지 않게 이 작품은 정제된 단편의 형식 속에 진중한 주제의 무게를 싣고 있다. 15개의 단락으로 분절된 이 작품에서 처음 단락과 마지막 단락은 동일하다. 모두의 전개로 보아도 무방한 첫 단락과 둘째 단락에서 서술자는 '어둠'과 '길', 그리고 '불길'이라는 담화의 의미소를 핵심적인 은유망으로 장치한 것이다.

인칭의 측면에서 모두 서술자 기능은 작중인물과 영역을 달리한 3인칭 소설의 비인격체이지만 전달기능을 작중인물인 향이의 관점을 반영하는 데에만 제한함으로써 존재 영역의 동일성이 지향된다. 이에 따라 서술자와 인물 간의 거리가 소거된다. 즉 서술자의 인지 전달 방식이 순이의 인식과 지각의 수준에 맞춰지면서 서사 현실에 대한 정보가 향이의 관점에 의해 여과된다.

양식의 측면에서 모두 서술자는 전달기능이 소거되는 만큼 반영기능이 부각된다. 따라서 서술자는 초점주체로서의 역할을 향이에게 전이하는 방식으로 서사 현실과 인물의 갈등을 보여준다. 서술자가 향이의 행위와 대화를 반영하는 간접적인 방식으로 독자와의 접촉을 시도하므로 향이의 자의식이 부각된다. 그러므로 독자는 앞으로 향이의 운명이 어떻게 전개될 것인가에 대해 깊은 관심을 갖고 작품의 모두에 내포된 담화의 효과적

---

29) 안회남, 「작가 박태원론」, 『문장』 제1권, 문장사, 1939, p.146.

주제[30]를 탐색하려는 적극성을 발휘하게 된다.

15개의 장으로 분절된 이 작품의 모두에서는 스토리 차원에서 비가 진눈깨비로 변한 어두운 골목길을 향이가 올 것 같은 기분으로 걸어간다는 현상적 서사상황이 파악된다. 그리고 작품의 두 번째의 분절의 장에서는 향이의 꿈이 묘사된다. 초점주체인 향이의 꿈은 어두운 길로 제시된 절망이다. 어둠은 잘못된 사랑이라는 불길로 인한 파멸의 의미를 갖는다.

탐스럽게 새빨간 불길에서 향이의 마음은 두려움보다도 아름다움을 느끼며 사랑의 유혹에 빠지게 된다. 열여덟 살의 향이는 자식이 세 명인 가난한 유부남과 사랑에 빠져 헤어나올 수 없다. 그런 향이의 앞에는 해결의 실마리를 찾을 수 없는 암담한 상황으로서 절망이 놓여 있다. 서술자는 향이가 갈망하는 사랑의 회복도 객관적으로 결코 기대하기 힘든 상황이라는 것을 향이의 시점에 의해 여과된 '어둠'과 '길' 그리고 '불길'의 상징적 의미로 전망한다. 역진적인 독서과정에서 담화의 해석은 잘못된 욕망의 불길에 빠진 향이가 숙명처럼 어쩔 수 없는 인생을 수용하게 된다는 서사 경험이 반영된다. 인생 그 자체인 '길'의 상징에서 '불길'과 '어둠'은 등가로 작용한다. '어둠'과 '불길'이라는 반의적 대립관계는 실제 의미상으로는 동어 반복이므로 '불길'과 '어둠'을 교체해도 실제 의미상의 차이는 없을 정도로 상호 관련성을 갖는다.

'불길'은 욕망의 상승적 국면과 하강적 국면을 동시에 내포하는 양가적

---

30) 담화 화제나 동기, 목표가 텍스트에 명시적으로 드러나지 않는 데 기인한 것으로 독자(청자)의 담화 수용에 의해 부수적으로 구성되는 주제를 가리킨다. 서혁, 「담화의 구조와 주제 구성에 관한 연구」, 서울대 박사학위 논문, 1996, p.44 참조.

의미이다. 이 점에서 향이의 사랑의 행보 또한 '불길' 같은 인간의 본질적 욕망과 파멸의 가능성을 함께 드러낸다. 이처럼 '불길'과 '어둠'은 작중 인물 향이의 관점을 반영한다.

초점의 측면에서 서술자는 초점주체인 향이의 관점으로 서사 현실을 반영하므로 내적 초점화가 형성된다. 지각의 전달 방식에서 서술자는 향이가 지각하는 서사 현실의 '지금·여기'에 초점을 고정화한다. 그러므로 이데올로기적 표현은 암시적, 비유적으로 상징화되며 그 의미가 서사 내부에 한정되어 파악된다.

이러한 맥락에서 향이의 의식 공간이 어둠 속 길로 제시된 것은 담화의 상징적 전망이다. 어둠 속 길은 욕망의 불길과 연쇄되며 결국 순환될 수밖에 없는 숙명이라는 의미를 내포한다. 즉 향이의 인생이 모순일 수밖에 없고 결국 암담한 상황으로 회귀한다는 내포작가의 관점이 반영된 것이다. 불행하게도 향이가 사랑을 욕망하는 대상은 아내와 세 명의 자식을 거느린 유부남이다. 유년기에 자신의 아버지가 바람을 피워 가정을 버린 탓에 배신의 고통을 겪어야 했던 향이가 남의 가정을 파괴하는 입장으로 전도된 것이다. 자기 모순으로 인해 향이의 괴로움은 증폭될 수밖에 없다. 향이가 하나꼬로 이름을 바꾸는 것을 기회로 사랑하는 유부남의 품을 떠나 군산으로 가지만 다시 그 남자에게로 돌아올 수밖에 없는 것은 운명의 비극적 회귀를 암시한다. 향이는 사랑에 대한 미련을 결코 저버리지 못하고 숙명처럼 그 길을 다시 걷는다.

이러한 서사 전개를 고려할 때, 결과적으로 이 작품의 모두 서술자는 향이가 이제는 그녀의 의지와 관계없이 어둡고 절망적인 길을 갈 수 밖에 없는 숙명을 '어둠의 길'과 '불'로 반영하여 총체적인 담화를 전망한다. 이에 따라 독자는 순차적인 독서과정에서 초점주체인 향이의 관점으로 서사 현실의 불확정한 의미로서 어두운 길을 순간적이며 파편적인 환상적 이미지로서 경험하게 된다. 역진적인 독서의 해석과정에서 독자는 작품의 모두에서 담화의 총체적 의미를 전망하는 불행한 사랑의 은유적 의미를 파악하게 된다.

(3) 의식의 반영적 은유 ─ 「사흘 굶은 봄달」

> 헐벗은 놈에게 겨울은 있어도 굶주린 놈에게 봄은 없었다.
> 까닭에 아스까야마에 사꾸라가 한창이라고 매일같이 신문이 떠들어 놓든, '닉고─당일 왕복'의 선전 포스터를 '동무전차'에서 내걸고 있든 그러한 것은 우리 성춘삼이의 아랑곳할 바가 아니었다.(─참 성춘삼이라니까 얼른 생각에 춘향이 오래비 같지만, 물론, 그는 이도령의 처남이 아니다─) 그는 동경 거리의 한 개 보잘것없는 '룸펜'이다. (111)

「사흘 굶은 봄달」(1933)의 모두 서술자는 공관전망으로 작중인물인 성춘삼의 의식을 일반적 경구로 은유하여 도시의 궁핍한 삶을 반영한다. 첫 문장으로 제시된 "헐벗은 놈에게 겨울은 있어도 굶주린 놈에게 봄은 없었다"는 경구는 성춘삼의 가난에 대한 경험적 인식과 지각을 현장성으로 반영한다. 서사 현실에서의 성춘삼이라는 룸펜 지식인의 굶주림과 자의식이 경구에 의해 투영된 것이다. 이는 의미론적 지배소[31]로서 작중인물

---

31) 로만 야콥슨은 이를 후기 형식주의자들의 중요한 개념으로 간주하고 다른 나머지 요소들을 지배하고 결정하며 변형시키는 예술 작품의 중심적인 요소로 정의하였으며, 작품

의 경험을 부각시킨다.

인칭의 측면에서 이 작품의 모두 서술자는 작중인물과 존재 영역을 달리하는 3인칭 소설의 비인격체이지만 작중인물인 성춘삼의 관점을 반영하므로 인물 간의 거리가 축소되어 작중인물과의 동일성을 지향한다. 이에 따라 인식과 지각의 전달에서 서술자는 서사 현실을 성춘삼이 인지하고 경험하는 정도로 그 수준을 제한한다. 성춘삼이 드러내는 궁핍한 서사 현실에 대한 지각과 인식은 경구의 상징으로 반영되어 궁핍한 삶의 양상을 전망한다.

양식의 측면에서 서술자는 전달기능보다 반영기능을 강화한다. 서술자가 초점주체의 역할을 성춘삼에게 전이하기도 한다. 따라서 성춘삼이 경험하는 '지금·여기'의 시공간에 고정된 서사 현실의 지각경로가 드러난다. 공간적 장면화는 성춘삼의 현재 행위 공간으로서 일본의 공원으로 한정된다. 물질적 배고픔에 종속된 성춘삼의 의식의 반영에 의해 궁핍한 현실의 삶이 전경화된다. 그렇지만 그의 의식의 공간에서는 과거 한국의 고향에서의 시간이 부각된다. 성춘삼은 현상적인 '지금·여기'로서 일본 공원에서 배고픔을 경험함과 동시에 의식적인 '지금·여기'로서 과거 한국의 고향에서의 음식 맛을 떠올리게 된 것이다. 이러한 시

그것을 결정화하는 초점을 제공해줄 뿐만 아니라 작품의 통일성이나 총체적 질서를 가능하게 한다고 본다. 무카로프스키가 '지배소'를 시의 구조적 원리를 파악하고 설명하기 위해 발견한 원리이자 작품의 의미구조에서 가장 핵심적인 요소로서 작품의 통일성을 창조하는 데 구심적 역할을 한다고 밝힌다. 즉 작품 내에서 지배소를 향한 수렴과 확산의 긴장을 통해 작품 전체의 역동적 통일성을 이루게 한다. Raman, Selden, 앞의 책, pp.31~32.

공간의 교차 현상과 의식에 대비된 크로노토프(chronotope)[32]의 구성은 결국 이 작품의 모두에서 제시된 경구가 그것을 구조화하고 있다는 것을 유추하는 근거로 작용한다. 크로노토프의 의미는 모두의 경구와 더불어 결말의 초생달에서도 반영된다.

> 춘삼이는 그때 어머니가 끝끝대 시루팥떡을 사오고, 자기가 그것을 물리도록 먹었던 것을 생각하고 그리고 한숨을 쉬었다. 이름도 성도 모르는 그 주정꾼은, 결코, 춘삼이가 야끼도리를 싫어 하였다고 이마가와야끼나 그런 것을 사다 주지는 않을 게다…
> 이틀 굶은 배를 움켜쥐고, 하늘을 쳐다보니 바로 머리위에 초생달이— '사흘 굶은 봄달'이 걸려 있다. 춘삼이는 선하품을 하였다. (118~119)

인용문은 이 작품의 결말 부분이다. 여기에서는 성춘삼의 관점으로 하늘에 걸린 초생달이 "사흘 굶은 봄달"로 반영된다. 가난한 도시의 배고픈 경험으로 인한 작중인물의 일상적 삶의 애환이 공간의 수평적 이동을 보여주는 상징적 반영으로 형상화된 것이다. 절망적 현실의 상황과 인물의 성격이 결합되는 현실과 의식의 공간에서 춘삼은 패배의식으로 철저한

---

32) 크로노토프란 철학이나 자연과학의 개념으로 이를 바흐친이 처음으로 문학 연구에 도입하였다. 시간과 공간의 결합을 의미하는 '시공성(時空性)'으로 번역되고 있다. 바흐친은 이를 문학 속에 예술적으로 표현된, 시간과 공간이 본질적으로 지니고 있는 관계의 연관성이라고 정의한다. 문학 형식의 구성적 범주로 사용되는 이 크로노토프의 특징으로 시간과 공간의 불가분성을 들고 있으며, 이 크로노토프를 일종의 틀로 하여 유럽 소설이 지금까지 발전해온 궤적을 그리고자 시도하였다. 김욱동, 『대화적 상상력』, 문학과지성사, 1994, pp.208~210. 한용환, 앞의 책, pp.421~422 참조.

자기 소외를 드러낸다.

현재의 배고픈 고통을 잊기 위해 과거를 추억하던 춘삼이는 일본인 술 주정꾼에게 얻어먹을 뻔한 '야끼도리'를 놓치는 아이러니를 연출한다. 먹기 싫다는 현실의 자기 기만에도 불구하고 시루팥떡을 먹을 수 있었던 과거와 여섯 끼니나 굶은 허기진 상태가 대비된다. 모처럼 자신에게 굴 러들어온 음식조차 과거의 회상으로 인해 놓쳐버린 춘삼의 안타까운 현 실은 서술자의 반영기능에 의해 연민을 자아내는 희극적인 상황으로 연 출된다.

이 작품에서 모두 서술자 기능은 한 개인의 고립된 의식 세계 속에서 과거와 현재를 넘나들며 전개되는 의식의 상호 조응을 정태적인 반영기 능으로 실현한다. 동사적 상황의 역동적 전달기능보다 형용사적 상황의 정태적 반영기능으로 작중인물의 의식에 관련된 경험들이 제시된다. 이 에 따라 초점주체로서 성춘삼이 공원에서 바라보는 달은 굶주림의 경험 을 함축하게 된다.

초점의 차원에서는 반영기능으로 초점주체로서 성춘삼의 관점이 부각 되므로 내적 초점화가 우세하다. 의식의 상호 조응은 "헐벗은 놈에게 겨 울은 있어도 굶주린 놈에게 봄은 없었다"는 경구와 결말에서 초점주체인 춘삼의 머리 위에 걸린 "사흘 굶은 봄달"의 상징적 의미로 현현된다. 작 중 현실에 대한 경험과 지각의 경로를 성춘삼이라는 인물의 관점으로 드 러내기 때문에 작품의 이데올로기는 상징적으로 내포된다.

결과적으로 이 작품의 모두 서술자는 초점주체인 성춘삼의 관점으로 1930년대 룸펜 지식인으로서 겪어야 하는 절망적 상황을 굶주림과 자의식으로 연쇄시켜 즉물적 의식의 공간으로 반영한다. 의식의 연쇄는 서사 전개의 구조적 탄력성을 확보하며 한 개인의 고립된 의식 세계에서 과거와 현재를 교차시킨다. 춘삼의 경험적 관점에 담화의 총체적 상징을 반영함으로써 독자는 춘삼의 의식의 반영에 의해 경구가 해석되는 서사 현실을 객관적 상황으로 보게 된다.

(4) 의식의 반영적 대립 ― 「성탄제」

—흥! 너두 별수가 없었던 모양이로구나? 그러게 내 뭐라던?… 흥! 하고 또 한번 코웃음을 치고, 문득 고개를 들자, 그곳 머리맡 벽에가 걸려 있는 십자가가 눈에 띈다. 영이는 입을 한번 실룩거리고 중얼거렸다.

"이 거룩한 밤에 주여! 바라옵건대 길을 잃은 양들에게도 안식을 주옵소서. 아아멘.…흥?"(77)

「성탄제」(1937)의 모두는 작중인물 '영이'의 입장을 공관하는 서술자 입장에서 인물의 방백적 독백을 반영하여 서사 현실의 갈등과 화해를 전망한다. 전체적인 플롯구조에서 서술자는 대등한 초점인물로서 '영이'와 '순이'라는 자매의 관점을 대비하여 상대방에 대한 인신공격과 자기 방어를 교차하는 방식으로 반영한다.

서술자는 자매들의 생각의 비교는 물론이고, 그들의 의식에 잠재된 소설 밖의 규범을 내포한 일반적인 견해까지도 가담하여 입체적 문장을 구현하고 있다. 서술자는 소설 공간에서 그의 지위를 감춘 듯이 물러나 작중인물들의 심리 풍경과 그 추이를 제시함으로써 독자가 작중인물의 의식과 대면하여 인물의 내면 세계에 직접 접촉, 대화할 기회를 마련하는 솜씨를 발휘한다.[33] 이러한 서술자 기능으로 인하여 공관전망의 특징이 강화된다.

여섯 개의 단락으로 이루어져 있는 이 작품은 모두 장면을 제외한 둘째 장부터 번호가 제시된다. 장의 표제 역할을 하는 일련번호는 처음 제시되는 둘째 장이 1로 시작하며 마지막 장인 여섯째 장은 5로 제시된다. 이 작품의 모두는 번호에 의해 제시되지 않고 있다. 즉 번호로 분류된 장 분절에서 소외된 것이다. 이처럼 번호를 제시하지 않고 모두를 전경화한 것은 담화의 차원에서 서술자 전망적 기능을 강조하는 것으로 추정된다.

작품의 모두에서 서술자는 영이가 동생 순이의 처지를 냉소적으로 비난한 상황을 초점화한다. 이후 서사는 순이와 영이가 서로를 비난하다가 뒤바뀐 처지에 의해 서로를 바라보게 되며 상대편의 입장을 이해해가는 방식으로 전개된다. 서술자는 순이와 영이의 입장을 배려하는 차원에서 이들의 의식 세계를 장면으로 제시한다. 서술자는 두 사람 사이의 입장을 번갈아가며 드러내는 데 있어 편파적이기보다는 객관적 시각을 견지한다.

인물 시점의 공정화를 위하여 서술자는 인물 간의 인신공격성 발언이 동일 공간에서 이루어지는 상황임에도 불구하고 독자에게 각자의 정당성을 호소하는 듯한 방백적 목소리나 장면을 해체하는 방식으로 그들의 갈등을 병치한다. 서술자 반영기능은 작중인물들 간의 갈등을 외부 현실 속에서 표면화되어 전개되지 않고 인물의 초점을 변화시키는 방식으로 서

---

33) 신동욱, 『1930년대 한국소설 연구』, 한샘, 1994, pp.109~110.

술방법을 내면화하거나 해체화한[34] 것이다.

인칭의 측면에서는 작중인물들과 존재 영역을 달리한 비인격체지만 전달자로서 서술자의 권위를 축소함으로써 작중인물과의 거리가 소거됨으로 작중인물과의 존재 영역의 동일성이 반영된다. 인식의 전달 방식에서는 서술자 자신의 시점에 대한 권한을 제한하여 작중인물의 수준으로 고정시킨다. 이에 따라 서술자는 지극히 객관적이면서 공정한 태도를 견지하면서도 독자에게 작중인물 각자의 정당성을 호소하는 듯한 이중적인 입장을 보여준다.

양식의 측면에서는 전달기능이 축소되고 대신 반영기능이 확대된다. 이에 따라 서술자는 작중인물들 간의 갈등을 외부 현실 속에서 표면화하지 않고 내면화하는 방식으로 형상화한다. 묘사적이고 평가적인 목적을 가지고 직접적 담론의 표지를 사용하지 않은 대신 작중인물들 간의 갈등을 내면화한 것이다. 이러한 징표는 소설의 모두에서부터 화법의 층위에서 드러난다. 서술자는 자신의 담화를 통해서 이야기하기보다는 자유간접화법이나 인물의 내적 독백과 같은 모방적 담화를 주로 사용한다.

구체적인 예를 들면 작품의 모두에 제시된 "흥! 하고 또한번 코웃음을 치고, 문득 고개를 들자, 그곳 머리맡 벽에가 걸려 있는 십자가가 눈에 띈다"와 같은 자유간접문체의 인용문에서처럼 영이의 행동과 심리를 연계하는 공관전망은 독백으로 인물 시점을 반영하게 된다.

"—흥! 너두 별수가 없었던 모양이로구나? …내남직 할 것 없이 입찬소

---

34) 구수경, 앞의 책, pp.179~181 참조.

리란 못하는 법이다"와 "이 거룩한 밤에 주여! …흥?" 등의 인용문에 제시된 작중인물의 내적 독백은 인물의식을 통한 심리 상태를 반영할 뿐만 아니라 인물 간의 갈등을 생생하게 보여주는 것으로 서술자의 반영기능의 효과를 극대화한다.

초점의 측면에서 모두 서술자는 초점주체로서의 역할을 영이에게 전이시키는 방식으로 서사 현실을 내적 초점화로 제시한다. 작중인물은 '지금·여기'로서 영이가 잠들기 전의 밤 시각과 영이의 방 그리고 의식이 내적 초점화로 부각된다. 이에 따라 서술자 관념은 암시적, 비유적으로 상징화되므로 서사 내부에 한정되어 그 의미가 점진적으로 파악될 수밖에 없다.

스토리 전개를 고려한다면 영이가 동생 순이의 처지를 냉소적으로 비난한 상황이 전경화되고 있는 모두는 순서적으로 맨 마지막에 나와야 한다. 하지만 담화의 긴장과 형식적 기법을 강조하여 플롯선상의 마지막 부분을 강조하기 위하여 모두의 장면으로 제시하여 그 의미를 전경화한 것이다. 과거에 비난했던 언니의 행위를 똑같이 되풀이하는 순이의 행위를 언니인 영이의 입장에서 입장을 바꿔 이해하는 화해의 장으로서 가장 극적인 담화의 의미를 부여할 수 있기 때문이다. 화해의 이데올로기를 상징하기 위하여 서술자는 뒤바뀐 자매의 운명을 전략적으로 부각시킨 것이다.

이 작품의 궁극적으로 담론의 이데올로기는 자매간의 용서와 화해를 내포한다. 이를 반영한 '성탄제'라는 표제는 해석학적 코드에 해당된다. 그리고 작품의 구조적 특징은 영이와 순이의 대립과 갈등의 관계가 두 사람의 역할이 바뀌면서 전도된 대립과 갈등관계를 형성하는 데 있다.

반전된 타락과 가치관의 혼란이라는 대립과 갈등에 의해 서사는 추동된다. 그 기저에는 인물들의 행동 양식과 사회적 상황이라는 동기가 복합적으로 작동한다. 이러한 서사적 동기화를 역동시키기 위해서 서술자는 등장인물의 행위와 관점을 반영할 뿐 명시적인 설명이나 보고의 방식으로 설명하지는 않는다. 서사 전개에서 서술자가 그 위치를 작중인물의 시점으로 교대하며 제공하는 것도 특정인물의 가치를 강조하지는 않으려는 객관적 반영기능으로 살펴진다. 그리고 서술자는 작중인물의 내부적 갈등으로 순수와 타락의 의미가 첨예하게 대립하는 양상을 드러냄으로써 영이와 순이라는 분리된 개체를 객관적 입장에서 형상화한 것이다.

결과적으로 이 작품의 모두 서술자 기능은 작중인물 영이의 관점을 공관하는 입장에서 서사 현실의 불확정 영역으로 내포된 화해의 메시지를 전망한다. 영이가 십자가를 바라보다가 입을 한 번 실룩거리고 중얼거리며 기도하는 장면에서 서술자는 미움과 연민이 교차하는 영이의 내면 풍경으로 용서와 화해라는 담화의 의미를 반영한 것이다. 이러한 화해의 심층적 의미는 타락과 순수를 동시에 경험한 후 가질 수 있는 관용이다.

담화의 이데올로기에는 대립된 갈등을 따뜻하게 응시하는 삶에 대한 이해로서 내포작가의 시선이 반영되어 있다. 이러한 해석은 독자가 이차적인 독서과정, 즉 스토리의 전개를 파악하고 난 후에야 이 작품의 모두에 제시된 불확정 영역의 의미를 파악할 수 있다. 따라서 일차적이고 순차적인 독서과정에서 독자의 상상력은 역동하게 된다.

(5) 의식의 반영적 — 「딱한 사람들」

1. 5-2=3

순구가 잠을 깨었을 때 진수는 방에 없었다. 변소에라도 간 것이라면 응당 벽에 걸려 있어야 할 진수의 양복저고리와 모자도 눈에 띄지 않았다. 어딜 또 혼자 나갔누. 순구는 자기에게 한마디 말도 없이 밖으로 나간 진수의 태도에 불만과 반감을 아니 느낄 수 없었다. 순구와, 진수와, 같이 한 방에서 지내오면서도 근래는 서로 말을 주고받고 하는 일조차 드물었다. … 5-2=3 틀림없이 진수는 세 개다. 흥하고 코웃음치고, 먼저 잠이 깬 놈은 담배 한 대 더 먹을 권리라도 있다는 말인가. (133~134)

「딱한 사람들」(1934)의 모두 서술자는 담배 한 개비라는 사소한 물질에 의해 의식이 지배되며 인간관계가 좌우되는 모순을 절의 표제어 "5-2=3"으로 제시하여 서사 현실과 경험을 전망한다. 급진적 기호인 "5-2=3"을 제시하여 서사 현실과 작중인물의 의식을 반영한 것이다. 이와 같이 이 작품의 모두에서는 미적 자의식과 주관성의 원리[35]가 내면화된 불확정 영역이 기호의 반영으로 강조된다.

이에 비해 작품의 표제로서 "딱한 사람들"은 서사 내용에 대한 내포독자의 접근을 용이하게 할 뿐만 아니라 모두에 제시된 기호 해독의 직접적 단서로 작동한다. 작중인물 순구와 진수에 대한 공적 화자로서 서술자[36]의 허구 외적 목소리가 이들을 '딱한 사람들'로 규정한다. 궁핍과

---

35) E. Lunn은 서구 모더니즘의 일반적 특질로서 ①미학적 자의식 또는 자기 반영성 ②동시성, 병치 또는 몽타주 ③패러독스, 모호성, 불확실성 ④비인간화와 통합적인 개인의 주체 또는 개성의 붕괴 등을 들고 있다. E. Lunn, 앞의 책, pp.46~50.

36) 공적 화자로서 서술자는 작가-화자이며 허구적 세계에 존재를 드러냄으로써 공적인 소

실직으로 인한 그들의 서사적 환경과 처지를 '딱한'이라는 관형어로 규정하여 서사 세계를 전망한 것이다. 이에 따라 독자들은 이 작품의 제목이 제공하는 담화 해석의 상징을 통해 작중인물을 바라보고 이해하는 근거를 제공받게 된다.

이 작품은 동경을 공간적 배경으로 중심인물인 룸펜 지식인 순구와 진수가 겪게 되는 가난과 굶주림의 갈등과 화해의 과정을 담배 한 개비의 매개로 제시한다. 담화구조상 모두에서는 "5−2=3"이나 "5−2=3+1" 등의 기호나 신문 광고 등의 차용 방식의 파격적 기법이 실현된다. 이에 따라 작중인물의 서사 현실의 경험은 의식의 현현[37]으로 재현된다.

서술자는 순구와 진수의 근황을 "순구와, 진수와…근래는 서로 말을 주

통행위를 수행하기 때문에 허구 세계 내의 또 다른 페르소나라기보다는 공적인 것에 해당하는 독자−구조에게 말을 걸 수 있는 유일한 화자이다. 이 화자의 언화 문맥은 실제로 자신의 목소리를 창조하며 최종적으로 독자에 대해 창조자 혹은 작가적 권위자로서 기능발휘를 할 스토리 세계를 정의한다. 반면에 사적 화자는 보통 허구 세계에 묶여 있는 텍스트 내의 인물이며 그 혹은 그녀에게 말할 권위를 부여하는 세계의 존재에 의존해 있다. 사적 화자는 흔히 공적 화자나 다른 인물에 의해서 묘사되며 그의 서술 목적은 이야기의 구도에 종속되어 있기 때문에 사적 화자의 언화활동은 독서 대중의 등가물보다는 더 제한된 청중 즉, 허구적 인물이나 집단에 향해 있다. 공적 화자와 사적 화자 둘에 다 종속되는 수준에서 쥬네트가 언급한 인물이 '초점 화자'이다. 초점 화자는 통상적으로 '시점 인물'일 수도 있고 텍스트에서 보다 더 불투명하고 침묵하는 존재일 수도 있다. 두 가지 경우에 있어 초점 화자는 그의 공간적, 시간적, 심리적 위치를 통하여 텍스트의 사건이 인지되는 존재 즉 기록자 혹은 카메라나 의식으로 기능하는 존재이다. Lanser, S., 앞의 책, pp.143~147 참조.

37) 본래의 뜻으로는 신들이 인간의 눈에 자신의 신성을 드러내 보이는 것이지만 어떤 사람, 상황, 대상의 본질이 선명하게 지각되는 일순간을 가리킨다. Frye, N., 임철규 역, 『비평의 해부』, 한길사, 1982, p.91.

고받고 하는 일조차 드물었다"나 "등을 치고 쾌활하게 웃고 하는 그러한 것은…회상 속에서만 구할 수 있었다"는 방식으로 작중인물의 행동을 재현한다. 그리고 "젊은 그들의 우에 마땅히 있어야 할 온갖 좋은 것들을, 궁핍한 생활이 말끔 빼앗아간 듯 싶었다"처럼 작중인물들의 의식을 보여주는 방식으로 서사 현실이 전망된다. 즉 서술자는 순구와 진수라는 인물의 시점에 동시에 개입하는 방식으로 서술주체의 체현으로서 순구와 진수를 형상화한다. 순구와 진수가 각각의 독자적인 개성을 확보한 인물이라기보다는 서술자의 본질적 특성을 공유한 이중적이며 등가적인 존재들이다. 서술자의 분신인 셈이다.

이 작품은 그 의미 단위에 따라 5-2=3, 감정의 자독(自瀆), 그들의 부동산목록, 굴욕, 5-2=3+1, 밥을 찾아서, 한 개의 담배 등의 순서로 7개의 절로 분절되어 있다. 전반부 4개의 절은 순구의 시점에 의해 다음 2개의 절은 진수의 시점에 의해 이야기가 전개된다. 마지막 절에서는 귀가한 진수가 순구에게 숨겨놓았던 담배 한 개비를 나누어 피우기를 청하는 화해의 장으로 결말지어진다. 서술자는 작품 전체에서 순구와 진수라는 가변 초점 화자를 교체시키는 분열적인 입장을 전경화하고 그 뒤에서 인물들의 시점에 개입하는 방식으로 담론이 입체화된다.

인칭의 측면에서 모두 서술자는 작중인물과 존재 영역을 달리하는 3인칭 소설에서의 비인격체이지만 순구라는 작중인물의 관점을 초점화하면서 인물 간의 거리가 소거되어 작중인물과의 동일성을 지향한다. 서술자 인식의 전달 방식은 작중인물들의 심리와 인지의 수준에 맞춰지게 된다. 첫 문장 "순구가 잠을 깨었을 때 진수는 방에 없었다"에서는 "순구가"라는 3인칭 주인공의 서술상황이 드러난다. 그렇지만 뒤이어지는 "순구와, 진수와, 같이 한 방에서 지내오면서도…", "젊은 그들의…" 등의 문장에서는 작중인물의 관점을 반영함으로써 1인칭 서술상황의 자의식이 강조된다.

양식의 측면에서는 전달기능을 제한하는 대신 작중인물의 반영기능이 강화된다. 서술자의 전달기능은 작중인물의 관점을 드러내는 데만 한정된다. 서사 전개과정에서는 심리적 대립 상태에 있는 두 사람의 갈등이 충돌하지 않도록 초점의 거리가 이동된다. 이러한 관점의 이동에 따라 극도의 굶주림과 경제적 궁핍으로 인한 인간적 반감과 불신이 증폭되는 작중인물의 상황이 반영된다. 이를 통해 두 사람의 정신을 지배하는 요소가 담배 한 개비의 사소한 물질임이 강조된다. 즉 물질의 가치가 인간적 유대의 해체를 가져오는 동기로 작용함에 따라 독자와 작중인물 간의 심리적 거리는 담화의 내면화로 구축된다.

지각의 전달 방식에서는 서사 현실의 '지금·여기'에 작중인물의 의식과 경험이 고정화된다. 서술자가 의식의 기호화를 통해 '지금·여기'로서 작중인물의 내면의식을 부각시킨 것이다. 설명이 배제된 기호라는 불확정한 가정으로 인해 독자는 유연하고 다각적인 해석을 시도하게 된다. 기호의 공간적 불확정성은 순구의 하숙방과 진수가 있는 공원 그리고 두 사람의 내면의식으로 구체화된다.

시간적 평면구성이 공간적 입체구성과 교차됨으로써 서술자는 두 인물의 미묘한 심리적 갈등을 입체적인 각도에서 반영한다. 서술자는 자신의 관점을 이중적인 인물의 의식에 의해 효과적으로 보여준다. 의식의 현현의 주체로서 순구와 진수라는 룸펜 지식인들을 통해 서술자는 물질적으로 궁핍한 생활로 인한 정신적인 소외의 문제를 연계[38]시킨다. 같은 방을 사용하는 친구들이 이틀 동안 밥을 먹지 못한 굶주림의 상태에서 서로에 대한 불신과 갈등이 담배를 매개로 하여 서사적 긴장을 증폭시킨다.

초점의 측면에서 서술자는 전달기능을 작중인물들의 의식과 지각을 통해 반영하는 방식으로 실현하기 때문에 내적 초점이 부각된다. 지각의 전달 방식에서 서술자는 서사 현실의 '지금·여기'에 작중인물의 내면 심리와 지각의 초점을 맞춘다. 내적 초점화에 의해 이데올로기의 은유가 확장된다. 인물의 공관전망은 서사 경험의 어떤 것을 지각의 순간으로 확장하기 때문이다. 이로 인한 불확정 영역이 부각되면서 독자의 심미적 체험은 작중 세계를 직접 마주 대하는 듯한 환상을 갖게 된다.

순구가 한마디 말없이 외출한 진수에 대해 담배와 결부시켜 갖게 되는 반감과 불만은 "5-2=3"의 기호로 반영된다. "5-2=3"의 기호의 반영은 담배 한 개비 같은 사소한 물질에 인간의 의식이 좌우되고 있다는 것을 나타나기 위한 의도적 장치이다.[39] 밀폐된 의식의 자기 공간에 빠져 있는 두 인물의 현실 인식의 기호이다. 이러한 반영기능은 서사 전개에서 신문의 광고를 텍스트에 그대로 도입하는 방식으로 재현된다.

작중인물의 의식은 방에서 공원으로의 공간 이동을 통해 표면적으로 드러난다. 그러나 심층적 구조를 파악할 때 방과 공원 벤치 사이에는 의미상의 차이가 없다. 이 둘의 공간은 작중인물의 의식을 구체적으로 체현

---

38) 나병철, 앞의 책, p.365.
39) 김흥식, 앞의 책, p.157.

한 공간이라는 점에서 본질적으로 그 속성이 같다. 방과 공원은 작중인물들의 의식과 등가적 의미이다. 이 점에서 서술자의 관점은 순구의 관점으로 반성되고 순구의 관점은 진수의 관점과 동일성을 보여주게 된다. 서술자는 자신의 주체와 동일한 개체적 인물로서 진수와 순구를 동일선상에 놓고 자아의 갈등적 의식을 부각시킨 것이다.

7. 한 개의 담배

자정이 넘어, 진수는 굶주림과 실망과 피로를 가지고 돌아왔다. …아아. 가만히 한숨짓고, 그대로 맨바닥에가 누우려다, 진수는, 문득 다시 일어나, 오이시레 문을 열었다. 한 개의 담배. 감추어 두었던 보배나 다시 꺼내듯이 그는 그걸 소중하게 들고 자리로 왔다. (147~149)

방과 공원을 이동하며 입체적으로 부각된 작중인물의 갈등은 이 작품의 결말에서 진수가 방으로 돌아와 순구 앞에 담배 한 개비를 내미는 것으로 화해된다. "그의 말과 또 그의 담배 든 손끝은 이상한 감격으로 떨렸다"에서는 진수의 관점이 반영된다. 이러한 공관시점은 순구의 감격을 보여주면서 궁극적으로는 내포작가의 의도로 확장된다. 이와 같이 결말의 해석적 의미는 순구와 진수라는 이중적 자아를 서술자의 분리된 개체로 형상화한 점에서 의식의 주체로서 내포작가의 갈등을 내면적으로 해소한 것이다. 진수가 감춰놓았던 담배 한 개비를 절반으로 똑같이 나누어 순구에게 권하는 행위는 내포작가가 자기 내면에 존재하는 자아의 이중적 분열과의 화해를 모색한 것으로 유추되기 때문이다.

결과적으로 모두 서술자 기능은 "5-2=3"이라는 기호의 반성을 통해

담배 한 개비라는 물질적 조건이 인간의 의식 속의 불신과 화해를 결정
짓는 매개로 불확정 영역을 실현한다. 극도의 궁핍한 물질적 조건에서
인간의식이 왜곡되는 양상이 불확정성의 기호로 전경화된 것이다. 순구
와 진수 사이의 불신과 화해를 좌우한 것은 결국 담배 한 개비이다. 물질
이 인간관계를 근본적으로 결정짓는 것에 대한 내포작가의 비판이 근대
적 속물로서 인물의식에 반영된 것이다. 따라서 독자는 모두에서부터 불
확정한 기호론적 의미를 추적하려는 적극적인 의욕을 가지고 담배 한 개
비와 연계된 작중인물들의 의식을 탐색하게 된다.

5) 심미적 주관의 반성 — 최명익 「역설」

> 아카시아 한 가지의 그림자, 레쓰 문장 위에 금실금실 설레고 바람 새에 덜
> 컹거리는 유리창 밖의 아침 하늘은 맑은 가을 하늘 빛이다. …캄플라지된 쇠
> 투구와 불을 뿜는 강철 기계에는 강한 인광 조차 숨을 죽였고, 내빼는 만화같
> 이 큰 발의 구두 등알이 오히려 인화(燐火)같이 반사하였다. 정확한 렌즈, 결
> 사적 카메라맨의 합작으로 그려진 희화(戱畵)였다.(5~6)

「역설」(1938)의 모두 서술자 기능은 공관전망으로 구체적 모습을 드러
내지 않은 작중인물의 고유한 주관적 관점에 의해 열거된 풍경과 사물의
편린들을 장면화하는 것으로 서사 현실의 불확정 영역을 반영한다. 서술
주체로서 서술자는 초점주체인 작중인물의 정체를 명확히 밝히지 않은
불확실한 타자의 관점으로 서사 현실의 지각과 경험을 파편적이며 순간
적인 정태로 드러낸 것이다.

이와 같이 독자의 상상 속에 서술자가 환기되지 않기 때문에 독자는 구체적 서사 현실의 의미와 절연된 순간적 지각의 인상에 의해 서사적 욕망의 주체를 탐색하게 된다. 작품의 모두에서는 서사 현실에 대한 구체적인 정보가 생략되어 있다. 따라서 독자는 '캄플라지', '인광', '인화' 등의 편린적인 언어들을 통해 서사 현실을 응시하는 초점주체로서의 작중인물이 비교적 난해한 언어를 구사하는 지식인일 것이라는 정도만 추측하게 된다.

이 작품은 후행서사를 살펴보면 작중인물 '문일'과 'S씨' 그리고 'K씨'의 교장직을 놓고 빚어지는 갈등이 '문일'의 관점으로 드러난다. '문일'이 재직하는 학교 교장이 죽은 뒤에 교장 자리를 놓고 네 사람의 교장 후보자가 경쟁하게 된다. 외부에서 얼마씩 돈을 가지고 들어오려는 두 사람과 현재 교원인 'S씨', 'K씨' 등 네 명의 후보가 생긴다. '문일'의 스승이었던 'S씨'는 인격적으로 교장 자질은 갖추었으나 배경과 권력이 없다. 이에 비해 'K씨'는 교장이 되겠다는 수단과 야심을 가지고 있다. 그 즈음 '문일'이 교장 후보라는 소문이 나지만 '문일'은 스승이었던 'S씨'가 그를 방문한 것을 계기로 교장 자리의 제의를 거절한다. 그리고 그는 삶의 새로운 희망을 평범한 자신의 생활 속에서 모색하려는 의지를 드러낸다.

이러한 내용을 근거로 담화의 해석을 시도하면 이 작품 모두에서 불확정 영역으로 반영된 초점주체는 '문일'이다. 그는 근대적 삶의 주체로서 욕망을 유지한 채 현실에서 타락한 생활을 하는 것도, 그러한 욕망을 무화하고 시정인의 생활을 하는 것도 거부한다. 그 자신은 구체적이고 현실적인 삶과 연결되지 않는 자기 내부의 욕망으로 침잠하면서 세계에 대한 파편화되고 왜소화된 관점을 갖게 된다. '문일'의 역설적인 관점이 파편화되고 지엽적인 서사 현실의 불확정 영역으로 전망된 것이다.

모두 서술자는 인칭의 측면에서 스토리 세계의 외부에 위치하지만 초점주체로서 문일의 시각으로 서사 현실을 제시함으로써 작중인물과의 거리가 소거되고 중심인물과의 동일성이 부각된다. 그러므로 서술자의 존재성은 그림자처럼 문일과 한 몸을 이루어 그의 관점을 반영한다.

서사 전개과정에서는 서술자 인식과 지각의 전달 방식이 문일의 인지와 심리의 수준에 맞춰진다. '문일'의 의식의 흐름을 좇아 교장직을 둘러싼 교원들의 의식과 갈등을 보여주는 정보 제공은 지식인에 대한 내포작가의 비판적 자세를 함축한다.

양식의 측면에서는 서술자 전달기능이 작중인물의 의식의 반영에만 집중된다. 그러므로 모두에 제시된 불확정한 초점주체의 정체가 교사인 '문일'이라는 것이 후행서사에서 비로소 밝혀진다. 이에 따른 어법의 전달은 작중인물 '문일'의 언어를 가감 없이 반영한다. 지식인으로서 작중인물의 어법적 특징을 반성하는 모두 서술자는 비교적 난해한 외래어와 한자어로 서사 현실에서의 작중인물의 지적 수준을 반성한다.

초점의 측면에서는 서술자 전달기능이 축소되는 대신 반영기능이 확대된다. "아침 저녁 절계를 나누는 이 즈음", "신문은 역시 사람의 시력을 의심하는 듯한" 등의 인용문에서 살펴지듯 작중인물의 인식과 지각이 서사 현실의 '지금·여기'에 고정됨으로써 내부 초점화가 부각된다. 따라서 모두 서술자 기능은 이데올로기를 암묵적이거나 지엽적이며 파편적인 형태로 상징화한다.

이와 같이 공관전망의 불확정성으로 제시된 이데올로기는 담화의 심층 구조를 해석할 때 비로소 그 가정이 유추된다. '문일'이 십 년을 하루같이 작은 길을 산책하는 행위는 절망적인 암흑 시대의 말기적 의식 상태를 상징화[40]하는 것이다. 그리고 근대 문물을 부정하지 않고 일상을 즐기는 '문일'은 식민지 시대의 서구 문물의 선망과 수용의 양가성을 드러내기도 한다. 그런데 평교사로서 일상에 만족하였던 '문일'이 새로운 변화를 모색한 것은 그가 지니고 있는 소신을 무너뜨리고 그의 정체성에 있어 불안과 위험에 직면하는 것과 다를 바 없다. 새로운 변화로서 '문일'의 반응은 자존심의 손상과 더불어 불안함을 자극하는 상황에서 그의 삶을 완전히 변화시키기 위하여 교장직을 거절하게 된 것이다.

'문일'이 명예와 지위, 그리고 부의 여건이 상승되는 기회를 스스로 거부한 채 일상의 희망과 의지를 보여주는 결말은 역설적이지만 결국 인간의 존재성이 가장 중요하다는 내포작가의 의미를 반영한다. 총체적인 담화의 이데올로기를 파악하면 교장 후보를 둘러싼 갈등과 그 제의를 거절하며 '문일'이 추구한 것은 사회적 지위가 부여한 존재보다는 자신의 존재에 진정성을 찾는 것이다. 이러한 역설적 의미는 서사 전개에서 다음과 같이 형상화된다.

---

40) 길은 탈출의 통로이며 또한 진로의 차단 상태이다. 많은 문학 작품들이 끊어지고 막힌 길을 통해서 방향 결정의 근거를 잃거나 같은 절망적인 암흑 시대의 말기적 의식 상태를 상징화했던 것이다. 이재선, 『한국문학주제론』, 서강대 출판부, 1991, pp.192~193.

옴두꺼비는 지금 무덤 속에 들어간 채로 오랫동안의 동면을 시작한 작정인
지도 모를 것이다. 동면이란 꿈을 먹고 사는 것이 아닐까? 동면 기간의 양식
이 되는 꿈은 그의 생활기인 봄 여름 가을 동안에 축적한 생활 경험의 재음미
일 것이다. 그러면 재음미로서 낡은 껍질을 벗고 새로운 몸으로 새 봄을 맞으
려는 꿈은 결코 악몽이 아닐 것이라고 문일이는 생각하였다. (23)

작품의 결말 부분이다. "생명체이던 형해조차 이미 없어진 지 오랜 빈
무덤"에 있는 옴두꺼비와 문일의 관점이 동일시된다. 현실 세계에 부합
될 수 없는 추상적인 욕망을 가진 삶을 추구할 수밖에 없는 '문일'의 관점
은 현실 세계로 나오려는 시도를 거부한 채 비타협적이며 내면적인 욕망
의 세계에 침잠되는 결과를 반영한다. 생명체가 없어진 작중인물의 현실
적 욕망이 옴두꺼비로 은유된 것이다. 그리고 '문일'은 피상적인 욕망이라
는 낡은 껍질마저 벗고 새봄을 맞이하겠다고 결단한다. 여기에서는 아무
런 희망도 품지 못하고 자조하면서 살아왔던 관점이 반영된다. 교장직을
둘러싼 대립으로 인해 '문일'은 사회적 지위가 부여해주는 존재의 가치보
다 자기 스스로 부여할 수 있는 존재적 가치가 소중하다는 입장을 확인한
다는 점에서 역설적 삶의 깨달음을 보여준 것이다.

'문일'의 각성은 옴두꺼비의 동면으로 지나온 삶의 동일성을 반영하는
것으로 이어진다. 그리고 그의 자각은 앞으로 새로운 삶을 살기 위한 동면
의 시간으로서 주어진 삶을 적극적으로 살겠다는 의지를 내포한다. 그 결
단은 끊어진 길의 의미로 내포된다. 담화구조체계에서 심층적으로 상징된
길과 옴두꺼비의 해석을 경험한 후에야 비로소 독자는 고유한 불확정성의
이미지로 반영된 내포작가의 의도를 파악할 수 있다.

이러한 상징들은 서술자 반영기능으로 현상적 지각들이라는 주관적 가치에 의미를 부여하는 문일의 의식의 흐름을 초점화한 것이다. 그러므로 독자는 작중인물의 시선을 빌려 신문의 가십거리로 대표되는 근대적 현실에 대한 역설적인 비판을 가하는 내포작가의 의도로서 역설적 의미를 유추할 수 있다.

결과적으로 이 작품의 모두 서술자 기능은 불확정한 초점주체의 관점과 동일한 지평에서 서사 현실에 대한 이해의 상대성과 불확실성 등을 추구함으로써 1930년대 식민지 치하의 불확실한 삶을 살아가는 지식인의 복합적 의식을 전망한다. 따라서 독자는 불확정한 인물의 눈을 통해 서사 현실을 지각하므로 상상력을 역동적으로 발휘하며 다각적인 해석을 시도하게 된다.

3. 반영자 탐색의 유기적이며 자생적인 서사

공관전망에서 서술자는 전달기능을 축소하거나 소거시킨 대신 반영기능을 부각시켜 서사를 전개하면서 담화의 의미를 유기적이며 자생적인 서사로 전망한다. 서술자가 반영자로서 작중인물의 시점을 탐색하는 방식으로 서사를 시작하여 다양한 관점이 실현된다.

1920~30년대 작품에서 살펴진 공관전망의 작가별 모두 서술자의 기능은 다음과 같이 드러난다. 공관전망의 객관적인 접근으로 동화적 관점을 실현하는 작가는 현진건, 나도향, 염상섭, 김유정, 최명익, 박태원, 이상 등이다. 현진건은 「불」에서 경험적 지각을 드러내는 동화기능을 실현

하여 현실적 자각에 의해 구습에 반항하는 인물을 전망한다. 나도향은 「뽕」·「행랑자식」에서 극적 대화로 당대 풍속과 인간의 욕망을, 염상섭은 「전화」·「윤전기」·「금반지」 등에서 객관적 장면으로 작중 현실의 갈등을, 김유정은 「만무방」에서 작중인물의 체험적 지각으로 서사 환경의 동화기능을 전망한다. 최명익은 「비오는 길」에서 작중인물과 대등한 입장, 「무성격자」에서 작중인물의 연상적 심리 등의 동화기능으로 서사 현실을 전망한다. 이상의 「휴업과 사정」에서는 대칭적 갈등의 동화기능으로 서사 현실을 전망한다.

한편 공관전망의 주관적인 심미성으로 반영기능을 실현하는 작가는 김유정, 박태원, 이상 등이다. 김유정은 「따라지」에서 갈등적 장면, 「봄과 따라지」에서 인상적 언어 등으로 반영기능을 실현하여 인물들의 파편적 인상으로 서사 현실을 전망한다. 박태원은 「소설가 구보씨의 일일」에서 혼합적 의식, 「길은 어둡고」에서 회귀적 숙명, 「사흘 굶은 봄달」에서 고립적 경험, 「성탄제」에서 화해적 갈등, 「딱한 사람들」에서 분신적 욕망 등의 반영기능을 실현하여 작중인물들의 주관적 의식을 전망한다. 최명익은 「역설」에서 심미적 주관의 반영기능으로 서사적 파편적인 경험을 전망한 데 비해, 이상은 「지주회시」에서 폐쇄적 욕망의 반영기능으로 작중인물의 갈등과 타자된 주체의 반성을 전망한다.

작품 분석에서 드러나듯이 공관전망의 서사 현실과 이데올로기는 서술자의 작중인물 탐색적인 타자 지향적 전망으로 암시된다. 작중 현실의 갈등은 인물의 경험으로 천착되고 전망의 분편화가 드러난다. 독자와의 접촉에서 공관전망의 서술자는 서사적 갈등을 작중인물의 관점으로 제시하므로 독자의 수용력은 다각적인 경험의 경로를 고려하여 관망하게 된다. 인물 관점의 개별적이며 자율적인 세계관이 불확정 영역으로 제시되므로 독서과정에서의 상상력은 역동한다.

제4장

외관전망(外觀展望)의 전달과 고백

외관전망은 서술자아 '나'의 전달기능이 뚜렷하게 부각된다. 외관전망에서 서술자아인 '나'의 서사 세계에 대한 역할과 서사 현실의 위치에 따라 전달 관점과 고백 관점으로 분류된다. 외관전망에서 서술자는 서술자아와 경험자아의 거리를 넓게 견지한다. 서술자아인 '나'가 서사 경험의 주변인물로서 목격이나 관찰을 드러내어 서사 현실에 대한 신빙성을 담보하면 전달기능이며, 서사 경험의 주인공으로서 과거에 대한 회고와 통찰을 드러내며 서사 현실에 대한 심경을 토로하면 고백기능이다. 분류의 특성은 〈그림6〉으로 명시한다.

외관전망은 화자−인물의 작가적인 전달자로서 서술자 '나'가 소설의 이해를 위한 예비 정보를 제공한다. 이야기 층위의 경험적 사건에 대해 서술자아의 인식과 지각이 경험자아의 목격이나 체험에 대해 일정한 시공간적 거리를 두고 통찰하거나 회상한다. 인칭의 측면에서 서술자는 존

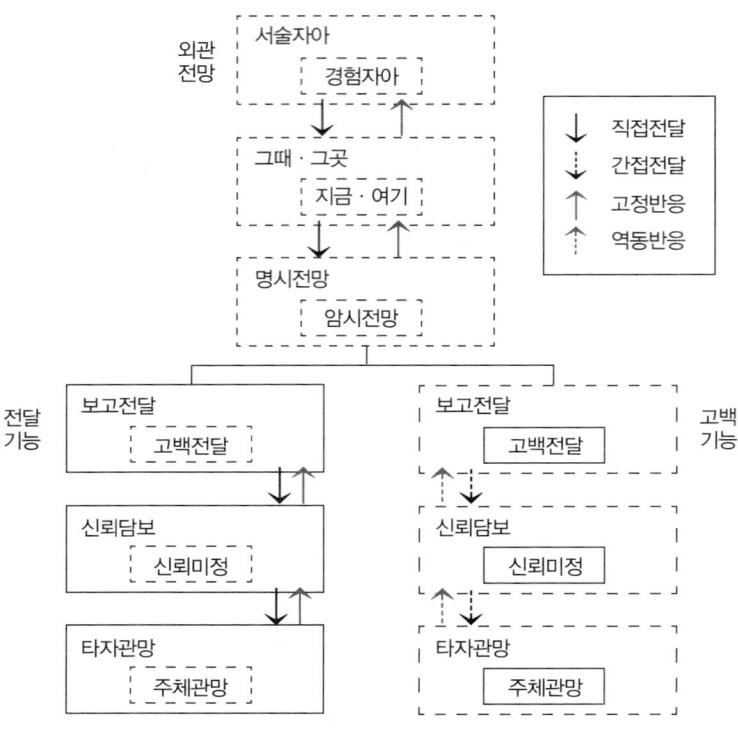

〈그림6〉 외관전망의 전달기능과 고백기능

재 영역의 동일성으로서 '나'인 화자 인물로서 진술적 권위를 견지한다.
외관전망에서 전달기능은 서사 주변부의 목격자나 관찰자로서 입장이 강
조되거나 과거 경험을 회고하는 고백자로서 입장이 강조된다. 서술자아
의 인식능력은 경험자아로서 '나'가 인지하는 것보다 더 많이 알며[1] 경험

---

1) 주변적 1인칭 서술자의 작가화 현상으로 주변적 1인칭 서술자들은 가끔 자신들이 서술
   자로서의 기능에 너무 몰두한 나머지 자신들의 영역을 잊고 잠정적으로 인물로 더 이상
   말하지 않는 한 작가적 서술자로서 말하는 경우가 있다. 그들은 선택에 의해 경험자아가

적 사건이 종결된 지점에서의 각성이나 통찰을 드러낸다.

양식의 측면에서 서술자 '나'는 전달기능으로서 서술자아가 부각되면서 작가적 서술자에 가장 가까운 허구적 편집자, 이야기의 인용이나 돌림이야기의 액자소설의 전달자, 회고자로서 고백자 등으로 형상화된다. 어법적 전달 방식은 경험하는 순간의 경험자아의 즉흥적인 언어가 아닌 서술하는 순간의 서술자아의 통찰적인 특성을 드러낸다. 서술자가 서사 경험을 전달하는 입장에서 진술이나 고백, 요약 또는 설명적 어법이나 평가를 구사한다.

초점 측면에서는 서사 경험에 대한 목격 내지는 회고의 거리를 드러내어 서사 현실을 외적 초점화로 제시한다. 서술자는 서사 주변부에 위치한 전달자이거나 경험된 사건에서 회고하는 고백자이므로 서사 경험을 통해 '그때·그곳'를 관조하는 거리에서 후행서사와 결말을 전망한다. 서술자가 자신의 관점으로 서사를 명시적, 축어적으로 제시하므로 이데올로기는 축소적이며 지배적인 주체성을 드러낸다. 이에 따라 독자의 상상력은 경직되고 수용반응은 고정화된다.

1. 객관적 목격과 신뢰적 보증의 전달기능

전달기능은 외관전망의 전형으로서 서술자 '나'가 명시적인 화자의 입

아는 것보다 적게 말할 수 있으며 경험자아의 중요한 정보조차 전략적으로 억제할 수 있으며 특별한 경우 그 한계를 벗어나 진술의 권위를 전지적으로 행사한다. Stanzel, F. K., 『소설의 이론』, 앞의 책, p.300 참조.

장을 드러낸다. 서술자 '나'는 서사 경험 주변의 관찰자나 목격자로서 서사의 신뢰성을 객관적으로 담보한다. 서사 경험 외부의 시공간인 '그때 · 그곳'은 시간성의 질서인 환유로서 순차성과 인과성을 추구하므로 외적 초점화가 형성된다. 서술자는 사건의 핵심선상에서 주인공의 역할을 맡지 않지만 주인공의 운명의 뒤꼬임을 포함한 다양한 형태의 서사 경험에 주변인으로 참여[2]하게 된다. 서술자의 신빙성은 객관적이며 제한된 통찰로 이어져 인물들의 대화와 행동을 전달할 때 명백히 드러난다. 서술자는 독자가 미리 기대하거나 예상할 수 있는 사건이나 복선을 논평하고, 보고하는 방식으로 직접 전달하여 담화를 전망한다. 서술자가 과거 사건과 경험에 대해서 논평이나 설명으로 보고하고 앞으로 일어날 일과 사건이 끝난 다음에 얻은 정보까지 직접 전망함에 따라 이데올로기는 고립적이며 수직적으로 전달된다. 그만큼 독자의 상상력은 화석화되고 수용반응은 축소된 서술자의 관점에 의해 고정화된다.

1) 신뢰적 보증의 전달 — 김동인 「배따라기」 · 「목숨」

(1) 핍진적 담화전달 — 「배따라기」

좋은 일기이다. 좋은 일이라도, 하늘에 구름 한 점 없는 ──우리 '사람'으로서는 감히 접근도 못할 위엄을 가지고… 우리와 서로 손목을 잡자는 그런 하늘이다. … "큰사람이었다." 하면서 나는 머리를 들었다. 이때에 기자묘 근처에서 무슨 슬픈 음률이 봄 공기를 진동시키며 날아오는 것이 들렸다.

---

2) 위의 책, pp.291~292.

'영유 배따라기'다. 그것도 웬만한 광대나 기생은 발꿈치에도 미치지 못하리만큼—그만큼 그 배따라기의 주인은 잘 부르는 사람이었다. …"닛히디두 않는 십구 년 전 팔월 열하룻날 일인데요." 하면서, 그가 이야기한 바는 대략 이와 같은 것이다.(33~39)

「배따라기」(1921)의 모두에서 '나'는 서사 경험담에 대한 신빙성 있는 보증자로서 서사 현실에 대한 신뢰성을 담보하는 한편, 작가적 입장에서 서사적 욕망을 서사 현실의 외관전망으로 전달한다. 이 작품의 모두는 액자 외부에 해당하는 프롤로그라 할 수 있다. 이 작품의 특징은 액자구조의 완벽한 틀 짜기구조를 보여준다는 데 있다. 타자를 감동시키는 아름다운 영성(靈性)의 예술로서 배따라기 노래는 최고의 고통을 내포한다는 예술관이 함축되어 있다. 뱃사공의 삶이 좌절된 데 대한 대가인 배따라기라는 노래는 인간의 애증에 대한 숙명적 비극으로서 두 형제의 슬프고 애처로운 사연으로 형상화시킨 것으로 일종의 예인(藝人)소설[3]이다.

인간의 애닲은 운명을 함의함으로써 낭만주의적 또는 탐미주의적 경향으로 평가받는 배따라기라는 노래에서 특히 주목되는 것은 액자구조의 시학을 구축한 점이다. "좋은 일기이다"로 시작하여 "모든 잎잎이 속삭이고 있을 따름이다"로 끝을 맺는 이 작품은 프롤로그와 에필로그의 액자의 틀 속에 내부 이야기가 전개된다. 모두와 결말이 조응되는 수미상관을 이룬 것이다. '그'의 유랑과 회한의 내력과 경험담을 전해 듣는 서술자는 액자 외화에서는 작중인물이지만 액자 내화에서는 '그'의 이

---

3) 이재선, 『현대소설의 서사시학』, 앞의 책, p.114.

야기를 듣고 독자에게 보고하는 전달자이기 때문에 플롯 전 과정에서 이중기능을 수행한다.

이 작품의 모두 서술자는 인칭의 측면에서 존재 영역의 동일성을 드러낸 1인칭 서술상황의 '나'이다. 서사 세계를 목격 관찰하는 허구적 화자로서 서술자 '나'는 작가와의 친연성을 드러낸다.[4] 이에 따라 작중인물 '그'의 유랑과 회한의 내력이나 경험담을 듣는 서술자아 '나'는 모두에서 작중인물이지만 내화의 서사에서는 '그'의 이야기를 보고한다. 작품 모두에서 '그'라는 인물을 우연히 만나게 된 서술자아 '나'는 '그'의 이야기에 신뢰성을 확보하기 위한 보증인의 구실을 하게 된다.[5] 이에 따라 작품 모두에 배따라기 노래에 탐닉하는 과정으로 내포작가의 의도가 전달된다.

인식의 전달 방식에서 서술자아 '나'는 작가적 입장에서 전지성에 가까운 정보를 제공한다. '영유 배따라기'의 노래를 듣기 전까지 모두 서술자는 작품의 배경적 상황을 장황하게 술회한다. 좋은 일기와 하늘, 삼월 삼질이라는 정보, 모란봉 일대와 장림의 봄의 정경을 보고적 방식으로 진술한다. 특히 유토피아와 진시황 등을 서술하는 부분에서는 작가적 평가와

---

4) 서술자의 모습은 1)편집자나 연대기 중심인물로서 '나' 2)이야기 속의 이야기 서술자 '나' 3)목격, 관찰자로서의 '나' 4)서술적 '나'와 인물 세계 속의 '나' 5)서술 및 경험자아로서의 '나'의 5개 층위로 구분한다. 1)에 가까울수록 작가적 서술상황, 5)에 가까울수록 인물적 서술상황에 가깝다. Stanzel, F. K., 『소설의 이론』, 앞의 책 참조.

5) 김병로는 액자소설을 서사시학적인 담화구조로 보고 구조상 나타나는 기능에 따라 1)의미신뢰화 액자 2)의미허구화 액자 3)의미은유화 액자로 나누고 있다. 이 작품에서는 '의미의 내화 액자'로 신뢰성을 획득하기 위해 '그'를 우연히 만나 '그의 이야기'를 재생 중개하는 방식을 택하고 있는 점에서 의미신뢰화 액자 구실을 한다고 본다. 김병로, 「현대 액자소설의 서사시학적 접근」, 『한남어문학』 15집, 한남대 국어국문학회, 1989.

감상을 통해 전지성의 권위를 거침없이 드러낸다. 여기에서 서술적 이데올로기가 명시적으로 표방된다.

특히 서술자아 '나'가 "그만한 순전한 용기 있는 사람이 있고야 우리 인류의 역사는 끝이 날지라도 한 사람을 가졌다고 할 수 있다"면서 진시황제를 "큰 사람이었다"고 기리는 부분에서는 인간과 세상에 대한 내포작가적 입장이 무제한적으로 드러나 외관전망이 부각된다. 서술자아 '나'는 아름다운 봄날의 유토피아를 그려보면서, 유토피아를 실현하기 위한 인간의 욕망으로 진시황을 찬미한다. "몇 만의 역사가 어떻다고 욕을 하든, 그는 정말로 인생의 향락자며 역사이후의 제일 큰 위인"이라는 관점은 진시황처럼 자신의 세계를 최대한 꿈꾸겠다는 내포작가의 입장이다. 내화의 도입을 위해 외화의 역할과는 분리된 듯한 내포작가적 관점이 서술자아의 진술로 노출된 셈이다. 일반적으로 액자소설의 외화는 내화를 도입하기 위한 장치인데 이 부분은 그와 달리 내포작가의 세계관이 표명된 것이다.

양식의 측면에서 모두 서술자 '나'는 작가적 신뢰를 담보로 서사를 전달하기 때문에 전달기능이 강화된다. 경험자아의 자질보다 서술자아의 자질이 부각됨으로써 이야기의 신뢰성을 담보하는 내포작가적 권위를 행사하게 되는 것이다. 뱃사공이 부르는 노래에 이끌린 서술자 '나'는 작중 경험담의 주인공 '그'의 인생의 이야기를 보증하는 전달자로서 작가적 입장을 표방한다. 따라서 모두 서술자는 이 소설의 서사 경험담의 행동에 참여하지 않은 '나'이다. 배따라기 노래를 부른 '그'를 찾아 만나게 되면서 서술자 '나'는 서사 경험의 행동자인 '그'를 통해 '그'의 내력을 듣게 된다. 이러한 서술적 전달 거리는 객관적인 거리를 확보하는 장치이다. 즉 서술의 간접화로서, 서술자 '나'가 독자에게 신뢰성을 부여하는 효과를 획득한 것이다.

초점의 측면에서 모두 서술자는 '그때·그곳'으로서의 자신의 목격담과 주인공의 경험담을 외관전망으로 전달하므로 외적 초점화가 형성된다. 서술자 '나'가 자신의 감정이나 평가를 드러내는 부분에서는 내부 초점이 나타나지만 전체적인 맥락에서 서술자 '나'는 서사 현실의 경험 밖에서 '그때·그곳'을 전망하기 때문에 외부 초점화가 우세하다. 서술자아의 입장은 내포작가적이며 이데올로기는 시간성에 의해 명시적이다. 이에 따라 시간의 경과과정에 따르는 과거시제가 반복적으로 드러난다. 그렇기 때문에 서사적 이데올로기는 주로 시간 지시어나 부사어에 의해 명시화되고 서사 경험이 시간 질서에 지배받게 된다.

시간성의 추동은 담화의 구조에도 개연성을 부여한다. 서사 경험담의 행동주체로서 작중인물인 뱃사공은 쥐를 잡기 위해 움직였던 아내와 동생의 옷차림이 흐트러진 것을 불륜의 증거로 오해하고, 이러한 인식의 인과적인 어긋남에 의해 오해가 발생된 것이다. 그리고 오해가 미처 풀리지 못한 시간적 어긋남으로 인해 아내는 죽고 동생은 떠나가게 되는 비극을 맞게 된다. 동생과의 이별 후에도 방랑하며 서로 떠도는 동생과의 해후가 몇 번이나 시간차로 이루어지지 못한다. 이러한 시간적 어긋남은 형제 간의 갈등과 간통과 부정에 대한 오해를 불러일으키고 운명의 파국을 초래한 근원이다. 시간의 파국적 진상에 의한 반전은 또한 시간의 어긋남을 쫓는 추적과 방랑의 '배따라기'라는 노래로 형상화된다.

'배따라기'의 노래에 내포된 비극적 숙명은 모두에서 서술자아가 동경하는 진시황과 대비된다. 서술자아 '나'는 유토피아를 실현하려던 큰 사람으로서 절대적인 인간 권력을 행사한 진시황의 세계관을 동경하지만 현실은 그에게 인간으로서는 어쩔 수 없는 운명의 힘을 상징하는 '영유 배따라기'를 보여준다. 내포작가는 거부할 수 없는 운명과 삶의 이상에서 파생하는 갈등을 서사로 형상화 한 것이다.

이러한 맥락에서 이 작품의 모두는 시간의 전개에 따라 네 개의 장면[6]으로 분절된다. 첫 장면은 대동강 봄 뱃놀이 축제에 초점이 맞춰진다. 시간과 공간이 삼월삼질과 모란봉 기슭으로 구체화되고 작가적 서술자 '나'는 봄의 정취에 취해 유토피아와 진시황제를 예찬한다.

둘째 장면은 '영유 배따라기'에 초점이 맞춰진다. 서술자는 초점대상으로서 배따라기 노래에 집중한다. 아름다운 음악과 슬픈 음성의 대비가 강조된다. 서술자아 '나'는 기자묘 근처에서 너무도 빼어나게 잘 부르는 배따라기 노래를 듣게 되고 2년 전 영유에서 배따라기를 듣고 눈물을 흘렸던 기억을 반추한다. '영유 배따라기'는 시간이 흘렀음에도 불구하고 강렬한 인상으로 서술자 '나'의 가슴에서 남아있다.

셋째 장면은 탐색과 만남에 초점이 맞춰진다. 여기에서 '나'는 노래가 들리는 곳과 노래를 부르는 사람을 찾아나서는 탐색의 과정을 보여주며 마침내 내부 경험담의 주인공과 만난다. 그리고 '나'는 서술자아의 목소리로 주인공의 모습을 통해 범상치 않는 운명의 신비성을 예기하게 된다.

---

6) 이재선, 『현대소설의 서사시학』, 앞의 책, pp.115~117 참조.

넷째 장면은 '나'와 주인공의 만남을 통한 소통에 초점이 맞춰진다. 이 장면은 대화로 구성되며 이야기를 알고자 하는 서술자아 '나'의 호기심이 '그'의 경험담을 끌어내게 된다. 서술자의 논평과 평가로 "운명의 힘이 제일 세다는 그의 소리에는 삭이지 못한 원한과 뉘우침이 섞여 있다"며 내부 이야기를 접속시킨다. '그'의 이야기가 서술자 '나'에 의해 전달된다. 그의 이야기는 액자구조의 내화에서 3인칭 서술상황으로 전이된다. 즉 '그'라는 인물 자신이 직접 '나'의 이야기를 전달하는 방식이 아닌 다른 서술자로서 '나'에 의해 '그'의 이야기가 제시된다. 내부 이야기에서 서술자의 주관성은 다음과 같이 개입된다.

> 그는 아내를 (이렇게 말하기는 우습지만) 고와했다. 그의 아내는 촌에는 드물도록 연연하고도 예쁘게 생겼다. (그는 나에게 이렇게 말하였다—). (39)

내부 이야기에서 서술자 '나'가 작가적 입장의 전달기능의 주관성을 드러내는 부분이다. 서술자는 객관적인 반영기능으로 일관하지 않는 점을 고려할 때 이 작품의 회상 형식은 객관적 거리를 엄수하기보다는 오히려 서술 시점에 있어서 주관적 접근의 징후를 보이고 있다.[7] 내부 이야기의 고백이 끝난 후 종결액자의 틀인 결말은 "말을 끝낸 그의 눈에는 저녁 해에 반사하여 몇 방울의 눈물이 반짝인다"로 시작된다. 여기에서 서술자아 '나'는 다시 전달기능을 수행한다.

---

7) 이재선, 『한국문학의 해석』, 새문사, 1981, p.80.

모란봉과 기자묘에 다시 봄이 이르러서, 작년에 그가 깔고 앉아서 부러졌던 풀들도 다시 곧게 대가 나서 자줏빛 꽃이 피려 하지만, 끝없는 뉘우침을 다만 한낱 '배따라기'로 하소연하는 그는 이 조그만 모란봉과 기자묘에서 다시 볼 수가 없었다. 다만 그가 남기고 간 '배따라기'만 추억하는 듯이 모든 잎잎이 속삭이고 있을 따름이다. (48~49)

　　액자 외화의 에필로그인 결말에서 서술자 '나'는 작품의 모두에서처럼 그의 고백에 신뢰를 강화해주는 보증인의 입장을 취한다. 담화의 신빙성을 담보하는 작가적 전달자로서 서술자는 이야기를 마무리하는 차원에서 서사 경험담의 주인공인 뱃사공의 떠남에 대한 구체적인 정보로 이야기의 개연성을 제공한다. 다소 믿기 어려운 뱃사공의 경험담은 핍진성을 얻게 되고 독자의 믿음에 설득력을 부여한다.

　　이 작품의 모두 서술자는 곁가지 이야기를 통해 서사 시간을 늦추는 기법으로 전체 이야기에 결정적 역할을 주는 낯설게 하기로 서사의 이데올로기를 전망한다. 낯설기 하기의 기법이 단어나 문단의 차원에서부터 플롯이라는 작품 전체에 이르기까지 적용된 것이다. 작품 모두에 이상주의에 부푼 서술자아 '나'가 인간의 위대함에 도취되어 있을 때 돌연 슬픈 배따라기 노랫소리를 듣는다. '나'는 그를 찾게 되고 그 노래에 얽힌 슬픈 이야기를 듣는다. 그의 과거 이야기를 듣고는 뉘우침과 그리움으로 가득 찬 인간의 또 다른 모습을 보며 더 이상 봄날이 아름답지만은 않게 느낀다. 아름다움 속의 슬픔, 위대함 속의 비속함, 인간과 세상사의 복합적인 양면이 전혀 설명 없이 극화될 수 있었던 것은 액션을 늦추는 경우로 샛길로 접어드는 이야기를 끼워 넣거나 그 이야기와 관련된 다른 이야기를 곁들여 진행 속도를 늦추는 '낯설게 하기'의 기법으로 설명할 수 있다.[8] 외관전망으로서 모두 서술자 '나'의 전달기능은 스토리의 핍진성을 낯설게 하기로 강화시킨다.

결과적으로 이 작품의 모두 서술자 '나'는 작가적 권위의 외관전망을 통해 내부 이야기에 대한 신뢰성을 담보하면서 유토피아를 추구하였던 진시황을 흠모하는 세계관과 대비되는 영유 배따라기에 함의된 나약한 인간적 숙명을 전달한다. 모두 서술자가 시간성을 추동하는 작가적 권위에 따라 담화를 구축하기 때문에 독서과정의 독자의 상상력은 작가적 전달 지침에 따라 고정화된다.

(2) 명시적 주제전달 ― 「목숨」

나는 M이 죽은 줄만 알았다.

그가 이상한 병에 걸리기는 다섯 달 전쯤이다. 처음에는 입맛이 없어져서 음식을 못 먹었다. 그러나 배는 차차 불러지고, 배만 불러질 뿐 아니라 온 몸이 부으며 그의 얼굴은 바늘 끝으로 찌르면 물이라도 서너 그릇 쏟아질 것 같이 누렇게 되었다. …

'M이 살았어? M이 죽고도 살았어? 죽음은 즉 삶의 밑이란 말인가…'

"이 내 감상 일기(感想日記)를 보면 알겠지. 어떻든 난 다시 살았네…"

(7~11)

액자소설구조의 「목숨」(1920)에서 모두 서술자 '나'는 친구 'M'의 병상 체험의 감상에 신빙성을 제공하는 작가적 전달자로서 서사 현실을 외관

---

8) 권택영, 『소설을 어떻게 볼 것인가』, 앞의 책, pp.18~31 참조.

전망하는 거리에서 전달한다. 이 작품은 모두와 결말이 상응한 액자 외화의 구조를 보여준다. 「배따라기」가 발표되기 이전의 작품이기 때문에 작가에게 액자의 방법이 시학으로 체현되기 이전 단계의 액자구조의 실험성이 드러나는 것이다. 이러한 특징으로 인해 이 작품은 액자소설의 실험작으로 평가할 수 있다.

이 작품의 프롤로그로써 외화 격인 모두에서 서술자 '나'는 'M'의 투병을 목격하였던 전달자로서 그의 발병과 구체적인 증상을 제공한다. 서사 현실의 신빙성을 담보한 것이다. 모두와 결말은 'M'의 고백을 포장한다. 작가적 입장의 서술자 '나'는 병이 깊어 죽은 줄만 알았던 'M'이 살아서 놀라게 된다. 'M'은 그의 병상에서의 감상일기를 '나'에게 건네준다. 서술자 '나'는 병상일기를 "목마를 때에 냉수 마시듯 읽기 시작"한 것처럼 내화 이야기로 전달한다. 내화 이야기는 "병상 일기('M'의 감상일기)" 내지는 "나의 목숨"이란 제목으로 제시된다. 이야기는 1인칭으로 독백된 7개의 '조각글'로 일기 형식의 병상 체험과 단상이 전달된다. 7개의 조각글이 끝나고 다시 액자의 외화에 해당되는 에필로그 격인 결말이 제시된다. 여기에서 서술자 '나'는 작가적 관점의 보증이다.

이 작품의 모두 서술자 '나'는 인칭의 측면에서 작중인물로서 존재 영역의 동일성을 드러내는 인격체가 되어 작가적 자격을 드러낸다. 그러나 서사 현실에서 경험담의 주인공을 목격하므로 간접화로서의 객관적 거리가 드러난다. "나와 그의 사귐은 짧았다. 그러나 깊었다"에서처럼 서술자아 '나'는 작중 고백담의 주인공과 자신의 관계를 명시하고 그의 사정을 잘 아는 자신의 입장을 드러낸다. 여기에서 서술자아 '나'는 주인공인

'그'와 깊은 사이인 만큼 '그'에 대한 인식의 전달에 있어 정보량이 많다는 것을 시사한다.

그리고 "나는 곤충학을 연구하고 있었는데 그는 한 예술가로서 시인이었다"에서 서술자아 '나'는 자신의 신분과 '그'의 자격을 명시한다. 이러한 작중인물의 신분이 명시됨에 따라 작중인물은 그 신분에서 구체적인 서사 현실의 경험을 드러내게 되리라는 것을 예기한다. 모두 서술자는 자신과 작중 주인공의 정체와 관계 그리고 각자의 신분까지 명시하는 전달 기능으로 담화에 대한 작가적 입장을 분명히 밝힌다. 독백된 일곱 개의 '조각글'을 포장한 서술자아 '나'가 일기 형식인 'M'의 고백에 대한 신빙성을 직접 제공하는 작가적 지표로서 전달을 수행한 것이다.

양식의 측면에서 모두 서술자 '나'는 'M'의 이야기를 직접 목격하여 전달하기 때문에 전달기능이 강조된다. 전달자로서, 그리고 신빙성을 확보한 서술자로서 독자에게 신뢰성을 주는 것이다. 이에 따라 서술자아 '나'는 자신의 모든 경험과 인식을 'M'의 이야기에 개연성을 부여하는 수준으로 구성한다. 서술자 어법의 전달 방식은 독자에게 믿음을 주어야 한다는 입장에서 확실한 자신의 태도를 평가 또는 설명 보고의 방식으로 명시한다. 그러므로 작중인물적인 경향보다는 담화를 전달하는 화자로서의 작가적인 고지 방식이 드러난다.

초점의 측면에서 전달자로 기능하는 서술자는 'M'의 이야기의 '그때·그곳'이라는 서사 현실을 외적 초점화로 제시한다. 경험자아의 '지금·여기'가 아닌 '그때·그곳'을 외관전망으로 전달하기 때문에 과거시제가 부각된다. 시간축에 의한 사건의 면모가 작가적 권위로 드러나기 때문에 이데올로기는 고립적이며 명시적으로 표현된다. 허구적인 내부 이야기는 핍진성을 얻고 보다 개연성 있는 사실담으로 굳혀지게 된다. 그리고 이데올로기의 명시화는 작품의 결말에서 작가적 서술자의 기능으로 다음과 같이 강조된다.

> 나는 좀 높은 지대에 있는 우리 집에서 내려다보이는 장안을 둘러보았다. 거기 먼지가 뽀얀 것은, 억조창생이 삶을 즐기는 것을 나타낸다. 아아! 그러나 그들의 목숨을 누가 보증할까? 의사의 조그만 오진으로 그들은 금년으로라도 이달로라도 죽을 지도 모를 것을— 나는 다시 M을 보았다.
> '건강', 그것의 상징이라는 듯한 그의 둥그런 얼굴은 빛나는 눈으로써 나를 보고 있다.(32)

이 작품에서 에필로그 격인 결말에서 서술자는 'M'의 병상 체험과 의사의 오진으로 인해 'M'이 겪어야 했던 고통을 내포작가적 목소리로 강조한다. 담화의 주제인 '건강'의 중요성이 표방된 것이다.

결과적으로 이 작품의 모두 서술자 '나'의 기능은 작가적 권위로서 목숨의 중요성을 강조하기 위하여 전달기능의 권위를 행사한다. 이를 위하여 서술자 '나'는 외관전망으로 'M'의 병상 체험을 서사 현실로 담보하며 내포작가적 관점으로 전달한다. 서술자아 '나'의 확고한 신념에 의해 서사 세계의 경험과 주제가 명시화되기 때문에 독서과정에서 독자의 상상력은 경직되고 고정화된다.

2) 주변적 회고의 전달 ― 현진건 「희생화」

어머님은 우리 남매를 데리고 사직골 막바지에서 쓸쓸한 가정을 이루었
다… 누님은 십팔세의 꽃 같은 처녀로 ○○학교 여자부 4년급에 우등 성적으
로 진급되고 나도 2년급에 진급되던 해 봄의 일이다. 하룻날, 아침 안개에 누
님은 가늘게 숨쉬는 춘풍에 어리인 듯이 월계화를 바라보고 섰다. …어스름
달빛은 쓰린 이별에 우는 눈의 시선같이 몽롱하게 월계화 나무 위에 흘러 있
다.(7~10)

「희생화」(1920)의 모두 서술자는 외관전망의 서사 중심 사건인 '누님의
사랑 이야기'를 주변적 목격과 회고라는 이중적 거리로 전달한다. 이 작
품은 총 10장으로 구성되어 있는데 모두 격인 1장에서는 서술자아 '나'가
현재의 위치에서 10여 년 전을 회고하며 그 시절의 가족 정보를 요약 보
고한다.

"누님은 십팔세의 꽃 같은 처녀로 ○○학교 여자부 4년급에 우등 성적으
로 진급되고 나도 2년급에 진급되던 해 봄의 일이다"는 방식으로 모두 서
술자는 시간적 정보를 명시적으로 제공한다. 스토리의 모든 장에 걸쳐 시
간의 경과가 드러나며 단락의 시작이 시간 서술로 명시됨에 따라 서사적
사건과 상황은 시간의 전환에 따라 변모된다. 그리고 이 작품은 서술자가
과거 경험을 환치하는 데 있어서 서술대상이 '나'가 아닌 '누님'이기 때
문에 엄밀한 의미에서 유사 자전적 소설[9]이라고 할 수 없다.

---

9) 독자는 서술자인 '나'가 과거 경험에 대하여 온전히 기억을 해냈는지 현재의 위치에서
이야기 진행에 맞게 허구로 짜맞추는지 상관하지 않는데 이러한 점은 유사 자전적 소설

인칭의 측면에서 모두 서술자는 서사 경험담의 행위자인 누님과 존재 영역을 같이 하는 인격적인 관찰자이다. 자신의 경험이 아닌 누님의 경험을 목격하고 회고하여 전달하기 때문에 외관전망이 부각된다. 즉 서술자아 '나'가 과거의 누님의 이야기를 전달하므로 회상과 목격이라는 이중적 거리에 의해 서사 정보가 제공된다.

인식의 전달 방식에서 모두 서술자는 과거를 회상하고 통찰하는 입장을 드러내기 때문에 과거의 경험자아로서 누님의 사랑을 목격하던 때보다 많은 서사적 정보와 각성을 제공하게 된다. 누님의 사랑 이야기를 전달하는 데 있어 서술자아 '나'의 인식은 서사 경험의 행위자인 누님의 인식보다 낮은 수준의 정보량을 제공할 수밖에 없다. 경험자아 '나'의 목격에 의해 누님의 사랑을 전달하는 서술자의 기능은 객관성을 담보하게 된다. 그렇지만 과거의 회고와 어린이의 목격이라는 이중의 거리에 의해 서사 경험의 전달은 다소 왜곡된 정보를 제공하게 된다. 이러한 구체적 예는 서사 경험담의 행위자들인 '누님'과 '나'와의 대화와 행동을 엿듣고 엿보는 방식으로 처리된 경우이다.

회상이라는 거리에서 서술자아 '나'가 자의적으로 개입하므로 '누님의 사랑 이야기'는 다소 왜곡되고 피상적으로 전달된다. 그리고 경험자아 '나'의 목격은 신빙성을 담보하지는 못한다. 이는 과거 어린 시절의 경험자아의 눈에 포착된 누님의 근황이기 때문에 다소 신뢰성이 결여된다. 또

(quasi-autobiographical narrative)에서 주로 나타난다. Stanzel, F. K., 『소설의 이론』, 앞의 책 참조.

한 시간적인 회고의 거리에서 '그때·그곳'의 누님의 사랑 이야기가 전달되므로 서술하는 상황에서의 전달자적 인식이 개입되어 평가나 논평의 감정이 개입되게 된다.

양식의 측면에서 모두 서술자는 과거 누님의 사랑 이야기에 대한 서사적 경험을 '그때·그곳'의 회상으로 전달하기 때문에 화자로서 전달기능이 부각된다. 이에 따라 서술자는 '그때·그곳'의 이야기를 서술하는 상황의 어법으로 설명하고 보고하며 평가한다. "어머님은 우리 남매를 데리고 사직골 막바지에서 쓸쓸한 가정을 이루었다"에서는 서사적 현실이 과거시제에 의한 시간성으로 추동된다. 이에 따라 "10여 년 전 일", "2년급에 진급되던 해 봄의 일", '하룻날', "이틀 후"의 방식처럼 서술자아는 일상의 담화 형식을 차용하여 시간을 구체적으로 밝히는 진술을 드러낸다. 이러한 전달기능의 입장은 작품의 결말에서도 강조된다. 경험자아보다는 서술자아의 노출을 통해 이야기가 매듭지어졌기 때문에 누님의 사랑 이야기가 생생하게 보여지지 못한 채 마무리된다.

초점의 측면에서 모두 서술자는 서사 경험인 '그때·그곳'의 목격을 시간의 흐름에 따른 지각으로 전달하기 때문에 외부 초점화가 형성된다. 플롯 전개에서는 '나'의 회고에 의한 '그때·그곳'의 누님의 사랑이 전달되고 과거의 '나'가 경험자아로서 '지금·여기'에서 목격한 누님의 사랑이 반영된다. 이에 따라 서술자 '나'의 기능은 이중적인 거리의 변용을 드러낸다.

시간성에 지배받게 되는 서술상황이 마련된 보다 구체적인 근거는 서술자 '나'가 서사적 경험을 '지금·여기'의 서사 현실로 부각하는 것이 아니라 '그때 · 그곳'의 서사 현실로 전달하는 입장에서 비롯된다. 작품의 전체적인 맥락을 고려할 때 서술자 '나'는 자기보다 4살 위인 누님의 근황과 사랑 이야기를 서술대상으로 삼고 있다. 2장에서부터 서술자는 과거 경험의 관찰자로서 '나'의 위치에서 목격하는 누님의 근황과 사랑 이야기를 제공한다. 14세 소년의 눈에 비친 누님과 누님의 같은 학교 4학년 급장인 '그'의 만남, 그리고 그에 따른 누님의 사랑이 구체적인 초점대상으로 부각된다.

그런데 서술자 '나'의 목격에 의해 서술이 진행되므로 누님의 사랑은 14세 소년으로서 '나'의 '엿듣기'나 '엿보기' 방식의 경로로 인해 그 진실이 감동적으로 전달되지 못한다. 어린이의 관점으로는 누님의 애절한 사랑의 체험을 피상적으로 전달할 수밖에 없기 때문이다. 연인과의 만남에 대한 설렘과 기다림, 그리움 등이 구체적으로 반영되지 못한다. "흔히 순결한 처녀가 사랑의 불을 가슴 속에 깊이깊이 숨겨두고 행여나 남이 알까 보아서 전전긍긍하며 호올로 간장을 태우다가도 한번 자기 친한 이에게 발설하기 시작하면 맹렬히 소회를 푸는 것이다"에서처럼 사랑의 위기와 상실이 경험의 주체인 누님의 관점이 아닌 내포작가 관점의 서술로 드러나기도 한다. 그로 인해 사랑의 아픔이나 절망 등의 절실한 심경이 드러나지 못한다.

이와 같이 서술자아가 우세하게 된 현상은 1인칭 서술상황에서 효율적으로 활용되는 초점시와 발화시의 시간 간격상의 긴장관계를 이뤄내지 못하는 원인이 된다. 경험자아와 서술자아의 상호 변증법적 관계, 즉 초점시와 발화시 사이의 거리에서 느껴지는 사건의 추이를 적절히 통제하는 서술의 묘미가 드러나지 않는다. 결말 부분에서 과거 어린 시절의 '엿듣기'와 '엿보기'에 의한 서술은 서술자아의 현존성을 갑작스레 강조하는 것으로 서술의 단절[10]을 드러낸다. 이와 같이 서술자아의 지나친 개입으로 인한 이야기의 단절은 소설의 결말에서 부각된다.

> 아아, 사랑아, 사랑의 불아! 네가 부드럽고 따뜻한 듯하므로 철없는 청춘들은 그의 연하고 부드러운 심장에 너를 보배로만 여겨 간직한다. 잔인한 너는 그만 그 심장에다 불을 붙인다. 돌기둥 같은 불길이 종작없이 오른다. 옥기(玉肌)조차 타버리고 홍안도 타버리고 금심(錦心)도 타버리고 수장(繡腸)도 타버린다! 방 안에 켰던 촛불 홀연이 꺼지거늘 웬일인가 살펴보니 초가 벌써 다 탔더라! 양협(兩頰)이 젖던 눈물 갑자기 마르거늘 무슨 연유 묻겠더니 숨이 벌써 끊쳤더라.(32)

위의 인용문에서는 '그'의 떠남과 누님의 좌절로 인한 죽음을 목격한 서술자아 '나'의 평가가 드러난다. 평가와 해설로 드러난 서술자의 전달기능으로 인해 이 작품의 이야기는 누님의 사랑을 목격하였던 '나'의 감상으로 전락하게 된다. "잔인한 너는 그만 그 심장에다 불을 붙인다"로 묘사된 사랑의 폭력성이 불의 파괴적 속성으로 제시되면서 누님의 사랑이 좌절된 것은 결국 해묵은 관습이라는 내포작가적 관점이 전달된다.

이러한 맥락에서 이 작품의 모두 서술자 기능은 액자구조를 보여준다. 즉 액자의 외부인 모두와 결말에서는 서술자아로서 전달기능이 부각되

---

10) 김용재, 앞의 책, pp.103~104.

고 액자의 내부에서는 경험자아로서의 반영기능이 부각된다. 그런데 이 과정에서 과거 회고 속의 목격, 그것의 기억과 서술자의 사고와 느낌 등이 혼효되는 시점의 양상이 드러난다. 이것은 초점주체인 '나'의 의식을 통해 초점대상인 '누님'의 이야기가 서술주체인 '나'의 회고에 의해 수렴 서술되었기 때문이다.

현진건의 대부분의 소설이 연대기적 순서를 지양하는 구성법을 보이지만, 초기작인 이 작품에서는 예외로 시간의 선조성이 지켜진다. 시간의 경과를 나타내는 문장으로 장면을 전환하는 것은 1인칭 서술상황을 통해 풍요로운 서사물을 만들어내는 방식이 이 시기에 확실하게 마련되지 않았음을 단적으로 보여준다.[11] 물론 이 작품의 모두 서술자의 전달기능은 시간성에 지배되는 한계를 드러내지만 당대 1인칭 소설이 정착되지 않은 상황에서 일상어의 차용으로 인한 시간 제시는 실험적인 시도로 간주된다.

이러한 맥락에서 일상적 담화의 시간적 제시는 그 수준을 폄하하기보다는 1인칭 소설이 풍부한 서술기교를 마련할 수 있는 기반을 조성한 것으로 파악할 수 있다. 이 작품의 모두에서 노벨적 시간의 개념[12]이 어느

---

11) 최병우, 앞의 책, p.66.

12) 노벨에서의 시간은 합리성이 있어야 한다. 고소설에서 보이는 시간의 작위성을 노벨에서는 인정하지 않는다. 예컨대 『구운몽』에서 꿈을 깨보니 일장춘몽, 다시 본래의 성진으로 돌아가는 식의 시간 개념은 노벨에서는 통용되지 않는다. 노벨에서의 시간은 또한 구체적이고 제한적이어야 한다. 시간대가 무한히 뻗어 있는 소설은 노벨에서 일단 제외된다. 김진기, 「현진건 편」, 강인숙 편저, 『한국근대소설 정착과정연구』, 박이정, 1999, p.358 참조.

정도 관철된 것은 누이와 K의 만남과 헤어짐이라는 사건의 시간대 위에 소설이 펼쳐져 있기 때문이다. 그 시간은 인생 전반에 걸쳐 있는 것이 아니라 인생의 어느 한순간에 대해 말한다. 이 점을 고려한다면 전대의 시간의 선조성보다는 한층 진보된 서술기법을 보여준 셈이다.

결과적으로 이 작품의 모두 서술자는 초점주체인 경험자아 '나'의 목격이라는 개성적 변용을 시도하기 위한 전달기능을 수행한다. 누님의 사랑과 죽음의 이야기를 전달하기 위해 서술자아는 회고와 목격의 이중적 거리의 외관전망으로 자신의 위치를 부각시킨 것이다. 따라서 독자는 상상하는 감동보다는 명시된 서술자의 입장에서 서사 현실을 파악하게 된다.

3) 목격적 회고의 전달 ─ 현진건 「고향」

대구에서 서울로 올라오는 차 중에서 생긴 일이다. 나는 나와 마주 앉은 그를 매우 흥미 있게 바라보았다. 두루마기격으로 기모노를 둘렀고, 그 안에서 옥양목 저고리가 내어 보이며, 아랫도리엔 중국식 바지를 입었다. 그것은 그네들이 흔히 입은 유지 모양으로 번질번질한 암갈색 피륙으로 지은 것이었다. …입은 소태나 먹은 것처럼 왼편으로 삐뚤어지게 찢어 올라가고, 죄던 눈엔 눈물이 괸 듯 30세밖에 되어 안 보이는 그 얼굴이 10년가량은 늙어진 듯하였다. 나는 신산스러운 표정에 얼마쯤 감동이 되어서 그에게 대한 반감이 풀려지는 듯하였다.(237~239)

「고향」(1926)의 모두 서술자 '나'는 외관전망으로 자신이 목격하였던 대구에서 서울로 오는 차 안에의 '그'의 모습을 통해 일제 치하로서의 당대 현실을 전달한다. 담화구조상 한·중·일 차림으로 희화된 '그'의 차림은 내포작가의 입장에서 서술자가 "해골을 허리에 저처 놓은 것"으로 규정한 "조선의 얼굴"과 상통한다.

이 작품은 일제의 수탈로 인해 삶의 터전인 고향의 상실을 유랑민의 좌절과 고난으로 형상화함으로써 당대 우리 민족의 삶의 리얼리티를 내포작가적 관점으로 보여준다. 작중인물인 '그'는 가난과 고생으로 인해 간도로 이주하였고 그곳에서 궁핍한 생활로 전전하다가 고향으로 돌아왔다. 그러나 고향은 폐농이 되어 버렸기 때문에 다시 일자리를 구하러 서울로 간다.

서울로 가는 '그'를 차 안에서 화자 인물 '나'가 목격한 것이 스토리의 끝이지만 내포작가의 의도에 의해 시작으로 제시된다. 이에 따라 작품의 모두는 '나'와 '그'의 만남으로 시작된다. 모두 부분은 서술자아 '나'가 '그'의 이야기를 듣는 경험자아 '나'의 상황을 전달하는 데 있어 스토리의 역행적 시간을 보여준다. 내부 이야기로서 '그'의 이야기는 3인칭 서술로 보고된다. 그렇지만 결말 부분의 서사상황은 모두에 제시된 현재로 돌아와 차 안에서의 '나'와 '그'의 대화가 재현된다.

이렇듯 모두 서술자의 전달기능이 결말에서 다시 부각되면서 이 작품은 액자구조를 구축한다. 과거와 현재가 상호 교차하는 액자구성이 부각되면서 작중인물인 '나'와 '그'의 입장의 변화가 살펴진다. '나'는 처음 '그'와의 만남에서 '그'를 희화적인 모습으로만 평가하며 관심 없이 대하다가 '그'의 접근으로 인해 관심을 드러내 보인다. 따라서 '나'는 '그의 이야기'에 대해 방관자에서 대화자로서 입장의 전이를 보여준다. 그리고 액자 외화에서 초점대상이었던 '그'는 액자 내부에서 초점주체로 전이된다. 마침내 이야기가 끝날 때 '나'는 '그'의 체험에 대한 동정자에서 동조자로 변화된다.

이와 같이 기차에서 '그'로부터 고통스러웠던 체험담을 듣게 되는 '나'는 서술자로의 전달기능으로 '그'의 이야기를 들려주면서 자신도 이야기를 듣게 되는 이야기 체험의 공유기능을 실현하게 된다. 즉 이 작품의 서술자 '나'의 전달기능은 단순한 이야기꾼의 목소리나 방임의 관찰자가 아닌 간접 체험의 경험자와 해석자의 역할을 수행하게 된 것이다.

이 작품의 모두 서술자는 인칭의 측면에서 존재 영역의 동일성을 드러내는 '나'이다. 작중인물과 존재 영역을 같이하는 인격체로서 '나'는 경험담의 행동주체가 아닌 경험담의 행동주체를 목격하는 객관적 전달자의 자격을 드러낸다. 그리고 그 목격을 회상하는 거리에서 이야기를 전달한다. 서술자아로서 '나'는 우연히 차 안에서 만난 '그'의 외형을 '기모노'와 '옥양목 저고리' 그리고 '중국식 바지'를 입고, '고부가리' 머리에 '집신'을 신은 우스꽝스런 모습으로 진술한다. 다소 우스꽝스러운 '그'에 대해 '나'는 처음에는 방관자로서 목격의 태도를 취하다가 '그'의 접근으로 인해 대화자로서 입장의 전이를 드러낸다. 그러므로 모두 서술자는 존재 영역의 동일성을 추구하면서 목격이라는 서술의 객관적 거리를 보여주게 된다.

양식의 측면에서 모두 서술자는 '그'라는 인물의 희극적 정황을 보고 진술로 전달하기 때문에 반영기능보다 전달기능을 우세하게 수행한다. 모두 서술자의 전달기능으로 제시된 '그'의 희극적 상황은 앞으로 전개될 비극적 상황으로의 반전의 예비적 장치[13]이다. 즉 '그'의 한 · 중 · 일 차림으로 희화된 모습에 대한 서술자아 '나'의 진술적 보고는 "일제의 침입으로 고통 받는 민족의 설움"을 복선으로 장치한 것으로 살펴진다.

한편으로 모두에서 서술자는 초점대상인 '그'의 모습의 객관적 전달로 작중인물과 독자와의 거리를 좁히는 특수기능을 한다. 1인칭 초점주체인 '나'의 시점을 통해 '일본인', '중국인', 그리고 '기모노'와 '옥양목 저고리'와 '중국 바지'를 입은 기묘한 차림의 수다스런 제3자가 초점대상으로 우선 비춰진다. 일본인과 중국인을 차례로 잡아 말을 해도 무반응하자 '그'는 드디어 초점주체인 '나'에게 말을 건넨다. 이러한 모두 전개과정에서 서술자는 서술주체이자 초점주체로서 초점대상의 거리를 조종한다. 일본인과 중국인이 뒤로 물러나고, 서술자 '나'는 '그'의 외양을 전달하고 마침내 '그'의 이야기가 내부 이야기로 삽입된다.

초점의 측면에서는 그의 모습을 '지금 · 여기'의 서사 현실로 반영하는 것이 아니라 '그때 · 그곳'으로 전달함으로 외적 초점화가 형성된다. 서술자아는 자신이 경험자아로서 과거에 이미 보고 들은 서사 현실을 전달하게 된다. 이에 따라 작품 모두에서 서술자는 작중인물 '그'의 이야기를 끌어내기 위한 도구로서 '그'의 모습을 상징적으로 부각시킨 것이다. 즉 국적이 불분명한 '그'의 우스꽝스러운 외양은 일제 수탈에 직면한 실향농민의 아픔을 고발하여 독자의 연민과 공감을 끌어내기 위한 내포작가적 관념을 함축한 것이다.

---

13) 서종택, 앞의 책, p.88.

외관전망으로 모두 서술자 '나'가 서사 현실을 전달함에 따라 서사 전개는 지배적인 이데올로기[14]에 의해 종속된다. 서술자가 초점대상인 '그'와의 만남에서 '그'에 대해 별 관심을 보이지 않다가 점차 '그'에 대한 관심을 강화하는 방식으로 '그의 이야기'가 전달된 것이다. 이와 같이 작품의 모두에서 서술자 '나'는 방관자의 위치에서 대화자로 바뀌는 목격의 전이가 드러난다. 이러한 서술자의 전달기능은 작품의 결말에서 다시 강화되어 동정자에서 동조자로 전이되는 관점이 제시된다.

> "자, 우리 술이나 마자 먹읍시다."
> 하고 우리는 주거니 받거니 한 되 병울 다 말라고 말았다. 그는 취흥에 겨워서 우리가 어릴 때 멋모르고 부르던 노래를 읊조렸다.
>> 볏섬이나 나는 전토는
>> 신작로가 되고요—
>> 말마디나 하는 친구는
>> 감옥소로 가고요—
>> 담뱃대나 떠는 노인은
>> 공동묘지 가고요—
>> 인물이나 좋은 계집은
>> 유곽으로 가고요—(243~244)

이러한 민요의 삽입을 통해 서술자 '나'는 이야기 대상에 대한 관점을 원거리에서 근거리로 접근시킨다. 여기에서 '그의 이야기'는 마침내 우리의 이야기로 확대되고 '그'의 외양 묘사는 "조선의 얼굴"의 실상을 보여

---

14) Lanser, S., 앞의 책, p.226 참조.

주게 된다. "나는 그 눈물 가운데 음산하고 비참한 조선의 얼굴을 똑똑히 본 듯 싶었다"는 내포작가적 입장의 진술은 마침내 그가 부른 노래의 내용으로 구체화된다. "꼭 무덤을 파서 해골을 허리에 저처 놓은 것" 같은 것이 '그'의 고향의 실상이라면 결말의 민요 삽입은 시대와 사회에 대한 소설의 반성적 사고(reflexive thinking)[15]를 확대한 것이다.

결과적으로 이 작품의 모두 서술자는 내포작가적 입장에서 식민지상황의 황막한 삶을 '그'의 우스꽝스러운 모습의 상징으로 전달한다. 서술자 '나'의 목격은 개인에서 사회적 비극으로 확장된 단순한 타인의 이야기가 아닌 내포작가의 정신을 반영한 것이다. '나'의 목격은 서술자아로서 '나'와 사건, 등장인물과 경험자아로서 '나'의 거리를 내포작가적 관점에 의해 조정하는 것으로 개인의 비극을 사회적 비극으로 확대시킨 것이다. 이와 같이 모두 서술자는 식민지 치하의 피폐한 삶으로서 일제 수탈에 직면한 실향농민의 문제를 객관적이며, 사실적으로 고발하는 목격자적 증인의 입장[16]에서 서사 현실을 전망한다.

---

15) 우한용, 『한국현대소설구조 연구』, 삼지원, 1990, p.307.

16) 같은 맥락에서 현진건의 「사립정신병원장」(1926)에서 서술자 기능은 서사 주축인 'W군의 살인 사건 이야기'를 통해 서술자아로서 '나'가 목격적 사건을 개인에서 사회적 비극으로 확장하여 전달시킨다. 인칭의 측면에서 서술자아로서 '나'가 전하는 'W군의 이야기'는 단순한 타인의 이야기가 아닌 서술자아의 정신과 경험의 시점이라는 여과를 거쳐 재조명된다. 양식의 측면에서 서술자는 사회 비판을 다룬 목격자인 '나'는 행동에 참여할 뿐만 아니라 초점대상인 'W'에 대해 논평을 가하는 전달기능을 행사한다. 초점대상인 W군은, 낙천적이지만 생계 때문에 공인병에 걸린 환자를 돌보는데 술자리에서 당한 모욕 때문에 아이러니컬하게 비극적인 살인을 하는 상황을 '그때·그곳'의 경험으로 직접적으로 독자에게 전달한다. 초점의 측면에서 서술자는 경험자아보다 많은 것을 알고

4) 서사의 개연적 전달 — 나도향 「벙어리 삼룡(三龍)이」·「전차 차장의 일기 몇 절」

(1) 회상적 목격의 전달 — 나도향 「벙어리 삼룡(三龍)이」

내가 열 살이 될락 말락 한 때이니까 지금으로부터 십사오 년 전 일이다.

지금은 그곳을 청엽정(靑葉町)이라 부르지마는 그때는 연화봉(蓮花峰)이라고 하였다. 즉 남대문에서 바로 내려다보면은 오정포가 놓여있는 산등성이가 있으니, 그 산등성이 이 쪽이 연화봉이요, 그 생에 있는 동네가 역시 연화봉이다. 여기에 그중 큰 과목밭을 갖고 그중 여유 있는 생활을 하여가는 사람이 하나 있었는데, 그의 이름은 잊어버렸으나 동네 사람들이 부르기를 오생원(五生員)이라고 불렀다. 얼굴이 동탕하고 목소리가 마치 여름에 버드나무에 앉아서 길게 목 늘여 우는 매미 소리같이 저르렁저르렁 하였다.

…동네 사람들이 그를 부르기를 삼룡이라고 부르는 법이 없고 언제든지 '벙어리', '벙어리'라고 하든지 그렇지 않으면 '앵모', '앵모'한다. (145~149)

「벙어리 삼룡(三龍)이」(1925)의 모두 서술자는 전달자로서 '나'가 믿기 어려울 정도로 지고지순한 사랑을 외관전망의 목격담으로 제시하여 헌신적 죽음을 통한 승화된 사랑이라는 서사 현실의 경험에 대하여 개연성을 확보하여 준다.

이 작품은 주인아씨를 흠모하던 하인인 벙어리 삼룡이의 맹목적이며

있으며 작중 주인공인 W군의 경험적 사건이 종결된 지점에서 회상의 거리를 두고 논평을 가하는 총체적인 관점을 외관전망한다. 또한 시간적으로는 사건 이후에 발생한 일을 알고 있고 또 그 이후의 지식도 제공하면서 과거의 경험을 통한 각성이나 통찰을 드러낸다. 결국 이 작품에 나타난 '나'의 목격자적 서술자의 기능은 서술자로서 '나'와 사건, 등장인물과 경험자로서 '나'의 거리를 내포작가적 관점으로 조정하며 사회적 비극으로 유추될 수 있는 한 개인의 비극으로 확대시킨다.

헌신적인 사랑을 보여준다. 작중인물로서 서사 경험담의 행위주인 삼룡이는 주인아씨에 대한 사랑을 하인이라는 신분적 한계와 벙어리라는 육체의 불구성 때문에 표현하지 못하다가 그 사랑 때문에 목숨을 바치게 된다. 삼룡이가 사랑을 위하여 죽음에 직면하는 순간이야말로 자신의 존재를 비로소 확인하는 삶의 가치라는 내포작가의 이데올로기가 형상화된 것이다. 헌신적이며 낭만적인 사랑을 통해 승화된 존재 구현의 의미로 인해 이 작품은 서사시학의 비장미를 실현한 것이다. 이에 따라 이 작품은 나도향의 소설 전반의 결실을 수확하여 보여주는 낭만주의 소설[17]의 전형으로 그 위상을 평가받기도 한다.

총 6장으로 구성된 이 작품의 모두는 1장으로 한정된다. 모두 전개에서 서술자인 '나'는 마을풍경을 묘사하고 인물을 소개하는 전달기능을 수행한다. 그런데 서술자아 '나'는 모두에서 서사 현실을 회고만 할 뿐 본격적으로 서사가 전개된 2장부터의 이야기 층위에서는 작중인물로 등장하지 않는다. 이 점에 주목할 때, 이 작품의 모두 서술자 '나'는 작가적 입장에서 믿기 어려울 정도로 절대적이며 자기희생적인 담화의 내용으로 목격담에 대한 객관성과 신뢰성을 부여하는 전달기능을 수행한 것이다.

이 작품의 모두 서술자 '나'는 인칭의 측면에서 작중인물과 존재 영역의

---

17) 「벙어리 삼룡(三龍)이」처럼 지위가 낮은 남자가 지위가 높은 여자를 사랑하다 비극으로 끝난다는 스토리는 낭만주의 소설의 전형적인 예이며, 「물레방아」처럼 배신한 여인을 결사적으로 사랑한다는 것도 낭만적 사랑의 전형적인 예이다. 사랑에 대한 절대적인 가치는 사실주의 작품에서는 찾아보기 힘들다. 정한숙, 「도향문학의 전개와 의의」, 『현대한국작가론』, 고려대 출판부, 1986, p.284.

동일성을 드러내지만 그 동일성은 주체로서의 동일성이 아닌 목격과 회상이라는 타자의 관점을 내포한다. 모두에서 서술자아 '나'는 자신의 이야기가 아닌 10살 무렵에 목격하였던 이야기를 전달하겠다는 입장을 밝힌다. 서사적 경험담으로서 삼룡이의 사랑 이야기는 십사오 년이라는 회고의 거리를 거치고 있다는 것을 서술자아가 명시한다. 서술자는 목격을 회상하는 서술자아 '나'이지만 서사 경험담에 대한 그의 권위적 자격은 내포작가적 입장의 전지성으로 서사 현실과 작중인물의 정보를 전달한다.

모두 서술자 '나'는 "내가 열 살이 될락 말락 한 때이니까 지금으로부터 십사오 년 전 일이다"는 작품의 첫 문장에서 서사의 근거를 객관화하기 위하여 내포작가의 시점으로 자신의 입장을 밝힌다. 이는 자신이 전달하려는 이야기가 객관적으로 정확한 정보 제공이라기보다는 서술자의 주관적이며 인상적인 입장이 개입되어 있다는 것을 보여준 것이다.

불확실한 '나'의 입장은 "그의 이름은 잊어버렸으나 동네 사람들이 부르기를 오생원(五生員)이라고 불렀다"는 구체적인 정보 전달에도 회상적 시간의 거리로 인한 '나'의 개입의 명료하지 않은 주관성을 보여준다. 서술자 '나'는 자신이 회고의 방식으로 전달하고자 하는 목격담에 대해 내포작가적 입장에서의 개연성을 부여하기는 하지만 절대적인 객관성과 진실성에 대해서는 유보적인 입장을 취한다. 즉 삼룡이의 사랑 이야기는 어린 시절의 목격담이기 때문에 경험자아 '나'의 주관적인 판단과 더불어 서술자아 '나'의 사랑에 대한 관점이 개입할 수 있다는 여지를 남겨둔다.

양식의 측면에서는 '나'의 경험자아보다 서술자아의 기능이 강화된다. 작품 속의 목격담은 회상하는 서술자의 입장에서 직접 전달되면서 내포작가의 관점을 명시하게 된다. 이에 따라 모두 서술자는 이야기의 발생적 배경으로서 지리적 정보를 소상히 설명한 후 목격담의 주요 인물로서 오생원과, 벙어리 삼룡이, 주인의 아들을 통찰하는 관점으로 소개한다. 이러한 작중인물들의 소개에 있어 서술자는 인물들의 외양과 성격, 그리고 그들 간의 관계를 특징화하기 위해 자신의 관점을 여과하는 전달 경로를 드러낸다.

"얼굴이 동탕하고 목소리가 마치 여름에 버드나무에 앉아서 길게 목 늘여 우는 매미 소리같이 저르렁저르렁 하였다"는 오생원, "땅달보로 되었고 고개가 빼지 못하여 몸뚱이에 대강이를 갖다가 붙인 것 같다"는 삼룡이 등의 외양의 묘사에서도 '나'의 주관적 인상이 개입된다. 특히 목격담의 주인공인 벙어리 삼룡이의 외양 묘사에서 서술자는 주관적 관점을 다음과 같이 드러낸다.

> 거기다가 얼굴이 몹시 얽고 입이 크다. 머리는 전에 새꼬랑지 같은 것을 주인의 명령으로 깎기는 깎았으나 불밤송이 모양으로 언제든지 푸하고 일어섰다. 그리 걸어다는 것을 보면, 마치 옴두꺼비가 서서 다는 것 같이 숨차 보이고 더디어 보인다. (146)

위의 묘사는 삼룡이의 정체성이 서술자의 전달기능으로 제시되는 부분이다. 여기에서 서술자는 삼룡이의 불구성과 불완전성을 특징화하기 위한 자료적 정보로서 자신의 인상으로 인물을 특징짓기 때문에 내포작가의 주관적 관점이 개입되어 있다. 이러한 주관적 인상에 대해 신빙성을 부여하기 위하여 '나'의 서술자 기능은 "동네 사람들이 그를 부르기를 삼룡이라고 부르는 법이 없고 언제든지 '벙어리', '벙어리'라고 하든지 그렇지 않으면 '앵모', '앵모'한다"는 동네 사람들의 관점으로 삼룡이에 대한 정보를 제공함으로써 객관적 신빙성을 확보한다.

이와 같이 모두 서술자는 주관적인 각도와 객관적인 각도로 초점화의 거리를 조정한다. 이러한 전략적 의도는 볼썽사납고 불구인 삼룡이의 외양과 달리 그의 성품은 "진실하고 충성스러우며 부지런하고 세찬", "슬기롭고 신중한" 특징으로 대비시켜 부각시키기 위한 것이다. 서술자는 삼룡이의 성품이 대단히 충성스럽다는 것을 강조함으로써 서사 현실에서의 그의 믿기 어려운 충직하고 지순한 사랑 이야기에 대한 개연성을 마련한다.

초점의 측면에서 작가적 입장의 서술자 '나'는 '그때·그곳'의 회고적 이야기를 외관전망하기 때문에 외적 초점화가 형성된다. 이에 따라 서술자아로서 전달기능이 부각될 뿐 경험자아는 표면에 드러나지 않은 채 잠재적인 정보의 여과자로 기능하게 된다.

서술자는 내포작가적 전지성을 활용하여 작중인물의 인식과 심리를 묘파하여 전달한다. 여기에서 삼룡이가 '벙어리'로 설정된 것은 그의 충직한 성품과 지고지순한 사랑의 내면화를 극대화시킬 수 있는 서술자의 전략이 내포되어 있다. 즉 벙어리라는 불완전성은 억울한 일을 당하여도 침묵하는 숙명적 비장미를 최대한 살릴 수 있는 장치로 활용된다. 결국 벙어리라는 삼룡이의 불완전성은 승화된 사랑으로 인한 존재의 구원을 역설적으로 드러낸 효과로 활용된다.

이 점을 고려할 때, 서술자는 그 이야기를 이미 알고 있는 위치에서 경험자아로서 '나'가 인지하는 것보다 '그때 · 그곳'의 목격담에 대한 정보를 훨씬 더 많이 전달한다. 그렇지만 회고하는 거리로 인해 서술자아로서 '나'는 부분적으로 경험자아보다 불확실하고 왜곡된 정보를 제공하게 된다.

서술자는 경험적 사건이 종결된 지점에서 회상이라는 거리를 두고 초점대상인 삼룡이의 사랑 이야기를 전달한다. 먼저 이야기의 근원지인 폐쇄적인 산골 마을이 원근법[18]에 의해 정경화된다. 내포작가적 입장의 서술자가 폐쇄적이고 고립된 산골의 농촌 마을을 제시한 것은 순수하고 맹목적인 절대절명의 사랑으로 유폐된 공간으로서 삼룡이의 마음을 상징화하기 위한 의도로 살필 수 있다. 따라서 산골 정경 묘사의 원근법적 의도성의 종착은 삼룡이의 내면화된 사랑이다.

이와 같이 이 작품의 모두에 장치된 산골 마을의 정경은 사랑의 순수성과 맹목성을 헌신적인 존재의 구현으로 승화하기 위한 내포작가적 서술자 관점이 투영된 것이다. 작품의 모두로서 1장에서는 서술자아 '나'를 통해 서술자가 외관전망으로 서사 현실에 대한 정보를 제공하지만 2장에서는 3인칭 서술상황의 서술자가 삼룡이의 이야기를 전개한다. 플롯과정에서 드러난 부관전망은 결말에서 삼룡이의 관점에 초점을 맞추는 공관전망의 전이를 부분적으로 보여준다.

---

18) 카메라의 렌즈로 멀리 잡았다가 차츰 가깝게 잡아들어가는 방식으로서의 원근법적 모두는 근대적 자연주의 및 사실주의를 실현하는 한 방식이다. 이유식, 앞의 책, p.52.

> 그는 건너방으로 뛰어들었다. … 색시를 자기 가슴에 안았을 때 그는 이제
> 처음으로 살아난 듯하였다. 그는 자기의 목숨이 다한 줄 알았을 때 그 색시를
> 내려놓을 때는 그는 벌서 목숨이 끊어진 뒤였다. 집은 모조리 타고 벙어리는
> 색시를 무릎에 뉘고 있었다. 그의 울분은 그 불과 함께 사라졌을지! 평화롭고
> 행복스러운 웃음이 그의 입 가장자리에 엷게 나타났을 뿐이다. (159)

이 작품의 결말에서 서술자는 "새색시를 안은 채 화염에 휩싸여 죽게
되면서 처음으로 사는 듯한 환희"를 갖게 된 삼룡이의 시점을 동화기능
으로 드러낸다. "색시를 자기 가슴에 안았을 때 그는 이제 처음으로 살아
난 듯 하였다"는 부분은 서술자의 공관전망이 드러나면서 삼룡이의 내면
이 부각된다.

이 작품에서 서술자아 '나'는 전달기능의 다양한 거리를 조정하여 삼룡
이라는 인물의 성격과 행동을 입체적으로 형상화한다. '그'는 처음에는
하인으로서의 자신의 일상적인 본분을 지키는 삶에 충실하였으나 마침내
자신의 사랑을 자각하고 그 사랑을 위해 목숨을 바치면서 자아를 성취하
게 된 것이다. 이러한 삼룡이의 헌신적 사랑의 가치 추구는 곧 내포작가
의 입장이다. 삼룡이가 보여준 지고지순한 사랑은 내포작가가 추구한 사
랑의 정신이다. 결과적으로 이 작품의 모두 서술자는 자기 헌신을 통해
존재적 가치를 구현하는 삼룡이의 맹목적 사랑 이야기를 전달하기 위해
회상과 목격이라는 외관전망으로 서사 현실에 개연성을 전달한다. 이에
따라 독서과정의 상상력은 내포작가적 관점을 관망하게 된다.

(2) 일기 형식의 전달 ─「전차 차장의 일기 몇 절」

11月 15日 雲

　동대문에서 신용산을 향해 아침 첫차를 가지고 떠난 것이 오늘 일의 시작
이었다. …나는 공연히 신기한 생각이 들어서 못 견디었다. 그래서 혼자 해결
할 수 없는 무슨 수수께끼를 풀려는 사람처럼 고개만 기웃하고 있었다. 나는
지나간 생각을 다시 끄집어내었으니, 그것은 다음과 같다. (78~80)

　「전차 차장의 일기 몇 절」(1924)의 모두 서술자 '나'의 기능은 외관전망
으로 서사적 목격담을 제시하기에 앞서 초점일자나 기상 정보를 일기 형
식으로 전달한다. 내포작가는 서술대상인 시골 처녀를 목격하였던 회상
의 거리에서 그녀가 윤리적으로 타락해가는 과정을 객관화하기 위하여
일상 담화로서 일기 형식을 차용한 것이다.

　작품의 모두에서 '나'의 서술자 전달기능은 "11月 15日 雲"이라는 일기 형
식으로 날짜와 일기를 명시한다. 그리고 "아침 첫차를 가지고 떠난 것이 오
늘 일의 시작이었다"에서 확인되듯이 모두 서술자가 일상 담화를 전달하는
방식은 초점시와 서술시를 분리시키려는 객관성 추구의 의도성을 드러낸다.

　이와 같은 일기 형식의 모두 서술자 기능은 1920년대 초 작가들에 의해
특징적으로 구조화된다. 이는 작가와 서술주체의 분리를 시도하고자 하
는 의도에서 구체화된 것이다. 모두를 전개하는 방식에서 서술자 '나'는
보고의 서술과 묘사의 적절한 배합, 간명한 장면의 제시 등으로 객관성을
추구하는 서사기법을 실험한 것이다. 모두 서술자가 서술주체와 경험주
체로서의 시간의 분리를 시도하는 것은 자기 의식이 일반화되는 순간을
드러내는 서술의 방식이다. 서술자아와 경험자아의 시간적 긴장은 서술

시점으로부터 자기 자신만을 근거해야 하는 긴장 가운데 서게 됨을 보여준다. '사유'와 '존재'적 차이[19]로서 '나'의 분리가 시도된 것이다.

결과적으로 이 작품의 모두 서술자는 진술하는 화자 인물로서 서술대상에 대한 서술자아의 거리를 객관적으로 드러낼 뿐만 아니라 '그때 · 그곳'의 목격에 대한 경험자아와 서술자아 간의 거리를 드러낸다.

2. 주관적 심경과 회고적 토로의 고백기능

고백기능은 서술자 '나'가 서사 세계의 경험을 회고하는 거리에서 외적 초점으로 제시하지만 서사 경험 후의 감상이나 통찰이 주관적 심경으로 드러나므로 외관전망의 변이형이다. 명시적 전달자로서 서술자아는 서사 세계의 주인공이므로 서술자아와 경험자아의 긴장이 제한적으로 드러나지만 그 긴장은 갈등으로 진행되기보다 회상이라는 전달기능에 의해 관조된다. 서사 주축을 추동하는 것은 경험자아의 '지금 · 여기'에서의 갈등보다는 '그때 · 그곳'를 지향하는 서술자의 각성이나 통찰이라는 점에서 역동적인 경험의 추이보다는 감상의 침잠이 드러난다. 서술자 '나'가 서사 경험에 대한 예비 정보를 토로하는 고백의 기능으로 전달하므로 후행 서사나 결말에 대한 전망적 지침이 제시되며 독자는 서술자의 자아 본원이라는 정체에 대해 주목[20]하게 된다. 독서과정에서 상상력은 화석화되

---

19) Rotermundt, Rainer., 김경수 역, 『모든 종말은 시작이다』, 문예출판사, 1999, p.132 참조.
20) 전통적인 유사 자전적인 1인칭 소설에서 일치(identity)문제는 없다. 현대의 1인칭 소설에서 일어난 혁신은 1인칭 인물과의 일치가 문제가 되어 긴장감을 조성한다. Stanzel, F. K.,

고 수용반응은 고정화되지만 전달관점보다는 후행서사나 결말을 관망할
수 있는 공간이 확보된다.

1) 각성적 유서의 고백 — 염상섭 「제야」

> 最後의 瞬間은 가장 重大한 使命을 遂行합니다. 그리고 絕對的 終結을 告
> 합니다. …二十四日에 주신 意外의 글월을 뵈옵고 더욱이 이 생각을 굿게 決
> 心하게 되었습니다. …그러나 미리 付託하야 두옵는 바는 이 편지를 보신 後
> 에 그 자리에서 반듯이 태여 줍시사함이외다. 느저도 來日 해를 넘기지 마라
> 주서야겠습니다. (59~60)

염상섭의 「제야」(1922)의 모두 서술자는 외관전망으로 수신자의 회답
을 전제하지 않은 일방송신형[21] 유서 형식을 차용하여 서사적 경험이라
는 과거를 통찰하는 방식으로 고백한다. 이에 따라 모두 서술자는 고백담
의 발신자로서 서사 경험으로 얻게 된 서술자아의 신념과 자각을 내포작
가의 정신으로 발현시킨다.

이 작품은 유서 내용의 편지 형식으로 일관된다. 유서라는 이질적 매체
가 작품 내부로 수용되고 있다는 점에서 서술자의 전지성은 편지라는 구
조 속에서의 고백의 내용을 경험자아와 서술자아의 갈등의 긴장을 통해

『소설의 이론』, 앞의 책, p.233.

21) Waton은 서간체 소설을 monody(단순 형식)···발신자 일방 송신 형식 duo(교환 형식)···발
신자와 수신자 교환 형식 polyphony(다수 교환 방식)···여러 사람의 상호 교환 형식 등 세
가지로 구분한다. Waston, G., *The Story of the Novel*, Mecmillan Press, 1979, p.35. 김용재,
『한국소설의 서사론적 탐구』, 앞의 책에서 재인용.

드러내게 된다. 이 작품은 7개의 장으로 구성되어 있다. 이러한 구조 속에는 부정한 아내 정인이 자신의 과오를 모두 용서할 테니 집으로 돌아오라는 편지를 받고 자살을 결심하며 쓴 유서의 내용이 담겨 있다.

이 작품의 서술자로서 작중인물 '나'는 작품의 모두에 해당하는 1~3장과 결말인 7장 후반에서 과거를 통찰하는 자신의 심경을 언급하고 있으며, 4~7장의 전반부까지는 과거 자신의 행적이 구체적인 고백 내용으로 구성되어져 있다. 따라서 이 작품은 내용상 액자구조를 보여준다. 1~3장의 모두와 7장 후반부의 결말은 서술자의 심경이 드러나는 점에서 내용상의 액자 외화를 이루는 공통성을 드러낸다. 그렇지만 1~3장의 모두 전개에서는 상황에 대한 서술자의 자아 각성이 서술자아와 경험자아의 상충된 긴장으로 드러난다면, 7장 후반부의 결말에서는 모든 상황과 인물의 내면적 결심이 서술자의 보고적 서술에 의해 드러나는 서술상황의 차이점이 살펴진다.

작품의 모두 서술자는 인칭의 측면에서 존재 영역의 동일성을 드러내는 서사적 고백담의 주체이다. 즉 편지글의 발신자로서 '나'는 화자인물의 자격으로 자신의 고백담에 대한 총체적인 자신의 각오와 심경을 밝히게 된다. 이 부분에서 서술자는 이중적인 상충관계를 보여준다. 모두 서술자는 모든 사건을 경험한 후 유서를 쓰게 되는 통찰적인 자기 관점을 드러내므로 외관전망이 부각된다.

그런데 서술자는 서술자아의 현재 심정을 드러내기도 하기 때문에 경험자아와의 긴장이 드러나기도 한다. 이러한 상충적 긴장관계는 이 작품의 시제에서 드러난다. "이십사일에 주신 의외의 글월을 뵈옵고 더욱이

이 생각을 굿게 결심하게 되었습니다"라는 문장처럼 과거의 경험에서 드러나는 각오와 사건에 대한 언급은 과거형으로 처리된다. 이에 비해 "최후의 순간은 가장 중대한 사명을 수행합니다"라는 문장처럼 서술자아 자신의 내면 표출이나 서술하는 현재의 각오를 드러내는 부분에서는 현재형으로 처리된다. 고백의 내용이 본격화되는 부분에서는 경험자아보다는 서술자아의 정체성이 부각되어 전달된다.

서술자아로서 정인은 P라는 남자와 E라는 남자와 자유롭게 관계 맺고 중매에 의해 수신자인 '貴君'에게 시집을 왔으나 그녀는 이미 "E의 피인지도 P의 혼인지도 알 수 없는" 아이를 배고 난 후였다. 불안과 고민으로 4개월을 지내다가 신랑의 요구에 의해 친정으로 쫓겨온 정인은 크리스마스 이브날 신랑으로부터 편지를 받고 회신 겸 유서를 쓰게 된다. 중매결혼을 하였으나 "E의 피인지도 P의 혼인지도 알 수 없는" 아이를 밴 것이 들통나 친정으로 쫓겨난 '나'는 신랑으로부터 용서의 편지를 받고 자신을 "금시도 내다버리지 안흐면 안될 구덱이실은 고기덩어리"에 불과하다며 유서를 쓴 것이다.

양식의 측면에서 '나'의 서술자 기능은 편지의 구조라는 특성상 반영기능보다는 전달기능을 명시하며 발신자의 입장을 밝힌다. 독자는 수신자 위치에서 등장인물로서 발신자 '나'인 서술자와 밀착된 거리에서 고백적 정보를 제공받게 된다. 수신자로서 독자는 발신자로서의 서술자아가 드러내는 각성적 의지의 결연함을 직접 제공받는 듯한 위치에 서게 된다. 지난 과오를 밝힌 유서라는 장치를 통해 서술자아가 죽음과 재생이라는 상충적 긴장을 드러내는 상황에서의 서술자와 독자의 거리는 그만큼 단축된다. 발신자로서 서술자가 제공하는 정서와 긴장은 수신자인 독자에게 직접적으로 전달되는 효과를 드러낸다.

초점의 측면에서는 초점주체로서 '나'가 회고라는 거리를 드러내기 때문에 서사 현실의 고백적 경험담이 외적 초점화로 제시된다. 이에 따라 서술자아가 통찰하는 '그때·그곳'의 경험 사건들이 서술적 권위에 의해 진술된다. 그렇지만 초점주체로서 서술자아가 초점대상인 경험자아의 내면을 바라보게 될 때는 '지금· 여기'로서 내적 초점화가 형성된다. 이와 같이 서술자의 고백기능은 서술자아와 경험자의 긴장관계를 내포한다.

이 작품의 모두 서술자는 경험자아보다 우월한 인식과 통찰의 수준을 드러내는 서술자아로서 이미 질적으로 변모한 서술주체의 위치에서 '그때·그곳'으로서 과거 경험을 전달한다. 서술자아로서 서술자는 사건 경험 후 굳혀진 신념과 자각을 토대로 지난날을 회상한다. 플롯의 전개과정인 유서 중간에 "인습적 결혼이라는 철저한 죄악"에 파탄의 원인이 있다며 '貴君'의 결혼관을 비판하는 것은 서술자가 내포작가의 이데올로기가 명시된 것이다. 이러한 내포작가의 관점에 대하여 타당성을 제시하기 위하여 서술자아로서 '나'는 이 작품의 첫 문장 "최후의 순간은 가장 중대한 사명을 수행합니다"에서 이미 질적으로 변모한 초점주체의 각성과 의지를 외관전망으로 고백한다.

이 작품의 유서 내용은 정말 죽기 위한 서술자 자신의 진정일까, 아니면 자기 과오를 낱낱이 밝히면서 자기 정화를 도모한 고백일까. 이러한 의문을 제기할 때 이 작품의 유서 내용은 죽음의 결단과 통보보다는 오히려 죽음까지 각오할 만큼 참 삶을 성취하기 위한 서술주체의 단호한 각성과 의지가 역설적으로 표방된 것이다.

인용문의 "생각을 굿게 결심하게 되었습니다"에서 추적되듯이 모두 서술자는 통찰적인 판단의 주체로서 서술자아의 자각을 통한 성취적 의지를 드러낸다. 이 점에서 모두 서술자 기능이 의도하는 고백의 전략적 의미는 역설적 측면에서 살펴볼 수 있다. 정말 죽음을 목표로 한 유서를 서술한 담화일까, 죽음 앞에서 지난 과오를 낱낱이 밝히는 것은 무슨 의도일까. 이러한 의문에 대한 해석은 고백이 자기 정화를 위한 내면의식의 발로라는 점에서 내포작가가 유서 형식으로 고백을 구조화하였다는 서술 상황으로 설명될 수 있다. 죽음까지 각오하고 참 삶을 성취하기 위한 서술자아의 단호한 의지는 경험자아의 '그때 · 그곳'의 긴장된 상황을 고백하기 위한 도구인 것이다.

이와 같은 맥락에서 유서라는 서술 장치는 이중의 역할을 한다. 죽음을 통한 반성과 재생이라는 역설적인 긴장이 유서에서 상충되어 보이기 때문이다. 이 점에서 서술자아 '나'는 유서를 통한 액면 그대로의 죽음을 통보하기보다는 죽음까지 각오할 만큼 과거의 삶에 대한 반성을 보이며 개선적인 새 삶을 성취하려는 자각과 의지를 표방한 것이다. 즉 모두 서술자는 초점주체로서 초점대상이 되는 경험자아인 자신의 지난 과오를 밝히는 고백의 경험담을 끌어내기 위하여 정화된 자아를 성취하려는 서술자아의 의지를 결연하게 밝힌 것이다. 이로 인한 서술자아의 고백담은 다음과 같이 자신의 경험을 전달한다. 경험적 고백은 E라는 남자와 P라는 남자와의 관계, 그리고 자신의 지금까지의 생활을 술회하는 것으로 전개된다. 참회록 형식의 유서 중간 중간에서 서술자아 '나'는 수신자인 '貴君'의 결혼관을 비판한다. 자신의 현재의 상황을 비통해하는 경험자아로서 '나'는 자신의 애정관이나 현실 이해의 태도를 항변하듯이 토로한다.

서술자아로서 그녀는 무엇보다 그들의 결혼이라는 결합이 "인습적 결혼이라는 철저한 죄악이, 선조의 유물로서, 또 한번 반복치 안으면 안되었든 것"에 파탄의 원인이 있었다며 자신의 파탄에 대한 원인까지 밝히면서 내포작가의 정신을 보여준다. 그리고 그녀는 자신이 첩의 자식이라는 약점과 더불어, 유학생 사이에서 소문이 좋지 않은 25세의 노처녀라는 자신의 약점을 덮으려 한 데서 제2의 파탄이 불가피하다고 진술한다. 자신의 미모와 유학생으로서의 명성과 지식에 빠져 청혼을 한 남자를 비판하고, 그러나 자신은 결국 "금시도 내다버리지 안흐면 안될 구데이실은 고기덩어리"에 불과하다는 자학을 드러낸다. 그렇지만 서술자아로서 '나'는 '보수적 윤리관'과 '전통적 여성'의 입장을 드러내는 것이 아니라, 자신의 선택에서의 자기 발견의 입장을 보여준 것이다.

이와 같이 이 작품의 플롯 전개과정에서 내포작가의 이데올로기가 암시된다. 성적으로 지극히 자유로웠던 한 인텔리 여성이 자살에 이르게 되기까지의 행적을 고백하는 것으로 당대 현실의 봉건성을 고발한 것이다. 그리고 서사 현실에 대한 부정적 입장을 통해 근대 사회 신여성의 희생된 삶을 자아의 각성으로 비통해하는 고백을 제시한 것이다.

서술자의 내포작가의 진술은 서술자아의 고백형태로[22] 드러난다는 점

---

22) 권력의지이자 주체성임과 동시에 제도적 장치로서의 내면 고백체로 평가받는다. 김윤식 · 정호웅, 『한국소설사』, 예하, 1987, p.78 참조.

에서 서술자아의 관점이 추상화되는 서사적 약점을 드러낸다. 그럼에도 불구하고 이 작품은 속물적인 근대의 인간관계에서 가장 확실하게 드러날 수밖에 없는 갈등을 유서라는 공간에 전략적으로 장치하였다는 점에서 주목할 만하다. 당대 1인칭 서술상황의 서사시학이 다양화가 실현되지 못한 상황에서 새로운 고백의 장치로서 유서라는 서사구조를 활용하였기 때문이다. 이러한 기법의 시도로 인해 이 작품은 "작가의 사상과 인식을 담는 '해부'와 작중인물의 심정토로에 적합한 '고백'이 절묘한 상호 보완 관계를 이룬"[23] 것으로 평가받고 있다.

결과적으로 이 작품의 모두 서술자는 고백의 주체로서 외관전망의 회고의 거리에서 질적인 변모를 보인 자아의 각성이라는 통찰적인 관점을 '나'의 고백기능으로 전달한다. 서사 현실에 대한 내포작가의 이데올로기는 신뢰성이 미확정한 개인의 고백으로 드러나긴 하지만 서사 현실을 통찰하는 입장에서는 내포작가의 의도가 전달된다. 독자는 수신자의 입장에서 고백의 담화를 제공받지만 내포작가의 이데올로기에 독서과정의 상상력이 고정된다.

---

23) 조남현, 「염상섭 소설의 문학사적 자리매김을 위한 시론」, 권영민 편, 『염상섭문학연구』 (『염상섭전집』 별권), 민음사, 1987, p.78.

2) 회고적 서간의 고백 — 나도향「十七원 五十전」·「별을 안거든 우지나 말걸」

(1) 회고의 심정 —「十七원 五十전」

사랑하시는 C선생님께 어린 심정에서 때없이 솟아오르는 끝없는 느낌의 한마디를 올리나이다.

시간이란 시내가 흐르는 대로 우리 인생은 그 위에서 뱃놀이를 하고 있습니다. 늙은이나 젊은이나 마음 아픈 이나 행복의 송가(頌歌)를 높이 외우는 이나 성공의 구가(謳歌)를 길게 부르짖는 사람이나 이 시간이란 시내에서 뱃놀이하지 않는 사람이 누구입니까? …그러나 이 A가 탄 배에서는 무슨 소리가 들리는 줄 아십니까? 때 없는 우울과 비분과 실망과 고통과 원망이 뭉텡이가 되고 덩어리가 되어 다만 띵하는 머리 아픔이 있을 뿐이외다.…저는 다만 죽어가는 목구멍속으로라도 넘치는 환희와 북받치는 기쁨으로 영생의 노래를 부를 것이외다. (46~48)

나도향의 초기 단편으로 서간체 형식인「十七원 五十전」(1923)의 모두 서술자는 외관전망으로 서사 경험에 대한 자신의 입장을 드러내면서 슬프고 허무하였던 과거 경험으로서 고백을 전달한다. "젊은 화가 A의 눈물의 한 방울"이라는 부제가 붙여진 이 작품의 내용은 편지의 발신자인 화가 A로 지칭되는 서술자 '나'가 부인과 연인 사이에서 상충하는 갈등을 수신자인 C에게 토로하는 방식으로 전개된다. 서술자아는 회고하는 방식으로 자신의 과거 경험을 토로하기 때문에 인물의 대립과 갈등은 내부 발생적이기보다는 '그때·그곳'의 경험을 통해 통찰되는 방식으로 드러난다. 따라서 경험의 대립과 갈등의 긴장은 희석화된다. 7개의 장으로 구성된 이 작품의 모두는 1장에 해당된다.

인칭의 측면에서 모두 서술자는 존재 영역의 동일성을 드러내며 고백 경험의 주인공인 '나'로서 자신의 자격을 밝히고 있다. 즉 서술자아 '나'는 화가라는 자신의 신분과 유부남인데도 연민을 갖고 사랑하게 된 연인이 있다는 갈등의 상황을 토로한다.

양식의 측면에서 모두 서술자는 경험자아의 입장보다 서술자아의 입장이 강조된다. 따라서 반영기능보다 전달기능이 부각된다. 서술자아 '나'는 화자로서 피화자인 C에게 발신자의 위치에서 자신의 경험과 심정을 편지 형식의 고백으로 술회한다. 독자는 수신자의 입장에 자신을 대치시키며 고백의 내용을 전달받게 된다.

"다만 띵하는 머리 아픔이 있을 뿐이외다"의 인용문처럼 모두 서술자 '나'는 이미 경험한 서사 세계에서 해소되지 않은 갈등을 회상의 거리를 거쳐 고백하기 때문에 패배로 침잠하는 '우울', '비분', '실망', '고통', '원망', '아픔' 등의 감정을 표출하는 언어가 부각된다. 인물의 대립과 갈등은 내면에서 스스로 발생하지 않는다. 경험하는 현실에서의 대립과 갈등은 자기의 지향과 대립하는 실제적 상황에 의해 발전하겠지만 회상으로 인해 침잠되는 대립은 해결의 주체인 경험자아가 빠지고 서술자아가 전면에 나섬으로써 내면의 대립으로 새롭게 발생되지 못한다. '나'는 행동하고 맞서는 경험자아가 아니고 단지 바라보고 패배하는 서술자아이기 때문에 슬프고 허무한 것이다. 이와 같이 고백주체로서 '나'의 내면의 침잠이 서술자아에 의해 드러날 때 그것은 슬픔과 비애의 적극적 해소가 아닌 소극적 감정의 표현으로서의 통로를 드러낸다. 따라서 서술자아에 의해 경험자아의 해소되지 않는 내적인 갈등이 초점화될 때 감정언어(verba sentiendi)의 잦은 사용이 불가피하게 된다.[24]

초점의 측면에서는 서사적 사건의 층위에 대한 고백자로서 서술자 '나'가 경험자아보다 더 많은 것을 알고 있으며, 경험 후에 얻게 된 통찰과 각성을 드러내므로 서사 현실은 외적 초점화로 제시된다. 모두 서술자 '나'는 인생의 다양한 뱃놀이를 제시하고, 결국 이러한 뱃놀이를 통한 인생의 의미를 아픔이 있을 뿐이라는 작가적 고뇌의 통찰의 관점을 드러낸다. 여기에서 파생된 감정적 언어는 서사 경험을 '그때·그곳'으로 회고하는 거리에서 파생된 감상을 보여준다. 서술자가 서사 경험을 회고의 거리에서 드러내기 때문에 초점대상으로서 경험자아를 바라보는 거리가 유지되지만 서술하는 현재의 감상이 토로된 점에서는 주체의 내면이 드러나는 내부조망[25]이 이루어지므로 시점이 혼효된 양상으로 형성된다.

공간적 측면에서 서술자아는 인생의 다양한 뱃놀이라는 다른 곳에서 일어났던 사건들도 자연스럽게 이야기하거나 뒤에 알게 된 지식으로 자

---

24) 박재섭, 앞의 논문, p.105 참조.

25) 외부 조망과 내부 조망의 문제는 안이 보이느냐 밖이 보이느냐의 초점화되고 있는 대상의 깊이에 관련된 용어라면, 외부 시점과 내부 시점의 문제는 밖에서 보느냐 안에서 보느냐의 초점주체에 관한 문제이다. 외부 조망이 극대화하면 나레이터가 마치 카메라처럼 자신의 앞에서 벌어지고 있는 일을 단순히 기록만 하게 될 것이다. 반면에 내부 조망이 극대화될 경우 인물의 마음을 드러내는 내면 독백이 두드러진다. 내면 독백의 문제는 한 인물의 정신 생활을 다소 근본적으로 반영해낼 수 있을 것이다. 즉, 의식 사고들의 질서와 구조를 극화시키려 하거나, 한 인물의 세계관을 강하게 비뚤어지게 한, 그러나 그가 모르고 있는 선입관, 편견, 관점 그리고 가치들을 나열하려고 할 수도 있다. 박재섭, 위의 논문, p.93.

신의 심리를 드러내기도 한다. 사건이 끝난 지점의 고백자로서 시간적으로는 사건 이후에 발생한 일과 지식도 제공할 수 있으며, 서술자아로서 '그때 · 그곳'에 대한 현재의 자각이나 평가를 토로하기 때문에 외관전망이 드러나게 된다.

그러나 이 소설의 모두에서 서술자아와 경험자아의 대립과 갈등은 내면에서 스스로 발생하지 않기 때문에, '그때 · 그곳'을 향한 서술자아의 회상에는 갈등을 해결하는 주체로서 경험자아는 부각되지 않는다. 단지 '그때 · 그곳'을 바라보는 서술자아가 부각되기 때문에 슬프고 허무한 감상이 전달될 뿐이다. 경험자아인 서술대상의 갈등이 서술주체에 의해 서술될 때, 감정의 언어가 부각된다. 이 소설에 드러난 감정의 언어는 1920년대 전반기의 낭만주의 서술의 한 특징으로 살펴진다.

특히 이 작품에 드러나는 서간체 형식에서의 서술자아적 고백기능은 초기 나도향의 작품에서 많이 발견되는 것처럼 대부분의 낭만주의자들이 자신의 경험과 심정을 토로하는 방식으로 전달된다. 편지 형식이 자기의 경험과 심경을 비교적 솔직하게 밝힐 수 있는 고백 전달의 도구로 활용된 것이다. 타자와의 소통을 희망하는 낭만주의 속성에 서간 형식이 부합되었기 때문이다.

결과적으로 이 작품의 모두 서술자 기능은 편지 형식 속에 자신의 정체를 밝히면서 지난 경험과 심경을 토로하는 방식으로 서사 현실을 외관전망으로 고백한다. 이에 따라 고백하는 심정의 감정 언어가 부각되고 독자는 이를 통해 서사 현실과 서술주체의 입장을 관망할 수 있다.

(2) 회상의 기억 — 「별을 안거든 우지나 말걸」

> 건반위에 피곤한 손을 한가히 쉬이시는 만하(晚霞)누님에게 한 구절 애달
> 픈 울음의 노래를 드려볼까 하나이다. 저는 이 글을 쓰기 전에 우선 누님 누
> 님 누님 하고 눈물이 날 만치 감격에 떨리는 목소리로 누님을 불러보고 싶습
> 니다. 그것도 한낱 꿈일까요? 꿈이나 같으면 오히려 허무로 돌리어 보내일 얼
> 마간에 위로가 있겠지만 그러나 그러나 그것도 꿈이 아닌가 하나이다. 시간
> 을 타고 뒷걸음질친 또렷하고 분명한 현실이었나이다. …기억의 안타까움으
> 로 녹는 듯한 감정이나 맛볼까 할 뿐이외다. (235~236)

「별을 안거든 우지나 말걸」(1922)의 모두 서술자 '나'는 화자로서 서사
경험을 외관전망하며 자신의 침잠된 감정을 고백하는 기능을 수행한다.
서술주체는 발신자로서 '나'인 'D.H'이며 수신자는 누이로 설정되어 있
다. "건반위에 피곤한 손을 한가히 쉬이시는 만하(晚霞)누님에게 한 구절
애달픈 울음의 노래를 드려볼까 하나이다"라는 문장으로 시작하는 이 작
품의 모두 서술자는 화해될 수 없는 '그때·그곳'의 과거 경험을 토로한
다. 발신자로서 서술자 '나'는 수신자인 만하 누님에게 "기억의 안타까움
으로 녹는 듯한 감정이나 맛볼까 할 뿐이외다"는 그리움의 안타까운 심
경을 고백한 것이다.

'그러나'의 잦은 반복에서 살펴지듯이 이 작품은 모두에서부터 회고하
는 시간적 거리가 강조된다. 그러므로 서사의 전개 또한 시간의 흐름에
의해 종속되는 경향을 드러낸다. 전체가 11장으로 구성된 이 작품의 모두
격인 1장에서는 과거에 대한 안타까운 기억이 토로된다. '그때·그곳'을
바라보는 초점주체로서의 서술자에 의해 초점대상인 '그'가 보여준 사랑

이 조명된다. 서술자가 '그때·그곳'을 바라보는 초점주체로서 자기 자신의 경험을 토로한다는 점에서 객관적인 정보보다는 주관적인 정보를 제공하게 된다.

인칭의 측면에서 서술자는 존재 영역의 동일성을 드러내는 고백주체 '나'이다. 어렸을 때부터 정에 굶주려온 고백주체인 'D.H'는 자신의 정체성을 밝히며 인간관계를 드러낸다. 'D.H'는 'R'이라는 연상의 친구를 흠모하던 중에 누님에게 'MP'라는 여성을 소개받은 후 그녀를 사랑하면서 드러나는 갈등을 만하 누님에게 토로한다.

양식의 측면에서 모두 서술자는 고백주체이기 때문에 반영기능보다 전달기능이 월등하게 강조된다. 이러한 전달기능으로 인해 'D.H'의 인간관계에서 파생되는 우울하고 애닲은 심경의 고백은 외관전망으로 제시된다. 'D.H'는 'MP'와 신앙문제로 인해 갈등의 골이 깊어지고, 'MP'와 사귐으로써 'R'과의 관계도 소원해진다. 이러한 상황에서 'D.H'는 'MP'가 어떤 신사와 다니는 것을 목격하게 되고 실의에 빠지게 된다. 서사 전개의 고백으로서 과거 경험이 서술자의 진술적 토로에 의해 전달된다.

초점의 측면에서 모두 서술자는 과거 경험을 통찰하고 그 경험의 불가해성을 호소하기 때문에 서사 경험은 '그때·그곳'을 바라보는 초점주체에 의해 외적 초점화로 제시된다. 서술자인 'D.H'는 '그때·그곳'을 바라보는 초점주체로서 자기 자신의 경험을 토로한다는 점에서 주관적인 심경을 서사 경험의 불가해한 비애와 격정으로 제공한다. 고백주체는 침잠되는 감정의 통로로서 누이를 고백의 대상으로 삼아 자신이 성적 아이덴티티를 상실한 채 방황하였던 고통의 심경을 호소하게 된다.

결과적으로 이 작품의 모두 서술자는 고백주체로서 자신의 경험과 번뇌를 고백 대상인 이성으로서 누이에게 토로하면서 갈등의 극복이나 해소가 아닌 감상의 침잠을 외관전망으로 전달하므로 독자의 상상력은 고정화된다.

3) 탐색적 각성의 고백 ― 현진건 「그립은 흘긴 눈」

> 그이와 살림을 하기는 내가 열아홉 살 먹던 봄이었습니다.
> 시방은 이래도 ―삼십도 못 된 년이 이런 소리를 한다고 웃지말아요. 기생이란 삼십이면 할미쟁이가 아니야요.―그 때는 괜찮았답니다. …그이는 간이라도 빼어먹일 듯이 나를 사랑해주었습니다. 나를 얻기 전에 오입깨나 해본 모양이었으나 나이가 어리고 참다운 곳이 있었습니다. (170~171)

「그립은 흘긴 눈」(1924)의 모두 서술자 '나'는 경험에 대한 탐색된 각성을 회고의 거리에서 드러내며 지난 경험과 지금의 심경을 고백하는 방식으로 서사 현실을 외관전망으로 전달한다. 서술자아인 '나'는 회고의 거리에서 경험적 시간을 "내가 열아홉 살 먹던 봄"으로 명시한다. 그리고 기생으로서 경험자아인 '나'가 '그'와 차린 살림살이 등의 정보를 명시적으로 제공한다.

'그때·그곳'을 바라보는 초점주체로서의 서술자아에 의해 초점대상인 '그'가 보여준 사랑이 회고된다. 초점주체로서의 '나'의 자각의 결과는 서술대상으로서 '나'의 이야기를 서술주체인 '나'가 고백의 형식으로 제시하므로 "그 때"와 '시방' 사이의 '나'의 변화가 탐색된다. 서술자가 '그

때·그곳'을 바라보는 자기 자신의 경험을 토로한다는 점에서 객관적인 정보보다는 주관적인 정보를 제공한다.

　인칭의 측면에서 모두 서술자는 존재 영역의 동일성을 드러내면서 작중 현실의 주인공으로서의 자격과 전달자로서의 권위를 드러낸다. 서술자 '나'는 초점대상의 '그때·그곳' 열아홉 무렵의 '나'의 경험을 고백하는 데 있어 통찰하는 관점을 드러낸다. 기생으로서 '그'와 차린 살림살이 등의 명시적 정보는 서술대상으로서 '나의 이야기'이기 때문에 단순한 목격 형식이 아님을 밝혀준다. 초점대상인 '그'를 통한 '나'의 자각이라는 점에 중점을 둘 때, 서술자는 초점주체로서 '나'의 이야기를 '나'가 하는 고백인 동시에 "그 때"와 '시방' 사이의 '나'의 변화를 탐색하게 하기 때문이다.

　'그'는 '나'에게 영원한 사랑을 위해 동반자살을 제의한다. 이를 수락한 '나'는 약을 삼키지 못하나 죽음에 이르면서도 '그'는, 나에게 약을 뱉으라고 권하는 사랑을 보인다. 그때의 "눈매가 위로 홉뜨이면서 미친 개 눈깔 같이 핏발을 세워 나를 흘긴" '그'의 눈이 현실에서 그립다고 서술자는 회상하며 고백한다. 이처럼 서술자아는 "그 때"와 '시방' 사이의 변화로 '그'가 보여주었던 사랑의 각성을 통해 얻는 자아의 성숙을 주체 지향적인 관점에서 드러낸다.

　양식의 측면에서 서술자 '나'는 경험자아로서 갈등을 추동하기보다는 화자인 서술자아의 통찰로서 자신의 경험과 그로 인한 각성을 전달하므로 전달기능이 부각된다. 이로 인해 '나'의 회상은 사건의 추동하는 역동적인 힘을 발휘하기보다는 자신이 그리워하는 무엇에 대한 탐색이라는 의미를 제공하게 된다.

그러므로 모두 서술자는 사건의 추이를 전개시키는 갈등을 추동하기보다는 관조의 입장을 드러낸다. 경험자아와 심리적이며 감정적인 거리를 드러내게 되는 서술자아는 객관적인 시선을 갖고 경험자아를 이성적으로 조응하므로 과거의 나를 회상하고 그 존재를 조화롭게 느끼게 된다.[26] 과거의 경험과 감상이 재생됨으로써 서술자아는 서사 고백의 의미망을 구축하는 자각을 직접 진술로 드러낸다. 그러므로 독자는 과거의 체험을 통해 성숙되어진 초점주체가 보여준 생이나 이전의 초점대상의 상태를 관조하게 된다.

어법의 전달 방식에서 서술자아로서 '나'가 고백 대상으로서 경험의 시점을 "내가 열아홉 살 먹던 봄이었습니다."처럼 작품의 실제 사건시간과 서술시간을 명확히 밝힌 것은 일상담론을 차용한 것이다. 서사 경험에 대한 허구적 사건시간과 서술시간을 명확히 밝힌 것은 일상담론을 차용하는 시도로 이해된다. 1920년대 전반기의 1인칭 단편소설의 대부분이 서술자가 서술시간, 서술시와 사건을 초점화한 시간, 초점시 사이의 시간적 거리 등을 분명히 밝히고 있다. 이러한 일상담론의 방식은 미적 완성도에

---

26) 초점주체가 최근에 체험한 것을 서술하는, 즉 초점시와 발화시가 어느 정도 일치하는 경우의 서술자는 초점주체와 서술주체가 동시적으로 존재하므로 재초점화 현상도 없어지고 언술상의 양면성도 사라진다. 초점주체와 초점대상, 초점시와 발화시가 거의 일치하여서 초점대상에 대한 인지 정도는 거의 무한대에 이른다는 점에서 초점주체는 초점대상에 대한 모든 것을 알고 있다. 이러한 고백형의 서술자를 '부조화형' 서술자아로 경험적, 서술적 현재간의 시간적 거리가 짧으며 서술자아가 경험자아의 인식, 성숙도에서 크게 벗어나지 못하고 있는 점, 경험적 현재의 감정이나 기분이 지속되고 있는 점, 그의 정신적, 심리적 발달로 과거의 나를 이성적으로 분석하고 비판을 하게 되는 특징을 갖는다. 박재섭, 「한국 근대 고백체소설 연구」, 앞의 논문, pp.80~95 참조.

서 함량 미달이며 단순 안이한 모두 작법[27]이라고 폄하하기도 한다.

그러나 본 연구는 이러한 일상담론을 차용하는 모두의 전개 방식이 단편소설이 시학으로 성숙되지 못한 1920년이라는 시대를 전제할 때 고무적인 시도라고 판단된다. 일상적 담론의 평이한 어법은 독자로 하여금 서사 현실을 자연스럽게 수용하게 한다. 일상적 담론을 모두 서술자가 기법화한 것은 전 시대의 비초점화된 "옛날 옛적에"라는 식의 막연한 시간과는 확연한 차별을 보이며 일상의 어느 한 시간을 초점화하는 서술미학의 잠재적 가능성을 보여준다. 이러한 실험을 토대로 모두 서술자의 기능은 보다 심미적인 특성을 보여주며 서사의 미적 형상화에 점진적으로 기여하게 된 것이다.

초점의 측면에서 모두 서술자 '나'는 외관전망으로 경험자아보다 우월한 서사적 인식과 통찰을 드러내며 '그때 · 그곳'의 경험을 회고의 거리에서 제시하게 때문에 외적 초점화가 형성된다. 서술대상에 대한 "어리고 참다운 곳이 있었습니다"라는 서술자아의 평가는 회고된 각성에 의한 고백이다. '그'와 '나'는 영원한 사랑을 위해 동반자살을 시도했으나 '나'는 약을 삼키지 못한다. 먼저 약을 삼킨 '그'는 죽으면서도 '나'에게 약을 뱉으라고 권한다. 그때의 '그'의 사랑은 시간의 흐른 후 서술자아의 회상으로 탐색된다.

서술자아는 관조하는 거리에서의 경험자아와 심리적 혹은 감정적으로 객관적인 거리를 확보하게 된다. "눈매가 위로 홉뜨이면서 미친 개눈깔

---

27) 최병우, 앞의 책, p.65.

같이 핏발을 세워 나를 흘긴" '그'의 눈이 "시방 와서는…어째 정다운 생각이 들어요. 그립은 생각이 들어요!"라는 각성은 서술자의 관조적 위치를 드러낸 것이다. 그러므로 서술자 '나'의 회상은 그리운 것에 대한 탐색이며 그 탐색으로 인해 자신의 정체성을 확인하게 된다.

결과적으로 이 작품의 모두 서술자 '나'는 서술대상의 진정성에 대한 자각으로 서사 경험의 탐색을 외관전망으로 회고함으로써 고백기능을 실현한다. 서술자가 자신의 지각을 '그때·그곳'으로 집중시키며 그리운 것을 통찰하기 때문에 주체 지향의 고백이 부각된다. 이에 따라 독서과정의 해석은 고백의 주체인 서술자아의 통찰의 지침에 의해 고정화된다.

4) 연상적 경험의 고백 — 염상섭 「표본실의 청개구리」

무거운 기분의 침체와 한없이 늘어진 생의 권태는 나의 발길을 남포까지 끌어왔다.

귀성한 후, 칠팔개삭간의 불규칙한 생활은 나의 혼백까지 두식(蠹蝕)하였다. 나의 몸을 어디를 두드리든지 알콜과 니코틴의 독취를 내뿜지 않는 곳이 없을 만큼 피로하였다.…그 중에도 나의 머리에 교착(膠着)하여 불을 끄고 누웠을 때나 조용히 앉았을 때마다 가혹히 나의 신경을 엄습하여 오는 것은, 해부된 개구리가 사지에 핀을 박고 칠성판 위에 자빠진 형상이다.

……

「자 여러분, 이래도 아직 살아 있는 것을 보시오.」

하고 뾰족한 바늘끝으로 여기저기를 콕콕 찌르는 대로 오장을 빼앗긴 개구리는 진저리를 치며 사지에 못박힌 채 벌떡벌떡 고민하는 모양이었다.(5~6)

「표본실의 청개구리」(1921)의 모두 서술자 '나'는 외관전망으로 자신의 서사 경험을 회고의 거리에서 환기시키며 자신의 심경과 경험을 연상하는 방식으로 고백기능을 수행한다. 고백기능에 의해 서술자는 회고적 거리에서의 서사 경험에 대한 예비 정보를 "무거운 기분의 침체와 한없이 늘어진 생의 권태"라는 통찰적인 각성으로 명시한다.

이 작품은 서술자 X군인 '나'의 이야기와 광인 김창억의 이야기로 전개된다. '나'는 한없는 권태와 무기력 속에서 살아가다가 친구 H의 권유로 남포에 갔다가 광인 김창억을 만난다. 현실에 대해 부정적인 자세로 살아가는 기인으로 설정된 김창억의 이야기는 이상주의자로 삶을 사는 그가 연이은 불행을 감당하지 못한 채 구원의 상징으로 지은 3층 집을 태워버린 후 사라졌다가 걸인이 되어 평양에 돌아오는 것으로 삽화된다. 이러한 김창억의 이야기를 편지로 알게 된 '나'는 인생의 허무함을 절감한다.

이러한 스토리를 바탕으로 이 작품은 10개의 장으로 나누어져 있다. 1~5장과 9~10장까지는 주인공이자 서술자 '나(X)'의 이야기이다. 이야기의 요체는 '나'가 경성을 출발하여 평양을 거쳐 남포에 사는 광인 김창억을 만나고 돌아와서, 북극의 한촌에서 친구의 편지를 통해 김창억의 후일담을 알게 되는 내용이다. 이에 비해 6~8장은 김창억에 관한 이야기이다. 이 부분에서 서술자는 3인칭 작가적 시점으로 김창억의 이야기를 부감한다. 그러므로 이 작품에 구현된 내포작가의 이데올로기를 파악하기 위해서는 서술자 '나'의 내적 갈등과 '김창억'의 내적 갈등의 상호 관련성에 집중할 필요가 있다.

이 작품의 표면적 구조는 '나'의 이야기를 외화로 김창억의 이야기가 삽입되는 시간적인 액자 양식을 보여준다. 액자 외화 부분의 '나'의 의식은 모두와 결말에서 아무런 변화가 없는 점에서 이 작품은 기존 액자소설과는 변별성을 드러낸다. 그리고 '나'의 내적 갈등과 '김창억'의 내적 갈등은 상호 동질성을 보여준다. 이 점에서 '김창억'의 이야기는 곧 서술자 '나'의 이야기로서 등가적 의미를 제공하므로 병치될 수 있다.

이 작품의 모두 서술자는 인칭의 측면에서 존재 영역의 동일성을 구축하는 '나'이다. 고백을 전달하는 고백주체로서 서술자아는 서사 세계의 주인공으로서 자신의 이야기에 대해 전지성을 행사한다. 서술자는 작품의 모두에서 남포로 떠나기 전의 '나'의 상태를 직접적인 진술로 드러낸다. '나'에게 있어 '남포여행'이 제공하는 의미는 "기분의 침체"와 "생의 권태"에서 탈출하기 위한 목적을 지닌 것이었다는 것이 명시된다.

서술자로서 '나'는 "기분의 침체"와 "생의 권태"로 인한 육체적 피로와 신경과민이 근본적으로 그 자신의 내적 성향으로 인해 파생되었다는 것을 자신의 과거 경험을 통찰하는 입장에서 드러낸다. 현실과 밀착되지 못한 '나'의 생활은 "불규칙한 생활", '피로', '알콜', '니코틴', "신경의 예민" 등으로 진술되어 드러난다. 이러한 정보 제공은 서술자가 초점 대상으로서 자신의 서사 경험에 대해 초점주체로서의 위치를 알려준 것이다. 초점주체로서 서술자아가 회고하는 경험자아 '나'는 몸은 피로하고 신경은 예민해진 채 남포에서 귀성하였다. 귀성 후 '나'는 불규칙한 생활로 몸은 피로감에 젖고 신경은 예민해져 있다. 이런 신경과민은 중학교 때 실험실에서 본 해부된 개구리의 영상으로 병치된다.

경험자아로서 '나'와 '해부되고 있는 청개구리'는 동일한 의미이다. 서술자아 '나'는 '박물선생'과 같은 자격으로 '청개구리 해부'와 같은 '경험자아의 해부'를 직접 시도하고 싶다는 자아 분석에 대한 욕망을 드러낸 것이다. 그러므로 '나'는 경험자아의 입장에서 살피면 '청개구리'이고 서술자아 입장에서 살피면 '박물선생'이라는 양가적 입장을 보여준다.

서사 세계에 대한 지각의 경로는 서술자가 '그때 · 그곳'을 회고하는 입장에서의 고뇌와 번민이 부각된다. 이러한 심경은 신경과민으로 인해 중학교 때 실험실의 해부된 개구리를 연상하게 된다. "뾰족한 바늘끝으로 여기저기를 콕콕 찌르는 대로 오장을 빼앗긴 개구리는 진저리를 치며 사지에 못박힌 채 벌떡벌떡 고민하는 모양"의 해부된 개구리 형상이 경험자아인 '나'의 고통과 등가로 작용한다. 이는 '나'에게 탈출의 욕구를 불러일으킨다. 결국 '나'는 평양행 기차를 타지만 '나'의 내부 속에 자리한 우울, 공포, 불안, 신경과민의 혼미는 공간 이동이라는 여행 속에서도 변함이 없다.

양식의 측면에서 모두 서술자는 서술자아로서의 고백의 전달기능을 수행한다. '나'의 외관전망에 의해 서사적 전향성[28]이 제시됨에 따라 독자는 김창억의 이야기도 청개구리의 해부 장면과 같은 '그때 · 그곳'의 '나'의 의식으로 전달받게 된다. 서술자아는 '그때 · 그곳'의 서사 현실에서 경험자아가 목격하였던 개구리 해부의 장면을 연상적 회상으로 드러낸다. 서사과정에서 드러나는 김창억의 이야기 또한 청개구리의 해부 장면과 같

---

28) 서사물은 시간적으로 처음에 일련의 사건들이 제시되는데 그 하나하나의 사건들이 몇 가지씩의 가능성을 만들어낸다. Gerald, Prince, 앞의 책, p.231.

은 의미를 제공한다.

초점의 측면에서 서술자는 경험자아보다 인식 수준이 월등한 위치에서 경험자아로서 '그때·그곳'의 '나'를 분석하고 평가하며 통찰한다. 이러한 서술자아의 입장은 청개구리 해부 장면과 김창억의 광증의 세계를 병치하면서 작품의 모두에서 제시된 '나'의 혼미는 결말에서도 회귀되는 양상을 드러낸다.

이러한 관점에서 김창억이 광인의 모습으로 제시된 것은 당대 현실에서 보편적인 삶을 살아갈 수 없는 지식인으로서 '나'의 입장을 은유적으로 드러내기 위한 전략이다. 서술자아는 '박물선생'의 입장에서 경험자아의 의식을 "해부되는 청개구리"로 분석하였듯이 또 다른 나의 속성을 김창억의 광적인 삶으로 극적으로 제시한 것이다. 따라서 이 소설의 모두 서술자는 전달기능에 의한 외관전망으로 경험자아인 '나'의 심리적 혼돈과 방황으로 상징되는 병치된 연상을 고백으로 이끌어낸다.

이 작품의 결말 부분에서 서술자의 기능이 혼재되는 양상이 드러난다. 공간적 병렬을 실현하는 내포작가적 이데올로기는 "그 순간에 나는 인생의 전국면을 평면적으로 부감한 것 같은 생각이 머리에 떠오르는 동시에, 무거운 공포가 머리를 누르는 것 같았다"는 경험자아의 진술로 제시된다. 여기에서는 궁극적인 '나'의 삶이 김창억이라는 광인의 삶을 통해서도 변화되지 않는다는 것을 부각시킨다. "인생을 평면적으로 부감"하는 '나'는 서사 현실을 실험실의 청개구리의 해부와 김창억의 광인적인 삶의 등가로 규정하여 공간적으로 병치한 것이다. 그런데 다음의 인용문에서는 서술자아의 목소리가 아닌 내포작가적 입장으로 김창억의 정체성이 제시된다.

> 과연 그가 그 후에 어디로 간 것은 아무도 몰랐다. 더구나 뱀보다도 더 두
> 려워하고 꺼리는 평양에 나와 있으리라고는 아무도 몽상 외였다. …일년 열
> 두 달 열어보는 일이 없이 꼭 닫은 보통문 밖에 보금자리 같은 짚더미 속에서
> 우물우물하기도 하고, 혹은 그 앞 보통강 가로 돌아다니는 걸인은 오직 대동
> 강 가의 장발객과 형제거나 다만 걸인으로 알 뿐이요, 동리에서는 누구인지
> 는 아무도 몰랐다. (54)

이와 같이 위의 인용문에서는 경험자아 '나'의 목소리가 사라지는 대신
김창억의 정체성을 부관하는 작가적 목소리가 드러난다. 이러한 서술자
기능의 대비가 이 작품의 전체적인 유기적 연관성의 구조에 혼선을 초래
하긴 하지만 이러한 서술자의 기능의 변화는 '나'의 이야기와 김창억의 이
야기를 별개로 구분 짓기 위한 서술적 전략이라기보다는 서술자의 전지성
을 제한하여 일정한 미적 효과를 거두려는 실험적인 의욕으로 파악된다.

결과적으로 이 작품의 모두 서술자는 자신의 현실적 의식을 '해부되는
실험실의 청개구리'로 연상하여 서사 경험을 해부와 통찰의 방식으로 전
망한다. 이에 따라 서사 전개에서 제시된 김창억의 기이한 삶은 '나'의 삶
에 어떤 변화를 주기보다는 '나'의 공포와 불안으로서 현실적 괴리를 강조
하는 차원에서 공간적 병치를 구축한다. 이러한 담화의 입장은 1920년대
식민지 치하 현실에 적응하지 못하는 지식인으로서 자아의 과민한 신경이
나 공포의 동질성에 집중하는 주체 분석의 관점을 드러낸다. 이러한 고백
기능으로 인해 독자는 서사 현실을 평면적으로 파악하게 된다.

3. 서술자아 진술의 압축적이며 통찰적인 서사

외관전망에서 서술자 '나'는 담화 전략에 따라 각기 다른 시차를 드러내며 작중 현실의 경험을 전달과 회고로 전달하기 위하여 자신의 입장을 명시한다. 서술자는 작중 현실의 목격담과 고백담의 바깥에서 그 경험과 고백을 관조하고 통찰하므로 작중 현실에 대한 입장과 태도에 있어 전달기능과 고백기능으로 구별된다는 것이 작품 분석을 통해 파악되었다.

외관전망의 진술 보증으로서 전달기능을 실현하는 작가는 김동인, 현진건, 나도향 등이다. 김동인은 「배따라기」·「목숨」에서 작가적 보증과 신뢰적 목격의 전달자로 작중 경험 세계를 전망한다. 현진건은 「희생화」·「고향」에서 목격자적 회고의 전달자로, 나도향의 「벙어리 삼룡(三龍)이」에서는 서사의 개연성을 부여하는 전달자로 서사 현실을 전망한다.

한편 외관전망의 진술 토로로서 고백기능을 실현하는 작가는 염상섭, 현진건, 나도향 등이다. 염상섭은 「제야」에서 각성적 유서의 고백자로, 「표본실의 청개구리」에서 연상적 경험의 고백자로 서사 경험을 전망한다. 나도향은 「十七원 五十전」과 「별을 안거든 우지나 말걸」에서 회고적 서간의 고백자로, 현진건은 「그립은 흘긴 눈」에서 탐색적 각성의 고백자로 서사 현실을 전망한다.

이러한 외관전망에서 서술자는 사건과 진상에 대한 신빙성을 담보하거나 경험의 통찰이나 평가를 드러내는 방식으로 자신의 가치판단을 부각하므로 이데올로기가 명시된다. 따라서 독자의 상상력은 경직되고 고정화된다.

제 5 장

내관전망(內觀展望)의 메타와 해체

내관전망은 서술자 '나'가 전달기능을 경험자아의 지각과 인식에 집중시키므로 서사행위와 서사 경험의 거리가 단축되거나 소거된다. 경험자아와 서술자아 간의 거리가 좁혀지면서 서사 현실로서 경험자아의 지각과 의식을 드러내는 서술자는 반영자로 기능한다. 서사 경험의 반영화[1]의 실현 방식에 따라 메타기능과 해체기능으로 구분된다. 분류의 특성은 〈그림7〉로 명시한다.

내관전망은 이야기 측면에서의 경험적 사건에 대해 서술자 '나'의 인식과 지각이 경험자아의 '지금 · 여기'로 고정화되어 경험이나 의식의 현장을 구조화하거나 해체하는 방식으로 반영된다. 서술자는 인칭의 측면에서

---

1) 인격화된 화자인물의 기능이 모든 종류의 작가적 서술자 · 1인칭 서술자와도 공통되긴 하지만, 1인칭 소설에서도 경험자아의 증대에 따라 반성화가 시도된다. Stanzel, F. K., 『소설의 이론』, 앞의 책, p.300 참조.

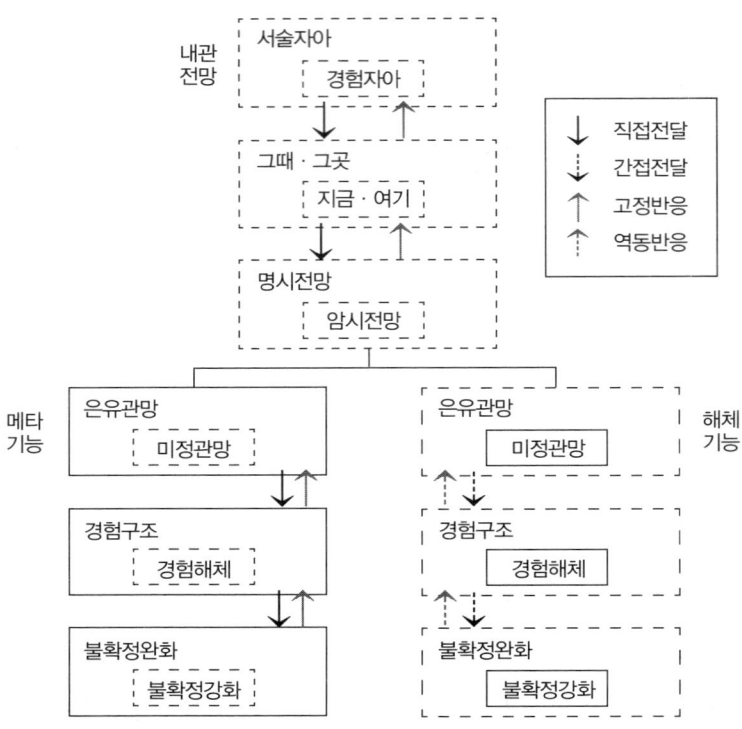

〈그림7〉 내관전망의 메타기능과 해체기능

존재 영역의 동일성을 드러내는 '나'로서 서술적 권위를 경험자아의 지각
으로 제한한다. 후행서사와 결말에 대한 인식의 양은 경험자아의 수준으
로 제한되므로 서사적 권위가 유보된다. 모든 사건은 경험자아의 인식 수
준에서 제시되고 사건이 완결된 뒤에 서술자아가 알게 된 지식이나 경험
자아와 상반된 태도 등은 거의 나타나지 않는다. 공간적으로는 경험자아
와 직접 관계 있는 곳으로, 심리적으로는 경험자아의 사고에만 제한[2]된다.

양식의 측면에서 서술자아의 전달기능보다 경험자아의 반영기능이 부각되므로 서사행위와 경험 사이의 거리는 단축되거나 소거된다. 경험자아의 입장과 태도에 따라 서술자아 '나'는 자신의 의식에서 반성된 외부 사건을 말없이 행동 중이라는 환상으로 독자에게 보여준다. 경험자아에 대한 모방적 어법이 구사되고 다른 인물들의 생각은 알 수 없거나 추측의 형태로 제시된다.

초점의 측면에서 서술자아 '나'는 구조화하거나 해체된 경험자아의 서사 경험을 '지금·여기'로 반영하므로 내적 초점화가 이루어지며 독자의 참여가 유도된다. 사건에 대한 예측이나 예언은 나타나지 않기 때문에 서사는 간접적이며 지엽적인 반성으로 구조화되거나 해체된다. 이데올로기는 간접적이며 암시적인 방식으로 반영되므로 독자의 상상력은 자율성을 확보한다.

1. 구조적 경험과 장면적 재현의 메타기능

메타기능은 서술자 '나'를 통해 서사 현실에 대한 당위성과 경험의 순간을 극적으로 구조화하여 반영한다. 경험의 구조가 '지금·여기'의 장면화로서 객관적 공간성을 지향하는 것은 반영의 기능이 우세하지만 서사세계의 재현으로서 작중인물의 경험이 메타적으로 드러나는 데는 전달기

---

2) 슈탄젤은 전통적인 소설에서는 1인칭 서술자의 지식과 경험의 제한이 불리점으로 간주되었고 이러한 지식의 제한은 도청, 열쇠구멍으로 엿보는 장면들을 통해서 주로 해결되어왔는데 이것은 시점화의 필요성에 대한 이해와 1인칭 서술상황의 가능성에 대한 이해가 너무 없었던 데서 기인한 것이라고 본다. 위의 책, pp.308~314.

능이 관여된다. 서술자 '나'는 경험자아와 수준을 같이하지만 간혹 경험자아의 범위 밖으로 나와 경험적 시공간을 초월한 정보를 전달한다. 서술자아 '나'가 전달기능으로 서사행위의 당위를 강조하는 것이 협의적 메타[3]라면, 서사 경험을 대화나 기호로 구조화하면 변용적 메타이다. 전자에서는 서사행위의 당위성이, 후자에서는 고차 서사[4]의 구조성이 부각된다. 메타기능의 어법적 특징은 자유간접화법인 극적 독백으로 드러난다. 경험자아의 역동성에 비례하여 서술자아 기능 역시 주동적이며 능동적이라는 점에서 이데올로기는 상징적이지만 불확정성은 서사 전개에 의해 완화된다. 독자의 수용반응은 활성화되지만 보편성으로 관망되기도 한다.

1) 참여적 장면의 메타 ─ 현진건 「빈처」·「술 권하는 사회」·「할머니의 죽음」, 김동인 「태형」, 나도향 「춘성(春星)」, 김유정 「봄봄」

(1) 발화의 기호 ─ 현진건 「빈처」·「술 권하는 사회」, 나도향 「춘성(春星)」, 김유정 「봄봄」

"그것이 어째 없을까" 아내가 장문을 열고 무엇을 찾더니 중얼거린다.
"무엇이 없어?" 나는 우두커니 책장만 뒤적뒤적하다가 물어 보았다.
"모본단 저고리가 하나 남았는데…"

---

3) 소설 모두에서 서사 세계적 경험의 반성이 부각된 경우로 메타 개념을 변용시켜 메타기능
    으로 상정한다. 한용환, 『소설학 사전』, 문예출판사, 2001, p.141.
4) Gerald, Prince, 앞의 책, p.175 참조.

"……."

나는 그만 묵묵하였다. (33)

　현진건의 「빈처」[5](1921)에서 모두 서술자의 기능은 대화 장면을 메타적으로 구조화하는 방식으로 서사 현실의 극적 현장감을 외관전망으로 구축한다. 이와 같이 1인칭 서술자가 소설의 시작 장면에 발화를 제시하는 것은 단순히 전달기능을 행사하는 것이 아니다. 서사적 세계의 경험적 현장인 '지금·여기'로 독자의 참여를 유도한 점에서 서술자의 전달기능은 경험구조를 반영하는 것을 목적으로 활용되면서 이중적 복합기능을 행사하는 것이다.

　이 작품의 모두 서술자는 대화의 장면을 제시하는 것으로 서술자아와 경험자아 그리고 독자가 함께 참여하고 공유하는 시점의 공간이 내관전망으로 형성된다. 이와 같은 1인칭 소설에서 발화로 시작된 모두 전개는 영화나 연극의 극화된 방식을 변용한 기법으로 경험적 장면이 부각된다. 발화로 시작하는 이 작품의 모두 전개 방식은 1920년대 초기의 한국 단편소설로서는 파격적인 서사기법의 실험성을 보여주는 것이다.

　이 작품은 가난한 무명작가인 자신과 그 아내가 겪는 삶의 애환과 부부

---

5) 이 작품은 현진건의 작가적 입지를 다져준 것으로 평가할 수 있는데, 이 작품에 대한 기존 연구는 주로 현진건의 전기적 사실과의 관련성 속에서 검토된 것이 많다.
　정한숙, 「양면 의식의 허약성」, 『고대 인문 논문집』 20호, 1975.
　김우종, 「빈처의 분석적 연구」, 『현진건의 소설과 그 시대 인식』, 새문사, 1981.
　권은심, 「현진건 단편 소설 연구」, 서울사대 석사학위 논문, 1983.
　현길언, 「자아와 사회 의식의 편협성」, 『현진건 소설 연구』, 이우출판사, 1988.

간의 애정을 몇 개의 에피소드로 보여준다. 작중인물 '나'는 일상적인 경제생활을 이끌어갈 능력이 없는 가장이라는 점에서 일상에서 갈등을 겪게 된다. 이러한 갈등은 자본주의 사회의 면모를 보이기 시작한 당대 궁핍한 한국 사회의 현실과 관계가 깊다. 일제 치하와 근대화 초창기라는 특수성으로 인해 궁핍한 한국 사회의 당대 풍속은 정신보다는 물질을, 사랑보다는 돈을 중시하는 분위기다. 사랑의 지고한 가치를 내세우지만 경제적 능력이 없는 무명작가인 '나'는 주변 사람들과 갈등을 겪으며 소외감을 느낄 수밖에 없다. 가난한 작가인 '나'의 일상 주변의 사건이 제시되므로 이 작품은 '사소설'로서 그 형태가 논의된다.[6] 작품의 모두에서부터 서술주체인 '나'는 경제적으로 가장 역할을 제대로 할 수 없는 궁핍한 생활의 한 단면을 아내의 경험을 목격하는 장면으로 보여준다.

인칭의 측면에서 모두 서술자는 존재 영역의 동일성을 드러내는 서술주체이자 초점주체로서의 '나'이다. 그런데 서술자아는 발화를 드러낸 점에서 전달기능을 담당하지만 결국은 그 기능을 경험자아의 서사 경험을 메타적으로 구조화한다는 점에서 궁극적 기능의 목표는 경험자아의 강조이다. 즉 '나'는 서술자아로서의 기능을 진술하는 권위에 두지 않고 경험자아의 위치를 드러내어 구조화하는 데 한정한다.

1인칭 소설에서 발화를 제시하는 것은 서술자아가 작가와 서술주체로서 자신의 언어를 분리하는 방식으로 객관적이고 구체적인 서사 현실을

<hr>

6) 윤병로, 「빙허 현진건론」, 『현대문학』 15호, 1956. 3.
　　이재선, 「개인과 사회의 갈등—현진건 소설의 문학사적 위치」, 『문학사상』 7호, 1973. 4.

효과적으로 보여준다. 이 작품의 모두에서 서사적 사건에 개입한 초점주체로서 서술자는 발화를 작품 모두에 메타적으로 제시한다. 발화는 도중에서 시작하기의 한 형태를 제공한다. 즉 독자는 현실에서 허구로, 어떤 낯선 환경 속으로 뛰어 든다. 만일 발화로 시작하는 것이 서사적 기술의 보다 수준 높은 형식에 속하는 것으로 간주된다면, 이는 그것이 이야기 속으로 직접 뛰어든다는 환상을 가져다주기 때문이다. 발화로 시작하는 것은 독자의 관심 방향을 가장 빨리 유도해내기 위한 제시 순서의 역전과 관련된다. 따라서 발화로 시작하는 기법에 필수적인 것은 독자가 적어도 처음에는 그 열쇠를 가지고 있지 않은 어떤 문맥 속으로 밀려들어와 있음을 알리는 신호이다.[7]

이러한 맥락에서 살펴보면 이 작품의 모두 서술자는 경험자아와 서술자아가 일치된 곳에서 초점대상들과 공존하는 참여적 장면으로 독자를 유인하게 된다. 발화로 제시하는 극적 방법으로 모두 서술자는 반성인물들의 독백과 대화로 그들의 갈등을 참여적인 양상으로 구축하는 메타기능을 실현한다.

이 작품은 "그것이 어째 없을까" 하는 아내의 독백으로 시작된다. 남편은 "무엇이 없어?" 하고 질문한다. 아내는 적극적인 대화의 자세로 응수하지 않는 채 다만 "모본단 저고리가 하나 남았는데…"라고 독백한다. 이러한 장면적 방식의 모두 전개의 시간구성에서 현장성이 부각된다. 이러

---

7) 여기에서 독자에게 중요한 것은 발화의 하위 범주가 아니라, 발화로 시작하는 이야기가 그 다음에 나오는 지시물 속에서 어떻게 기능하게 되는가이다. Bonheim, H., 앞의 책, pp.184~195 참조.

한 현장성은 플롯과정에서 과거 회상으로 돌아가 다시 현재로 돌아오는 반복과 역전을 드러내며 내관전망의 특성을 드러낸다.

양식의 측면에서 모두 서술자는 서술자아로서 전달기능을 수행하면서 경험자아의 기능을 부각시킨다. 서술자아의 인식의 전달 방식은 경험자아가 인지하고 지각하는 수준에 맞춰진다. 모두 서술자는 작중인물인 '나'와 '아내'의 성격과 갈등을 직접 진술하지 않고 독자에게 보여준다. 아내의 내적 독백[8]을 첫 마디에 제시하므로 경험의 극적 현장인 '지금·여기'가 부각된다. 꿋꿋이 삶에 적응하는 여인의 모습으로 인해 남편의 관점이 아내의 관점을 반영하는 방식으로 제시한다. 따라서 이 작품의 모두 서술자의 기능은 당대 1인칭 소설의 정형적 경향인 시간 제시도 없이 독자의 관심을 끌 수 있는 인상적인 사건의 장면을 메타적으로 구축한 것이다.

작중 경험의 한순간이 '지금·여기'의 대화로 제시되는 작품의 시작은 경험자아와 공존하는 듯한 서술의 비중개성을 갖게 된다.[9] 이는 보여주기의 기법으로서 느낌표(!), 경험자아에 대한 서술자아의 간접적 비판을 위한 물음표(?), 서술자아와 경험자아의 소통될 수 없는 현재 심경 묘사를 위한 말줄임표(…) 등으로 부각된다. 이러한 기호공간에서 서술자의 반영

---

8) 내적 독백에서 반성 인물의 자질을 보인 자아는 독자 혹은 청중에게 서술하거나 연설하지 않지만 그 의식에서 환기된 회고를 포함한 순간적인 상황을 반성한다. Stanzel, F. K.,『소설의 이론』, 앞의 책, p.305.

9) '구조적 시작(emic openings)'을 자료적 서술과 다양한 부호 사용의 소설 모두(冒頭)의 특이성을 구별하면, '자료적 시작(etic openings)'은 단순히 '외면적으로(externally)' 즉 언어외적으로 결정되며 구조적으로 결정되지 않는다. 한편 '구조적 시작(emic openings)'은 내면적으로 그리고 구조적으로 결정된다. 위의 책, p.243.

기능은 현장성과 더불어 낯설게 하기[10]를 실현한다. 시간구성의 선조성이 배제된 보여주기 방식과 서술의 비중개성으로 인해 서술적 거리가 소거된 공간에서 독자는 사건과 직접 부딪치며 작중 경험 속에 유인된다.

초점의 측면에서 모두 서술자는 작중인물의 발화를 전달기능으로 드러내지만 경험자아의 인식과 지각의 현장성을 메타적으로 구축하기 때문에 내적 초점화가 형성된다. 아내의 내적 독백[11]은 내적 초점화로서의 서사 현실을 굳혀주는 단서이다. 아내의 독백은 자신만의 고유 영역이다. 모두 서술자는 초점주체로서 남편인 '나'가 초점대상인 '아내'를 초점화하여 경제적으로 무능력한 무명작가를 남편으로 둔 아내로서 경제적인 고충을 발화의 장면으로 보여준 것이다.

표제인 「빈처」에서 내포작가적 의도가 살펴지듯이 모두에 제시된 아내의 독백은 담론의 해석상 아내가 중심인물의 역할을 맡게 하는 근거로 작용한다. 아내의 독백은 아내가 중심인물로 결정되는 근거로 활용된다. 여기에서 꿋꿋이 자기의 삶에 적응하는 여인의 모습은 다소 무책임하고 방관적인 남편으로서의 자신의 입장을 반성하려는 서술자의 의도가 살펴진다. 이

---

10) 소설에서 작가가 대상으로부터 낯익은 껍질을 벗기는 방법은 여러 가지로 모색된다는 점에서 1920년 전반기 모두 서술자가 기능에 의한 기호 사용은 '낯설게 하기'의 이론으로 설명된다.

11) 내적 독백은 1인칭 서술상황과 인물적 서술상황 간의 전이를 대표한다. 내적 독백에서 독자는 반성자-인물의 특징적인 자질을 보인 한 자아를 만나게 된다. 그 자아는 독자 혹은 청중에게 서술하거나 연설하지 않는다. 그러나 그의 의식 속에서 이 상황에 의해 환기된 회고를 포함한 자기 자신의 순간적인 상황을 반성한다. 내적 독백에서 제시된 외부 세계는 그래서 단순히 1인칭 인물의 의식 안에서의 한 반사로 나타난다. Stanzel, F. K., 앞의 책, p.305.

러한 차원에서 이 작품의 이데올로기를 살피면 가난의 문제로 인한 갈등을 정신적 사랑으로 화해하려는 서술주체 '나'의 소박한 의도가 가난을 극복하려는 의지보다는 가난으로 인한 불행의 극복 차원에서 제시된다.

결과적으로 이 작품의 모두 서술자는 서술주체이자 초점주체 '나'로서 주위 상황에 대한 설명을 생략하고 작중 경험의 한순간으로서 발화 장면을 구조화하는 방식으로 메타기능을 실현한다. 독서과정에서 암시적인 이데올로기가 작중 현실의 은유장면으로 관망됨에 따라 독자는 불확정요소가 완화된 경험구조에서 보편적인 해석을 시도하게 된다. 이와 같이 이 작품의 모두에서 경험하는 한순간의 현장성이 부각되는 것은 작가의 서술적 전략과 기법의 탁월한 실험성의 결과이다. 이것은 결국 소설의 서술방식에서 이야기하는 방식보다 보여주기 방식이 근대성에 더 밀접하다는 내포작가의 서사기법의 자각으로 간주된다.

이러한 맥락에서, 「빈처」 이후 1920년대 전반기에 1인칭 단편소설에서 발화로 시작되는 작품들이 많이 등장한다. "아이그, 아야"라는 아내의 아픔을 나타내는 감탄사로 시작되는 현진건의 「술 권하는 사회」(1921)의 모두 서술자도 미래 서사에 대해 독자의 주의를 집중시키는 참여적 장면을 메타적으로 구조화한다.

또한 나도향의 「춘성(春星)」(1923)의 모두 서술자 기능은 경험적 발화를 제시하여 서사 현실을 메타적으로 구조화한다. "은주(銀珠)야! 애 은주야!"로 계집종을 부르는 발화로 시작되는 이 작품은 경험 세계의 어떤 기대가 돌발적인 사건에 의해 전혀 이질적인 결과로 나타난 사랑과 성적 욕망의 갈등구조를 연대기적 구성법이 아닌 중간에 뛰어들기 방식의 장면화의 메타구조를 보여준다.

이처럼 발화로 시작하는 서술자의 메타기능은 1930년대 작품에서도 지속화되어 살펴진다. 김유정의 「봄봄」은 "장인님! 이젠 저……"라는 발화를 서술자가 경험자아의 현장성으로 장면화한 것이다. 내포작가는 경험자아의 관점에서 서사 세계를 '지금·여기'로 제시함으로써 우발적인 경험적 행동을 끌어낼 수 있는 희화적 장면을 연출한다.

(2) 전보의 정보 ― 「할머니의 죽음」

① '조모주 병환 위독'

　3월 그믐날 나는 이런 전보를 받았다. 이는 ××에 있는 생가(生家)에서 놓은 것이니 물론 생가 할머니의 병환이 위독하단 말이다. (157)

② 어느 아름다운 봄날이었다. …이 때에 뜻 아니 한 전보 한 장이 닥치었다.
　'오전 3시 조모주 별세' (169)

현진건의 「할머니의 죽음」(1923)에서 모두 서술자는 내관전망의 전보 형식의 정보를 아무런 설명 없이 액면 그대로 제시하여 서사 경험을 메타적으로 구조화한다. 모두 서술자는 "조모주 병환 위독"이라는 전보 정보에 대해 어떠한 서술적 예비지식을 제공하지 않은 채 경험의 한 단면을 돌출적이며 파격적인 장면으로 반영한 것이다.

①은 이 작품의 모두 부분이며 ②는 이 작품의 결말 부분이다. 모두와 결말은 상호 조응을 이루고 있다. 이와 같은 상호 조응의 구조는 다음과 같은 스토리를 담고 있다. 작중 주인공으로서 서술자 '나'는 "조모주 병

환 위독"이라는 전보를 받고 급하게 생가를 찾아 할머니의 죽음을 눈앞에 둔 친척들의 행동과 심리를 목격한다. 할머니의 병환이 호전되어 집으로 돌아왔으나 며칠 후 할머니가 돌아가셨다는 "오전 3시 조모주 별세"라는 전보를 받게 된다.

이 작품에서 주목되는 것은 작품구조적인 측면에서 모두와 결말이 전보의 정보내용으로 수미상관을 이룬다는 점이다. 내관전망 서술자의 반영기능은 할머니의 죽음을 목전에 두고 드러난 인간들의 이기적인 심리 상태를 예리하게 묘파하여 보여준다. 이러한 새로운 서사 기법의 효율적 구성은 이 작품이 지닌 당대 1인칭 소설과의 수준 차[12]를 드러내는 평가에 타당성을 제공한다.

모두 서술자는 인칭의 측면에서 작중 현실의 주인공 '나'로서 전달기능을 서사 경험으로서 경험자아의 인식과 지각을 반영하는 데에 한정한다. 이에 따라 경험자아의 인식과 지각에 한정된 모두 서술자의 메타기능으로 제시된 "조모주 병환 위독"은 결말의 "오전 3시 조모주 별세"와 조응된다. 이러한 구성은 사건의 내용과 조화를 이룬 보여주기 방식이다. 모두와 결말의 조응은 서사 주축을 추동할 수 있는 경험을 메타적으로 반영하는 효과를 거둔다.

양식의 측면에서 서술자는 전달기능을 경험자아의 반영에 집중시킨다. 이에 따라 서사 현실의 '지금·여기'에 경험자아의 인식과 지각의 초점이 모아진다. 그러므로 독자의 관심은 경험의 현장으로 집중되고 독서 체험

---

12) 최병우, 앞의 책, p.81.

의 심미적 활성화가 유도된다.

이와 같이 경험자아의 인식과 지각이 서사 현실에서 부각되는 방식은 서술자가 서사과정에서 사건의 전말에 대한 자세한 설명보다는 적절히 생략된 서술을 통해 전개되는 사건과 작중인물의 심리를 효과적으로 전달하는 방식과 동일하다. 할머니가 혼자 일어난 것을 자랑하는 장면을 서술자는 장황한 설명이 아닌 간결한 묘사로 반영한다. 할머니의 표정과 '나'의 모습을 대비하여 효과적으로 드러낸 것이다.

초점의 측면에서 서술자아는 경험자아의 경험 현실을 부각하므로 내적 초점화가 형성된다. 전보의 정보가 작품의 모두에 돌출하는 것은 경험자아의 서사 현실을 모두 서술자가 '지금·여기'의 장면으로 부각시킴으로써 불확정 영역에서의 이데올로기는 상징화된다. 할머니의 죽음 앞에 선 자손들의 이기적인 모습을 자세한 설명적 진술 없이 "그날 밤차로 모여 든 자손들은 제각기 흩어졌다. 나도 그날 밤에 서울로 돌아왔다"로 간결하게 표현된 것은 이데올로기의 극적 상징의 한 예이다. 서술자는 서사 전개에서 죽음을 목전에 둔 할머니가 드러낸 삶에 대한 끈끈한 욕망을 직접 서술하는 것이 아니라 보여주기 기법으로 형상화한다.

극적 방식을 통해 서술자는 할머니가 일어난 것을 보고 훌훌 털고 일상으로 돌아가는 자손들의 모습을 노골적으로 비난하지 않는 입장에서 인간의 이기심을 간접적으로 보여준다. 이는 모두 서술자의 메타기능과 조화를 이룬다. 서술자의 절약된 진술과 극화된 경험의 보여주기를 통해 독자는 죽음 앞에 드러나는 인간들의 이중적이며 이기적인 모습을 절감하게 된다. 이러한 플롯과정에서 드러난 보여주기 기법은 모두와 결말의 메타적 기호의 극적 장면과 조응된다.

　결과적으로 이 작품의 모두 서술자는 전보의 정보를 메타기호로 극화하는 효율적 구성으로 서사 현실의 경험을 전망한다. 상징화된 경험의 구조로서 은유적 관망이 제시됨에 따라 독서과정의 불확정성은 완화된다.

(3) 옥중의 신호 ―「태형」

> "기쇼오(起床)!"
> 　잠은 깊이 들었지만 조급하게 설렁거리는 마음에, 이 소리가 조그맣게 들린다. 나는 한순간 화닥닥 놀래 깨었다가 또다시 잠이 들었다.
> 　"여보, 기쇼오, 일어나오."
> 　곁의 사람이 나를 흔든다. 나는 돌아누웠다. 이리하여 한 초, 두 초, 꿀보다도 단잠을 즐길적에 그 사람은 또 나를 흔들었다. (65)

「태형」(1922)의 모두 서술자는 신호적 발화를 부각시켜 옥중 체험이라는 서사 현실을 전망한다. "기쇼오(기상)!"라는 신호적 발화는 고단한 옥중 경험의 단면을 속도감과 긴장감의 경험의 현장성으로 메타구조화한 것이다.

　이 작품은 열악한 환경의 감방에서 야기되는 작중인물들 간의 갈등을 내용으로 담고 있다. 서술자 '나'는 '영원 영감'을 둘러싼 자신과 옥중 인물들의 갈등이 인간의 생존 차원에서 환경 순응의 이기적 입장을 드러낼 수밖에 없는 서사 현실의 비정함을 드러낸다. 오뉴월 폭염 속 좁은 감방에는 41명의 수인이 갇혀 있다. '나'를 비롯한 수인들은 냉수 한 모금에 장래의 행복까지도 바꿀 수 있는 극악한 상태에 있다. 생리적 욕망의 노예가 된 수인들은 영원에서 만세 사건으로 잡혀온 70이 넘은 영원 영감이 태형을 맞으면 죽게 될 것을 기대하나 끝내 불복하고 돌아오자 일 인분의 공간을 넓히기 위하여 영원 영감으로 하여금 태형을 맞게 한다. 영감의 비명 소리를 들으며 '나'는 양심적 부끄러움을 느낀다. '나'는 자신의 옥중 경험을 통해 극한 환경 속의 인간들이 일신의 편함을 위하여 어떻게 비인간적이 될 수 있는가를 서술자아의 입장에서 진술한다.

이 작품의 모두 서술자는 인칭의 측면에서 작중인물과의 존재 영역의 동일성을 추구하는 '나'로서 전달의 권위를 경험자아의 인식과 지각에 한정하므로 반영기능이 부각된다. 옥중 체험의 인간적 한계라는 주제적 내용을 효과적으로 드러내기 위하여 서술자는 작품의 모두에 참기 어려운 잠에서 물리적 압력으로 깨어나야만 하는 "기쇼오(기상)!"라는 신호적 발화를 경험자아의 위치에서 보여준다.

양식의 측면에서 모두 서술자는 서술자아의 전달기능을 경험자아의 현장 경험을 메타화하는 방식으로 반영기능을 강조한다. 모두에 메타기능으로 제시된 신호적 발화는 독자의 호기심을 서사 현실에 적극적으로 유인하는 효과를 거둔다.

경험의 현장을 강조하기 위한 느낌표와 경험자아에 대한 서술자아의 간접적 비판을 위한 물음표 내지는 말줄임표 등이 사용된다. 이는 서술적 시간을 경험적 공간으로 대체한 것이다. 이에 따라 독자는 사건을 직접 체험하는 경험자아의 세계에서 서술의 비중개성이 제공한 현장성으로 상상력을 발휘하게 된다.

초점의 측면에서 모두 서술자는 경험자아의 지각으로서 '지금·여기'

의 서사 경험의 현장을 신호적 발화로 제시하므로 내적 초점화가 형성된다. 이러한 신호적 발화의 장면은 총체적인 담화를 내부적으로 조망하게끔 한다. 감방의 물질적 조건을 외과의적인 냉철함[13]을 통하여 드러내기 위하여 내포작가는 담화의 총체적 경험을 내관전망의 메타기능으로 제시하는 것이다.

이 작품의 모두에 제시된 신호적 발화는 서사 현실의 고단한 옥중 체험이라는 경험을 객관적으로 환기시키며 서사 전개에서 열악한 감옥 속의 환경이 어떻게 인간의 의식과 행동을 변화시키는지를 최초의 상징으로 보여준다. 열악한 환경에서의 인간의 의식과 행동의 구체적인 변모는 서사 전개에서 매를 맞는 영원 영감의 울음을 듣는 결말의 서술자 '나'의 반응으로 추적된다.

> "칠십줄에 든 늙은이가 태 맞구 살길 바라갔소? 난 아무케되든 노형들이 나…"
> 그는 이 말을 채 맺지 못하고 초연히 간수에게 끌려나갔다. 그리고 그를 내어쫓은 장본인은 이 나였었다. 나의 머리는 더욱 숙여졌다. 멀거니 뜬 눈에서는 눈물이 나오려 하였다. 나는 그것을 막으려고 눈을 힘껏 감았다. 힘있게 닫힌 눈은 떨렸다. (82)

'나'는 영감을 내쫓는 장본인이 바로 자기이며 그에 따른 죄의식이 그를 괴롭히고 있다는 반성을 경험자아의 지각과 행동으로 보여준다. 경험

---

13) 강인숙, 「김동인 편」, 강인숙 편, 앞의 책, p.236.

자아의 열악한 상황에 대한 이데올로기가 작품 모두에서 암시적으로 내관전망된 것이다. 서술자는 생존의 법칙에 종속될 수밖에 없는 인간의 한계를 전망하기 위하여 옥중 체험에 대한 세부적인 묘사와 인간 심리의 변모를 사건보다는 의식을 부각시키는 방식으로 드러낸다.

결과적으로 이 작품의 내포작가는 경험자아의 옥중 체험의 한 단면을 신호적 발화로 하여 메타구조화한다. 이러한 내관전망으로 담화의 이데올로기가 상징화된다. 즉 경험자아가 서사 경험의 내부에 참여하며 독자의 흥미를 유발하는 차원에서 서사 현실이 메타적으로 구조화된 것이다. 이러한 경험의 구조화에 따라 독서과정에서 독자의 해석은 불확정성이 점진적으로 해소된다.

2) 강박적 무의식의 메타 ─ 이상 「실화(失花)」·「봉별기(逢別記)」

사람이
秘密이 없다는 것은 財産 없는 것처럼 가난하고 허전한 일이다. (357)

「실화(失花)」(1936)의 모두 서술자는 서사 경험에서 좌절된 무의식적 강박을 상징하는 고차 서사적 기호[14]의 경구를 메타기능으로 구조화한다. 경험자아의 의식 세계는 서술자아의 내관전망에 의해 현장성을 구축한다. 모두에 제시된 경구는 서사 주축을 관통하며 서사 전개에서 반복된

---

14) 어떤 담화에서 다루어지는 대상이 언어일 때 그 담화를 고차 언어적이라면 그 대상이 서사물일 때 그 담화를 고차 서사적이라고 한다. Gerald, Prince, 앞의 책, p.175.

다. 경험자아의 의식을 지배하는 강박관념으로서 경구의 의미는 독서과정에 독자의 경험의 강도를 높이게 하는 효과를 드러낸다. 서사 내부의 경험은 서사 현실의 사회 통념에 의한 경구로 반영되어 객관적 신빙성을 강화[15]한다.

이 작품은 총 9개의 장으로 구성되어 있다. 동경이 서사적 배경이다. 서술주체이자 경험주체인 '나'는 12월 23일 밤에 C양의 방에서 나와 다음날 새벽 1시 역 플랫폼에서 비틀거릴 때까지의 과정을 구조화한다. 이러한 구조 속에 10월 23일부터 10월 24일까지 경성에서 애인인 '연이'와 있었던 과거의 기억이 회상된다. 이러한 내용을 전제한 담화구조에서 서술자 '나'는 과거를 연상하는 데 있어서 동경에서의 현재의 '나'와 경성에서의 과거의 '나'가 중첩된다. 회고에서 시간성이 무시되는 대신 경험의 동시성과 공간의 몽타주화가 자리하면서 경험자아의 무의식적 욕망이 표출된다.

이 작품의 모두 서술자는 인칭의 측면에서 작중 현실의 주인공으로서 존재 영역의 동일성을 구축하는 '나'이다. 서술자 '나'는 전달기능을 경험자아의 지각과 의식을 서사 현실로 구조화하는 데에 집중시킨다. 작품의 모두에 제시된 "사람이 秘密이 없다는 것은 財産 없는 것처럼 가난하고 허전한 일이다"는 모두 서술자가 경험자아의 무의식을 장면화한 것이다. 이는 물론 서술자의 전달기능에 의해 구축되지만 그것의 구체적인 목

---

15) 독자의 정서에 직접 호소하기 위해 작품 속에 작가가 개입하여 발화하는 형태로서 '신빙성 있는 논평의 용법'이다. Booth, W. C., 앞의 책 pp.215~259 참조.

표는 작중 현실의 경험자아의 무의식적 강박관념을 드러내는 것이다. 이 경구가 전체 담화에서 세 번씩이나 반복되어 나타난 것은 경험자아의 심리를 지배하는 무의식적 강박관념을 강조하기 위한 의도로 파악된다.

그런데 경험자아의 무의식적 강박을 구체적으로 드러내기 위하여 그와 그의 애인인 '연이'의 관계가 추적되어야 한다. '연이'는 경험자아인 '나'와 함께 동거를 하고 있으면서도 '나'의 친구 'S'와 은밀한 관계를 유지하는 비밀을 가지고 있다. 동거녀인 '연이'의 부정과 비밀을 알고 있는 경험자아이자 서술자아로서 '나'는 "사람이 비밀이 없다는 것은 재산 없는 것처럼 가난하고 허전한 일"이라는 의식으로 "研이는 아직도 수없이 지니고 있는 비밀을 만지작만지작하고" 있을 것이라는 자신의 '연이'에 대한 강박관념을 무마하려고 한다. '나'는 '연이'에게 추궁도 질타도 하지 못하고 '연이'의 자유분방한 행동을 그대로 받아들이고 있을 뿐이다. 그러면서도 그녀의 부정에 대한 '나'의 자의식은 혼란스럽기만 하다. '연이'와 경험자아 사이에서 파생한 무의식적 강박을 모두 서술자는 경구로 제시하여 메타기능을 실현한다.

양식의 측면에서 모두 서술자는 전달기능을 활용하여 경험자아의 의식을 반영한다. 그러므로 여기서 강조되는 것은 경험을 메타적으로 구조화하는 반영기능이다. 혼란한 경험자아의 자의식을 내관전망하며 메타구조로 실현하는 서술자는 오히려 "사람이 비밀이 없다는 것은 재산 없는 것처럼 가난하고 허전한 일"이라는 역설을 독자에게 보여주게 된 것이다.

이에 따라 경구의 제시는 수많은 비밀을 가지고 있는 '연이'가 실은 부자이고 풍요로운 인간이며 정작 아무 비밀이 없는 자신은 가난하고 허전할 뿐이라고 고백을 객관화한 것이다. 요컨대 「실화」에서 되풀이되어 나타나는 경구는 '연이'의 부정을 드러내놓고 질타하지 못하는 '나'의 무기력한 의식적 항거이다.

이 점에서 경구의 의미는 '나' 혼자만의 생각이나 관찰이 아니다. '의사 객관적 동기 부여'의 진술로서 경구는 타인의 담론을 일반화함으로써 현재의 즉흥적 삶의 양태에 대한 자기 합리화의 전제가 된다. 독자와의 접촉을 시도하는 경구에서는 독자와 공유할 수 있는 의미로서 '나'의 정체성이 부각된다. 그러므로 주관적 시점이어야 할 전지적 시점이 오히려 객관적 시점의 경구로 대체된다. 이는 작가적 입장에서 서술자가 자신의 작품 전개에 대해 가지고 있는 신념을 독자와 공유하기 위한 수사적 기교이다. 작가는 서술적 담론으로서 '신빙성 있는 논평'[16]을 제공한다. 서술자의 내관전망은 내포독자는 물론이고 이 소설을 읽는 일반 독자와도 시점을 공유한다는 것을 보여준다. 따라서 모두에 제시된 경구는 서술자의 주관적 진술이

---

16) 이 용법은 작가의 주관적 논평 차원에서 그치지 않고 독자들이 이미 획득한 서사 정보를 확인하고 이를 강화함으로써 앞으로 전개될 내용에 대한 서사적 신뢰를 확보하기 위한 장치이다. 이는 부스가 말한 '신빙성 있는 논평의 용법'으로서 독자의 정서에 직접 호소하기 위해 작품 속에 작가가 개입하여 발화하는 형태이다. '신빙성 있는 논평의 용법'으로서는 '사실이나 그림 또는 요약의 제공'을 통해서 알려주는 방법이 있고, 평가적 논평을 통한 '신념의 형성', 작중인물의 도덕적 내지 지적 특성에 대한 작자의 직접 논평을 통해 '사건의 의미를 강화'하는 방법이 있다. 그리고 독자가 작품 중의 특수한 순간을 경험하는 강도를 더하는 역할을 하도록 하기 위한 '작품 전체의 의미의 총괄' 방법이 있으며, '분위기(mood)의 조종'이나 '작품 자체에 대한 직접 논평' 등의 방법이 있다. 위의 책, pp.215~259 참조.

배제되고 객관적인 카메라의 반영기능으로 경험자아의 의식을 메타 사회적 담론의 차원으로 구조화한 것이다.

초점의 측면에서 모두 서술자는 전달의 기능으로 경구를 제시하지만 개별화되고 독립된 듯한 하나의 세부 장면으로 서사 현실을 내적 초점화로 제시한다. 경험자아의 무의식의 반영이 서술자의 메타기능으로 실현된 것이다. 경험자아의 의식과 지각은 메타구조의 역설적 표현으로 부각된다.

이와 같이 "사람이 비밀이 없다는 것은 재산 없는 것처럼 가난하고 허전한 일이다"라는 동일한 내용의 경구가 모두와 결말에 위치하여 액자구조를 형성한다. 액자 내화의 본격적인 이야기는 12월 23일 밤부터 시작되었다가 끝에는 다시 그 이전인 12월 23일 아침의 이야기로 돌아온다. 이러한 순환구조에서 서술자는 경험자아 '나'의 의식의 순환을 장면으로 제시한다.

결과적으로 이 작품의 모두 서술자는 '연이'로 인해 혼란스러운 경험자아의 무의식을 오히려 "사람이 비밀이 없다는 것은 재산 없는 것처럼 가난하고 허전한 일"이라는 역설적인 강박으로 반영하면서 '나'의 의식을 메타기능으로 내관전망한다. 서사 현실에서 경험자아의 의식이 은유적으로 구조화됨에 따라 독서과정에서의 불확정성은 점진적으로 완화된다.

이와 같은 맥락에서 "스물세 살이요—삼월이요—각혈이다"로 시작되는 「봉별기(逢別記)」의 모두 서술자 역시 경험 세계를 서사 현실로 반영하는 것으로 담화의 정체성을 메타적으로 구조화한다.

3) 이중적 어조의 메타 — 김유정 「두꺼비」·「동백꽃」

> 내일이 영어시험이므로 시험에 날듯한놈 몇 대문 새겨나볼가, 하는 생각으
> 로 책술을 뒤지고 있을 때 절컥, 하고 밖앝벽에 자전거 세놓는 소리가 난다…
> 손을 내밀어 악수를 하고 이여 들어슈, 하니까 바뻐서 그럴여유가 없다하고
> 의론할 이야기가 있으니 한 시간쯤 뒤에 즈집으로 꼭 좀 와주십쇼, 한다. (141)

김유정의 「두꺼비」의 모두 서술자는 경험자아의 관점의 내관전망으로
작중인물의 어조와 지각을 경험의 현장에서의의 경험적 서사 사건으로
메타구조화한다. 서사 경험의 사건에 대한 정보나 판단도 경험하는 경험
자아의 인식 수준에서 부각된다.

이 작품은 단문으로 이루어져 있다. 이런 단일한 구조는 기생 옥화를
좋아하던 작중인물 '나'가 옥화의 동생 두꺼비에게 희롱당한 것을 깨닫게
되는 자기 각성의 과정을 효과적으로 보여준다. 이야기는 저녁 7시에서
다음날 새벽 1시까지의 짤막한 사건을 다루지만 '나'의 회상으로 보름 전
의 사건이 언급되면서 인식능력의 변화과정과 사건의 진상 폭로에 초점
이 맞춰진다.

작품의 모두 서술자는 인칭의 측면에서 작중 주인공으로서 존재 영역
을 동일성으로 구축하는 '나'이다. 모두 서술자는 진술의 권위를 서사 현
실과 경험의 반영으로 한정한다. 서술자의 서사 현실에 대한 인식의 수준
은 경험자아의 경험의 진행에 따라 변화된다. 작품의 모두에서 '나'가 내
일 치르게 될 영어공부를 하고 있는데 두꺼비가 찾아와 부탁을 하는 장면
에서 서술자는 현재시제를 사용하여 사건의 공시성과 함께 현장감을 부

각시킨다.

양식의 측면에서 서술자는 반영의 기능을 행사하므로 경험자아로서의 자신의 경험을 부각시키는 동시에 인물 모방의 어법과 행동으로 경험적 사건을 보여준다. 서사적 현장으로서 경험자아의 상황 제시와 더불어 서술자아는 두꺼비라는 작중인물의 특징적인 어조와 음성을 "손을 내밀어 악수를 하고 이여 들어슈, … 한 시간쯤 뒤에 즈집으로 꼭 좀 와주십쇼, 한다"처럼 자유간접문체에 의한 간접화법으로 표현한다. 이 경우 두꺼비의 어조나 음성의 어투가 직접화법으로 표현된 경우[17]보다 작중인물의 경험을 더 정확하게 부각시킨다.

이에 따라 모두 서술자는 두꺼비가 찾아와 부탁을 하는 장면으로 서술되는 것이 경험적 행동 중이라는 환상을 독자에게 주기 위해 '지금 · 여기'의 장면을 제시하면서 서사 세계에 대한 해석을 다각도로 유도한다.

초점의 측면에서 모두 서술자는 자신의 의식에서 외부 세계의 사건을 경험자아의 인식과 자각에 의해 제시하므로 내부 초점화가 형성된다. 서술자는 작품의 모두에서 경험자아의 '지금 · 여기'에서 서사 현실을 인식하고 지각하기 때문에 옥화의 동생에게 속임을 당하지만 그것을 확신하지 못한다. 그러나 사건이 진행됨에 따라 서술자는 옥화의 동생 두꺼비가 자신을 농락하였다는 것을 점차적으로 깨닫게 되는 과정을 보여준다.

이와 같이 경험자아의 지각에 한정된 서술자의 전달 방식은 내관전망으로 서사 현실을 재현한다. 이에 따라 모든 사건은 경험자아의 인식 수

---

17) Stanzel, F. K., 『소설의 이론』, 앞의 책, p.319.

준에서 제시되고 두꺼비의 농락을 깨닫지 못하던 경험자아가 경험적 사건이 완결된 뒤에 그것을 알아차리는 방식으로 경험적 인식의 변화과정이 드러난다.

서술자가 경험자아의 '지금·여기'의 내관전망에 따라 진상을 폭로함으로써 경험자아는 결국 '나'의 연애와 내일의 영어시험을 수용하려는 각성을 하게 된다. 이 과정에서 서술자의 인식과 지각은 공간적으로는 경험자아와 직접 관계 있는 곳에만 제한되고, 심리적으로는 경험자아의 사고에만 제한되므로 두꺼비의 생각은 알 수 없는 형태로 처리되거나 추측의 형태로 제시된다.

결과적으로 이 작품의 모두 서술자 기능은 내관전망으로 서술자아가 경험자아의 인식과 지각 그리고 자유간접화법에 의한 서술자와 두꺼비의 어조의 혼효를 드러내며 서사 현실의 공시성과 현장감을 메타적으로 구조화한다.

이러한 맥락에서 "우리 집 수탉이 막 쫓기었다"로 시작되는 김유정의 「동백꽃」(1935)에서 모두 서술자 기능은 서술자아가 경험자아 '나'의 현실 경험을 내관전망하는 것으로 닭싸움의 장면을 메타적으로 구조화한다. 전체적 서사 전개는 순차적 구성이 아니라 현재와 과거가 인과적인 결속을 위해 역전되는 특징을 보인다. 닭싸움은 "두 놈이 또 얼리었다…. 붉은 선혈이 뚝뚝 떨어진다"로 장면화되면서 서사 경험의 상징으로 반성되어 인물행위에 동기를 부여한다. 닭싸움을 통해서도 구조화된 서술자의 메타기능에 인한 장면 제시는 토속적 농촌을 배경으로 하여 청춘이라는 봄을 맞이한 성장기 남녀의 짜릿한 교감이라는 서사 현실의 경험을 상징적으로 보여준다.

4) 여과적 차용의 메타 — 박태원 「피로」

① 그 창은 —6尺×1尺 5寸 5分의 그 창은 동쪽을 향하여 뚫려 있었다. 그 창
   밑에 바특이 붙여 쳐놓은 등탁자 위에서 쓰고 있던 소설에 지치면, 나는 곧
   잘 고개를 들어, 내 머리보다 조금 높은 그 창을 쳐다보았다. 그 창으로는
   길 건너편에 서 있는 헤멀슥한 이층 양옥과, 그 집 이층의 창과 창 사이에
   걸려 있는 광고등이 보인다. 그 광고들에는,
   〈醫療器械 義手足〉의료기계 의수족
   이러한 글자가 씌어 있었다. (121~122)

「피로」(1933)의 모두 서술자는 내관전망으로 경험자아의 의식과 경험을
반영하기 위하여 광고를 그대로 차용하여 작중 현실을 메타적으로 구조
화한다. 서사 현실의 반영에 있어 서술자가 경험자아와 대등한 위치와 지
각을 드러내기 때문에 독자는 경험자아의 순간적인 체험을 따라 서술자
아의 의도를 파악하게 된다.

이 작품의 모두에는 "6尺×1尺 5寸 5分"이라는 창문의 크기를 나타내
는 숫자와 "〈醫療器械 義手足〉"이라는 한자어 형태의 일어문(日語文) 광
고 등이 제시된다. 이는 외부 현실을 단순하게 객관적으로 재현한 것이
아니라, 객관적 현상을 통해 내적 의식의 통제와 일상을 드러내려는 내포
작가의 의도성을 함축한다. 이를 위하여 서술자는 경험자아의 시점에 포
착된 시각적 이미지를 메타적으로 구조화한 것이다.

이 작품의 내용은 다음과 같다. 서술주체이자 초점주체인 '나'는 소설

가이다. '낙랑'이라는 다방에서 '나'는 카루소의 엘레지를 열두 번 이상 들으며 먼 나라를 동경하면서 소설을 쓰기도 한다. 그런데 옆 자리에서 문학토론을 하면서 분위기가 산만해진다. 소설쓰기에 방해를 받게 되자 '나'는 거리로 나와 친구를 만나기 위해 신문사에 들렀지만 만나지 못한 채 버스를 탄다. 노량진으로 가는 버스 차창 밖으로 얼어붙은 한강을 보고 피로와 황혼을 느낀 '나'는 다방으로 돌아와 미처 완성하지 못한 원고를 걱정하는 것으로 이 작품은 끝난다.

이러한 구조에서 형상화된 경험자아의 피로는 '수동적 객체로 대상화된 존재'[18]의 의식을 부각시키면서 근대의 새롭고 낯선 것들에 대한 일상성의 동화를 차단하려는 소외의식으로 형상화된다. 서술자 '나'의 관조가 경험자아의 위치에서 이루어지면서 주변 풍경의 차용과 기억의 편린은 근대적 살풍경으로서의 피로와 소외감을 보여준다.

모두 서술자는 인칭의 측면에서 작중인물과 존재 영역의 동일성을 구축한다. 주인공 '나'의 자격은 소설자로 드러난다. '나'는 서술자아와 경험자아의 공존적 정체를 드러내며 그 진술의 권위를 경험자아의 인식과 의식을 구조화하는 데에 한정시킨다. 따라서 서술자로서 '나'는 허구적 인물이면서 동시에 내포작가의 입장을 유추할 수 있는 복합적 기능을 수행한다.

양식의 측면에서 서술자아로서 서술자는 전달기능을 일상적 경험자아의 인식과 지각의 반영을 부각시키는 데 집중하여 활용하기 때문에 반영기능이 우세하게 드러난다. 전달기능보다 반영기능을 부각시키는 방식으

---

18) 공종구, 「박태원 소설의 서사지평 연구」, 전남대 박사학위 논문, 1992, p.61.

로 서술자 '나'는 독자에게 서사 현실을 환기시켜 준다.

이 작품의 "그 창은 —6尺×1尺 5寸 5分의 그 창은 동쪽을 향하여 뚫려 있었다"의 첫 문장에 사용된 지시관형사 '그'의 잦은 사용은 서술자아의 입장에서 이미 익숙한 서사적 과거를 전제하여 현재 경험자아의 지각으로 부각시킨 것이다. 서사적 과거를 현재화하는 반영기능은 서술자아가 관습의 자동화된 신뢰성을 겹쳐지게 하는 효과를 드러낸다. 이에 따라 독자는 낯선 정보를 의심 없이 수용[19]하게 된다.

이 작품에서 "〈醫療器械 義手足〉"이라는 광고가 차용된 것은 서술자아가 근대적 시간 인식을 경험자아의 지각과 인식의 동일선상에서 내관전망하는 것으로 서사 현실과 경험자아의 의식을 보여주는 것이다. 이러한 구체적 예는 "그 창"에서 '그'라는 관사를 사용하여 '창'을 재현하는 것과 같은 맥락에서 '그'가 반복된다. 즉 서술자아는 경험자아가 익숙한 수용경로를 드러내는 '그'라는 경험자아의 감각에 의해 자동화된 신뢰성을 부여한 것이다. 그러므로 독자는 무의미한 일상에 통제되는 근대 도시인들의 습관적인 강박관념을 경험자아의 입장에서 전망하게 된다.

초점의 측면에서 서술자아는 경험자아의 인식과 지각의 수준에서 서사 현실을 제시하므로 내적 초점화가 우세하게 드러난다. 서술자아는 경험자아의 지각과 인식을 '지금 · 여기'로 고정시키기 때문에 서사의 이데올로기는 상징화된다. 서술자가 관찰의 현장을 관조하는 측면에서 부각시킨 '그'라는 지시대명사의 사용에서도 반영자로서 습관적인 지각의 경로

---

19) 나병철, 「1930년대 모더니즘 소설과 영화」, 『비평문학』 제11호, 한국문화사, 1997, p.148.

를 드러낸다.

또한 경험자아의 '지금·여기'라는 지각경로를 통하여 근대의 기호로서 광고가 담화에 삽입하게 된 것은 근대적 상업주의의 욕망을 이끌어내는 매체로서 광고를 경험자아의 지각과 의식으로 드러낸 것이다. 낯선 풍경이 낯익은 일상으로 독자의 무의식 속에 자리하게 된다. 이러한 반영기법을 활용한 서술자는 외부 세계와 관련된 내부 세계의 대응이라는 서사적 전개보다 등장인물의 경험적 추이가 부각되는 구조를 구축한다. 이는 외부 현실의 객관적 세계에 대한 단순한 재현이 아니라 일상 세계의 경험에서 환기되는 경험자아의 내적 의식의 형상화이다. 이미 일상에 만연한 근대적 피로라는 현실 경험에 대한 비판적 성찰을 내관전망의 메타기능으로 차용한 것이다.

이와 같이 서술자아가 창을 구체화하고 광고를 차용하는 기법의 실험은 주체적 매개가 극단적으로 배제된 실험기법인 '카메라의 눈' 기법으로의 변용을 통해 살펴볼 수 있다. 서술자아가 자동화된 기록의 재현으로서 경험자아의 의식과 습관을 반영하므로 객관적인 기계의 역할과 반영자의 역할이 중첩된 것이다. 그러므로 엄밀하게 판단하면 단순한 객관적인 카메라의 눈에 의한 묘사라기보다는 '카메라적 반영자'[20], 내지는 '카메라적 서술자'[21]라는 표현들이 서술자 관점의 여과성을 강조한다는 점에서 더 정치된 표현이다. 객관화의 여과 통로로서 서술자의 눈을 통과한 광고는

---

20) 나병철, 『한국문학의 근대성과 탈근대성』, 앞의 책, p.146.
21) 김흥식, 앞의 책, p.214.

근대적 시간 인식으로 반복 제시됨에 따라 독자에게 신빙성을 제공한다.

광고의 재현은 독자에게 서사 경험으로서 근대적 풍경을 익숙하게 수용하게 하는 효과가 있다. 이러한 관점으로 담화를 총체적으로 파악할 때 경험자아가 공간 이동을 거치면서 풍경과 대상들로부터 발견한 근대적 경험의 반성은 결국 '피로'이다. 그러므로 서술자아는 작품의 모두에서 전달기능을 이용하여 정신적 피로를 유발하는 소외의 총체적 풍경[22]으로서 거리의 풍경을 경험자아의 심미성으로 전경화한 것이다.

결과적으로 이 작품의 모두 서술자는 내관전망으로 살풍경한 근대적 일상을 경험자아의 지각을 드러내는 창문의 크기를 나타내는 숫자와 눈에 보이는 광고판의 재현을 통해 순환적 공간 인식을 메타적으로 구축한다. 이러한 새로운 기법의 실험은 무의미한 일상에 통제되어 있는 경험자아의 피로라는 근대성의 강박관념을 독자에게 간접경험으로 체득하게 한다.

5) 현장적 진술의 메타 — 김동인 「狂炎소나타」·박태원 「수염」

(1) 창작의 허구 — 김동인 「狂炎소나타」

독자는 이제 내가 쓰려는 이야기를, 유럽의 어떤 곳에 생긴 일이라고 생각하여도 좋다. 혹은 사십 오십 년 뒤에 조선을 무대로 생겨날 이야기라고 생각하여도 좋다…, 가능성뿐은 있다―이만치 알아두면 그만이다.

그런지라, 내가 여기 쓰려는 이야기의 주인공이 되는 백성수(白性洙)를 혹

---

22) 조용복, 「1930년대 문학에 나타난 근대성의 담론연구」, 서울대 박사학위 논문, 1996, p.52.

은 알벨트라 생각하여도 좋을 것이요 짐이라 생각하여도 좋을 것이요 호모
(胡某)나 기무라모(木村某)로 생각하여도 괜찮다. 다만 사람이라 하는 동물을
주인공삼아 가지고 사람의 세상에서 생겨난 일인 줄만 알면…

　이러한 전제로써, 자 그러면 내 이야기를 시작하자. (124)

　「狂炎소나타」(1930)의 모두 서술자는 내관전망으로 서사 현실의 허구적
입장을 전경화하는 것으로 작가적 창작 경험을 메타적으로 구조화한다.
작가적 경험을 부각시키는 서술자아는 액자 내화에 교직하는 작가적 반
영이 단순한 독자 계도가 아닌 심미적 반영이라는 것을 메타적으로 구조
화한다.

　이 작품의 작가적 서술자 '나'는 인물들의 관념에 적극 간여하지는 않
지만 구조적 장치[23]로서 독자에게 이 소설이 하나의 허구임을 직설적으로
드러낸다. 이 점에서 이 작품의 모두 서술자는 같은 액자구조이지만 김동
인의 「배따라기」의 모두 서술자와는 그 기능의 차이를 드러낸다. 「배따라
기」의 모두 서술자 '나'가 내부 이야기의 신뢰성을 강조하기 위해 외부 액
자에서 전달기능을 수행한다면, 「狂炎소나타」의 모두 서술자 '나'는 내부
이야기의 허구성을 강조하기 위하여 외부 액자에서 메타기능을 수행한다.
그러므로 「狂炎소나타」의 액자 내화의 '백성수 이야기'는 독자의 해석에
있어 작가의 권위를 강요하기보다는 자율적인 해석[24]을 반성한다.

---

23) 실제작가의 독자 계도적 이념 전달매체이기보다는 작품을 구조화하는 목소리이기 때문
　에 이광수 류의 계몽주의적 작품에서 나타나는 작가 서술자와는 다르다. 김병로, 『한국
　현대소설의 다성담론 시학』, 국학자료원, 1999, p.41.
24) 액자형 담화구조를 액자층위의 역할에 따라 의미 신뢰화 액자, 의미 허구화 액자, 의미

이 작품의 모두 서술자는 인칭의 측면에서 작중 현실의 주인공으로 존재 영역의 동일성을 구축하는 '나'로, 실제작가로서 권위를 행사하여 이 소설이 허구임을 강조한다. 이러한 작가적 전달자로서의 서술자 목소리의 부각은 단순하게 독자 계도적인 담론이라는 것을 드러내는 것이 아니라 액자 내화의 서사적 현실을 심미적으로 반영하기 위한 구조로써 기능한다.

이 점에서 모두 서술자의 내포작가적 목소리는 텍스트의 가장 상층에서 내부 이야기를 구조화하고 인물을 반영하는 수사적 장치이다. 서사주축을 관통한 허구적 목소리를 반영하는 서술자는 심층 이야기 내부에서 인물들의 관념에 직접적으로 간여하지는 않지만 구조적 반영으로서 심미성을 구축한다.

양식의 측면에서 서술자 '나'는 내포독자를 향해 이 소설이 하나의 허구임을 드러내는 작가적 권위를 행사하므로 경험자아의 인식과 지각을 드러내는 반영기능을 행사한다. 그렇기 때문에 이 작품의 모두에서 나타난 작가적 목소리의 반영은 작중인물들의 내적 자생력을 저해하는 서사적 권위를 행사하기보다는 오히려 텍스트가 하나의 허구임을 밝히는 행위로서의 창작적 권위만을 전략적으로 활용한다.

창작행위의 '지금·여기'를 반성하며 부각하는 모두 서술자는 '백성수'라는 작중인물을 전경화하는 시학적 장치로 기능한다. 이 점에서 모두

은유화 액자 등으로 분류, 김동인의 「광염소나타」와 「광화사」는 의미 허구화 액자로 분류한다. 이러한 의미 허구화 유형에서는 작품 내 피화자인 '독자'를 향한 자의식이 텍스트 표면에 심하게 노출되며 독자의 독자성이 뚜렷하게 요구된다고 보고 있다. 위의 책, pp.75~87 참조.

서술자 기능은 액자 내화의 담화 해석을 작가의 지시로 고정하기보다는 오히려 독자의 작가성을 활성화하게 된다.

독서과정의 심미성을 고려할 때, 내포작가적 서술자는 작중인물들의 내적 자생력을 역동하는 측면에서 창작적 권위만을 활용하여 '백성수'라는 반성 인물을 전경화한다. 이에 따라 이 작품은 4단계의 서술층위로 구조화되는데, 액자층위의 서술자의 작가성은 내부의 허구적 담론을 부각시키는 반영기능으로 창작적 권위를 집중적으로 드러낸다. 그러한 목적에서 서술자는 진술의 당위를 인물의 시점을 통해 반영한다. 이를 통해 독자는 예술지상주의적 혹은 계몽주의적 시각을 자율적인 심미성으로 체험하게 된다.

초점의 측면에서 서술자 '나'는 작가적 전달자로서 서술의 권위를 경험자아의 '지금·여기'의 입장에서 행사하므로 내적 초점화가 형성된다. 서술층위에 따라 각기 다른 반영 관점이 드러난다. 우선 텍스트의 1차 서사층위는 작품의 프롤로그로서의 모두인 액자의 외화인데, 여기서 서술자는 허구적 작가성의 창작행위로서 서술하는 경험자아의 서술행위 자체를 부각시킨다. 2차 서사층위에서 서사층위의 가치중립적 기능을 드러낸 내포작가는 '음악비평가 K씨'와 '사회교화자 모씨'가 대화를 통해서 '백성수 이야기'를 이끌어낸다. 광기의 예술성을 대표하는 '백성수'에 대한 평가가 언급되는 3차 서사층위에서는 작품 내적 인물의 목소리인 '음악비평가 K씨'와 '사회교화자 모씨'의 입장에서 이야기를 전개한다. 이러한 3차 서사층위의 이야기과정에서 등장하는 '백성수의 편지'는 4차 서술층위를 형성한다. 따라서 백성수의 직접 담론으로 제시된 편지는 3차 서술층위의 작중인물들의 목소리와 연계되어 담론을 복합적으로 형성한다.

이와 같은 4단계 층위의 서사구조에서 가장 핵심적 서술자 기능은 작품의 모두에서 작가적 목소리를 경험자아의 '지금 · 여기'의 창작으로 반영하는 메타기능이다. 이러한 서술자의 메타기능에 따라 내부 서사는 액자 층위의 내포작가와 연결된 흔적을 감춘 채 서사 세계의 인물의 목소리에 교직되어 반영됨으로써 독자는 중첩된 시점을 제공받게 된다. 따라서 독자는 자율적으로 서사 세계를 반영하며 예술지상주의 혹은 계몽주의 시각을 선택하게 된다.

결과적으로 이 작품의 모두 서술자의 내포작가적 목소리는 내관전망으로 허구적 경험자아의 입장을 강조하며 서사 현실의 창작 경험을 메타적으로 구조화한다. 그리고 실질적인 내부 서사에서 내포작가적 창작의 목소리는 차단된 듯하지만 허구적 심미성으로 반영되어 독자의 자율적 수용을 촉진한다.

(2) 심미의 행위 — 박태원 「수염」

박태원 「수염」(1930)의 모두 서술자는 내관전망으로 서사 현실에서의 경험자아의 행위를 심미적으로 반영하는 것으로 서사 현실을 메타적으로 구조화한다. 서술자의 서술행위는 경험자아와 독자와의 거리를 소거한다. 그러므로 경험자아의 '수염 기르기'라는 사소한 일상사가 메타적으로 부각되어 독자에게도 생생한 경험으로 접근된다.

이 작품의 줄거리는 '나'의 수염 기르기 과정과 그 경험에서 생긴 갈등 및 타인들의 반응, 그리고 주변 사람들의 비웃음과 자신의 약한 의지를 극복하고 '수염 기르기'에 성공했다는 이야기다.

이 작품의 모두 서술자는 인칭의 측면에서 작중 세계의 주인공으로서 존재 영역의 동일성을 구축하는 '나'로서 작가적 권위를 드러낸다. 경험 자아로서의 신변 경험은 서술자가 그대로 재현시킨다는 점에서 서술 양 식을 변화시킨 작가로서의 자격을 드러내지만 거기서 강조되는 구조적 의미는 경험의 현장성과 실재성을 메타적으로 반영하는 것이다.

서술자 '나'가 신변 체험적인 '수염 기르기'를 서사 경험으로 부각시켜 직접적인 체험과 관찰을 그대로 진술하므로 서술의 대상은 경험자아로 한 정된다. 이에 따라 서술자아가 자신의 주관적이고 내향적인 세계를 직접 반영하게 되므로 내면적 진실과 복잡한 심리를 진실하게 보여주게 된다.

양식의 측면에서 모두 서술자 '나'는 서술자아이지만 경험자아의 행위 와 의식을 반영하는 데 전달기능을 집중한다. 따라서 경험자아의 '수염 기르기'라는 사소한 일상사가 경험자아의 '지금·여기'로 한정된 미적 경험 대상으로 바뀌게 되면서 독자의 심미성이 다양한 경로로 촉진한다.

서술자가 경험자아를 구체화시킨 것은 경험자아와 독자 사이의 시간적 거리를 소거시킴으로써 독자의 서사적 체험의 현실성을 극대화하기 위해 서다. 과거 사실은 단순히 재생적 차원에서 회상하며 드러나는 것이 아니 라 현재로 구조화한 과거 속으로 독자들을 끌어들여 현실 경험을 보여준 다. 그러므로 자기 자신의 구체적 체험처럼 서술자아는 허구화된 존재인 데도 독자들은 그것이 실제 인물이나 작가일 것이라고 착각할 정도로 독 자와 서술자의 거리가 밀착되게 된다.

서술자는 초점의 측면에서 경험자아의 지각과 인식으로 서사 세계를 보여주므로 내적 초점화가 우세하다. 그러므로 서술자의 관점은 경험자아의 '지금·여기'에 초점이 맞추어진다. 이에 따른 내포작가의 이데올로 기는 상징화된다.

이 작품은 10개의 단락으로 분절되어 있기는 하지만, 작품의 외화로서 모두와 결말은 서술자가 자신의 논평을 곁들인 요약적 성격을 드러내면 서 서사 내용에 대한 서사적 정보를 제공하거나 전체적으로 정리한 내용 이다. 액자소설이라면 이 부분들은 외화에 해당하지만 경험자아와 서술 자아가 '나'로 일치한다는 점에서 액자소설로 분류하기에는 곤란하다. 서 사구조의 층위에서 서술자 '나'의 두 자아가 뚜렷이 구별된다. 반면 경험 자아의 자의식이 서술자아의 진술 속에 침입하기도 한다. 경험자아가 '수 염 기르기'를 작정한 이유는, 일상의 권태로부터 벗어나려는 탈출로서 경 험을 미적 대상으로 반영한 것이다.

주인공의 '수염 기르기'의 성공은 지극히 평범한 일상사가 새로운 삶의 의미로 반영되기 위하여 경험과 서술이라는 시간적 거리를 뛰어넘게 된 다. 여기에서 경험자아와 독자와의 거리의 밀착이 드러나게 된다. 이러한 경험의 반성은 모더니즘 소설의 중심인물이 보편을 실현하는 개체로서의 자아보다는 주관성에 압도적인 가치를 부여하고 자기 자신의 내면성을 절 대적 가치로 생각하는 심미적 단자에 가깝다는 사실[25]을 드러낸 것이다.

결과적으로 이 작품의 모두 서술자 기능은 내관전망으로 서술자아와 경험자아의 거리를 조정함에 따라 경험자아와 독자와의 거리감을 해소시

---

25) 강상희, 「1930년대 한국 모더니즘 소설의 내면성 연구」, 서울대 박사학위 논문, 1998, pp.69~70.

키면서 일상에서 벗어나려는 욕망과 일상에 함몰되려는 욕망[26]을 '수염 기르기'라는 경험적 구조로 메타구조화한다. 이에 따라 독서과정에서 독자는 작중 현실과 밀착된 거리에서 심미적 경험을 보게 된다.

2. 역동적 경험과 불확정 파편의 해체기능

해체기능은 서술자 '나'가 서술의 전달보다는 경험의 반영에 집중하는 경향을 드러낸다. 서술자는 경험자아의 의식과 지각의 시공간으로서 '지금·여기'에 집중함으로써 경험의 순간과 즉물적인 의식을 미정관망으로 보여준다. 권위형의 극단에 위치하며 완전한 내부초점화가 이루어지므로 서술적 거리[27]가 소거된 공간에서 독자는 해석의 작가적인 창조자로 부각된다.

불확정 영역에서의 해석의 다양화는 가시화되고 자유간접문체[28]인 내적 독백의 '나'가 부각된다. 경험하는 순간의 의식을 파편화하는 내적 독

---

26) 김중신, 「서사텍스트의 심미적 체험의 구조와 유형에 관한 연구」, 서울대 박사학위 논문, 1994, p.36.

27) 3인칭 서술에서 서술하는 나와 경험하는 '그', 1인칭 서술에서 서술하는 나와 경험하는 '나'의 간격이 긴장을 조성한다. 권위적 서술에서 이 거리는 가장 넓지만 반영자 서술에서 평등해지다가 경험자가 서술자를 압도, 권위적 반대형태를 취한다. 권택영, 『소설을 어떻게 볼 것인가』, 앞의 책, p.339.

28) 1인칭 소설에서 자유간접문체를 사용하는 것은 '여기·지금' 있는 경험자아로 초점을 좁히는 효과를 낸다. 서술자아는 억압되나 그 존재가 완전히 거부되지는 않는다. 그렇지 않으면 자유간접문체라는 말을 쓰지 않고 침묵 독백이라는 말을 써야 할 것이다. Stanzel, F. K., 『소설의 이론』, 앞의 책, p.322.

백은 1인칭 서술상황과 인물적 서술상황 간의 전이[29]를 보여준다. 내적 독백으로 제시된 외부 세계는 경험자아의 의식의 순간을 해체적으로 반영하므로 독자의 관망은 지연되고 유보된다. 해체기능에서 서술자는 다채로운 심미성을 부각시킬 뿐 그 의미를 제공하지 않는 불확정 영역을 경험의 역동성으로 제시하므로 결국 독자의 능동적 해석으로 그 의미가 채워지고 구체화된다.[30] 해체기능의 전략적 의미는 독자의 미적 체험을 극대화시켜 수용반응을 창조적 작가로 역동시키는 것으로 탐색된다.

1) 언어적 다성성의 해체 — 이상「童骸」

① 觸角
觸角이 이런 情景을 圖解한다.
悠久한 歲月에서 눈 떠 보자, 나는 校外 淨乾한 한 방에 누워 自給自足하고 있다, 눈을 둘러 방을 살피면 방은 追憶처럼 着席한다. 또 창이 어둑어둑하다.
不遠間 나는 굳이 지킬 한 개의 슽케―스를 발견하고 놀라야 한다. 계속하여 그 슽케―스 곁에 花草처럼 놓여있는 한 젊은 女人도 발견한다.
……
「임재는 刺客입니까요」
서투른 西道 사투리다. 얼굴이 더 깨끗해지면서 가느닿게 잠시 웃더니, 그

---

29) 위의 책, p.235.
30) 작품의 해독과정에서 중요한 것은 무엇을 의미하는가가 아니라 그것이 우리에게 어떻게 작용하는가이다. 재구성이 가능한 작품의 구조와 작품을 현재화하는 독자의 상상력 사이의 균형이 중요하다. 잉가르덴은 미확정성의 공백이나 도식화된 국면을 제거하거나 채우는 일이 독자의 보충적 결정인데, 이러한 독자의 수용행위를 구체화라고 부른다. 임환모·최현주, 「수용미학」, 김춘섭 외, 앞의 책, pp.184~185 참조.

것은 또 언제 갖다 놓았던 것인지 내 머리 맡에서 나쓰미깡을 집어다가 그 칼로 싸각싸각 깎는다. (259~260)

② 敗北 시작
이런 정경은 어떨까? 내가 이발소에서 이발을 하는 중에—
이발사는 낯익은 칼을 들고 내 수염 많이 난 턱을 치켜든다.
「임재는 刺客입니까?」(263)

「童骸」의 모두 서술자는 내관전망으로 경험자아의 반영에 촉각을 집중시켜 기표의 다양한 기의를 은유로 대체하면서 서사 현실에서 인물 간의 갈등과 자아의 내적 분열을 언어의 다성성으로 해체한다. 서술자아로서 서술자 '나'는 자신의 언어를 해체하는 방식으로 작중인물들과 경험자아의 각기 다른 욕망을 불확정성으로 상징한다.

이 작품은 7개의 파편화된 장면들이 몽타주로 결합되어 있는데 서술자의 기능은 복합적이며 입체적인 양상을 보여준다. 전체 구조는 ①觸角 ②敗北 시작 ③乞人反對 ④走馬加鞭 ⑤明示 ⑥TEXT ⑦顚跌 등으로 구축된다. 즉 ①장에서 ④장까지의 연결은 '이런 정경'을 통해 나와 '임'과의 관계를 감각적으로 드러낸다. ⑤장에서는 나와 임 그리고 윤 등의 자기 변호가 드러난다. ⑥장의 'TEXT'는 앞의 담론에 대해 평을 하는 방식이다. 따라서 ⑤장과 ⑥장의 목소리는 실제작가, 내포작가, 서술자의 목소리가 혼재하는 다성성을 드러낸다. ⑦장에서는 반어와 역설을 통한 전복이 이뤄진다. 그리고 그 각각의 장면들에서 역설적인 대체로서 은유가 부각된다.

이 작품은 제목에서부터 음성작용에 의한 역설적 해석이 유도되는 은유가 장치된다. '동해'라는 음성작용에 의해 '童孩'를 떠올리게 한 후 음운론적 유사성에 의해 '童骸'라는 은유로 대체된다. 생기발랄하고 순진무구한 어린이에게서 어린아이 해골로 의미론적 전이가 일어난다.

그런데 '童孩'에서 '童骸'로의 음성작용에 의한 의미론적 전이는 독자의 상상에 따라 다양하게 해석될 수 있는 불확정 영역을 제공한다. 전이의 주역은 '나'일 수도 있고, '나'를 속이는 '임'일 수도 있다. 또한 '나'와 '임' 둘 다 될 수도 있다. 언술층위에서 살피면 경험자아 '나'에 대한 은유가 되지만 의미층위에서는 '임'에 대한 은유가 된다. 그리고 '나'와 '임'을 포함한 인간의 전이적 속성으로 확대하여 파악할 수도 있다.

이 작품은 "觸角이 이런 情景을 圖解한다"로 시작된다. '촉각'은 곤충의 감각기관이다. 이것이 상징하는 것은 경험주체이자 서술주체인 '나'가 경험자아로서의 자신의 경험과 지각에 초점을 맞춤으로써 스스로를 촉각만 남은 동물과 같은 존재로 여기고 있다는 것을 상징한다.

'도해'는 그림을 곁들여서 풀이한다는 의미이다. 여기에서 서술자아로서 서술자는 과거의 경험을 서술, 묘사하는 것이 아니라 '지금·여기'의 경험에 집중하여 회화적 장면으로 반영하겠다는 의지를 불확정성으로 은유한 것이다. 이러한 반영기능을 전제한 서술자 '나'는 그림 속에 뛰어든 그림 속의 경험자아, 즉 작품 속의 주인공인 '나'로 전이되면서 서술자아가 경험자아를 부각시킨다.

"방은 추억처럼 착석한다"는 것은 서술자로서 '나'가 과거의 경험을 추억의 방으로 작품을 쓰는 것이 아니라 '지금·여기'의 경험적 현장으로 방을 쓰겠다는 서술과 경험의 반영이다. 서술자아와 경험자아가 동시에 방에 겹쳐진다는 의미이다. 이것은 과거경험을 회상하는 것이 아니라, 과거의 추억을 작품으로 쓰는 '나'의 시공간으로 전이시키겠다는 서술적 현장감각의 의지를 상징한다.

서술자아는 자신이 위치한 방의 낯익은 사물들을 마치 그것을 처음 대하는 낯설은 장면처럼 자신의 촉각을 해체하여 위장 반영한다. 그러한 예는 "놀라야 한다"나 '발견한다'의 경험자아의 지각을 드러낸 서술자아의 언술에서 드러난다. '나'의 곁에 있는 여인은 전혀 생소한 "단발 양장의 임"으로 대체된다. 그리고 "슅케—스 곁에 花草"로 상징된다. 이를 통해 서술자아는 여인과의 추억을 "정경어린 추억"으로 위장하여 여인을 미화시킨다. 그러나 실상은 여인을 "슅케—스 곁에 花草"로 사물화하는 것으로 존재적 비판을 시도한다. 이는 곧 '童孩'를 말하면서 '童骸'로 떠올리게 한 것이다. 역설적 비판과 상통한다.

이 작품의 모두에서 서술주체이자 초점주체인 '나'는 서술자아와 경험자아의 분열을 드러내면서 어느 방에 누워 여인을 발견하는 시점에서 전혀 다른 공간과 시간에서 이발을 하는 경험자아의 행위 장면을 부각시킨다. 이는 서술적 행위의 촉각을 분산하여 의미를 해체한 것이다. 이러한 괴리는 경험자아와 서술자아의 틈새에서 위장된 언어의 분열로 장치되며 언어의 다성성을 파생하는 것으로 서사적 흐름을 장면으로 병치한다. ①장에서 이야기가 현실로 그려진다면, ②장에서 이야기는 꿈으로 보여준다. ①장에서 나는 정갈한 방에 누워있다. 내 옆에 한 젊은 여자가 있고 나는 누구인가 열심히 연구한다. 여인은 서슬이 퍼런 칼 한 자루를 꺼낸다. 이것은 자객의 이미지를 환기하면서 일시에 공포를 조장한다. 그러나 여인은 나쓰미깡을 깎기 위한 것이라는 것을 수긍하는 순간 분위기는 반전된다. 임은 윤에게서 왔다. 서술자아의 언술은 가짜 결혼반지라는 것을 가지고 임의 거짓 정조를 밤을 이용해 속아 주기로 한다는 경험자아의 의식을 반영한다.

①장에서 모두 서술자는 서술자아로서의 지각과 인식을 경험자아의 경험적 촉각의 해체로 반영한다. ②장은 "敗北 시작"으로 소제목이 제시되고, "이런 정경은 어떨까"로 시작되면서 서술자아는 새로운 정경을 경험자아의 촉각으로 도해한다. 여기서 "이런 정경"은 이발소의 정경이다. 서술자 '나'가 '여인'을 대상으로 관찰한다. 이 현장에서 작품을 쓰는 서술자아의 언술이 개입되면서 언술체계가 분열된다. "한다. 하더니", "기억에 있다", " 연구 중에 있다"는 서술자아가 과거 장면을 현재의 공간으로 떠올리면서 경험하는 순간의 지각으로 기억을 잠시 더듬는 것이다. 과거의 경험이 현재화되어 경험의 동시성과 공간화가 일어난다.

이발사의 칼은 ①장의 "임재는 刺客입니까?"를 초점화하여 재현한다. 서술자아는 이발소에서 이발하는 현재 상황을 언술하면서 '낯익은 칼', '아내', '나쓰미깡' 등을 통해 장면 ①과 연결될 단서를 제시한다. 이발사의 싹뚝하던 소리가 나쓰미깡을 깎는 '임'과 겹쳐지면서 이발소는 서술자아의 의식 속에서 신방이 되고 경험자아로서 '나'는 엊저녁에 결혼한 사실을 자각하게 된다. 즉 이발소는 경험자아에게 꿈이 되고 결혼한 아침이라는 과거는 현재가 된다.

"속았다. 속아넘어 갔다. 밤은 왔다. 촛불은 켰다. 껐다. 즉 이런 假짜 반지는 탄로가 나기 쉬우니까 감춰야 하겠기에 꺼도 얼른 켰다"에서 살펴지듯이 '속았다'와 "속아 넘어갔다"의 어형 변화는 과거와 현재의 전복처럼

'갔다'에 대해 '왔다'를 '켰다'에 대해 '껐다'를 병치시킨다. 이러한 언어의 혼돈으로 서술자아는 경험자아로서의 자신을 어린아이로 위장시킨다. '가짜반지'는 '임'과의 결혼이 언어를 습득하듯 가축이 되어가는 위장된 행위라는 것을 드러낸다. '촛불'은 가짜 결혼을 노출시키며 '밤'은 가짜 결혼을 은폐시킨다. 서술자는 경험자아로서 결혼을 통해 길들여지는 질서를 배우는 척하면서 그것을 내포작가의 입장에서 역설적으로 비판한다.

서술자의 결혼에 대한 입장은 "길들여지지 않은 순수한 인간성 지향"을 드러낸다. 이러한 서술자의 정신은 각 장면의 은유로 장면화된다. 장면들은 다시 서사의 전개라는 환유로 대체된다. 그리고 은유와 환유의 결합은 경험의 동시성을 드러내기 위하여 공간적 몽타주로 구조화된다. 여기에서 파편화된 역설로서 은유가 드러나고 이에 대한 서술자의 비판적 시점은 담화 전체를 관통하게 된다. 과거의 현재화는 '그때'가 '여기'로 전이되는 것으로 경험과 서술의 동시성이 신방에서 교착된다. 여기서 서술자는 단도직입적으로 자신의 신세를 설명하겠다며 서술하는 목소리를 부각시킨다.

"지난 가을 아니 늦은 여름 어느날"에 '나'의 친구 윤을 찾아간 임이 봄에 같은 복장으로 돌아와 지금 '나'의 신부가 된 것이다. 돌아온 임에게서 우유 냄새가 난다는 것은 제목의 모티프로서 '童孩'를 연상시키면서 비판의 대상이 된다. 이는 아이의 순수성으로서 '童孩'를 가장한 임이 그 거짓의 본성으로 인해 '童骸'로 변한다고 볼 수 있다. 여기서 '나'는 임을 "처녀대로 있기는 성가셔서 말하자면 헐값에 즉 아무렇게나 내어주신 분"으로 자각하며 아이의 순수함을 가장한 아이의 해골로 그 속성을 비판한다.

""猛獸가 家畜이 되려면 이 凶惡한 毒死를 剪斷해 버려야 한다"는 美

術的인 勸誘임에 틀림없다"에서는 경험자아의 지각과 인식의 경로를 통해 "맹수가 가축이 되는 것"으로 결혼이 은유된다. 같은 맥락에서 "손톱을 깎는 것"은 "수염을 깎는 것"으로 은유한다. 곧 서술자는 맹수로 대체된 무의식적 욕망을 억압하고, '임'과의 결혼을 '가축'으로 대치시킨 것이다. 결혼은 "길들여지는 것"임을 반영한다. '나'는 "아이 배고파"하는 언술로 경험자아를 소박한 어린아이로 위장시킨다. 무의식적 욕망이 전혀 없는 어린아이로 스스로를 위장한 것은 결혼이라는 것의 길들어지는 경로가 언어체계의 습득과정과 동일함을 드러낸다. 어린아이로의 위장은 무의식적 욕망을 분출하면서, '임'의 동음이의어로서 '妊'을 부각시킨다. 이는 "발음 안 되는 글짜처럼 생동생동한"이라는 속성이라는 경험자아의 지각을 드러내며 서술자아의 인식체계에서의 거부감을 드러낸다. '임'에 의해 길들여지는 것은 스스로 사물화된 존재로 길들여지는 것이며, 서술자는 이를 비판하는 관점을 보여준다.

이와 같이 ③, ④장에서 서술자는 자신의 임에 대한 의심과 불만을 역설적으로 반영한다. 임이라는 여자가 나와 친구 윤 사이에서 양다리를 걸치는 애정행각이 나의 갈등과 분열을 파생한다고 볼 때 임의 이중적 속성은 서술자 '나'가 경험적 촉각으로 서술을 개진한 동기다. 사람을 애걸하지는 않는다는 "乞人反對"로 시작하는 ③장은 자신이 임에게 애정을 바라지는 않는다는 역설적 심경을 서술자의 해체된 언술로 드러낸다. 이에 비해 달리는 말에 채찍을 가하는 형상으로서 "走馬加鞭"이 제시된 ④장에서는 자신의 신념을 굳히게 된다.

"DOUGHTY DOG는 더럽다는 말인가. 초조하다는 말인가"에서

DOUGHTY는 '용감한'이라는 뜻이지만 DIRTY를 연상시킨다. "더럽다는 말인가"라며 서술자는 언어유희(PUN)로서 의미를 분산한다. 자신이 임과 윤의 관계에서 느끼는 질투를 더럽다고 표현한다. 동시에 원래의 의미 '용감하다'는 "초조하다는 말인가"라고 반어적으로 처리된다. '용감한 개'는 자신의 질투에 의해 '더러운 개'가 된다. 따라서 'DOUGHTY DOG'라는 언어는 다양한 경험적 의미를 파생하게 된다. 다양성의 기의가 나타내는 것은 서술자의 분열의식을 보여주는 것이라 할 수 있다.[31] 이러한 서술자아의 분열의식은 '나'가 "글짜의 위압에 참 나는 견딜 수가 없다"는 경험자아의 지각을 반영하면서 다양한 해석을 가능하게 한다.

먼저 '윤'이 '나'를 평가하는 시각은 'DOUGHTY DOG'이다. 즉 '윤'에 비친 '나'의 모습의 반영이다. '임'과 결혼한 '나'에 대해 '윤'은 "먹다 냉긴걸 몰르구 집어먹었네그려, 자넨 自古로 貴族趣味는 아니라니까"라고 평한다. '윤'의 입장에서는 윤과의 관계를 청산하지 못한 '임'과 결혼한 '나'가 'DOUGHTY DOG'이다. '윤'의 생각에 따르면, 스프링을 감아주면 장난감처럼 움직여대는 'DOUGHTY DOG'로 '임'의 욕망으로 조종되는 '나' 자신의 속성이 부각된다.

한편으로는 '임'과 '윤'이라는 작중인물을 'DOUGHTY DOG'로 해석할 수 있다. '나'의 입장에서 '임'과 '윤'은 모두 "가증스럽고 더러운 장난감"과 같은 비판의 대상이다. '임'과 '윤'은 '나'의 입장에서 보면, 스프링을 감았다가 놓으면 정해진 행동법칙에 따라 움직이는 장난감 개처

---

31) 표정옥, 「놀이의 서사시학」, 서강대 박사학위 논문, 2002, p.101.

럼 고정화된 인식을 보여준다. 여기에는 '순수한 인간성'보다는 근대의
획일화된 '속물적 인간성'이 부각된다.

'TEXT'로 제시된 6장은 이 작품의 독창적인 특징을 드러내는 부분이
다. 문과 답의 괴리를 보여주는 서술자의 해체기능은 입체적인 컴퓨터 담
화의 교환적 재현을 보인다는 점에서 그 실험성이 탁월하다. 작가적 층위
와 반영자적 층위로 뚜렷하게 분리된 이 부분은 서술자의 분열을 각기 다
른 화자의 정체성으로 드러낸다. 원근법이라는 근대 인식을 기초로 육체
적 정조를 화두 삼는 이 장은 서술자의 해체기능에 의해 19세기적인 봉건
적 윤리도덕성을 비판하는 '임'과 같이 발화가 먼저 제시되고 그에 대한
평으로서 정신적 간음을 문제 삼는 내포작가적 서술자의 '평'이 이어진다.
서술자의 반영기능과 전달기능이 해체 분리되어 입체적 담화를 구성한다.

TEXT
「불장난―정조 책임이 없는 불장난이면? 저는 즐겨합니다. 저를 만나주시
나요?

정조 책임이 생기는 나잘에 벌써 이 불장난의 기억을 저의 양심이 임이 抹
殺하는 것입니다. 믿으세요.」

評―이것은 분명히 다음에 서술되는 같은 임이의 서술 때문에 임이의 영리
한 거짓 부렁이가 되고 마는 일이다.

「정조책임이 있을 때에도 다음 같은 방법에 의하여 불장난은―주관적으로
만이지만―용서될 줄 압니다.…」

……

「육체에 대한 남자의 권한에서 질투는 무슨 걸레쪼각 같은 교양나부랭이가
아니다. 본능이다. 너는 본능을 무시하거나 그 釋氣萬萬한 교양의 掌匣으로
정리하거나 하는 재주가 통용될 줄 아느냐?」

「그럼 저도 평등하고 온순하게 당신이 정의하시는 「본능」에 의해서 당신의 과거를 질투하겠습니다. 자—우리 숫자로 따져 보실까요?」

評—여기서부터는 내 교재에는 없다.

신선한 도덕을 기대하면서 내 구태의연하다고 할만도 한 관록을 버리겠노라. 다만 내가 이제부터 내 부족하나마 노력에 의하여 획득해야 할 것은 내가 탈피할 수 있을 만한 知識의 購買이다. …내 알라모우드는 孫子들의 그것과 泰然히 맞서고 現在의 싶은 내 悲哀다. (277~279)

'TEXT'의 장면은 수사학의 백미라고 할 만하다.[32] 위의 인용문은 육체적 간음에 대한 '임'과 '나'의 대화인데, 서술주체가 분리된 점이 특징이다. 여기에서 화두는 불장난으로 제시된 육체적 간음이다. 서술자는 '임'의 발화를 재현시키는 반영기능과 내포작가로서의 평을 하는 전달기능으로 분리되는 서술의 양상을 드러낸다. '임'을 서술주체로 한 정조책임과 관련된 불장난은 '나'가 지향하는 정신적 지조의 문제를 육체적 간음으로 위장한다. 비평가적 입장의 서술자 '나'는 '임'의 발화로 육체적 정조를 문제 삼으면서 19세기적인 봉건적 윤리도덕성을 강조하는 '나'의 평을 제시한다. '임'의 발화를 통해 근대적 인식의 봉건적 도덕관을 비판함으로써, 마치 자신이 육체적 간음을 문제 삼는 것처럼 위장한다. 그러면서 언술주체로서 서술자는 역설적인 '은유−대체'에 의해 근대적 인식에 기초한 '임'을 비판하면서 무의식적 욕망을 표출하고 있다.[33] 서술자 '나'는 19

---

32) 불장난은 에로스적 본능의 극치이다. '임'과의 불장난 논쟁은 '임'의 내면의 욕망과 나의 욕망이 동시에 기술된 것으로 뛰어난 수사학의 일면이다. 김주현, 『이상소설연구』, 소명출판, 1999, pp.317~318.

33) 문흥술, 앞의 책, p.100.

세기식 남자의 정조관념으로 육체에 대한 질투가 교양이 아니고 본능이라고 말한다. 본능과 교양은 대비된다. '임'과 같이 정조책임이 없는 사람이 본능이라면 서술자아의 지식 욕구는 교양이다. 서술자아는 '임'의 사랑에 대비되는 본능으로서 자신의 지식에 대한 교양의 신성함을 반영한다. 육체적 간음을 빙자한 서술주체인 '나'의 진정한 관심은 지식에 대한 "신선한 도덕"이다. 그것은 대상에 대한 애정을 가지는 "구태의연한 관록"을 없애고 "내가 탈피할 수 있는 지식의 구매"에 의해 획득된 것이다. 그 지식은 "손자들의 그것과 태연히 맞서고 싶은 현재의 내 비애"로 제시된다. 따라서 서술자아는 지식의 수용에 있어서의 유연한 자세를 자신에게 촉구하기 위해 '임'과의 육체적 간음을 상징적으로 텍스트화한 것이다.

마지막 ⑦장은 '넘어진다'는 의미의 '顚跌'이 소제목으로 제시된다. 전질(顚跌)이라는 한자어는 정희의 본능과 나의 교양 사이에서 상실한 균형감각으로 인해 넘어질 것 같은 경험자아의 의식을 반영한다. 그리고 나는 자결의 판결문을 받는다. 그것은 자신과 '임'의 관계에 대한 무의식이다. T는 '나'에게 서슬퍼런 칼을 주는데 이 칼의 상징은 표층으로는 임과 윤에 대한 복수를 의미하고 심층으로는 나의 자살로 상징되는 환골탈피의 자아 각성적 의미를 제공한다.

"복수하라는 말이렸다."
윤을 찔러야 하나? 내 결정적 패배가 아닐까? 윤은 찌르기 싫다. …… 내 비겁을 조소하듯이 다음 순간 내 손에 무엇인가 뭉클 뜨듯한 덩어리가 쥐어졌다. 그것은 서먹서먹한 표정의 나쓰미깡, 어느 틈에 T군은 이것을 제 주머니에 넣고 왔던구.

입에 침이 쫘르르 돌기 전에 내 눈에는 식은 컵에 어리는 이슬처럼 방울지 지 않는 눈물이 핑 돌기 시작하였다. (282)

결말에서 서술자 '나'는 경험자아로서 자신과 '임'의 연애에서 파생되 는 갈등을 반어와 역설을 통해 드러낸다. '나쓰미깡을 깎기 위한 칼'은 반 어와 역설로서 코믹성을 제공한다. 죽고자 하는 사람에게 나쓰미깡을 깎 기 위한 칼이 주어진 것은 다소 우스꽝스럽고 엉뚱한 장면이다.

이러한 희화적 장면에는 역설과 반어가 내포된다. 역설과 반어의 의도 성은 '촉각'으로 비유된 경험자아의 지각으로 이 작품의 각 장면마다 각 기 다른 개성의 형식을 낯설게 하기로 그려준 것이다. 서술자는 작품의 모두에 경험자아의 지각으로 나, 이발관, 칼, 자객의 촉각을 경험적 도구 로 삼아 나쓰미깡이라는 미각을 반영한다. 나쓰미깡의 은유적 의미는 '신 선한 도덕'에의 욕망이다. 물론 내포작가적 이데올로기로서 '신선한 도 덕'은 사랑이나 죽음[34]만이 아니다. 이 부분에서 '지식에 대한 욕망'은 '신선한 도덕'으로 연계되며 이는 곧 이 작품에 관류하는 서술의 정신,

---

34) 이상의 텍스트는 현실과 허구가 공존하는 양상을 띠며 그것의 구분이 매우 모호하다. 그 의 텍스트의 가장 중요한 모티프는 에로스와 타나토스에 대한 욕망이라고 할 수 있다. 사랑을 얻기 위하여 또는 죽음을 극복하기 위하여 이상의 글쓰기는 진행된다. 「동해」는 「날개」, 「종생기」와 함께 읽혀지는 작품으로 내용상 처음에 해당한다. 즉 「동해」를 연애 편이라고 한다면 「날개」는 결혼 편, 「종생기」는 파혼 편이라고 이름 붙일 수 있을 것이 다. 내용이 조금 다르다는 것을 제외하면 이 세 작품은 같은 이야기를 페러프레이즈하고 있다는 느낌을 준다. 이러한 반복성은 이상의 체험이 소진해서 일상언어로 직접 재현이 불가능하기 때문에 메타언어를 통한 상호 텍스트적 글쓰기를 모색하는 것이라 평가받 기도 한다. 김주현, 앞의 책, p.127.

'순수한 인간성의 추구'와 상통한다.

이러한 서술의 정신을 육화하기 위하여 서술자 '나'는 진술적 보고가 아닌 경험자아의 순간적 지각에 의존하여 사물과 경험의 낯설게 하기 방식으로 서사 현실의 불확정 영역을 언어의 다성성으로 보여준다. 작품의 표제 '동해'의 역설적 의미와 일곱 개의 장의 명칭에서도 불확정성이 구축된다. 그리고 '촉각', '자객', '임', 'DOUGHTY DOG', '불장난', '나쓰미깡' 등은 대상을 달리하며 해석되는 표제어 '동해'처럼 형이상학적 의미를 내포하는 메타언어[35]로 기능한다.

결과적으로 이 작품의 모두 서술자는 내관전망에 의해 분열주체로서의 '나'의 욕망과 균열된 갈등을 경험자아의 관점으로 낯설게 반영하면서 역설과 반어의 불확정성을 해체하는 기능을 수행한 것이다. 파편적으로 해체된 다성적 언어의 불확정한 영역에서 독자의 상상력은 해석의 독창성을 시도한다.

2) 역동적 불확정의 해체 ― 이상 「날개」

「剝製가 되어 버린 天才를 아시오? 나는 愉快하오. 이런 때 연애까지가 愉快하오.」

---

35) 메타언어의 개념은 두 가지로 분류된다. 첫째는 자연어의 재귀적 기능 또는 메타언어적 기능이다. 둘째는 언어학을 자연어에 대한 언어로 간주하는 데서 논리학적 메타언어, 메타언어적 표상, 언어학 용어, 메타언어적 기능, 메타언어적 담화 등을 지칭한다. 김상환, 『해체론시대의 철학』, 문학과지성사, 1996, p.306 참조.

肉身이 흐느적흐느적하도록 疲勞했을 때만 정신이 銀貨처럼 맑소.…

나는 또 女人과 生活을 設計하오. 戀愛技法에마저 서먹서먹해진, 知性의 極致를 흘깃 좀 들여다 본 일이 있는 말하자면 一種의 精神奔逸者 말이오. … 꾿 빠이. 그대는 이따금 그대가 제일 싫어하는 飮食을 貪食하는 아이러니를 實踐해 보는 것도 좋을 것 같소. 위트와 파라독스와…

十九世紀는 될 수 있거든 封鎖하여 버리오.…

(테이프가 끊어지면 피가 나오. 傷채기도 머지않아 完治될 줄 믿소. 꾿 빠이)

感情은 어떤 포우즈… 女王蜂과 未亡人―世上의 하고많은 女人이 本質的으로 이미 未亡人 아닌 이가 있으리까? 아니! 女人의 全部가 그 日常에 있어서 개개 '未亡人'이라는 내 論理가 뜻밖에도 女性에 대한 冒瀆이 되오? 꾿빠이. (318~319)

「날개」(1936)의 모두 서술자는 내관전망의 특징인 내적 독백으로 경험자아의 의식을 불확정 영역으로 조성하여 독자의 수용반응을 해체시키는 방식으로 작중 현실을 전망한다. 서사적 경험의 특이한 수용반응의 표본을 제시하는 것으로 이 작품의 모두 서술자 기능은 한국 단편소설사에서 포스트모더니즘의 지평을 모색할 수 있는 가능을 보여준 것이다.

이 작품의 서사구조는 내면적이고 정적이고 극도로 고립화한 개인의 의식의 세계로 옮겨지면서 위트와 패러독스를 내포한다. 식민지 치하라는 작품의 배경을 고려할 때 서술주체는 실제 삶에 있어 '무력한 잉여인간'[36]으로서 분열된 자기 모순을 투영함으로써 내적 분열의 박제상태에서 균형감각을 추구하는 지식인의 욕망을 보여준다. 전체 서사구조를 살피면 프롤로그에 해당되는 모두와 그 외 18개의 단락으로 나뉘어져 있다.

---

36) 김우창, 「일제하의 작가의 상황」, 『궁핍한 시대의 시인』, 민음사, 1977, p.21.

공간은 33번지로 불리는 유곽의 나와 아내의 방으로 한정되어 있으며, 배경의 변화란 주인공의 외출이 있을 때의 도회의 거리나 경성역 정도에 불과하지만 작중인물의 탈출 욕망의 지형도를 드러낸다. 공간적 탈출 욕망은 모두 서술자가 제시한 '나'의 독백의 정신과 관통한다.

작품은 "剝製가 되어 버린 天才를 아시오?"로 시작된다. "박제가 되어 버린 천재"는 이 작품의 화두다. 이것은 서사 현실에서 해석의 다양성을 초래하는 불확정성을 제공한다. 이에 따라 서사 전개는 서술자 '나'가 박제 상태에서 벗어나 날아보고자 하는 욕망을 담아낸다. 이러한 욕망은 서술주체와 경험주체로서의 '나'의 분열에 따라 각기 다른 방식의 언어 표현이라는 이질적 경로를 드러내며 그 의지의 실현을 반영한다.

서술주체와 경험주체로서의 '나'의 욕망의 구현 방식에 따라 이 작품은 에피그램이 제시된 모두와 '나'가 방안에서 탈출하여 비상의지를 드러내는 내부 이야기로 분리된다. 먼저 모두에서 7개의 에피그램이 제시된다. 그리고 내부 이야기는 방 안에서의 일상과 그 일상에서 벗어나 다섯 번의 외출을 통한 비상의 의지를 드러내는 두 부분으로 나뉜다. 담화층위에 따라 언술체계가 지적인 언어와 유아적 언어로 분열됨을 보여주는 것도 이 작품의 특징이다.

이 작품의 모두 서술자는 인칭의 측면에서 존재 영역의 동일성을 부각하지만 그 자격에는 불확정성을 내포한다. 서술자 '나'는 내포작가와 반영 인물이라는 대립적 해석을 가능하게 하기 때문이다.

그런데 이 작품의 모두에서 제시된 내적 독백은 단지 경험하는 자아의 즉물적인 의식과 순간을 드러내어 서술적 거리가 포기되고 전달의 초점이 경험자아의 순간에 집중된다. 이 점에서 모두 서술자의 자격을 파악하면 내포작가라기보다는 허구적 작중인물로서 경험자아의 의식이 반영된 것이다.

양식의 측면에서 모두 서술자는 명시적으로 전달기능을 수행하기보다는 자신의 분열된 의식 세계를 반영기능으로 보여준다. 이에 따라 작품의 모두는 서사 경험에 대한 구체적 가정이 생략된 채 어떤 결정된 예비 정보도 제공되지 않는 불확정상황의 자유의 공간[37]을 드러낸다. 불확정성이 강화되어 난해하다고 여겨지는 만큼 독자가 상상으로 채워야 할 빈자리가 많아진다. 그러므로 모두 서술자의 반영기능은 능동적인 독자의 참여를 유도하게 되고 그만큼 해석의 다양성이 파생된다.

초점의 측면에서 모두 서술자는 경험자아로서의 의식을 '지금·여기'로 고정하는 지각의 경로를 드러내므로 서사 현실은 내부 초점화로 제시된다. 이 작품의 프롤로그에 해당하는 모두에서 서술자가 의식의 흐름을 공간화하면서 이데올로기는 지엽적이며 파편적인 방식으로 상징된다.

특히 첫 문장인 "박제가 되어 버린 천재를 아시오?"는 독자의 기대감을 다각도로 반영한다. "왜 천재가 박제가 되었을까" 하는 독자의 기대감을 유보하고 지연시키면서 독서 경험의 심미성을 자극한다. 그러나 박제의 존재에 대한 불확정성은 이내 완화되기보다는 유보되며 지속적으로 강화된다. 이와 같이 독자의 다양한 해석을 끌어낼 수 있는 이 작품은 우리 소

---

37) 독자는 행간의 이야기를 만드는 상상력의 자유가 들어있다는 것을 의미한다. Stanzel, F. K., 『소설의 이론』, 앞의 책, pp.123~124.

설문학사상 불확정적인 요인이 가장 많은 작품[38]으로 평가받는다.

이 작품에서 모두 서술자의 해체기능은 '나'가 무엇을 진지하게 추구하고 이루어 갈 목표가 없는 듯한 "인생의 제행(諸行)이 싱거워서 견딜 수가 없게끔" 되어 버려 삶 자체를 중단하는 듯한 입장을 '굳빠이'의 잦은 사용에서도 드러내는 것으로도 살펴진다. '그대'에 대한 '굳빠이'가 네 번 반복되는 것은 무의식적 반영으로써 자아의 이중성 즉 괴리된 자아에 대한 결별을 드러낸 것이다.

또한 '그대'는 허구적 '나'에서 분리된 존재로 볼 수 있다. '나'의 또 다른 자아 해체적 반영이다. '그대'에서 자아를 분리할 수 있는 근거는 반복되는 '굳빠이'를 통해 유추된다. 자아가 또 다른 자아에게 무의식적으로 '굳빠이'를 반복한 것은 주체로서의 '나'에 대한 고별이자 타자된 '나'의 반영을 예고한다. 이에 따라 "박제된 천재" 또한 내부 이야기의 '나'의 반영으로 해석된다.

심리적으로 서술자아는 경험자아의 의식 수준을 보여주기 때문에 경험자아의 의식과 지각이 부각된다. 경험자아인 '나'의 내적 독백은 외부 세계가 경험적으로 파편화됨으로써 '굳빠이'의 의미를 다각도로 해석할 수 있는 근거를 제공한다. "19세기는 될 수 있거든 봉쇄(封鎖)하여 버리오"에서 드러나듯 전통적 삶의 방식과의 결별, 19세기식 소설쓰기와의 결별, 고정된 인식의 부부관계의 결별 등으로 그 각도에 따라 경험자아로서의 서술자아의 관점이 다르게 파악된다. "내 비범한 발육"에서 "박제가 되

---

38) 권희돈, 「연루된 독자」, 김춘섭 외, 앞의 책, p.213.

어 버린 천재"의 재생적 욕망이 반영된다.

"박제가 되어 버린 천재"로서의 자아가 분리된 삶의 방식은 "흡사 두 개의 태양처럼 마주 쳐다보면서 낄낄거리는 것"으로 괴리되면서 "여인과의 생활"이 "감정의 공급이 중지된 포우즈화"로 반영되는 내부 서사를 암시한다. 주체로서 자아가 박제되어버리고 대신 타자로서 자아가 부각됨으로써 서사언어는 정신적이고 현학적인 의식의 반영에서 추측되고 폐쇄된 일상의 반성으로 환치된다.

언술의 전복은 내부 서사의 현실에서 타자로서의 '나'와 주체로서의 '아내'의 일상을 반영한다. 모두 서술자가 해체기능으로 '나'의 전복을 반영한 것은 내부 서사에서 남녀 역할의 전복을 드러낸다. 이는 아내가 경제적 주체로 반영되면서 '나'와 '아내'의 결혼생활에서 남녀의 욕망과 권력이라는 기존의 전통적 질서가 해체[39]된 것을 시사한다.

전통적인 서사에 대치되는 "박제가 되어 버린 천재"와 "여왕봉(女王蜂)과 미망인"의 양극적 부부관계는 불균형한 자아의 괴리감을 파생한다. 이에 따라 '나'는 "박제가 되어 버린 천재"로서의 입장을 날개의 균형과 비상을 희구하는 것으로 탈피하고자 한다.

> 우리 부부는 숙명적으로 발이 맞지 않는 절름발이인 것이다. 내가 아내나
> 제 거동에 로직을 붙일 필요는 없다. 변해할 필요도 없다. 사실은 사실대로

---

39) 예술의 사회성은 기존 형식의 경직성에 저항 의미를 지니므로 새로운 문학 형식도 비판의 의미를 갖는 점에서 파괴를 통한 생성으로 데리다식 해체구성이다. 김준오, 앞의 책, p.312.

오해는 오해대로 그저 끝없이 발을 절뚝거리면서 세상을 걸어가면 되는 것이다. 그렇지 않을까?(343)

위의 인용문에서 서술자 '나'는 모두 서술자와 같은 수준의 지적인 언어를 구사해 보인다. '로직'이나 '변해'라는 언어는 모두 서술자 '나'의 언어와 흡사한 지적 수준을 드러낸다. 그리고 모두에 제시된 "이런 여인의 반— 그것은 온갖 것의 반이오—만을 영수하는 생활을 설계한다는 말이오."와 "그런 생활 속에 한발만 들여놓고 흡사 두개의 태양처럼 마주쳐다보면서 낄낄거리는 것이오"의 문장에서 알 수 있는 것처럼 '나'가 어긋난 부부관계를 숙명처럼 받아들이는 것을 반영한다. "박제가 되어 버린 천재"로서 '나'는 아내가 외출하는 이유와 아내의 돈과 아내의 직업과 아스피린과 아달린이 내포하는 의미를 통해 자신을 주체로 각성하기 시작한 것이다. 그리고 '나'는 삶의 균형감각인 날개를 자신의 주체의지로 희구한다.

나는 불현듯이 겨드랑이 가렵다. 아하, 그것은 내 인공의 날개가 돋았던 자국이다…
나는 걷던 걸음을 멈추고 그리고 어디 한번 이렇게 외쳐보고 싶었다.
날개야 다시 돋아라. 날자. 날자. 날자. 한 번만 더 날자꾸나.
한 번만 더 날아 보잤꾸나. (344)

작품의 결말 부분이다. 여기에서 드러난 '나'의 욕망은 "박제가 되어 버린 천재"에서 탈피하는 것이다. 이에 따라 '나'는 날개를 가진 자유인으로서 비상의지[40]를 드러낸다. 아내와 나의 합치되지 못하는 숙명은 양 날개의 균형감각으로 극복하겠다는 자아 각성적 의지를 보여주는 것이다. 자신의 주체성을 회복하는 것은 박제에서 탈피하는 것이다. 그러므로 첫 문장 "박제가 되어 버린 천재를 아시오?"는 작품 전체를 관통하면서 독자가 독서 경험의 각기 다른 경험에 따라 다양한 해석을 끌어내게 하는 불확정성을 제시한 것이다.

이와 같이 "박제가 되어 버린 천재를 아시오?"의 화두의 불확정성은 그 난해성이 복합적으로 중첩되어 다양한 해석을 가능하게 하므로 한국 소설사상 초유의 탁월한 효과를 드러내는 첫 문장[41]으로 평가받는다. 모두 서술자의 해체기능은 박제된 천재로서의 좌절과 실패를 통해 마침내 비상을 추구하는 '나'의 욕망을 반영한다.

이러한 맥락에서 모두 서술자의 해체기능은 한국 서사시학에 새로운 시사성을 제공한다. 그 이유는 천재와 박제, 주체와 타자, 제국주의와 식민지, 전통과 전복, 현실과 이상, 남성과 여성, 전통과 실험 등의 경계를 해체하는 방식으로 작품 모두에서 불확정 영역을 강화하였기 때문이다. 그 불확정 영역은 웅변하고 담화하지 않는다. 단지 죽음처럼 포착 불가능하면서도 절대적인 내적 독백의 반영은 독자의 기존 해석을 해체시키는

---

40) 「날개」가 비상의 운동성을 통해 존재의 자유의지에 대한 지향성을 그려내고 있다면, 「지주회시」는 추락의 반복적 운동성을 통해 이러한 의지를 좌절시키는 부정적 현실의 힘을 회화적으로 그려낸다. 황도경, 「모더니즘과 공간성」, 『문학사상』, 1998. 4, p.49.

41) 김춘섭 외, 앞의 책, p.216.

지점에서 재창조[42]를 역동하게 한다.

결과적으로 이 작품 모두 서술자 '나'는 내관전망의 독백으로 경험자아의 분열적 의식을 반영함으로써 독자의 다양한 해석을 끌어내는 불확정성을 강화하는 해체기능을 실현한다. 이는 서사 현실의 불가해성뿐만 아니라 작가가 소설을 일방적으로 창작하는 것이 아니라 독자를 창작과정의 요소에 끌어들임으로써 서사적 욕망을 실현하는 새로운 창작 방식을 예고한 것이다. 독서과정에서 독자는 경험자아의 지각적 순간만이 압도적으로 구체화되는 서술자 언술의 해체로 인하여 불확정 영역에서의 상상력이 활성화된다.

3) 인상적 이미지의 해체 ― 최명익 「심문」

시속 오십 몇 킬로라는 특급차창 밖에는, 다리쉼을 할만한 정거장도 흘러갈 뿐이었다. 산, 들, 강, 작은 동리, 전선주, 꽤 길게 평행한 신작로의 행인과 소와 말. 그렇게 빨리 흘러가는 푼수로는, 우리가 지나친 공간과 시간 저 편 뒤에 가로 막힌 어떤 장벽이 있다면, 그것들은 캔퍼스 위의 한 터치, 또한 터치의 '오일' 같이 거기 부딪쳐서 농후한 한 폭 그림이 될 것이나 아닐까?고

---

42) 후기 구조주의자들과 대화하는 오닐의 입장에서 보면 서사의 하위 수준과 상위 수준은 상대적이면서 역설적이고, 자기 해체적이다. 오닐은 서사의 작인들인 주인공, 서술자, 수화자, 내포작가, 내포독자 등을 모두 은유적인 존재로 이해하여 이들을 인격이 아니라 의인화된 의사인격들로 파악한다. 오닐의 이론은 기존 서사학자들의 텍스트 개념에 텍스트를 '과정'으로 이해하는 후기 구조주의자들의 새로운 입장을 이끌어와 텍스트성으로 확장시킨 것이다. 오닐이 주장한 텍스트성은 '텍스트 내적(intratextual)' 영역에서 벗어나 '텍스트 외적(extratexual)' 영역으로까지 확장된다. O' Neill, Patrick, 앞의 책 참조.

나는 그러한 망상의 그림을 눈앞에 그리며 흘러갔다…

그러나 나 역시 이렇게 빨리 달아나는 푼수로는 어느 때 어느 장벽에 부딪혀서 어떤 풍속화나 어떤 인정극 배경의 한 터치의 오일이 되고 마는지 예측할 수는 없을 것이다.(72~73)

「심문」(1937)의 모두 서술자는 내관전망으로 차창 밖 풍경의 흐름이라는 파편적이며 주관적인 인상을 불확정한 경험자아의 관점으로 반영하여 서사 현실에 대한 정보를 해체한다. 모두 서술자는 '특급 차창 안'이라는 작중인물의 현장적 위치만 부각시킨 채 차창 밖 풍경을 관조하는 주체의 시점은 불확정성으로 반영한다. 이러한 불확정한 시점의 정체를 파악하기 위하여 독자는 탐구적 호기심으로 후행서사에 집중하며 역동적인 상상력을 발휘하게 된다.

모두 서술자는 서술자아로서의 서술 전달기능을 경험자아의 지각을 전경화하는 데 집중하므로 '지금 · 여기'의 경험의 불확정성이 증폭된다. 서술자 '나'는 여행 이야기를 쓰고 있는 '나'와 여행하는 '나'로 분리된다. 모두 서술자는 후자, 즉 경험자아로서의 불확정한 시점을 반영한다. 서술자가 불확정한 경험자아의 주관적 시점에 의한 시공간의 정태적 경험을 반영한 후 자신의 정체를 드러내기 때문이다.

그처럼 내가 탄 특급의 속력을 '무모(無謀)'로 느끼고, 뒤로 뒤로 달아나는 풍경이 더 물러갈수 없는 장벽에 부딪쳐 한 폭 그림이 되고, 폐허에 버려둔 듯한 열차의 사람들도 한 터치의 오일이 되고 말리라고 망상하는 것은 한번도 가본 적이 없는 곳으로 달려가는 이 여행의 스릴로서 내게는 다행일지언정 그리 경멸한 착각만은 아닌 듯싶었다.(73)

이 작품의 모두의 전개에서 차창 밖 정경을 반영한 시점은 한동안 불확정한 영역으로 제시된다. 차창 밖 정경은 불확정한 인물 시점으로 반영됨으로써 내관전망의 특성이 부각된다. 그 인물의 정체는 자신이 탄 특급의 속력을 '무모'라고 느끼는 경험자아로서의 지각을 바로 '지금·여기' 순간으로 드러내는 서술자 '나'이다. 차창 밖 풍경은 "뒤로 뒤로 달아나는 풍경이 더 물러갈수 없는 장벽에 부딪쳐 한 폭 그림"으로 제시된다. '나'의 의식은 회상과 반추로 삶을 소진한다는 인상을 보여준다. 경험적 의식의 흐름은 현재의 공간과 시간에 대한 의미마저도 "폐허에 버려둔 듯한 열차의 사람들도 한 터치의 오일이 되고 말리라고 망상하는 것"으로 무화한다. '나'의 의식에서 여행에 대한 기대는 미래에 대한 미지의 공간과 시간에 대한 기대나 희망을 보여주지 못한다. 허튼 망상은 "그리 경멸한 착각"이 아니라는 자기 위안을 추정하게 한다. 이러한 경험자아의 주관적 의식의 파편화는 "착각만은 아닌 듯싶었다", "예측할 수는 없는 것이다" 등의 서술자아의 추측의 어법에서도 구체화된다. 경험자아의 인식과 지각의 경로는 불확정성을 강화한 것이다.

이러한 불확정성은 이 작품의 제목에서부터 암시된다. 이 작품의 제목은 한글 표기만으로는 명확한 뜻을 헤아리기 어렵다. '심문'의 의미가 무엇일까. '심문'은 한자어로 다의어라고 할 수 있다. 우선 그 의미를 살펴보면 '따져 묻게 된다'는 뜻으로서의 審問, '피가 드나드는 길'로서 心門, '꽃의 가운데 부분'을 의미하는 심문 등 여러 의미로 심문이 파악될 수 있다. 이와 같이 이 작품의 표제는 한글 표기만으로는 해석의 불확정성이 강화된다. 따라서 독자는 그 불확정성의 의미를 해석하기 위하여 후행서사에 더 집중하는 심미적 탐구심을 자극받게 된다. 독자는 담화의 총체적인 의미를 파악하고 난 후에야 '심문'이라는 표제가 "마음의 무늬[心紋]"를 상징한다는 것을 해석하게 된다.

서사를 총체적으로 파악할 수 있는 독서가 끝나고 독자가 서사의 역진적인 해석을 시도하였을 때에 비로소 제목 '심문'은 작중인물들의 마음의 갈등을 상징하는 "마음의 무늬"로 파악할 수 있다. 이는 의식의 흐름이 마치 눈으로 볼 수 있는 무늬로 그려진다는 상징성 때문이다. 이러한 의식의 흐름은 서술주체 '나'와 여옥의 갈등뿐만 아니라 현혁의 갈등을 상징한다. 여옥과 '나'가 현혁의 주변에 존재하긴 하지만 여옥은 현혁과 심리적 동질감을 유지하고 있으며 '나'는 이 둘을 관망할 뿐이다. 이러한 측면을 고려한다면 이 작품에 드러난 갈등의 핵심은 현혁의 내면이며 그것의 발현이 초래한 결과[43]라고 볼 수도 있다. 그렇지만 이 작품의 모두에서 전망되듯이 '나'의 타자적인 시선은 세상에 대한 내면적 갈등을 상징하며 서사 세계를 경험하는 기본 입장이라는 점에서 '심문'은 '나'의 소외와 단절이라는 내면의식의 상징으로 볼 수 있을 뿐만 아니라 더불어 여옥과 현혁의 내면의식의 갈등을 상징한다.

특히 모두 서술자 기능은 '나'의 의식을 스쳐가는 파편적인 이미지로 해체하고, 이러한 의식의 흐름은 시각적 이미지로서 경험자아의 욕망의 무늬를 독자에게 보여준다. 서술자 '나'는 자신과 현혁, 여옥이라는 인물

---

43) 임병권, 「1930년대 한국 모더니즘 소설의 양가성 연구」, 서강대 박사학위 논문, 2001, p.130.

들을 중심으로 일상과 괴리된 의식의 단면들을 담화 공간의 병치로 구조화하여 그들의 과거와 현재를 조명한다. 김명일로서 '나'는 상처의 경험을 갖고 있으며 삶에 대한 의욕이 없이 방황하는 중년화가로서 무직자이다. 고아 출신인 여옥은 문학소녀로서 동경 유학을 다녀왔으며 좌익이론가인 현혁의 애인으로 현혁이 감옥에 수감된 후 여급과 다방마담을 하다가 '나'를 만난다. 여옥은 '나'의 모델을 하다가 옛 애인 현혁을 찾아 하얼빈으로 떠난다. 그녀는 거기에서 아편중독자로 전락하고 갱생을 꿈꾸지만 실패한다. 현혁은 한때 좌익이론가로 명성을 떨쳤지만 아편중독자가 되었으며 자신을 찾아온 애인 여옥을 아편을 얻기 위한 수단으로 이용한다. 하얼빈에서 세 인물이 조우한다. 여옥은 현혁과 '나'를 두고 갈등하다가 결국 자살한다.

이러한 스토리는 담화 측면상 세 층위에서 '나'의 의식의 흐름을 드러나게 한다. 이러한 의식의 흐름 기법의 도입은 인간이 영혼의 총합이며 상징으로서 인간의식은 질서에 의해 순차적으로 전개되는 것이 아니라 현재 과거 미래가 동시에 결합되어 의식으로서 표출된다는 시간관과도 연관된다.[44] 의식의 흐름으로서 시간성의 교차는 이 작품의 '나'의 의식

---

44) 현대 심리소설에서 현재의 순간의 의미가 중요시됨은 뽈 어거스틴의 시간에 대한 속성 때문이다. "과거의 것은 현재는 기억이며, 현재의 것의 현재는 직접적인 지각이며, 미래의 것의 현재는 예기이다. …마음속에는 미래의 예기와 과거의 기억이 모두 담겨 있다. …따라서 긴 것은 미래의 시간이 아니다. 긴 미래는 미래의 긴 예기이다. 과거의 시간이 긴 것은 아니다. 과거의 시간이란 존재하지 않는 까닭이다. 긴 과거는 과거의 긴 기억인 것이다." 홍성암, 「1930년대 한국 심리소설의 양상」, 『동아시아 문화연구』 제8집, 한양대 동아시아문화연구소, 1985, p.447. 한순미, 「최명익 소설의 주체, 타자, 욕망에 관한

에서도 현현된다. 하얼빈으로 기차를 타고 가는 '나'의 의식, 오룡대에서 과거 여옥과의 관계를 회상하는 '나'의 의식, 하얼빈에서 현혁과 여옥의 무언극을 무감각적으로 지켜보는 '나'의 의식 순서로 거시적 의식의 흐름이 구조화된 것이다.

그리고 서술자 '나'는 여행기라는 표층구조에 종속되었다. 그러나 담화의 심층에 반영된 경험자아의 주관적인 의식의 흐름은 인상의 파편화로 심미성을 반영한다. 특히 모두 서술자는 기차를 타고 가는 '나'의 의식의 흐름을 통해 담화 전체를 관류하는 인상의 파편으로 독자의 해석의 다양성을 끌어낸다.

작품의 모두에는 차창 밖 풍경이 반영된다. 하얼빈으로 가는 기차 안에서 '나'의 의식은 현재의 시간을 중심으로 과거와 현재가 교차된다. '나'의 시점은 외부 대상을 구체화하는 것이 아니라 추상화한다. 추상에의 욕망은 시속 50킬로미터로 달리는 기차 안에서 바라보는 풍경의 속도감으로 드러난다. 그 풍경들이 스쳐지나가는 형국처럼 근대적 인간의 욕망이 속도감에 의해 추상화된다. 속도감은 산과 들 등의 차창 밖 외부 정경을 한 폭 추상화의 이미지를 남기는 것처럼 '나'의 의식의 흐름 또한 파편적인 이미지로 해체한다.

이 작품의 모두 서술자는 인칭의 측면에서 존재 영역의 동일성을 구축하는 서술자아이자 경험자아로서의 '나'이다. 그런데 작품의 시작 부분에서 모두 서술자 '나'의 전달기능은 경험자아의 관점을 부각시키는 데에

연구」, 전남대 석사학위 논문, 1997, p.47에서 재인용.

제한하므로 구체적인 인칭이 제시되지 않는다. 단지 경험자아의 지각적 경로로서 차창 밖 풍경이 부각된다. 이에 따라 지각의 전달 경로는 불확정한 경험자아의 것으로 국한된다.

서술자 '나'는 불확정한 경험자아의 시점으로 특급 기차를 타고 바라보는 차창 밖 풍경을 카메라적 반영자의 입장에서 보여준다. 차창을 경계로 경험자아의 세계와 외부 세계는 단절되어 있다. 벽 밖의 세상은 "산, 들, 강, 작은 동리, 전선주, 꽤 길게 평행한 신작로의 행인과 소와 말"의 일직선상에 있다.

이를 통해 모두 서술자는 표층적으로는 창밖 풍경을 묘사하지만, 심층적으로는 그저 한 터치로 스쳐가는 농촌 풍경의 추상적 이미지로 자신의 소외의식을 투영한 것이다. 여기에서 살펴지는 의식의 크로노토프[45]는 현상적 공간과 인식적 공간을 연계한다는 점에서 복합적이며 혼선적인 관계망을 반영한다. 현실의 내면 공간은 경험과 의식, 과거와 현재 그리고 미래의 시간을 풍경의 이미지를 통해 반영된다.

창유리로 구분된 '나'의 세계와 차창 밖의 세계가 드러내보이는 경계는 시대와 삶을 비껴가는 풍경으로서 '나'의 소외감을 반영한다. 그런 소외

---

45) 서사물에 나오는 크로노토프는 주요한 크로노토프와 하위의 크로노토프가 서로 밀접한 관련이 있을 때 서사물을 성공적 작품으로 만든다. 제이 래딘은 이들 크로노토프의 관계를 9가지로 분류하여 단순한 사건의 계기(simple sequence), 계기적 유형(sequential pattern), 변증법적 관계(dialectical), 패러독스적 관계(paradoxical), 단순한 대화적 관계(simple dialogical), 복합적 관계(compound), 중복적 관계(overlapping), 둥지적 관계(nested), 위계질서적 관계(hierachical)로 나누고 있다. Jay Ladin, op. cit., pp.225~227 참조. 김병욱, 「언어 서사물에 있어서의 공간의 의미」, 김춘섭 외, 앞의 책, p.164 재인용.

의식은 애인이었던 여옥이 편지 한 장 남기고 떠나버렸을 때, "찾을 염치가 없는 듯하였고 오히려 무거운 짐이나 부린 듯이 가벼워졌다"는 단절감으로 부각된다.

양식의 측면에서 서술자는 경험자아의 인식과 지각을 드러내는 반영기능으로 의식의 흐름을 보여준다. 서술자는 직접적 설명이나 요약 등의 그 어떤 예비적 정보를 제공하지 않은 채 경험자아의 구체적인 경험 세계로서 차창 밖 풍경을 묘사한다.

"흘러 갈 뿐이었다", "이렇게 빨리 달아나는" 등의 속도로 감지된 기차 여행의 풍경은 경험자아의 '지금·여기'로 초점화된다. 그리고 경험자아의 의식은 "어느 때", "어떤 풍속화", "어떤 인정극"처럼 확실함이 결여된 '어떤'이라는 미지칭의 관형어로 반영되어 불확정 영역을 강조한다.

초점의 측면에서 모두 서술자는 경험자아의 '지금·여기'에 집중함으로써 내적 초점화가 형성된다. 차창 밖 풍경은 경험자아의 순간적 지각이 반사된 지점으로 초점이 좁혀진 것이다.

모두 서술자는 지식과 지각의 지평을 공간적으로는 경험자아와 직접 관계 있는 곳, 심리적으로는 경험자아의 사고에만 제한하는 것으로 해체 기능을 실현한다. 차창을 경계로 '그'의 세계와 외부는 단절된다. 차창 밖의 세상의 풍경은 차창을 경계로 한 '나'의 시점은 카메라의 눈[46]처럼 서사 현실의 현상적 풍경을 드러낸다. 풍경의 이동은 단지 "풍속화나 어

---

46) 이것의 목적은 무슨 분명한 선별 또는 조정 없이 그것이 기록 매개체 앞을 지나가는 "삶의 조각을" 전달하는 것이다. Friedman, N.,; 'Point of View'. Stanzel, F. K., 『소설의 이론』, 앞의 책, p.333에서 재인용.

떤 인정극의 배경의 한 터치의 오일"의 보잘것없는 이미지로 추상화된다. 이러한 추상적 이미지를 반영하는 서술자아의 언술은 도화선생인 서술자의 직업과 경험자아로서 '나'의 소외의식을 드러낸다.

서술자 '나'는 자신이 과거 경험자아로서의 신분을 서사과정에서 제시한다. '도화선생'이었던 서술자의 자격이 서사과정에서 추적되는 만큼 창밖으로 쏜살같이 지나버리는 풍경들에 대해 직업적 용어가 반영된 것이다. 후행서사에서 서술자는 차 안에 있으나 스쳐가는 풍경과 다를 바 없을 정도로 열차 내 사람들에게 거리를 두며 그들의 보잘것없음을 자조한다. 특급열차를 타고 있으면서도 낯선 곳으로의 여행에 대한 설레는 기대나 기쁨보다는 우울한 상상으로 소외의식을 드러낸다. 이러한 '나'의 소외의식과 단절은 여옥에게서 죽은 아내의 혜숙의 모습을 그려보는 상황에서도 암시된다.

"그렇다면 본시부터 모호하던 두 사람의 심정의 초점이 더욱 모호해진다기보다는 밤과 낮으로 다른 두 여옥이와 두 '나'로 분열하고 무너져가는 마음의 풍경을 멀거니 바라볼 밖에는 별도리가 없는 듯하였다"를 보면 '나'는 자신의 인상과 주관이라는 이중적인 입장에서 여옥을 바라본다. '나'의 욕망은 타락한 생활을 하던 여옥에게서 죽은 아내인 혜숙을 그리고 싶다는 추상적인 의식을 구체화하게 한다. 여옥을 외부 대상으로 객관화하기보다는 그 대상의 본질과는 다소 차이를 드러내게 되는 관점에서 '나'는 자신이 죽은 아내에게 받았던 가장 고왔던 이미지를 여옥에게 덧씌운다. 대상을 대상 자체로 파악한 것이 아니라 자기 안에 내면화된 추상으로 이미지화한 것이다. '나'의 추상적 욕망은 인간관계의 단절과 소외의식을 드러나게 된다.

"금시에 날아보고 싶어서, 날갯죽지가 미미적거리는 모양이나, 그저 혀를 차고 말 듯, 쫑—쫑— 외마디소리를 해가며 가름대 충계를 오르내릴 뿐이다"에서는 여옥을 발톱이 긴 종달새의 모습으로 연상하는 경험자아의 의식을 부각시킨다. 서술자 '나'는 경험하는 순간의 의식을 현현하는 기법으로 초점화한 것이다. 이때 여옥에 대한 분열적이고 이중적인 욕망의 상태는 중지되고 다만 여옥을 종달새의 모습으로 보여준다. 자신이 욕망했던 여옥의 모습이 아니었음을 깨닫게 되는 순간이다.[47] 이러한 애인 여옥에 대한 이미지의 반영은 맹목적이어야 할 사랑에도 순정을 못 가지는 서술자아의 심리적 단절감을 보여준다. 이는 모두에 제시된 차창의 풍경이 스쳐가는 이미지에서 경험자아의 의식의 흐름을 해체적으로 반영하는 것과 상통한다.

결과적으로 이 작품의 모두 서술자는 자신의 정체를 드러내지 않는 불확정한 입장의 주관화된 순간적 지각을 해체기능으로 반영한다. 이에 따라 차창 풍경에서 드러난 속도감은 추상적인 이미지로 경험자아의 소외의식과 단절감을 내관전망에 의해 드러낸다. 해체기능의 파편화된 불확정 영역은 독서과정에서 독자의 상상력을 심미적으로 역동하게 한다.

3. 경험자아 집중의 현시적이며 유동적인 서사

내관전망의 서술자 '나'는 진술의 권위를 경험자아의 경험을 부각하는

---

47) 한순미, 앞의 논문, p.61.

데에 한정하므로 경험자아의 인식이나 지각이 강조된다. 서술자는 작중 현실의 경험과의 시간적 거리를 드러내지 않고 자신의 경험의 구조를 구축하거나 해체하는 현장의 방식으로 공간화를 추구한다.

서술자가 작중 경험에 참여적인 양상을 드러내는 정도와 그 경험의 구조를 드러내는 방식에 따라 메타기능과 해체기능으로 구분되는 것을 작품 분석을 통해 다음과 같이 파악하였다. 내관전망의 경험구조의 메타기능을 실현하는 작가는 현진건, 김동인, 김유정, 박태원 등이다. 현진건은 「빈처」·「술 권하는 사회」·「할머니의 죽음」에서 참여적 발화, 김동인은 「태형」에서 신호적 기호의 메타기능으로 작중 현실을 전망한다. 이상은 「실화(失花)」·「봉별기(逢別記)」 등에서 강박적 무의식, 김유정은 「두꺼비」·「동백꽃」에서 이중적 어조의 메타기능으로 작중 현실을 전망한다. 박태원은 「피로」에서 여과적 차용, 「수염」에서 심미적 행위를, 김동인은 「狂炎소나타」에서 허구적 진술의 메타기능으로 작중 현실을 전망한다.

한편 내관전망으로서 경험의 해체기능을 실현하는 작가는 이상과 최명익이다. 이상은 「童骸」에서 언어적 다성성, 「날개」에서 역동적 불확정의 해체기능으로 경험자아의 이율배반적 갈등을 전망한다. 그리고 최명익은 「심문」에서 인상적 흐름의 해체기능으로 경험자아의 심리적 의식의 유동적인 흐름을 불확정성으로 전망한다.

이와 같이 내관전망이 드러나는 작품에서는 주관적이며 인상적인 공간구조에 의해 이데올로기가 은유나 미정의 방식으로 암시된다. 경험에 대한 서술자의 심미성은 부각되고, 불확정성에 따른 독자의 작가성은 유연한 방식으로 역동하며 재창조적 해석을 발휘하게 된다.

제3부

1920~30년대 모두 서술자 기능 유형원과 시작의 패러다임

제6장

1920~30년대 모두 서술자 기능 유형원

이상에서 본 연구는 1920~30년대 한국 단편소설 시작의 시학을 전망과 모두 서술자 기능의 유형으로 분석하였다. 그리하여 당대 작가들이 문학의 자율성과 예술성을 강조하기 위하여 다양한 서술자 기능으로 한국 서사시학의 심미성에 기여하였다는 것을 파악하였다. 이를 토대로 본 장에서는 1920~30년대의 단편소설의 전망과 모두 서술자 기능의 유형원을 제시하여 그 특징과 의의를 조명하려고 한다. 1920~30년대 한국 단편소설의 전망과 모두 서술자 기능의 유형원은 〈그림8〉로 명시한다.

1. 작가별 특징과 심미성의 실현 양상

1920~30년대의 작가들은 한국 단편소설의 창작에 있어 서사시학으로서 시점을 자각하고 실현하는 방식으로 모두 서술자 기능의 다양성을 추

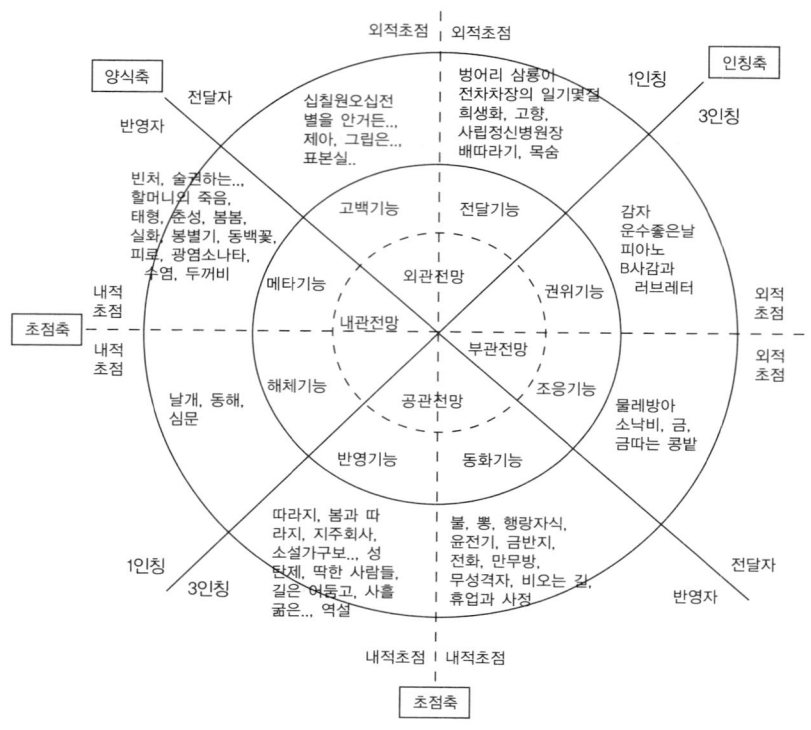

외적초점 | 외적초점

양식축

전달자

반영자

십칠원오십전
별을 안거든...
제아, 그립은...
표본실..

벙어리 삼룡아
전차차장의 일기몇절
희생화, 고향,
사립정신병원장
배따라기, 목숨

1인칭

인칭축

3인칭

빈처, 술권하는...
할머니의 죽음,
태형, 춘성, 봄봄,
실화, 봉별기, 동백꽃,
피로, 광염소나타,
수염, 두꺼비

고백기능

전달기능

감자
운수좋은날
피아노
B사감과
러브레터

내적
초점

메타기능

외관전망

내관전망

부관전망

권위기능

외적
초점

초점축

내적
초점

해체기능

공관천망

조응기능

외적
초점

날개, 동해,
심문

반영기능

동화기능

물레방아
소낙비, 금,
금따는 콩밭

따라지, 봄과 따
라지, 지주회사,
소설가구보..., 성
탄제, 딱한 사람들,
길은 어둡고, 사흘
굶은..., 역설

불, 뽕, 행랑자식,
윤전기, 금반지,
전화, 만무방,
무성격자, 비오는 길,
휴업과 사정

전달자

1인칭

3인칭

반영자

내적초점 | 내적초점

초점축

〈그림8〉 1920~30년대 단편소설의 모두 서술자 기능 유형원

구하였다. 그런데 1920~30년대의 작가들은 본격적인 근대소설로서의 입지를 강화한 점에서 공통의 입장을 드러내지만 담화의 전망과 모두 서술자 기능의 실현 방식에서 뚜렷한 변별성을 보여준다.

1920년대 작가들은 시점과 모두 서술자 기능을 근대적 서사기법으로 인식하고 실험하였음을 작품 분석을 통해 파악할 수 있었다. 모두 서술자의 기능의 실현에 있어 1920년대가 서사시학의 형성으로서 단초의 특성을 보여준다면[1] 1930년대는 본격적인 서사시학의 발전을 보여준다. 1930

년대는 그 이전의 문학과는 다른 다양한 시도가 있었던 시기로 당대 작가들은 관심을 수평적, 수직적으로 그 폭을 넓혀갔고 그런 결과가 문학 형식의 다양화로 실현된 것이다.[2] 이와 같이 1930년대 한국 단편소설의 모두에서 서사전망과 서술자 기능의 다양화가 실현된 것은 내재적 문학사의 연구에도 시사점을 제공한다.

우선 본 연구는 1920~30년대의 단편소설의 모두에 드러난 전망과 서술자 기능의 작가별 특징과 변이 양상을 살피려고 한다. 이를 위한 근거자료로서 서사의 전망과 모두 서술자 기능[3]의 유형별 작품을 정리하면 다음과 같다.

---

[1] 이재선은 1905년에서 1918년까지를 준비단계, 『창조』 발간 이후의 1919년에서 1920년대까지를 정립단계로, 주종연은 이재선의 견해를 바탕으로 근대 단편소설의 발달과정을 3단계로 나누어 1920년대를 김동인, 현진건, 염상섭, 나도향에 이어지는 완성정립기로 본다. 김용재는 1920년대를 본격적인 단편소설 양식이 정립된 '단편소설 형성기'로 본다. 이재선, 『한국단편소설연구』, 앞의 책, p.12. 주종연, 「한국근대단편소설의 형성과정 연구」, 서울대 박사학위 논문, 1979, p.5. 김용재, 『한국 서사론적 탐구』, 앞의 책, p.73 참조.

[2] 이재선, 『한국현대소설사』, 앞의 책, pp.313~315참조.

[3] 화자 인물의 모두 서술자(Teller-Narrator's Beginning)와 반영자 인물의 서술자 모두(reflector-Narrator's Beginning)를 고려하여 모두 서술자 기능을 다음과 같이 약호한다.

부관전망에서 권위기능 T · 조응기능 T'
공관전망에서 동화기능 R · 반영기능 R'
외관전망에서 전달기능 t · 고백기능 t'
내관전망에서 메타기능 r · 해체기능 r'

1) 단편소설의 서사전망과 모두 서술자 기능의 분류

부관전망의 권위기능과 조응기능

① 화자의 예기적 권위(T) : 김동인 「감자」, 현진건 「운수 좋은 날」 · 「B 사감과 러브레터」 · 「피아노」

② 화자의 은유적 조응(T') : 나도향 「물레방아」 · 김유정 「소낙비」 · 「금따는 콩밭」 · 「금」

공관전망의 동화기능과 반영기능

① 인물의 지각적 동화(R) : 나도향 「뽕」 · 「행랑자식」, 염상섭 「윤전기」 · 「금반지」 · 「전화」, 현진건 「불」, 김유정 「만무방」, 최명익 「무성격자」 · 「비오는 길」, 이상 「休業과 事情」

② 인물의 의식적 반영(R') : 김유정 「따라지」 · 「봄과 따라지」, 박태원 「소설가 구보씨의 일일」 · 「딱한 사람들」 · 「길은 어둡고」 · 「사흘 굶은 봄달」, 최명익 「역설」

외관전망의 전달기능과 고백기능

① 화자의 권위적 전달(t) : 김동인 「배따라기」 · 「목숨」, 현진건 「희생화」 · 「고향」 · 「사립정신병원장」, 나도향 「벙어리 삼룡이」 · 「전차차장의 일기 몇 절」

② 화자의 회상적 고백(t') : 나도향 「十七원 五十전」 · 「별을 안거든 우지나 말걸」, 염상섭 「제야」 · 「표본실의 청개구리」, 현진건 「그립은 흘긴 눈」

내관전망의 메타기능과 해체기능

① 경험의 구조적 메타(r) : 현진건 「빈처」 · 「술 권하는 사회」 · 「할머니의 죽음」, 김동인 「태형」, 나도향 「춘성(春星)」, 김유정 「봄봄」 · 「두꺼비」, 이상 「실화(失花)」 · 「봉별기(逢別記)」, 박태원 「수염」 · 「피로」, 김동인 「狂炎소나타」

② 경험의 반성적 해체(r') : 이상 「童孩」·「날개」, 최명익 「역설」

이와 같이 1920~30년대의 단편소설의 전망과 모두 서술자 기능, 관점의 유형에 따른 작가별 특징은 다음과 같이 파악된다. 먼저 3인칭 서술상황의 부관전망으로서 김동인과 현진건의 단편에서는 평가와 보고의 예기적 권위기능이 드러난다면, 나도향과 김유정의 단편에서는 묘사와 상징의 은유적 조응기능이 드러난다. 이에 비해 공관전망으로서 현진건·나도향·염상섭·최명익·이상의 단편에서는 서사적 지각의 인물적 동화기능이 살펴진다면, 김유정·박태원·최명익의 단편에서는 경험적 의식의 인물적 반영이 살펴진다.

다음은 1인칭 서술상황의 외관전망으로서 김동인·현진건·나도향 단편에서는 신뢰적 권위의 화자적 전달기능이 드러난다면, 나도향·염상섭·현진건 단편에서는 회상적 거리의 화자적 고백기능이 드러난다. 내관전망으로서 현진건·김동인·나도향·김유정·최명익·이상·박태원의 단편에서는 인물적 경험의 구조적 메타기능이 살펴진다면, 이상과 최명익의 단편에서 인물적 경험의 반성적 해체기능이 살펴지기도 한다. 작가별 모두 서술자 기능의 실현 양상을 통계표로 개괄하면 〈표1〉과 같다.

	T	T'	R	R'	t	t'	r	r'	비 교
김 동 인	1				2		2		T t r (5)
나 도 향		1	2		2	2	1		T' R t t' r (8)
염 상 섭			3			2			R t' (5)

현 진 건	3	1		3	1	3	T R t t' r (11)
김 유 정		3		2		2	T' R' r (7)
최 명 익		2	1			1	R R' r' (4)
박 태 원			5			2	R' r (7)
이 상		1			2	2	R r r' (5)

〈표1〉 작가별 서술자 기능의 실현 양상

2) 1920~30년대의 작가별 서술자 기능의 특징

위의 자료를 근거로 삼아 1920~30년대의 작가별 단편소설의 모두 서술자 기능의 특징을 간략하게 살펴보면 다음과 같다.

(1) 김동인 — 권위적 서사에서 경험적 서사의 지향

김동인은 「감자」에서 부관전망의 권위기능, 「목숨」·「배따라기」 등에서 외관전망의 전달기능, 「태형」·「狂炎소나타」 등에서 내관전망의 메타기능을 실현한다. 부관전망과 외관전망에서 내관전망으로의 변이가 드러난다. 권위와 전달의 기능에서 메타기능으로의 변이를 통해 김동인은 권위적 서사에서 경험적 서사로의 지향을 보여준다.

(2) 나도향 — 서정적 서사에서 객관적 서사의 지향

나도향은 「전차 차장의 일기 몇 절」·「벙어리 삼룡(三龍)이」 등에서 외관전망의 전달기능, 「十七원 五十전」·「별을 안거든 우지나 말걸」·「여이

발사」 등에서 외관전망의 고백기능을 보이다가 「춘성(春星)」에서 내관전
망의 메타기능을 추구한다. 「물레방아」에서는 부관전망의 조응기능, 「행
랑자식」·「지형근」·「뽕」 등에서는 공관전망의 동화기능이 드러난다. 부
관전망은 공관전망으로, 외관전망은 내관전망으로의 변이된다. 전달기
능과 고백기능은 메타기능으로, 조응기능은 동화기능으로의 변이를 통해
나도향은 서정적 서사에서 객관적 서사로의 지향을 보여준다.

(3) 염상섭 — 고백적 서사에서 동화적 서사의 지향

염상섭은 「제야」·「표본실의 청개구리」 등에서 외관전망의 고백기능
을, 「윤전기」·「금반지」·「전화」 등에서 공관전망의 동화기능으로의 변
이를 드러낸다. 외관전망에서 공관전망의 변이는 고백기능에서 동화기능
으로의 변이를 추동한 것이다. 이를 통해 염상섭은 고백적 서사에서 동화
적 서사로의 지향을 보여준다.

(4) 현진건 — 아이러니적 서사에서 참여적 서사의 지향

현진건은 「운수 좋은 날」·「B사감과 러브레터」·「피아노」 등에서 부관
전망의 권위기능을 드러내다가 「불」에서 공관전망의 동화기능을 추구한
다. 「희생화」·「고향」·「사립정신병원장」 등에서는 외관전망의 전달기
능, 「그립은 흘긴 눈」은 외관전망의 고백기능을 드러내다가 「빈처」·「술
권하는 사회」·「할머니의 죽음」 등에서는 내관전망의 메타기능을 실현한
다. 부관전망에서 공관전망, 외관전망에서 내관전망으로 변이를 보이며,
권위기능은 동화기능으로 전달과 고백기능은 메타기능으로 변이된다. 이

를 통해 현진건은 서사적 특징을 아이러니적 서사에서 참여적 서사로의 지향을 보여준다.

(5) 김유정 — 조화적 서사에서 반영적 서사의 지향

김유정은 「소낙비」에서 부관전망의 조응기능을, 「만무방」에서 공관전망의 동화기능을 드러내며, 「봄봄」에서 내관전망의 메타기능, 「따라지」·「봄과 따라지」 등에서 공관전망의 반영기능을 실현한다. 부관전망에서 공관전망과 내관전망의 변이를 통해 김유정은 조화적 서사에서 반영적 서사로의 지향을 보여준다.

(6) 최명익 — 경험적 의식과 반영의 서사 실현

최명익은 공관전망의 「무성격자」·「비오는 길」 등에서 동화기능, 「역설」에서는 반영기능을 구축하고 내관전망의 「심문」에서 해체기능을 실현한다. 동화와 반영기능, 그리고 해체기능으로 일관되게 서사시학의 기법을 추구한 최명익은 경험적 의식과 반영의 서사를 보여준다.

(7) 박태원 — 관조적 의식과 내성의 서사 실현

박태원은 「수염」·「피로」 등에서 내관전망의 메타기능을 보여주며, 「길은 어둡고」·「사흘 굶은 봄달」·「소설가 구보씨의 일일」·「딱한 사람들」 등에서 공관전망의 반영기능을 실현한다. 내관전망과 공관전망을 통해 메타기능과 반영기능을 드러내는 박태원은 서사기법의 파격적인 실험으로 관조적 의식과 내성의 서사를 보여준다.

(8) 이상 — 해체적 반영과 역동의 서사 실현

이상은 공관전망의 「休業과 事情」에서 동화기능을, 「지주회시」에서 반영기능을, 내관전망의 「실화(失花)」와 「봉별기(逢別記)」 등에서 메타기능을 보인다. 특히 「童孩」와 「날개」에서는 해체기능을 실현한다. 공관전망과 내관전망의 특징적 심미성을 적절하게 활용한 이상은 근대성의 지향과 회의라는 이중적 인식을 해체적 반영과 역동의 서사로 보여준다.

2. 시대별 전망의 흐름과 지향성의 변이 양상

한국 단편소설 시작의 전망과 모두 서술자 기능의 다양성은 담화 해석의 불확정성이 증가되어온 과정을 밝혀주는 근거를 제공한다. 전대 소설에서 살펴지는 전지적 작가 시점의 서술자가 이끄는 비시점화[4]는 1920년대 모두 서술자 기능을 통해 내부 혹은 외부 시점, 또는 반시점으로 대체된다. 그런데 1920년대 소설은 초기에 감상성 편향과 후기의 경향성 일변도로 점철된 것에 비해 1930년대 소설에서는 '관심의 수평적, 수직적 확산'을 통해 화제와 입장을 다양하게 실험한다.[5] 이러한 서사적 특징의 변이를 고려할 때, 1920~30년대 단편소설의 전망과 모두 서술자 기능의 차이는 소재적인 차이에 원인을 두기보다는 근본적인 세계관이나 소설과의

---

4) 반시점주의가 시점주의와 대비적 개념으로 시점주의가 내부 시점을 지향한다면 반시점주의는 주로 외부 시점과 내부 시점이 혼용된다. 반면 비시점주의는 시점이 형성되지 않은 전근대적 전지적 작가 시점으로 쥬네트의 비초점화와 상통된다.

5) 김현, 앞의 책, p.141.

차이, 즉 작가의 관점의 전환으로서 의식의 변화에 원인을 두고 있다.

이 점에서 1920~30년대 단편소설의 전망과 모두 서술자 기능은 시대별 흐름에 따른 심미성의 변이 양상을 드러낸다. 서사전망과 모두 서술자 기능을 살펴볼 때, 1920년대에는 주로 전달 중심의 단선적인 특징이 부각된다면 1930년대에는 주로 반영 중심의 다성적인 특징이 부각된다. 1930년대에 드러난 모두 서술자 기능의 파격적인 실험은 인식의 다양화와 분편화를 내포한다. 이는 곧 서사전망의 다양화와 반영기능의 파편화를 의미하는 것이다. 이러한 특징은 세계에 대한 소극적인 대응으로서 주체적인 담화를 보여주는 1920년대의 모두 서술자 기능과는 변별성을 드러낸다.

1930년대의 서사 전망과 모두 서술자 기능의 다양화는 집단과 개인의 목소리를 보여주는 것은 물론이고 서로 상반되는 개인의 목소리까지도 부각시킨다. 이러한 점에서 단편소설의 모두 서술자 기능은 1920년대에는 서사시학으로서의 단초를, 1930년대에는 본격적인 서사시학의 성과를 보여준다.

위와 같은 문학사적 의미를 고려할 때, 단편소설에서의 전망과 서술자 기능은 형식적 수준에 그친다고 폄하할 수 없다. 그러한 서사기법으로서 형식은 서술하는 주체의 욕망과 현실 사이의 관계 양상으로 모색된다는 점에서 형식에서 현실 내용을 배제하는 것은 기법형성의 한 축을 사상하는 결과를 낳기 때문이다.[6] 서술자 기능이 지향하는 의미의 시간성과 공

---

6) Faulkner, Peter., 황동규 역, 『모더니즘』, 서울대 출판부, 1987, p.25.

간성의 특징은 각기 다른 해석을 파생시킨다. 시간축을 추동하는 서술자의 전달기능은 통시적 동일성을 추구하는 서사적 사건을, 공간축을 형성하는 서술자의 반영기능은 공시적 동일성을 추구하는 심리적 의식을 내포하기 때문이다.

시간성과 공간성의 추구에 따른 서술자 기능의 특징을 살펴보면, 1920년대 보편성을 실현하는 주체로서의 자아는 1930년대 주관성을 천착하는 개체로서의 자아로 대체된다. 즉 서술자의 정신은 전통적인 시간질서에 압도적인 가치를 부여하는 자아의 입장에서 변혁적인 공간배열에 심미적인 내면을 탐색하는 자아의 입장으로의 변이를 보여준다. 이러한 시점과 담론의 변이는 독서과정에서 작가 권위의 주제적 지향에 따르는 보편적 질서의 해석을 독자 자율의 불확정 영역의 심미적 지향에 따르는 개별적 반영의 해석으로 환치시킨다. 1920~30년대의 서술자 기능의 해석으로서 심미성의 특징을 개괄하면 〈표2〉와 같다.

서술 관점	전달적 심미성		반영적 심미성	
시대	1920	1930	1920	1930
T : t	4	0	7	0
T' : t'	1	3	5	0
R : r	6	4	5	8
R' : r'	0	8	0	3

〈표2〉 시대별 서술자 기능에 따른 심미성의 변이 양상

위의 표에서 살펴지듯이 모두 서술자의 기능 실현에 있어 1920년대 작

가들은 전달의 권위성에 치중하는 경향을 보인 반면, 1930년대 작가들은 반영의 심미성에 치중하는 경향을 보인다. 시대별 흐름에서 모두 서술자는 전달자에서 반영자로의 변이를 추구한다.

1920년대 김동인, 현진건, 염상섭, 나도향은 부관전망의 권위와 조응기능, 외관전망의 전달과 고백기능에 출발점을 두고 공관전망의 동화기능과 내관전망의 메타기능을 추구한다. 반면에 1930년대 작가군은 부관전망의 조응기능과 공관전망의 반영기능, 내관전망의 메타기능을 추구한 김유정을 제외한 최명익, 박태원, 이상 등은 공관전망의 동화 및 반영기능, 내관전망의 메타 및 해체기능 등의 서사시학을 실현한다. 1920~30년대의 단편소설의 특징은 짧은 기간의 차이임에도 불구하고 모두 서술자 기능의 변이가 모색되면서 다양한 변별성을 보여주게 된 것이다.

1) 1920년대 전망과 모두 서술자 기능의 특성

1920년대 소설들의 고유 특성에 대해서는 개별작품론이나 작가론에 의해서 주로 지적되어져 왔고 이 시기 서사 형식의 특성은 단순한 습작기적인 것으로 폄하하는 수준으로만 다루었다.

그러나 작품의 이데올로기를 시점과 결부할 때 1920년대의 소설들이 단순하게 서술적 역량의 부족함을 보이는 것이 아니라 근대라는 소설사적 특수성을 서술자 관점으로 특성화하고 있다. 이 시기의 단편소설의 모두 서술자 기능은 전대 및 후대와도 구별되는 독특한 양상을 보이며 이후 소설의 발전 양상에 큰 영향을 끼친다. 이 점에서 1920년대 단편소설의 모두 서술자 기능의 특징과 실험성은 당대 사회적 입장으로서 담화를 반영하고자 노력하였던 소설가들의 장인정신과 형식적 자각의 소산으로 간주된다.

이 시기의 모두 서술자 기능의 특징은 작가들의 직업적인 관찰 보고나 자기 비판이 싹트기 시작한 시기답게, 서사시학을 추구하는 여러 장치가 시도되고 기법이 모색되었다. 기법의 모색과정에서의 실험적 한계가 드러나기도 한다. 부관전망의 서술자가 대상을 지각하고 서술하는 것으로 가정된 시간적, 공간적 위치가 명료화되지 않음으로써 서사적 혼란이 야기되며 지나치게 종속적 이데올로기가 강조된다. 그리고 외관전망의 경우 작가와 근친성이 강한 서술자 '나'가 이야기를 전개하면서 액자 내부에서는 3인칭 서술상황의 화자 인물로서 서술자가 공존하는 양상을 보이며 시점의 혼란을 야기하기도 한다.

이러한 현상에서 살펴볼 수 있듯이, 1920년대의 모두 서술자 기능은 이전 서술 형식의 지속과 변화에 주목하는 서사의 관습과 작가의 실험적인 추구가 혼효되면서 작가들은 점진적으로 서술행위의 객관화로서 서술자의 객체화를 추구하게 된 것이다. 당대 초기 단편소설에서 나타나는 1인칭 형식의 '나' 또한 작가와의 근친성이 강하지만 서서히 서술자의 공적인 성격이 약화되면서 서술자와 시점의 경험적 다양화가 지향된다. 즉 1인칭 서술자 '나'는 작가로부터 분리를 보여주는 방식으로 경험적 자아와 허구적 자아, 경험 세계와 허구 세계를 구별하는 서술행위를 조정하는 실험이 작가들에 의해 추구되기 시작한 것이다.

1920년대의 모두 서술자 기능은 3인칭 서술 형식에서 이데올로기의 형상화 문제, 1인칭 서술 형식에서 경험자아와 서술자아의 정립문제 등에 대한 자각이 모색되는 양상을 보여준다. 당대 김동인, 염상섭, 현진건, 나도향 등은 초점자의 지각내용을 되도록 벗어나지 않는 서술 방식으로 모두 서술자의 기능에 있어 말하기 보다는 보여주기 기법을 점진적으로 실현한다.

3인칭 서술상황의 경우 모두 서술자의 기능은 서술자가 담화의 조화를 추구하며 얼마나 적절한 작중인물의 시점을 유지하는가에 주목하게 한다. 이에 비해 1인칭 서술상황의 경우 작가가 서술자아인 '나'로서 자기 모습을 노출하여도 그다지 서술 형식의 통일성이 깨어지지 않기 때문에 이 시기 고백체, 편지체 등에서의 모두 서술자 기능이 부각된다. 1인칭 서술 형식에서의 모두 서술자 기능은 자아의 내적 고뇌를 표현하기에 적절하였지만 무엇보다 '나'가 허구 현실에 등장하는 순간 서술자인 동시에 작중인물이 되는 것에 주목하는 경향이 드러나기 시작한다. 즉 서술자아와 경험자아의 긴장관계에서 1인칭 서술상황의 서사는 통일성과 핍진성을 얻게 된다는 것에 대한 실험적인 경향이 시도되므로 경험하는 존재의 문제가 부각된다. 당대 작가군의 모두 서술자 기능은 부관전망에서 공관전망, 외관전망에서 내관전망으로의 변이에 추구함에 따라 전대에 비해 훨씬 다양화된 기능을 시도하는 것을 파악할 수 있다.

1920년대 단편소설의 전망과 모두 서술자 기능은 내포작가적 상동성에서 완전히 벗어나지 못하는 시간적인 질서를 추구하는 한계가 드러나긴 하지만, 서술기법에의 새로운 변화를 보여주는 것은 고무적이다. 서술자가 그 이념을 표방함에 있어 비초점화의 전지적인 방식보다 초점화의 제한적인 방식을 선택한 것은 말하는 이야기보다 보여주는 이야기로의 전환에서 서사의 객관화가 실현될 수 있다는 내포작가적 입장이 서술 형식으로 형상화된 까닭이다.

이렇듯 당대 단편소설의 모두 서술자 기능에서 이야기하는 방식보다 보여주기 방식이 이 시기 작가들에 의해 지속적으로 실험된 것은 고무적이다. 남다르게 표현하고자 하는 작가들의 독창성에 대한 욕구는 단편소설의 전망에 따른 모두 서술자 기능의 낯설게 하기를 추구하며 다양성을 모색한 것이다. 단편소설의 모두 서술자는 난해하게 표현하는 것, 액션을 늦추는 것, 그리고 시간의 역전으로 사건을 흩어놓은 방식으로 부관전망에서의 권위기능과 조응기능, 외관전망에서의 전달기능과 고백기능을 보여줄 뿐만 아니라 공관전망의 동화와 내관전망의 메타를 추구한다.

이와 같이 1920년대 모두 서술자 기능은 전대의 소설의 순차적 시간 진행구성과의 차별화가 시간의 역행적 구성과 장면화로 시도되지만 1930년대 작품에 비해서는 인과적 계기적 플롯을 추동하는 특성이 은유적 공간보다는 시간적 질서가 강화되는 방식으로 특성화된다.

2) 1930년대 전망과 모두 서술자 기능의 특성

단편소설의 전망과 모두 서술자의 공간 투영의 변화에 따라 이데올로기의 반영과 수용은 다각화된 경로를 노정하게 된다. 이는 문학 작품을 하나의 깨진 거울로 간주하고 그 원인을 이데올로기와 작품 사이의 갈등의 결과라고 이해하는 마슈레의 견해에서 그 근거를 찾아볼 수 있다. 이데올로기는 현실의 어떤 요소들에 대한 침묵과 부재를 통해서 스스로 완전한 체계를 이루기 때문에 역설적으로 텍스트에서 부재한 현실을 읽을 수 있다. 이 점에서 작품은 작가의 이데올로기를 그대로 반영하는 것이 아니라, 이데올로기가 작품의 형식과 관련을 맺으면서 변화하는 것이다. 따라서 독자는 문학 텍스트를 통해 이데올로기를 읽을 수 있게 되고, 이데올로기는 이데올로기로 인식됨으로써 더 이상 이데올로기로서 기능하지 못하게 된다.[7] 이러한 이데올로기의 반영과 수용의 불확정성은 1930년대 단편소설의 모두 서술자 기능의 다양성으로 실현된다.

특히 서술자의 공간에 대한 지각 방식은 1930년대 단편소설의 전망과 모두 서술자 기능의 특성과 변이를 탐색하기 위한 구체적인 근거를 제시한다. 서술자는 자신의 목소리로 공간을 직선화할 수 있고 어떤 특정 작중인물의 시점으로 공간을 입체화할 수 있다. 서술자의 위치는 서사 장면의 밖이나 안에 설정될 수 있고, 공간적 틀에 따라 유동적이며 복합적인 공간 자세를 취할 수도 있다.

서술자의 위치가 장면의 밖에 놓이게 되면 파노라마적 관점과 조감적 관점이 된다. 많은 소설에서 시작과 끝 부분에서 이러한 방법으로 장면이 묘사된다.[8] 그러나 이러한 보편적 공간 인식은 현대소설의 기법에서 다양하게 해체되는 양상이 드러나게 된다. 서술자와 텍스트 사이의 공간 투영법이 다양하게 전개되며 변이를 드러내고 있다는 것은, 1920~30년대

---

7) 박중렬 · 박찬모, 「생산미학」, 김춘섭 외, 앞의 책, pp.80~81 참조.
8) 김병욱, 「언어 서사물에 있어서의 공간의 의미」, 위의 책, pp.160~161.

의 단편소설의 모두 서술자 기능이 다양성을 실현하는 경로에서도 파악된다. 모두 서술자 기능에 있어 1920년대의 작가군의 공간의식은 서술자의 주체적인 이데올로기의 표방의 도구로서 비교적 단선적인 공간의식을 드러낸다. 반면에 1930년의 작가군의 공간의식은 작중인물의 심리와 의식을 천착하는 방식으로 이데올로기를 파편화하며, 인간의 내면 세계에까지 공간 영역을 확대하고 심화하는 양상을 보여주기 때문이다.

한편으로 1930년대 단편소설의 모두 서술자 기능의 변이는 서구 모더니즘의 직접적 영향과 수용[9]이라는 한국 문단의 내부적 사정과도 관련성을 갖는다. 한국 단편소설에서 살펴지는 모더니즘[10]의 요소는 그 전개 양상에 따라 서사기법과 서술자 관점의 다양한 의도성에도 영향을 끼친다.

1930년대는 카프가 지닌 문학적 보편타당성이 그 정당성을 상실하면서 보편적 가치체계 및 집단적 인식의 질서가 무너지고 심미적 단자[11]로서

---

9) 모더니즘의 특성을 서구 모더니즘의 발달에 연원을 두고 소설과의 관계 측면에서 살피면 세 가지로 압축된다. 첫째, 미학적 자의식을 바탕으로 한 내면 세계의 탐구이다. 둘째, 형식주의의 주창과 새로운 소설 기법의 발견이다. 셋째 실존주의적 세계관과 도시문학적 특성이다. 강운석, 『한국 모더니즘 소설 연구』, 국학자료원, 1998, pp.32~40 참조.

10) 모더니즘(modernism)의 기원은 모던(modern)이라는 의미소에서 유래한다. 기원후 6세기 경 중세 라틴어 '모데르누스'에서 유래한 modern은 라틴어 부사형인 modo(최근, 지금, 방금)의 뜻과 거의 비슷한 '가장 최근의, 현대적인'임을 나타내는 용어이다. 이 '모던'이라는 용어가 심미학과 관련된 것은 12세기 '신구논쟁' 또는 '고대인과 현대인의 싸움'의 미적 규범의 상대적 인식에서 비롯된다. 이 논쟁은 17세기 말엽 몽테뉴와 베이컨, 그리고 데카르트에 의해 문학적 성과와 탁월성을 둘러싼 논쟁으로 부각되었고 19세기와 20세기에도 반복 되풀이되면서 모더니즘의 발생 배경에 중요한 영향을 끼친다. 김욱동, 『모더니즘과 포스트모더니즘』, 현암사, 1992, pp.13~14 참조.

11) 모더니즘 소설의 주인공이 자신의 내면성을 절대적 가치로 생각하는 '심미적 단자'에 가깝다는 사실을 입증한다. 강상희, 앞의 논문, pp.69~70참조.

개인적 가치가 부각된다. 일상의 재인식과 욕망의 문제, 그리고 자아 정체성이라는 궁극적인 내면의 성찰의 문제라는 모더니즘적 요소[12]가 작품 속에서 형상화된다.

한국적 모더니즘 소설의 창작은 '구인회'[13]를 중심으로 본격적으로 추구된다. 1930년대 모더니즘의 한국적 토대는 우리 문학이 '제국주의의 도구화'로 전락하는 것을 가능한 막아보자는 데서 문학과 정치를 분리시키고 문학예술의 순수성을 주장[14]한 점에서 주체적인 성향을 보여준다. 이러한 순수문학 지향으로의 모더니즘 문학의 기법적 실험은 본질적으로 한국적인 정서를 어울리는 방식으로 담아내고자 하는 서사시학의 심미적인 욕망을 실현하는 측면에서 당대 한국인의 미적 인식과 관점의 전환을 탐색할 수 있는 가능성을 보여준다.

이러한 문학사적 특징으로 인해 1930년대 박태원, 이상, 최명익, 김유정 등의 단편소설의 전망과 모두 서술자 기능의 다양한 방식의 실험성은 1920년대의 그것과는 현격한 차이를 보여준다. 이는 소설에서 시점이 전대 방식의 부관전망이나 외관전망에서의 서술자가 인물의 행동이나 사건

---

12) 이러한 요소는 모더니즘 소설에 드러난 '현대성'을 토대로 일상성, 동일성, 욕망의 상관성으로 파악된다. 시대와 사회의 변화 양상에 따라 공간구조와 현실 인식의 변화 양상은 '일상성'을 토대로 분석하고, 자아/타자 간의 갈등 양상은 욕망을 중심으로, 주체/세계의 대립과 자아 소외 동일성 획득의 탐색과정은 '동일성'을 축으로 분석함으로써 현대성의 구현 양상을 유기적인 형태로 통합한다. 강운석, 앞의 책, pp.20~21 참조.

13) 구인회와 관련된 작가는 이종명, 이태준, 조용만, 이무영, 이효석, 박태원, 이상, 김유정 등이나 본고에서는 박태원, 이상, 김유정과 심층파인 최명익 등을 연구대상 작가로 규정하였다. 이중재, 『〈九人會〉 소설의 문학사적 연구』, 국학자료원, 1998, p.10.

14) 임환모, 「1930년대 한국문학비평 연구」, 전남대 박사학위 논문, 1992, pp.30~31.

을 직접 전하는 방식이 아니라 공관전망이나 내관전망에서의 서술자가 작중인물의 반성과 내면의식을 간접적으로 보여주는 방식으로 전환을 드러내기 때문이다.

서사시학의 미적 구조가 근대성을 지향하게 되면서 모두 서술자 기능은 1920년대의 작가들이 공관전망의 동화기능과 내관전망의 메타기능의 추구를 보여준다면, 1930년대 작가들은 그 지향을 공관전망의 반영기능과 내관전망의 해체기능으로 끌어올린다. 이러한 모두 서술자 기능의 변이에 따라 1920년대 소설이 주로 계기성의 경향을 드러내는 데 비해 1930년대에는 비계기성의 경향이 우세하게 드러난다. 모두 서술자 기능은 내포작가의 관점을 화자-인물에서 반영-인물로 옮기면서 담화의 새로운 기법을 한층 고차원적 방식으로 실현시킨다.

특히 1930년대 작가들에 의해 실험된 모두 서술자의 해체기능과 반영기능은 작중인물의 의식의 내적 독백이나 의식의 기법, 영화에서 많이 쓰이는 오버랩 혹은 몽타주기법 등의[15] 형식적 파격으로 새로운 서사시학의 심미성을 드러낸다. 독창적인 기교가 실현되지 않고서는 독창적인 문학 작품을 기대하기는 어렵다는 당대 작가들의 관점이 1930년대 단편소설의 담론화의 전 국면에 관여된 것이다. 이에 따라 모두 서술자 기능은 내포작가적 전략을 심미적으로 다양화시키게 된다. 기법의 혁신을 보여주는 다양화의 방식은 계기성과 비계기성[16]에 의한 각기 다른 담화의 특

---

15) 강운석, 앞의 책, pp.37~38 참조.

16) 근대성이 강조하는 합리성, 변화와 발전의 개념은 시간을 각 단계로 계기화시키고 그것을 발전 개념으로 연속시킨다. 그 결과 플롯은 결과 위주로 전개되며 여기서 시간은 도

성에서 작가의 입장을 내포한다.

1930년대 단편소설의 모두 서술자 기능의 비계기적 특성은 식민지 치하에서 불가피하게도 주체적일 수 없는 타자된 삶의 일상을 파편적으로 드러내게 된다. 타자로서의 삶의 방식을 보여주기 위해 모두 서술자의 기능은 작중인물의 객관적인 시점을 불확정 영역으로 제시하기도 한다. 이에 따라 공관전망과 내관전망의 모두 서술자 기능을 통한 타자로서의 작중인물의 관점은 각 작가들에게서 변별된 방식으로 드러난다. 김유정은 욕망의 관점을, 최명익은 소외의 관점을, 박태원은 관조의 거리를, 이상은 해체의 관점으로 모두 서술자의 불확정한 의도성을 형상화한다. 이러한 모두 서술자 기능의 형성의 의미는 1930년대 식민지를 배경으로 한다는 점에서 주체로서의 삶을 향유할 수 없는 망국민의 타자로서의 삶의 방식을 다양한 각도로 부각시킨다.

또한 이 시기 한국 서사시학은 전통적인 삶의 양식과 가치관의 변화로 인한 새로운 문학적 세계관이 구현된다는 점에서 보편적 질서보다는 독자적 자율성이 특징적으로 강조된다. 이에 따라 다각적인 타자의 관점을 실현하는 모두 서술자 기능은 독서과정에서의 독자의 새로운 해석의 지평을 모색하게 한 동력으로 파악된다. 결국 이를 가능케 한 근원적 힘은 이 시대의 작가들의 예술적 자각과 끊임없는 서술방법의 모색을 통해 착종하지 않는 변혁적 의식과 예술에의 집념을 추진한 작가정신에 기초한다.

구화된다. 이에 비하여 비계기성의 플롯에서는 근대성이 표방하는 변화, 발전과는 무관한 지속, 영원한 현재 등이 다루어진다. 이경, 『한국근대소설의 근대성 수용양식』, 태학사, 1999, p.240.

전망으로서 단편소설의 모두 서술자의 기능을 고려할 때, 한국 단편소설에서 근대 이전 소설에서의 서술자는 작가의 목소리를 거의 직접 대변하는 존재로 작품이 지닌 이념적 측면을 서사 내부에서 직접 표명하는 역할이 주로 드러났다. 그러므로 서술자와 작가 사이는 상동성의 관계를 형성하였으나 점차 그 둘의 관계가 분리[17]되는 양상을 띠게 된다. 서술자가 점차 그 위치를 작중인물의 공간으로 변화함에 따라 그 기능과 시점의 변이가 다양하게 형성된다.

단편소설의 서술자 기능의 변이에서 관점의 다양화가 살펴진다. 그리고 이러한 관점의 다양화는 해석의 유연성으로 이어진다. 단 하나의 유일한, 소위 올바른 작품 의미로 작품의 해석을 구체화하는 것은 문학적 텍스트인 소설에는 합당치 않다[18]는 측면에서 관점의 유연한 변화가 서술자 기능의 다양화라는 심미적 형식으로 형상화되었다.

모두 서술자 기능과 시점의 변이에 따른 불확정성은 그 해석에 있어 문학적 효과와 다양한 의미를 파생시킨다. 시점의 변이는 관점의 다양화를 반영한다. 그리고 그 해석에 있어 독자가 수동적 요소가 아니라 작품들의 역사적 삶에 결정적으로 영향을 주는 능동적 요소라는 기본원칙을 전

---

17) 상동성과 분리의 축은 서술적 언화행위에 대한 화자의 자격이나 관계 중 첫 번째로 중요한 양상이며, 서술적 목소리에 대해 제기되어야 하는 몇 가지 결정적인 질문 중의 하나다. Lanser, S., 앞의 책, pp.159~160 참조.

18) 텍스트 의미는 작가 전략적 구성보다는 독자 스스로 문학 텍스트에서 구체화한다는 점에서 한 문학 작품에서 영구 불멸한 의미를 찾는 것은 부당한 행위이다. Wolfgang, Iser., 차봉희 편저, 『독자반응비평』, 고려원, 1993, p.98 참조.

제한 수용미학[19])과 관련된다. 전대 소설에서 살펴지는 전지적 작가 시점의 서술자가 이끄는 비시점화[20])는 내부 시점이나 외부 시점, 또는 반시점으로 대체된다. 새로운 서술 방식과 시점의 변화[21])에 의해 1930년대 한국 단편소설의 다양성이 구체화된 것이다. 이 시기에 드러난 소설 창작의 다원화 현상[22])에는 서사적 욕망이 시점으로 형상화되는 과정에서 내포작가적 전략을 유추할 수 있는 근거가 마련된다.

이와 같이 전망과 모두 서술자 기능은 담론을 효율적으로 드러내기 위해 전략적 차원에서 서사 현실과 밀접하게 관련된다는 점에서 현실 내용에 대한 기법실험은 형식적 수준을 능가한 작가적 입장으로서의 의미를 제공한다. 이를 고려할 때, 1930년대 단편소설의 전망과 모두 서술자 기능의 변이가 화자-인물에서 반영-인물로 교체되는 양상을 드러내는 것

---

19) 야우스에게 중요한 것은 위대한 작품들의 진리 내용이 아니라 독자층의 능동적이고 창조적인 역할이다. 독자에 대한 야우스의 관심은 무엇보다도 잠재적 작가로서의 독자에 대한 관심이다. 더불어 야우스는 문학사의 혁신을 위해서는 역사적 객관주의라는 선입견을 제거하고 전통적인 생산미학과 서술미학에 수용미학과 영향미학의 기초를 제공해야 한다고 주장하였다. 독자에 의한 문학 작품의 경험이 문학사와 전체 문예학을 위한 새로운 기초가 되어야 함을 강조한다. 임환모·최현주, 「수용미학」, 김춘섭 외, 앞의 책, p.175.

20) 반시점주의가 시점주의와 대비되어 주로 외부 시점과 내부 시점이 혼용된 반면 비시점주의는 시점이 형성되지 않은 전근대적 전지적 작가 시점으로 쥬네트의 비초점화와 상통한다.

21) 동양적 관점의 인지이론을 시점이론에 적용, 서술자에게 초점주체의 역할을 부여한다. 서술자와 작중인물들의 관계는 '누가 이야기하는가' 뿐만 아니라 '어떤 방식으로 바라보는가'를 내포할 수 있다. Mieke Bal, 한용환·강덕화 역, 『서사란 무엇인가』, 문예출판사, 1985 참조.

22) 김용구, 『한국소설의 유형학적 연구』, 국학자료원, 1995, p.27.

은 작품 해석의 지향이 작가적 권위에서 독자의 경험으로 재편성되었다는 점에서 한국 단편소설 시학의 발전에 있어 시사성이 크다. 이 시기의 서술자 기능은 시점이 단순한 서술미학의 기법을 넘어선 관점의 반영이라는 점에서 부관전망에서 공관전망, 외관전망에서 내관전망으로의 변이를 드러내며 작가에서 독자로의 공간이동을 보여주기 때문이다.

권위기능과 조응기능의 부관전망은 동화기능과 반영기능의 공관전망으로, 전달기능과 고백기능의 외관전망은 메타기능과 해체기능의 내관전망의 변이를 드러내는 것은 결국 해석의 패러다임이 작가적 권위의 전달에서 독자적 참여의 반영으로의 인식의 전환을 드러낸다. 또한 모두 서술자 기능의 다양화로 인해 서사적 담론의 다층화가 전략적으로 실현됨에 따라 서사시학에 대한 예리한 인식, 끊임없는 자의식이 부각된다. 이러한 내면공간의 천착은 기존의 질서와 가치관에 대한 반동을 내포하는 역동적인 서사담론을 실현시키는 원동력으로 작용한다. 새로운 심미성을 선호하는 암묵적인 독자의 욕망과 이에 부응하여 독자의 욕망을 전략적으로 반영하려는 작가의 욕망이 복합적으로 실현됨에 따라 다각화된 서술자 기능이 모색된 것이다. 이를 촉진시킨 보다 근원적인 기본원리는 독서과정의 심미성을 새롭게 요구하는 독자의 암묵적 욕망과 서술의 권위를 보다 전략적으로 행사하는 작가의 욕망의 결합으로 파악할 수 있다.

3. 단편소설 시학의 형성과 패러다임의 해석

모두 서술자 기능의 분석을 통해 살펴지듯이 한국 단편소설에서 근대 이전 소설에는 서술자가 작가의 목소리를 거의 직접 대변하면서 작품이 지닌 이념적 측면을 서사 내부에서 직접 표명하였다. 서술자 기능의 다양화는 단 하나의 유일한, 소위 올바른 작품 의미로 작품의 해석을 구체화하는 것은 문학적 텍스트인 소설에는 합당치 않다는 내포작가의 관점의 전환을 그 심층적 의미에서 추정하게 한다.

"문학 텍스트에는 독자만이 채울 수 있는 '빈자리'가 항상 있다"고 피력하는 볼프강 이저의 독자반응이론[23]에 의하면 문학 텍스트의 불확정성은 심미적 효과로서 문학 텍스트 내의 빈자리를 낳는 요인이기 때문에 심미적 독서행위란 이 빈자리를 독자가 상상적으로 채워가야 하는 것이다. 이에 따라 한국 단편소설에서 모두 서술자 기능의 다양성을 파생하는 불확정성은 독자의 다양한 수용반응과 해석을 가능하게 한 것이다. 한국 단편소설에서 서술자의 기능은 담화 전체에 걸친 자신의 목소리를 거두고 서사의 진행과 관련된 부분에서만 자신의 목소리를 표출하는 입장으로 그 위치를 변화시키면서 모두 서술자 기능의 다양성이 모색되었기 때문이다.

---

23) 텍스트 의미는 작가 전략적 구성보다는 독자 소산물이므로 독자 스스로 문학 텍스트에서 구체화한다. 텍스트는 독자상황에 따라 상이하게 수용되므로 한 문학 작품에서 영구불멸한 의미를 찾는 것은 문학 작품에 대해 부당한 행위이다. Wolfgang, Iser, 앞의 책 참조.

이러한 측면에서, 1920~30년대 한국 단편소설의 전망과 모두 서술자 기능의 유형에 따른 시대별 의의[24]는 담화 해석과 독자의 반응을 연계하여 보다 면밀하게 분석된다. 전망과 모두 서술자 기능의 변이 양상은 관점의 다양화, 즉 인식의 차이를 반영한다는 점에서 언어의 통합적 관계뿐만 아니라 계열적 관계를 부각시킨다. 야콥슨은 소쉬르의 계열적 관계와 통합적 관계를 언어 전반에 적용하고, 일정한 언어들이 두 축 가운데 어느 한 가지로 지향되는 특징에 따라 은유와 환유의 문제에 접근한다.[25] 은유와 환유는 단편소설의 전망과 모두 서술자의 기능과도 밀접하게 관련된다. 시점 개념은 허구 세계 지각과 독자의 공간 지각적 방향의 조정이외에 허구 세계의 전달상 일정한 영역과 사건의 선택을 구별한다는 점에서 은유와 환유의 특성으로 영향을 끼치기 때문이다. 외부 시점이 시간성혹은 역사성을 드러낸다면 내부 시점은 공간성 혹은 현재성을 보여준다. 외부 시점은 그것들이 외부에 위치할 때 우세하므로 작가적 서술자와 1인칭 화자 서술자 상황에 주로 나타나기 때문에 부관전망과 외관전망은 외부 시점의 특성을 내포한다.

---

24) 시점 유형학은 한 시대의 주된 서술상황과 그것의 일탈로서 소설사의 흐름을 밝히는 데 활용되어야 하며 이를 위해 시점 연구가 한 작품의 주제와 플롯을 보다 면밀하게 분석할 수 있는 유용한 틀이 될 수 있다. 박재섭, 「한국 현대소설의 시점사」, 한국소설학회, 앞의 책, pp.88~89.

25) 선택된 단어는 문장 내에서 실질적으로 실현되지 않고 부재하는 계열체 내의 다른 단어들과의 관계에 의해 의미가 이루어지는 것이다. 이에 따라 소쉬르가 언어는 실질적인 의미는 없고 차이만 있다고 말한 것도 이러한 맥락에서이다. 의미는 '그것 자체가 아닌 다른 것과의 차이에 의해서만 확정된다'는 것이다. 김동근·정경운, 「서술미학」, 김춘섭 외, 앞의 책, pp.123~124 참조.

이에 비해 내부 시점은 서술된 세계가 지각되거나 재현된 관점이 주요 인물 또는 사건의 핵심 내부에 위치할 때 우세하므로 공관전망과 내관전망은 내부 시점의 특성을 내포한다. 내부 시점과 외부 시점의 특성적 서사 시점의 시간과 공간의식은 '동일성(identity)'[26]과 연계된다. 시간은 변화를 속성으로 공간과 인물의 의식의 변모와도 상관되므로 외부 시점에서 내부 시점으로의 변이는 동일성을 발견해가는 시간성의 추구과정으로 볼 수 있다. 외부 시점이 시간적 계기성과 인과성이라는 선조적 변화를 추구하는 특성을 함축한다면 내부 시점은 공간적 등가성과 병렬성이라는 심리적 정체를 추구하는 특성을 함축하기 때문이다.

한편으로 모두 서술자의 기능에 따른 서사적 시간의식은 시간과 의식의 상동성뿐만 아니라 인간의 삶 그것의 은유라는 점에서 공간성과도 연계된다. 그러므로 서술자 기능의 변이 양상은 인간의 정체성을 시간성과 공간성으로 파악하고 이해하려는 근대적 인식의 천착과정의 특징에 동기를 부여한다. 언어학자인 엘름슬레우(Hjelmslev)에 따르면 텍스트는 잠재된 체계가 표출되는 순간에 존재하는 것이다. 체계를 이루는 언어요소들은 두 가지 상이한 유형의 관계를 맺고 있는데, 통합적 관계(syntagmatique)와 계열적 관계(paradigmatique)가 그것이다. 이러한 체계의 두 유형인 통합적 관계와 계열적 관계는 통시적 동일성과 공시적 동일성

---

26) 동일성은 자기 정의, 주체성, 자각, 존재증명과 연계된다. 최근에는 자아 정체감(동일화, identification)과의 관련으로 동일성이라고도 한다. 아이덴티티라고 하는 말은 라틴어의 identification에서 유래된 것으로 "전적으로 동일한 것이다" "正體" 등의 의미를 지니고 있다. 박아청, 『아이덴티티론』, 교육과학사, 1988, p.14.

과 조응된다.[27] 선적인 시간, 연속적 결합, 인과적 계기선상의 통시적 동일성은 외부 시점과 상응하기 때문에 부관전망과 외관전망에 따르는 서술자 기능으로 형상화된다. 반면에 횡적인 공간, 선택적 조합, 병렬적 등가선상의 공시적 동일성은 내부 시점과 상응하기 때문에 공관전망과 내관전망에 따르는 서술자 기능으로 형상화된다.

이와 같은 맥락에서 외부 시점에 드러나는 시간성과 내부 시점에 드러나는 공간성의 두 관계를 축으로 모두 서술자 기능의 특성적 의미는 대비된다. 부관전망과 외관전망에 의한 모두 서술자 기능은 서사 주축인 플롯을 추동하여 시간의 흐름에 따라 서사 세계와 인물의 자의식에 변모를 가져오는 선적인 시간, 연속적 결합, 인과적 계기선상의 통시적 동일성을 추구한다.

공관전망과 내관전망에 의한 서술자 기능은 서사 현실인 배경, 인물, 사건 등과 계열적 관계를 이루는 공간을 병치시켜 자아와 객관 세계를 등가적으로 구성하며 횡적인 공간, 선택적 조합, 병렬적 등가선상의 공시적 동일성을 추구한다. 공시적 동일성은 경험을 이해하는, 즉 사건과 행위의 본질을 이해하기 위한 특정한 형태·형성의 이념인 크로노토프[28]와 연계

---

27) 소쉬르는 체계를 한 언어가 구성되는 내재적 법칙으로 간주했고, 푸코는 관련된 사물과는 무관하게 기호들이 서로 연관되고 변형되는 관계들의 집합을 체계라 일컬었다. 소쉬르의 체계라는 용어는 프라그 학파에서는 구조(structure)로 대체되어 사용되기도 한다. 신형숙, 『희곡의 구조』, 문학과지성사, 1992, pp.15~16.

28) 개리 모슨과 캐릴 애머슨은 크로노토프의 특성을 다음과 같이 요약한다. 크로노토프에 있어 시간과 공간은 별개의 것이 아니라 오히려 내재적으로 상호 연관적이다. 시간과 공간의 가능한 다양한 의미가 존재한다는 것을 증명하며 질서나 우주의 다른 양상들이 동

된다. 시간성의 환유와 공간성의 은유는 서술자 기능의 통합적 관계와 계열적 관계에 따른 심미성의 특성을 시대별로 구분하게 하는 근거를 제공한다. 즉 서술자 관점에 따른 구조적 심미성은 시간 인식과 플롯구조와 연계되는 통시적 동일성으로 해석된다면 자료적 심미성은 공간 인식과 인물의식과 연계되는 공시적 동일성으로 해석된다.

1920~30년대의 모두 서술자 기능에 따른 심미적 해석은 각기 변별성을 드러낸다. 1920년대는 부관전망과 외관전망에서 점차 공관전망과 내관전망으로의 변이를 추구하였다면 1930년대는 공관전망과 내관전망이 압도적으로 우세하게 된다. 이러한 관점의 전환에서 동화기능과 메타기능은 1920년대의 서사적 욕망의 지향이었다면 1930년대의 서사적 욕망의 출발로서 이를 토대로 김유정, 최명익, 박태원에 의해 반영형이, 이상과 최명익에 의해 해체형이 실현된다. 여기에서 서사적 욕망의 패러다임이 통합적 질서가 계열적 질서로 재편되는 변화를 살펴볼 수 있다. 서술자 관념의 변이가 통시적 동일성에서 공시적 동일성으로 추구되기 때문이다.

이야기 방식에서 보여주기 방식으로의 전이, 즉 낯설게 하기의 시도는 이야기의 선조성과 관련된 사건 중심의 전통플롯을 와해시킴으로써 통시

일한 크로노토프와 더불어 작용한다고 가정할 수는 없다. 크로노토프는 잠재적이며 역사적이기 때문에 다양성과 다중성을 내포한다. 크로노토프는 실제의 세계 속에 표현되어 있지 않으며 사건을 표현할 수 있는 가능성을 위한 필수적인 바탕이라는 점에서 행위의 배경보다 현존에서 훨씬 더 두드러진다. 따라서 시·공성은 플롯 속에 포함되지 않고 오히려 가능한 전형적인 플롯을 만든다. 김병욱, 「언어 서사물에 있어서의 공간의 의미」, 김춘섭 외, 앞의 책, p.162.

적 시간질서보다 공시적 공간의 다양화[29]가 모색된다. 시간에서 공간이라는 새로운 심미성의 추구는 공동화에 반하는 개체로서 서사시학에 대한 예리한 인식, 끊임없는 자의식을 부각시키게 된 것이다.

이와 같이 한국 단편소설 모두 서술자 기능의 다양성은 시간질서라는 총체적이고 보편적인 질서와 권력에서 공간자율의 개별적이고 세부적인 현상과 자율의 천착으로 변환되는 서사시학의 심미적 인식에 새로운 이해를 제공한다. 기존의 질서와 가치관에 대한 반동의 욕망으로서 실현된 서사기법은 곧 서술자의 존재 방식, 정체성과 연계된다. 따라서 서사전망에 따라 서술자 기능에 내포된 작가적 전략을 모색하는 것은 서사시학의 연구로서 뿐만 아니라 사회 권력의 정체와 방향을 해석하고 이해하는 데도 도움이 된다. 소설구조의 변이에 따른 서사담론의 권위의 지향을 탐색함으로써 그것을 추동할 수 있었던 인간 인식의 전환과 사회 권력의 변동이 추적되기 때문이다. 이에 따라 작가와 시대별 서사전망에 따라 담론의 권위가 어떠한 형태로 반복되며 지속되면서 전복되고 해체되었는지 그 입장이 파악된다.

1920~30년대의 단편소설의 모두 서술자 기능의 변이를 통해 살펴본 서사담론의 패러다임은 다음과 같이 교체되었다. 1920년대는 부관전망과 외관전망에서 점차 공관전망과 내관전망으로의 변이를 추구하였다

---

29) 화자 인물의 서술자가 이끈 부관전망이나 외관전망의 시간적 인과성과 선조성, 플롯의 질서, 요약과 논평의 설명 등의 특성들이 현저하게 축소되거나 소멸된다. 대신 그 공간에 반성인물의 서술자가 이끈 공관전망이나 내관전망의 공간적 공시성, 플롯의 부재, 극적 장면화, 발화와 경험의 반성화 등이 자리한다.

면 1930년대는 공관전망과 내관전망이 압도적으로 우세하게 된다. 이러한 전환의 과정에서 반영기능과 메타기능은 1920년대의 모두 서술자 기능의 지향이었다. 그러나 1930년대의 모두 서술자 기능은 김유정, 최명익, 박태원에 의해 반영기능이, 이상에 의해 해체기능이 실현된다. 이광수의 계몽적인 목적문학을 비판한 김동인을 비롯한 1920년대의 작품들이 순문학적 지향의 서사였다는 점에서 1930년의 순수문학은 그 연장선상이다. 그렇지만 1930년대 한국 문학의 정체성이 새롭게 재편함에 따른 시학적 인식이 반영되면서 파격적인 창작기법이 실험됨으로써 1920~30년대 서술자 기능은 그 지향을 달리한다. 이러한 변이를 추동시킨 서사적 욕망은 1920년대 보편을 지향하는 주체적 공동체로서의 서술자 관점이 1930년대 주관적 가치를 추구하는 개체적 타자로서의 서술자의 관점으로서의 변화를 내포한다.

1930년대 단편소설의 모두 서술자 기능은 서사 형식을 낯설게 하는 방식으로 독서과정에서의 역동적이고 능동적인 재창조적 해석을 강화시킨다. 담론의 해석이 작가적 권위에서 독자의 경험으로 이동하며 해석의 다양화가 실현된다. 그렇지만 해석의 다양화를 파생한 것은 서술자의 다양한 관점과 다양한 거리를 조정하기 위한 내포작가적 의도이다. 이러한 담론 전략의 차원을 고려할 때 모두 서술자 기능은 작가의 보편적 해석을 주입하는 쪽에서 텍스트의 독자의 기대가 틈입할 수 있는 작중인물의 자율적 관점을 제시하는 쪽으로 이동한다. 독자의 해석은 불확정한 타자의 관점으로 인해 보다 유연한 역동성을 발휘할 수 있게 된 것이다.

이를 통해 작가적 권위가 직설적으로 표방되는 방식에서 수사적으로 전략되는 방식으로의 변이가 추적된다. 1930년대 모두 서술자의 기능은 서술자가 그 모습을 감추고 인물의 시점을 부각함으로써 훨씬 강력한 방식의 서사적 권위를 실현한 셈이다. 구체적이면서도 역동적인 서사적 관점의 다양화를 파생시키는 데는 일관된 질서의 권위적 주입보다 더 강한 수사력으로 서사적 추이를 지배하여 독자의 기대지평에 부합해야 하기 때문이다. 그러므로 1920~30년대 모두 서술자 기능의 연구가 단순한 기법의 파악이 아닌 인간 존재적 의미로서 사회적 관점을 규명할 수 있는 서사미학의 탐구로서 의의를 제공한 셈이다.

주지하다시피 모두 서술자 기능은 주제전달의 해석에 있어 내포작가적 전달의 지향에서 인물적 반영의 천착으로 변이를 보여준다. 이러한 1920~30년대의 서술자 기능의 변이는 작가 지향에 따르는 질서가 불확정 영역의 독자 자율로 환치된 것을 의미한다. 서사적 욕망의 패러다임이 통합적 질서에서 계열적 질서로 재편된 것이다. 모두 서술자 기능의 작가 지각을 함축한 '그때·그곳'에서 인물 지각의 함축으로서 '지금·여기'로의 시공간적 인식의 전환이 모색된 것이다. 이러한 인식의 전환은 이야기 방식에서 보여주기 방식으로의 전이, 시간적 계열성에서 공간적 등가성으로의 전이, 사건 중심의 전통플롯에서 의식 부각의 해체플롯으로의 전이 등을 통하여 서사시학의 낯설게 하기 방식을 실현한다.

결과적으로 새로운 심미성을 선호하는 암묵적인 독자의 욕망과 이를 보다 역동적으로 반영하려는 작가의 의도에 따라 한국 단편소설의 전망과 모두 서술자 기능은 다양화가 모색되고 독서과정에서 재창조를 발휘하여야 하는 독자의 역할은 증대하게 된 것이다. 그러므로 1920~30년대 작가들은 서사 시점의 추구라는 공통된 인식으로 서사시학의 실현을 추구하며 진지한 모색을 하는 공통된 인식을 보여주지만 그 실현 방식에서 다양한 차이점으로 독창성을 드러낸다. 따라서 1920~30년대 한국 단편소설 시작의 전망과 모두 서술자 기능의 분석은 시점의 연구 지평의 확대라는 의의를 제공할 뿐만 아니라 한국 단편소설의 내재적 문학사의 조명으로서 탐구적 관점을 제공한다.

제 7 장

1920~30년대 단편소설 시작의 시학

본 연구는 한국 단편소설 시작의 전망과 모두 서술자 기능을 유형화하고 이를 1920~30년대 한국 단편소설의 연구에 적용하여 한국 서사시학의 다양성과 흐름을 조명하였다. 단편소설의 전망과 모두 서술자 기능을 유형화하려는 시도는 시점 연구 확장에 기여하기 위함이며, 1920~30년대 한국 단편소설을 분석한 것은 내재적 방법으로 공시적이면서 통시적인 문학사의 탐구에 기여하고자 함이었다.

단편소설의 과학적 연구의 핵심은 서술자의 분석에 달려 있으며, 이는 곧 시점으로서 담화의 전망과 연계된다. 특히 단편소설 모두에서의 서술자는 심미적인 담화의 전망을 필연적으로 내포한다는 점에서 그 기능의 중요성이 강조된다. 이에 따라 심미적인 담화의 전망과 모두 서술자 기능의 유형은 서술자의 전달기능과 반영기능을 대비하고, 전달에서 반영으로 전이되는 '반영화' 기능을 체계적으로 특성화하는 방식으로 분류되었다. 분류는 슈탄젤의 중개성이론의 삼가체계를 본 연구의 목적에 부합되도록 변용한 인칭(person)·양식(mode)·초점(focalization)을 기준으로 하여 한국 단편소설의 모두 서술자 기능에 부합하는 방식으로 재구성하였다. 그리하여 본 연구는 1920~30년대 단편소설의 전망 및 모두 서술자 기능의 다양성과 변이 양상을 조감할 수 있는 유형원을 제시하였다.

먼저 단편소설의 전망은 인칭축과 양식축이 교차하여 네 가지로 분류되었다. 각 분류의 명칭은 기존의 서술자 전달 방식을 심층적 담화와 연계하는 시점의 의미를 고려하여 '보다'의 '觀'을 사용하였다. 3인칭 단편소설의 모두 서술자의 전망은 부관전망(俯觀展望)과 공관전망(共觀展望)으로, 1인칭 단편소설의 모두 서술자 기능은 외관전망(外觀展望)과 내관전망(內觀展望)으로 구분하였다. 다음으로, 구체적인 모두 서술자 기능의 분류는 다시 초점축을 인칭축과 양식축에 등가로 적용시켜 세분화하였다. 이에 따라 부관전망은 권위기능과 조응기능, 공관전망은 동화기능과 반영기능, 외관전망은 전달기능과 고백기능, 내관전망은 메타기능과 해체기능으로 구분할 수 있었다.

2~5장에서는 단편소설의 전망과 모두 서술자 기능의 유형을 1920~30년대 작품들을 대상으로 본 연구의 분석의 틀에 적용하여 분석하였다. 작품 분석의 대상으로는 당대 서사시학의 다양한 실험을 보여주며, 기여도가 높다고 판단되는 김동인·나도향·염상섭·현진건·김유정·최명익·박태원·이상의 작품을 선택하였다. 그리고 4장에서는 2~5장에서 파악된 1920~30년대 작품의 다양한 특성을 유형원으로 제시한 후, 작가별 특징과 시대별 변이 양상을 밝히고 해석의 패러다임을 조명하였다.

2장에서는 우선 부관전망(俯觀展望)의 권위기능과 조응기능을 특성화하였다. 부관전망의 모두 서술자는 3인칭 서술상황에서의 서술주체이자 초점주체의 역할을 동시에 담당한다. 부관전망은 서술자가 서사 세계에 대한 인지 정도와 관념을 드러내는 방식에 따라 권위기능과 조응기능으로 분류된다. 권위기능은 서술자가 내포작가적 입장을 직설적으로 표방하는 전지적 보고와 시간성 추동으로 서사를 전망한다. 이에 비해 조응기능은 서술자가 내포작가적 입장을 복선적으로 장치하는 간접적 묘사와 공간성 등가로 서사를 전망한다.

　　권위기능은 김동인의 「감자」에서 해설적 논평, 현진건의 「운수 좋은 날」・「B사감과 러브레터」・「피아노」 등에서 인과적 아이러니를 시간성으로 실현시키면서 작가적 관점의 고립적 세계관을 제시한다.

　　한편으로 조응기능은 나도향의 「물레방아」와 김유정의 「소낙비」・「금따는 콩밭」・「금」 등에서 서사 현실을 환기하는 정경과 경험의 구체적인 묘사를 공간성으로 장치하면서 작가적 관점의 상징적 세계관을 조화한다.

　　이와 같이 부관전망의 권위기능과 조응기능은 서술자가 주체적 세계관을 '그때・그곳'의 열린 관점으로 제시함에 따라 운명 종속적인 서사가 제시된다. 따라서 독자는 작품의 모두에서부터 서술자의 고립주의적 세계관을 관망하게 된다.

　　3장에서는 공관전망(共觀展望)의 동화기능과 반영기능을 특성화하였다. 공관전망에서 서술자는 3인칭 서술상황에서의 서술주체이지만 초점주체의 역할을 부분 혹은 전체적으로 작중인물에게 전이시킨다. 공관전망은 화자－인물에서 반영－인물로의 전이가 드러나므로 서술자의 작중인물에 대한 입장에 따라 동화기능과 반영기능으로 세분하였다. 동화기능은 서술자가 서사 현실의 객관성을 추구하기 위하여 그 역할을 제한한다. 이에 비해 반영기능은 서술자가 서사 현실의 불확정성을 부각시키기 위하여 타자의 주관을 천착한다.

동화기능은 현진건의 「불」, 나도향의 「뽕」·「행랑자식」, 염상섭 「전화」·「윤전기」·「금반지」 등에서 장면적 현장의 객관화를 보여준다면, 김유정의 「만무방」, 최명익의 「비오는 길」·「무성격자」, 이상의 「休業과 事情」 등에서 지각적 갈등의 객관화를 보여준다.

반영기능은 김유정의 「따라지」·「봄과 따라지」 등에서 갈등적 언어의 주관화를, 박태원의 「소설가 구보씨의 일일」·「길은 어둡고」·「사흘 굶은 봄달」·「성탄제」·「딱한 사람들」, 최명익의 「역설」, 이상의 「지주회시」 등에서 갈등적 의식의 천착을 불확정한 인물의 시점으로 천착하여 보인다.

이와 같이 공관전망의 동화기능과 반영기능은 서술자가 작중인물의 경험을 '지금·여기'에 집중시킴으로써 내포작가의 관점을 암시하거나 불확정 영역으로 제시하여 유기적이며 자생적인 형태로 서사를 전개시킨다. 서술자가 작중인물의 시점으로 서사적 현실과 경험을 천착함으로써 독자는 작품의 모두에서부터 자율적이며 역동적인 상상력을 발휘하며 그 인물의 관점으로 서사 세계를 체험하게 된다.

4장에서는 외관전망(外觀展望)의 전달기능과 고백기능을 특성화하였다. 외관전망에서 1인칭 서술자 '나'는 전달자로서 서술자아 역할을 강조하여 자신의 입장을 명시한다. 외관전망은 서술자아인 '나'의 서사 세계에 대한 역할과 서사 경험의 위치에 따라 전달기능과 고백기능으로 구분된다. 전달기능에서는 서술자가 객관적 목격과 신뢰성을 보증하는 서사 목격담에서 주변인의 역할이 강조된다. 이에 반해 고백기능은 서술자가 자신의 과거 경험에 대한 주관적인 심경과 회고적인 토로를 하는 서사 고백담의 주인공으로서의 역할이 강조된다.

전달기능에서는 김동인의 「배따라기」·「목숨」, 현진건의 「희생화」·「고향」, 나도향의 「벙어리 삼룡(三龍)이」 등에서 보듯이 서사 현실의 목격담에 대한 신뢰적인 보증인으로서의 서술자의 개연성이 부여된다.

고백기능에서는 염상섭의 「제야」·「표본실의 청개구리」, 나도향의 「十七원 五十전」·「별을 안거든 우지나 말걸」, 현진건의 「그립은 흘긴 눈」 등에서 보듯이 서사 현실의 경험담에 대한 고백자로서의 서술자의 자각과 심경이 드러난다. 이와 같이 외관전망의 전달기능과 고백기능은 서술자 '나'의 진술을 '그때·그곳'의 서사 목격이나 경험을 그 외부에서 압축하는 방식으로 제시하므로 서술자아와 경험자아의 거리가 넓혀진다. 회고의 거리에서 제시된 서사적 경험은 내포작가적 통찰이나 평가로 가치판단을 명시하므로 독자의 상상력은 경직되고 고정화된다.

5장에서는 내관전망(內觀展望)의 메타기능과 해체기능을 특성화하였다. 내관전망에서 서술자 '나'는 경험자아의 지각과 인식의 부각에 집중하므로 경험자아의 입장이 강조되어 서술자아와 경험자아의 거리를 축소시킨다. 서술자 '나'는 서사 현실의 경험과의 시간적 거리를 드러내지 않고 경험의 구조를 현장성으로 구축하거나 해체하는 방식으로 공간화를 추구한다. 내관전망은 서사 경험의 반영 방식과 불확정성의 정도에 따라 메타기능과 해체기능으로 세분하였다. 메타기능은 서사 경험이 재현되는 방식으로 구조화된다면, 해체기능은 서사 경험이 불확정성으로 역동되는 방식으로 해체된다.

메타기능은 현진건의 「빈처」·「술 권하는 사회」·「할머니의 죽음」, 김동인의 「태형」, 김유정의 「동백꽃」 등에서 발화의 시작과 장면을 구조화한다. 그리고 이상의 「실화(失花)」, 김유정의 「두꺼비」, 김동인의 「狂炎소나타」, 박태원의 「피로」·「수염」 등에서는 심미적 의식과 행위가 구조화된다.

해체기능은 이상의 「童骸」·「날개」 등에서 경험자아의 갈등을 불확정성으로 파편화하며, 최명익의 「심문」에서는 경험자아의 의식을 유동성으로 현시한다. 이와 같이 내관전망의 메타기능과 해체기능은 경험자아의 '지금·여기'로 집중되는 즉자적이며 유동적인 관점을 불확정 영역으로 제시하여 서사 현실을 반영하므로 독서과정에서 해석의 자율적 역동성이 강조되고 독자의 작가성이 요구된다.

6장에서는 1920~30년대 모두 서술자 기능 유형원의 특징과 의의를 조명하였다. 작가별 전망과 모두 서술자 기능의 특성에 있어 1920년대 김동인은 서술적 권위와 경험구조의 탐색, 나도향은 서정의 주체와 현실구조의 객관, 염상섭은 의식의 주체와 객관구조의 현실, 현진건은 아이러니의 주체와 참여구조의 확장 등을 실현하였다. 1930년대 김유정은 조응의 주체와 타자의 욕망, 최명익은 추상의 욕망과 경험적 단절, 박태원은 내성적 경험과 관조의 거리, 이상은 회의적 경험과 반영의 해체 등을 보여준다.

한편으로, 시대별 흐름과 그에 따른 해석의 패러다임에 있어 모두 서술자 기능의 변이 양상의 특성을 요약하면, 1920년대 서사가 내포작가적 이데올로기의 보편적 질서를 실현하는 주체로서의 시간성을 추구하였다면,

1930년대 서사는 개체적 이데올로기의 자율적 가치를 부여하는 타자로서의 공간성을 천착한다. 1920년대의 작가군은 공관전망과 내관전망을, 1930년대 작가군은 보다 파격적인 실험으로 공관전망과 내관전망을 구축하였다. 따라서 1920년대 작품에서는 동화기능과 메타기능이 추구되고, 1930년대 작품에서는 반영기능과 해체기능이 실현됨으로써 보다 다양한 서사시학의 특징이 형성되었음을 알 수 있다.

한국 서사시학의 다양화는 1920년대에 모색되기 시작하였으며, 1930년대 들어서 본격화되었다. 이에 따라 해석의 패러다임은 작가 권위적인 보편적 질서를 독자 자율적인 해석으로 환치시키는 방향으로 진전되었다. 해석의 패러다임이 작가의 권위에서 독자의 참여로 전환됨으로써 모두 서술자의 기능은 작중인물들의 불확정한 시점을 부각시키는 방향으로 다양성을 드러내게 되었다. 그러므로 해석의 불확정 영역이 증대되고 해석의 주체로서 독자는 역동적이고 능동적인 재창조성의 발휘를 요구받게 되었다.

본 연구는 한 편의 단편소설에서 개성적인 담화를 전망하는 주역인 모두 서술자의 기능을 유형화하였고, 이를 1920~30년대 한국 단편소설의 연구에 활용하여 당대 작가들의 입장과 서사시학의 다양한 특성을 과학적이며 입체적인 각도에서 규명하고자 노력하였다. 모두 서술자 기능의 분석과 적용은 담화의 형식적 원리뿐만 아니라 심층적 의미를 구체적으로 밝히는 작업으로써 시점 연구의 지평을 확장하였다. 그러므로 본 연구는 단편소설 시작의 전망과 모두 서술자 기능의 유형 분석을 통해 1920~30년대 한국 서사시학의 다양성과 역동성을 문학 내재적인 연구방법으로 조명하였다는 의의를 갖는다.

1. 기본자료

김동인 외, 『한국소설문학대계 4-배따라기 외』, 동아출판사, 1995.

김동인, 『韓國南北文學百選 10-감자 외』, 일신출판사, 1998.

김유정, 『사고·논술 텍스트 100선 1-봄봄』, 한국뉴턴, 1999.

_____, 『한국문학대표작선집 6-동백꽃 외』, 문학사상사, 2002.

김윤식 엮음, 『이상문학전집 2-소설』, 문학사상사, 2002.

나도향, 『韓國南北文學百選 15-물레방아 외』, 일신출판사, 1998.

박태원, 『박태원 단편집-소설가 구보씨의 일일』, 깊은샘, 1994.

염상섭, 『염상섭전집 9』, 민음사, 1987.

_____, 『韓國南北文學百選 5-표본실의 청개구리 외』, 일신출판사, 1998.

최명익 외, 『북으로 간 작가 전집 8-최명익 張三李四』, 을유문화사, 1988.

_____ 외, 『한국소설문학대계 24-심문 외』, 동아출판사, 1995.

현진건, 『韓國南北文學百選 13-고향, 운수 좋은 날 외』, 일신출판사, 1998.

2. 국내문헌

1) 단행본

강운석, 『한국 모더니즘 소설 연구』, 국학자료원, 2000.

강인숙 편저, 『한국근대소설 정착과정연구』, 박이정, 1999.

구수경, 『한국소설과 시점』, 아세아문화사, 1996.

구인환, 『근대문학의 형성과 현실인식』, 한샘, 1983.

_____, 『소설론』, 삼지원, 1996.

_____, 『한국근대소설연구』, 삼영사, 1977.

구인환 · 구창환, 『문학의 원리』, 법문사, 1969.

권영민, 『김동인 전집 17 – 김동인 문학 연구』, 조선일보사, 1988.

권택영, 『소설을 어떻게 볼 것인가』, 문예출판사, 1995.

_____, 『영화와 소설 속의 욕망이론』, 민음사, 1995.

김　현, 『현대소설의 담화론적 연구』, 계명문화사, 1995.

김동리, 『소설작법』, 문명사, 1971.

김병로, 『한국 현대소설의 다성담론 시학』, 국학자료원, 1999.

김병욱 편, 최상규 역, 『현대 소설의 이론』, 예림기획, 1997.

김상환, 『해체론시대의 철학』, 문학과지성사, 1996.

김열규 · 신동욱 편, 『김동인연구』, 새문사, 1982.

_____, 『염상섭연구』, 새문사, 1982.

김영화, 『현대 한국 소설의 구조』, 태광문화사.

김용구, 『한국소설의 유형학적 연구』, 국학자료원, 1995.

김용성 · 우한용 공저, 『한국근대작가연구』, 도서출판 삼지원, 1985.

김용재, 『한국 소설의 서사론적 탐구』, 평민사, 1993.

김우종, 『한국현대소설사』, 성문각, 1982.

_____, 『현진건의 소설과 그 시대 인식』, 새문사, 1981.

김우창, 『궁핍한 시대의 시인』, 민음사, 1977.

김욱동, 『대화적 상상력』, 문학과지성사, 1994.

_____, 『모더니즘과 포스트모더니즘』, 현암사, 1992.

김윤식, 「염상섭론」, 『(속)한국근대작가론고』, 일지사, 1981.

_____, 『김동인 연구』, 민음사, 1987.

_____, 『염상섭 연구』, 서울대 출판부, 1987.

_____, 『한국근대문학양식론고』, 아세아문화사, 1978.

_____, 『한국근대소설연구』, 을유문화사, 1986.

_____, 『한국현대문학사상사론』, 일지사, 1993.

김윤식 · 김　현, 『한국문학사』, 민음사, 1978.

김윤식 · 정호웅, 『한국소설사』, 예하, 1987.

_____ 편, 『한국문학의 리얼리즘과 모더니즘』, 한울, 1989.

김재홍, 『한국대표명작 나도향』, 지학사, 1985.

김정자, 『한국근대소설의 문체론적 연구』, 삼지원, 1985.

김주현, 『이상소설연구』, 소명출판, 1999.

김준오, 『한국 현대쟝르 비평론』, 문학과지성사, 1990.

김천혜, 『소설구조의 이론』, 문학과지성사, 1990.

김춘섭 외, 『문학이론의 경계와 지평』, 한국문화사, 2004.

김홍규, 『황폐한 삶과 영웅주의』, 문학과지성사, 1977.

김홍식, 『박태원 연구』, 국학자료원, 2000.

나병철, 『비평문학』 제11호, 한국문화사, 1997.

_____, 『소설의 이해』, 문예출판사, 1998.

_____, 『한국문학의 근대성과 탈근대성』, 문예출판사, 1996.

문흥술, 『한국 모더니즘 소설』, 청동거울, 2003.

박아청, 『아이덴티티론』, 교육과학사, 1988.

서종택, 『한국 근대소설의 구조』, 시문학사, 1994.

서종택 · 정덕준 편, 『한국 현대 소설의 연구』, 새문사, 1990.

송　욱, 『소설미학』, 문학과지성사, 1985.

송하춘, 『1920년대 한국소설연구』, 고려대 민족문화연구소, 1985.

신동욱, 『1930년대 한국소설 연구』, 한샘, 1994.

신형숙, 『희곡의 구조』, 문학과지성사, 1992.

안회남, 『문장』 제1권, 문장사, 1939.

우한용, 『한국현대소설구조 연구』, 삼지원, 1990.

윤홍노, 『한국근대소설연구』, 일조각, 1980.

_____, 『현진건의 소설과 시대인식』, 새문사, 1981.

이　경, 『한국근대소설의 근대성 수용양식』, 태학사, 1999.

이강언, 『한국근대소설론고』, 형설출판사, 1983.

이미란, 『소설창작 12강』, 예림기획, 2003,

이선영 편, 『문학비평론』, 고려원, 1984.

이유식, 『한국소설의 위상』, 이우출판사, 1982.

이재선, 『한국개화기 소설연구』, 일조각, 1972.

_____, 『한국단편소설 연구』, 한국학술정보, 2001.

_____, 『한국문학의 해석』, 새문사, 1981.

_____, 『한국문학주제론』, 서강대 출판부, 1991.

_____, 『한국현대소설사』, 홍성사, 1979.

_____, 『현대소설의 서사시학』, 학연사, 2002.

이중재, 『〈九人會〉 소설의 문학사적 연구』, 국학자료원, 1998.

장수익, 『한국 근대 소설사의 탐색』, 월인, 1999.

정한숙, 『소설기술론』, 고려대 출판부, 1975.

_____, 『현대한국작가론』, 고려대 출판부, 1986.

정현숙, 『박태원 문학연구』, 국학자료원, 1993.

조남현, 『소설원론』, 고려원, 1982.

_____, 『한국현대소설연구』, 민음사, 1987.

조정래, 『소설과 서술』, 개문사, 1995.

조정래 · 나병철, 『소설이란 무엇인가』, 평민사, 1991.

조진기, 『한국 근대 리얼리즘 소설연구』, 새문사, 1989.

주종연, 『한국소설의 형성』, 집문당, 1987.

차봉희, 『수용미학』, 문학과지성사, 1988.

채 훈, 『1920년대 한국 작가 연구』, 일지사, 1976.

최병우, 『한국 현대소설의 미적 구조』, 민지사, 1997.

최혜실, 『한국 모더니즘소설 연구』, 민지사, 1992.

한국소설학회, 『현대소설 시점의 시학』, 새문사, 1996.

한국현대소설연구회, 『현대소설론』, 평민사, 1994.

한용환, 『소설학 사전』, 문예출판사, 2001.

현길언, 『현진건 소설 연구』, 이우출판사, 1988.

황국명, 『채만식 소설연구』, 태학사, 1998.

황도경, 『박태원 문학연구』, 깊은샘, 1995.

2) 논문 기타

강상희, 「1930년대 한국 모더니즘 소설의 내면성 연구」, 서울대 박사학위 논문, 1998.

공종구, 「박태원 소설의 서사지평 연구」, 전남대 박사학위 논문, 1992.

곽순애, 「1920년대 전반기 소설의 현실 인식 방법 연구」, 명지대 박사학위 논문, 2001.

구인환, 「한국소설의 구성적 연구」, 『국어국문학』 53호, 국어국문학회, 1971.

권은심, 「현진건 단편 소설 연구」, 서울사대 석사학위 논문, 1983.

권희돈, 「수용미학이란 무엇인가」, 『새국어교육』 46, 한국국어교육학회, 1990.

김병로, 「현대 액자소설의 서사시학적 접근」, 『한남어문학』 15집, 한남대 국어국문학
    회, 1989.

김병욱, 「한국 현대소설의 시간과 공간 연구」, 서강대 박사학위 논문, 1988.

김상태, 「한국현대소설의 문체변화」, 『말과 삶의 자유』, 문학과지성사, 1985.

김석봉, 「1920년대 초기 단편소설의 서사론적 연구」, 서울대 석사학위 논문, 1997.

김용재, 「한국 근대 단편 소설의 서술 형식 연구」, 전북대 박사학위 논문, 1991.

김원희, 「한국 단편소설 冒頭연구-1920년대 전반기를 중심으로」, 인제대 석사학위 논
    문, 2001.

김유하, 「소설의 서술 유형연구」, 부산대 박사학위 논문, 1989.

김종구, 「한국 근대 소설의 시점연구」, 서강대 석사학위 논문, 1975.

김중신, 「서사텍스트의 심미적 체험의 구조와 유형에 관한 연구」, 서울대 박사학위 논
    문, 1994.

김천혜, 「시점에 관한 연구」, 『사대 논문집』 제13집, 부산대 사범대학, 1976.

김형민, 「김유정 소설의 서술주체와 서술객체」, 『어문교육논집』 11집, 부산대 국어교
    육과, 1991.

노광복, 「채만식 소설의 서술상황연구」, 서강대 석사학위 논문, 1986.

류인수, 「박태원 소설의 방법적 실험에 대한 연구」, 고려대 석사학위 논문, 1990.

명형대, 「1930년대 한국모더니즘 소설의 공간구조 연구」, 부산대 박사학위 논문, 1991.

박영순, 「1930년대 세태소설 연구」, 이화여대 박사학위 논문, 1992.

박재섭, 「소설 시점 연구에 관한 일고찰」, 『인문사회과학대학논총』 제2권 1호, 인제대

인문사회과학연구소, 1995.

_____, 「한국 근대 고백체소설 연구」, 서강대 박사학위 논문, 1993.

박태원, 「표현·기교·묘사」, 『조선중앙일보』, 1934. 12. 27.

박헌호, 「나도향과 욕망의 문제」, 『1920년대 동인지 문학과 근대성 연구』, 상허학회, 깊은샘, 2000.

서 혁, 「담화의 구조와 주제 구성에 관한 연구」, 서울대 박사학위 논문, 1996.

송기숙, 「소설에 있어서의 관점(Point of view)의 문제), 『용봉논총』 제6집, 전남대 문리과대학, 1976.

오경복, 「박태원 소설의 기법연구」, 이화여대 박사학위 논문, 1992.

오병기, 「1930년대 한국 심리소설의 자의식 연구」, 대구대 박사학위 논문, 2002.

우한용, 「박태원 소설의 담론 구조와 기법」, 『표현』 18호, 표현문학회, 1990.

유성하, 「1930년대 한국 심리소설의 기법 연구」, 계명대 박사학위 논문, 1987.

윤명구, 「개화기 문학 장르」, 『한국사학』 2집, 한국정신문화연구원, 1980.

윤병로, 「빙허 현진건론」, 『현대문학』 15호, 1956. 3.

윤수영, 「한국근대 서간체 소설 연구」, 이화여대 박사학위 논문, 1990.

이경범, 「소설시점연구」, 경희대 석사학위 논문, 1980.

이수정, 「1인칭 소설의 신빙성 없는 화자에 대한 연구」, 서강대 석사학위 논문, 1992.

이윤진, 「박태원 소설의 서술 기법 연구 – 영화적 기법을 중심으로」, 우석대 박사학위 논문, 2002.

이재선, 「개인과 사회의 갈등 – 현진건 소설의 문학사적 위치」, 『문학사상』 7호, 1973. 4.

임병권, 「1930년대 한국 모더니즘 소설의 양가성 연구」, 서강대 박사학위 논문, 2001.

임환모, 「1930년대 한국문학비평 연구」, 전남대 박사학위 논문, 1992.

장수익, 「1920년대 초기 소설의 시점 연구」, 서울대 박사학위 논문, 1998.

장재진, 「액자 소설의 담화 구조 연구」, 서강대 석사학위 논문, 2000.

정미숙, 「한국 근대 여성소설의 서술시점 연구」, 부산대 박사학위 논문, 2000.

정한숙, 「양면 의식의 허약성」, 『고대 인문 논문집』 20호, 1975.

조용복, 「1930년대 문학에 나타난 근대성의 담론 연구」, 서울대 박사학위 논문, 1996.

주종연, 「한국근대소설의 형성과정 연구」, 서울대 박사학위 논문, 1979.

천정환, 「박태원 소설의 서사기법에 관한 연구」, 서울대 석사학위 논문, 1997.

최남진, 「김유정 소설의 초점화 연구」, 부산대 석사학위 논문, 1995.

최병우, 「소설에 있어 시점의 유형」, 『국어교육』 61 · 62 합병호, 한국국어교육연구회, 1987.

_____, 「한국 근대 일인칭 소설연구」, 서울대 박사학위 논문, 1993.

최상규, 「시점에 관한 연구」, 『공주교육대학 논문집』 13호, 1976.

최시한, 「현상윤의 장르의식」, 『서강어문』 3집, 서강어문학회, 1983.

최원식, 「1930년대 단편소설의 새로운 행보」, 『문학의 귀환』, 창작과비평사, 2001.

최인훈, 「시점에 대하여」, 『월간문학』, 1969. 3.

최혜실, 「1930년대 한국 모더니즘 소설 연구」, 서울대 박사학위 논문, 1991.

표정옥, 「놀이의 서사시학」, 서강대 박사학위 논문, 2002.

한상규, 「1930년대 모더니즘 문학에 나타난 미적 자의식에 관한 연구」, 서울대 석사논문, 1989.

한혜경, 「채만식 소설의 언술구조연구」, 이화여대 박사학위 논문, 1993.

황국명, 「현단계 서사론의 요소와 시각」, 『현대소설연구』 제8호, 한국현대소설학회, 1998.

황도경, 「모더니즘과 공간성」, 『문학사상』, 1998. 4.

_____, 「위장된 객관주의」, 『김동인 문학의 재조명 』, 새미, 2001.

황종연, 「낭만적 주체성의 소설」, 『김동인 문학의 재조명』, 새미, 2001.

3. 국외문헌

Abrams, M. H., 『문학용어사전』, 예림기획, 1997.

Bakhtin, M. M., 전승희 외 역, 『장편소설과 민중언어』, 창작과비평사, 1988.

Bal, Mieke., 한용환 · 강덕화 역, 『서사란 무엇인가』, 문예출판사, 1999.

Barthes, Roland., 『텍스트의 즐거움』, 동문선, 1907.

Bonheim, Helmut., 오연희 역, 『서사양식』, 예림기획, 1998.

Booth, Wayne. C., 최상규 역, 『소설의 수사학』, 새문사, 1985.

Hallie, Burnett & Whit, Burnett., 김경화 역, 『소설작법』, 청하, 1984.

Charles, E. May, 최상규 역, 『단편소설의 이론』, 예림기획, 1998.

Chatman, Seymour, 한용환 역, 『이야기와 담론』, 푸른사상사, 2003.

Faulkner, Peter, 황동규 역, 『모더니즘』, 서울대 출판부, 1987.

Frye, N., 임철규 역, 『비평의 해부』, 한길사, 1982.

Genette, G., 권택영 역, 『서사담론』, 교보문고, 1992.

Gerald, Prince, 최상규 역, 『서사학 - 서사물의 형식과 기능』, 문학지성사, 1988.

Humphrey, Robert, 이우건 · 유기룡 역, 『현대소설과 의식의 흐름』, 형설출판사, 1984.

Jefferson, Ann & Rodey, David, 최상규 역, 『현대비평론』, 예림기획, 1997.

Kermode, Frank., 조초희 역, 『종말의식과 인간적 시간』, 문학과지성사, 1993

Lacan, Jacques., 권택영 엮음, 『욕망이론』, 문예출판사, 1994.

Lanser, S., 김형민 역, 『시점의 시학』, 좋은날, 1998.

Lunn, E., 김병익 역, 『마르크시즘과 모더니즘』, 문학과지성사, 1986.

O' Neill, Patrick., 이호 역, 『담화의 허구』, 예림기획, 2004.

Prince, Gerald., 최상규 역, 『서사학 - 서사물의 형식과 기능』, 문학지성사. 1988.

Raman, Selden., 현대문학이론연구회 역, 『현대문학이론』, 문학과지성사, 1996.

Raymon, Jean., 김화영 역, 『현대소설론』, 현대문학, 1996.

Rimmon-Kenan, S., 최상규 역, 『소설의 시학』, 문학과지성사, 1985.

Roland Bourneuf & Real Ouellet., 김화영 역, 『현대소설론』, 현대문학, 1996.

Rotermundt, Rainer, 김경수 역, 『모든 종말은 시작이다』, 문예출판사, 1999.

Schoies, Robert., 『문학과 구조주의』, 새문사, 1987.

Stanzel, Franz K., 안삼환 역, 『소설 형식의 기본 유형』, 탐구당, 1996.

Stanzel, Franz K., 김정신 역, 『소설의 이론』, 탑출판사, 1990.

Todorov, Tzvetan., 『산문의 시학』, 문예출판사, 1992.

Todorov, Tzvetan., 곽광수 역, 『구조시학』, 문학과지성사, 1987.

Toolan, Michael. J., 김병욱 · 오연희 공역, 『서사학』, 형설출판사, 1993.

Uspensky, Boris., 김경수 역, 『소설구성의 미학』, 현대소설사, 1992.

Wolfgang, Iser., 차봉희 편저, 『독자반응비평』, 고려원, 1993.

Said, Edward. W., *Beginnings-Intention and Method*, Basic Books, INC., New York. 1975.

ㄱ

■■■ **저자 약력**

김원희 金原希

전남대학교 대학원에서 문학박사학위를 받았다.

주요 논문으로 「현진건 소설의 극적 소격과 타자성의 지향」 「문학교육을 위한 백신애 소설 세계의 인지론적 연구」 「강경애 「소금」의 개념적 은유 접근 방법」 「전경린 「천사는 여기 머문다」의 기호 읽기」 「이상 소설의 장르 확장과 탈근대적 존재시학」 「김유정 단편소설의 크로노토프와 식민지 외상의 은유」 「이상 「날개」의 인지론적 연구와 탈식민주의 문학교육」 「박태원 「소설가 구보씨의 일일」의 인지론적 연구와 문학교육」 「대학생의 비판적 읽기와 창의적 쓰기를 위한 지도 방안」 외 다수의 논문이 있다. 공저로는 『한국문학이론과 비평 총서 1-기호학』이 있다.

현재 부경대학교, 동서대학교에서 학생들을 가르치고 있다.

푸른사상 현대문학연구총서 26

한국 단편소설 시작의 시학 : 1920~30년대

인쇄 · 2013년 5월 28일 | 발행 · 2013년 6월 7일

지은이 · 김원희
펴낸이 · 한봉숙
펴낸곳 · 푸른사상
주간 · 맹문재 | 편집 · 김재호 | 교정 · 김소영, 김재호

등록 · 1999년 7월 8일 제2–2876호
주소 · 서울시 중구 충무로 29(초동) 아시아미디어타워 502호
대표전화 · 02) 2268–8706(7) | 팩시밀리 · 02) 2268–8708
이메일 · prun21c@hanmail.net / prunsasang@naver.com
홈페이지 · http://www.prun21c.com

ⓒ 김원희, 2013

ISBN 978–89–5640–107–2 93810
값 28,000원

푸른사상 현대문학연구총서 26

한국 단편소설 시작의 시학 : 1920~30년대